少女たちの〈居場所〉

——資本の他者として——

関谷由美子

鳥影社

少女たちの〈居場所〉——資本の他者として——　目次

少女たちの〈居場所〉

——資本の他者として——

序に代えて

1

『青鞜』が発刊された二年後、田村俊子は一九一三年二月発行の『中央公論』に「かくあるべき男（上）」という文章を書いている。目次は「少女に対する男」「現在の新しい女に対する男」「中年の女に対する男」、（以下は翌三月号）「斯くあるべき男（下）」、「寡婦に対する男」「無知の女に対する男」「社会的卓越の技能を持てる女に対する男」「老嬢に対する男」「自分と婚姻的関係ある女に対する男」その他、十一項目にわたって、痛快なる所見を述べている。様々な位相にある女子に対して男性の取るべき態度を教示したもので、「自分と婚姻関係にある女…」は、当然夫婦関係を指しているが、劈頭「夫は妻に対して決して小言と云ふものを云つてはいけません」であり、「自分の妻が気の利かない痴愚なものであつたら、それは神から与へられた自己の運命だと観じて諦めなければいけませんし、又それが非常に怜悧で夫人としての天分を尽くせるやうな徳の高い女であつたら夫は神に向つてその事に就いて毎日感謝の辞をいたさなければいけません」といった調子で、田村の聡明で伸びやかな感性が横溢している。とりわけ、本書のために採り上げたいのが、目次の最初である「少女」に関する文章である。田村は以下のように言う。

男は少女に対して恋をしてはならないのです。たとへある一少女に対して恋愛を感じるとしても、その男は遂に少女の前でその感情を披瀝してはならないのです。男は責任をもつて少女と云ふものを重んじなければならないのです。少女に対して一種敬虔的の真面目さを保つことが出来ず、またその心情を限りない温潤の慈愛に浸らせて少女を慈しむ事が出来ないと自ら覚るものは決して少女の傍にも立ち寄ることを許されないのです。

女はいつの時代にあつても、この世界のある限り昔ナザレの聖者によつて賛美されたその愛と信仰の美しい性情を持ち伝えてゐるものだと思ひます。そうして其れはこの少女の時代においてもつとも円満にもつとも美しい光りを持つてその胸の内に包まれてゐると思ひます。女の美しい情操、女のもつとも高き道徳、それは凡べてこの少女の可憐な胸のうちに清らかに芽ざゝれてゐるのです。（略）少女は誘惑の手に向つてもある程度までそれを却ける事の出来るだけのある強い力を持つてゐます。しかし可憐な少女は、父母の抱擁から放たれたばかりのその頼りないうら淋しさの為に、又いつとなく自分の心の前に空漠と開けてくる不思議な新しい世界に対する異常な不安の為に、その純な瞳子を凝らしながらも悲しい感激の底から常に限りない甘い慈愛をどこからともなく求めやうとしてあがきます。自分の心を温かく吸はれるやうなまことの慈愛――その慈愛に触れやうとして少女の心は不安のうちに動揺しつゞけます。（略）少女に対して男が恋愛を感じるやうな場合には、男は神の霊光を感じたやうな敬虔をもつて、その感情すらも少女の前に露骨にしてはならないのです。（以下略）」

平塚らいてうは「元始、女性は実に太陽であった。真正の人であった。今、女性は月である。」と事挙げした。この文章は、『青鞜』創刊号（一九一一（明治四十四）年九月）の締め切り前夜に、一晩で書き上げたという。女性の〈潜める天才〉を解放しようとするこの宣言は、その女性の天才が、男制社会によって、花開く機会を与えられることなく固く封印されてきた無念さが、忍耐のぎりぎりまで水圧を高め遂に溢れ出した勢いを示している。後年、らいてうはこの文章について「到底静読に堪えないほど思想に於ても、文章に於ても粗雑な、不徹底な、そして稚気に満ちたもの」と謙遜しつつ「婦人の自主独立を、自我の尊厳を主張し或は婦人の天才たる可能性を説いた情熱に於ては、何人もどうしやうもないほど純な、そして偽のないものであったと私自身も信じております」（「社会改造に対する婦人の使命　「女性同盟」創刊の辞に代えて」一九二〇年）と述べた。「婦人の自主独立」「婦人の天才たる可能性」について明晰な自覚に基づくこの主張は、女性の精神史において画期をなすものだ。そして先の田村俊子の「少女」についての論説は、このらいてうの主張に歴史的な事件性において匹敵している。「少女」を、このような〈女の美しい情操、女のもっとも高き道徳が芽吹いて来る磁場〉として捉えた言説もこれまでにない。女性が、自らの〈天才〉をもって羽ばたこうとする翼が男制社会によって遮られてきたのと同様に、〈不安のうちに動揺している少女の純粋さ〉を汚すのも男制社会なのである。だから男性は、こうした〈聖なる存在である少女〉に近づいてはならない、と田村は言う。

少女はこの社会の政治的な最弱者だ。少なくとも今次の戦前まで、この社会は少女を、まず教化の対象としてのみ扱ってきた。この教化欲は、少女たちをセクシュアルな対象として利用する裏面をもつものでもあった。いずれにしても〈少女〉という時間性は、自分の意志や希望を持つ以前に、この社会に資するものとしてそそくさと準備されなければならない〈支度の時間〉だった。〈世間の褒めものになる〉（樋口一葉「十三夜」、北田薄氷「鬼千疋」）という評価軸がどれほど少女たちの自由な精神の足かせとなったであろう。そのような、社会の強いる価値観を内面化し、その為に努力する少女たちはいつの世にも大多数を占めている。なぜなら少女の希望など、この社会は見向きもしないからだ。その好例を、現在大きなフェミニズム運動のうねりを見せている韓国の、キム・ボラ監督の映画「はちどり」（二〇一八）に見ることが出来る。キム・ボラは一九八一年生まれ、三十代の気鋭の女性監督だ。主人公キム・ウニは中学二年、高校生の姉と、高校受験の兄と両親と、ソウルの巨大な団地に暮している。家業として近くの商店街で餅の製造販売をしている。忙しい時には一家総出となる。兄は、三年後にはソウル大に入れという父親の至上命令が苦しく、そのはけ口として、家長気取りで妹のウニを殴る。時には竹刀で。ウニの母親は、子供の頃は貧しさから、結婚してからは横暴な夫の為にすでに多くのことをあきらめている。ウニには「女子大生になってキャンパスを本を抱えて歩くのよ」という期待を寄せている。兄の暴力が家庭内で黙認されているのは、親友も同様だ。女の子たちは親に言いつけても暴力を制御してくれるとは思えないのであきらめている。家庭内は、閉ざされた惨劇の場なのだ。

家庭というものを、どんな理不尽さも包み込みつつ何食わぬ顔をして流れていく〈人間関係の場〉として冷静に捉えたこの核家族表象も斬新だ。学校では、受験態勢でない生徒の名を密告しろと、男の教師が用紙を配る。酷薄な社会の歯車としての家庭、そして学校。考えることを知った少女には〈居場所〉がない。映画「はちどり」は、社会から一顧もされない〈少女の内面・哀歓〉に焦点を当て、少女というものが、まだ表出する能力は稚拙であっても、あらゆるものを見、聞き、感じ、批判し、抵抗しているさまをきめ細かく映像化する。キム・ウニ役のパク・ジフの、やや低体温気味の性格や控えめな表情の演技が素晴らしく、〈現在〉を耐えている少女の憂鬱と、伸びていこうとする生命力の矛盾と葛藤が十全に表現された。少女時代特有の、素晴らしい先生との出会いそして別れも描かれる。〈時期を待つ〉ことの重さと、中から芽吹いて来るものの香しさと。「はちどり」は、この二つの側面から、情愛を込めて、少女を捉え、普遍的な存在たらしめた佳品である。

2

社会からは教化の対象、もしくは性的な欲望の対象とみなされ、女子は政治に無関心、というステレオタイプのジェンダー・バイアスの中で〈時期を待つ〉しかない少女たちは、それゆえにまた、大人たちが思いもよらない文化的創造の発信源ともなった。例えば〈宝塚歌劇〉は、その典型的な例と言いうるだろう。一九一四年、いまだ旧劇しかなかった時代に、関西の起業家小林一三が〈家族で観に行ける劇場娯楽を〉との意気込みで創立した。しかし宝塚は、中途から小林の意図を大きくそれて独自の発展を遂げる。昭和初期（五年頃）、それまで男役と娘役のジェンダー差が小さかった〈可愛らしい少女歌劇〉は、男役中心主義へと変貌する。美しい男性を演ずる〈男役エロティシズム〉が女性観客を虜にし、それと反比例するように男性客は激減し、現在に至っている。歌劇団も経営上、女性観客の願望を容れざるを得ず、男役芸はきわめて独特の発展の仕方を遂げた。宝塚歌劇は、この風土に深く根付いたジェンダーの曖昧性、それに付随する異性装に抵抗のない文化的特質によって、女性たちの圧倒的な支持を得て大きな輝きとなり、今や、日本の文化を代表するものとなった。なぜなら〈男役〉こそが本来の女性像（つまり理想の女性像）であることを女子の誰もが感じているからだ。宝塚の娘役の団員が、〈男役のほうが自然体でいられる〉と言っていたことも、女性ジェンダーの作りもの性を明瞭に示している。女子は〈勇ましい女子〉が好きなのだ。このような視座からの女子文化の研究は、まだ緒に就いたばかりでありこれから大いに蓄積されることと思う。また、日本から発信されているセーラームーンや、ナウシカなどのキャラクターやそれらの様々なフィギュア、グッズなど、（日本の）アニメ・マンガ（文化）に端を発する〈勇ましい女子〉〈可愛いもの文化〉は、海外における日本のイメージをレベルアップさせている。

本書の少女像は、基本的に前述した田村俊子の少女観に依っている。この少女観は、年齢によって区分されるものではない。〈少女〉は浮遊する概念であり、〈少女〉であるかないかは、女子それぞれの自覚によるものでもある。社会の種々の要因によって、居場所を無くしているもの、あるいは、田村俊子の言にある〈少女的純粋〉さを保持するものすべて、本書では〈少女〉にカテゴライズされる。年齢に関係なく、〈少女的不安定さ〉を抱え、〈時期を待つ〉祈念は、すべての女性の属性であろうから。〈少女〉の概念を右に述べたような意味で拡大することによって〈女性〉の概念も当然多様化するはずだ。

ジェンダーを、異性愛のマトリクス（成型する鋳型）としてのみ考えることは、ジェンダーの概念を狭く限定してしまう。欧米的な〈二項対置〉の異性愛に囚われて来なかった日本の風土は、ジェンダーを男女の二項対置においてのみ思考することからも免れている。〈男女〉の境界が元来はっきりとは分割されないこの風土の文化史においては、ジェンダーの概念も曖昧である。ジュディス・バトラーのように「女性ジェンダー」という時、その具体相は何を指すのかと一瞬戸惑ってしまう。〈女性ジェンダー〉というものが所与の前提としてあるのではなく、少なくともこの風土では多様な文化の生産物としての多様な〈振る舞い方〉があるばかりなのではなかろうか。そう考えたくなるほど、欧米と日本では、ジェンダーの概念が異なって見える。例えば、男子のホモセクシュアリティーの概念も日本と西欧では全く異なっている。西欧文化では、ホモセクシュアリティーは〈女性化〉を意味するが、日本ではより〈男性化〉することを意味する。西欧とは〈トラブル〉の概念がこのように著しく異なる。

〈少女の表象〉を見ていく時、男女よりも〈親子、主に母親〉との関係が女子のアイデンティティー形成にとって重要であることが解る。ジェンダー・トラブルに遭遇する前に、すでに少女たちは、明治以降の狭隘な〈母娘トラブル〉で回復すべくもない傷を負っている。しかもその事実に気付くための文化的回路はこの現在の日本には存在しない。〈少女の表象〉を検討してみると、親子関係の再定義の必要を強く感じる。親にとって、特に母親にとっては、娘は商品（資本）に他ならない。

本書は、そうした眼差しで捉えた〈少女表象〉に関する論文を集めた。言い換えれば、テクストの女性像の中に〈少女〉の表象を探そうとした。また、〈少女〉を前景化して読むことによって、テクストに新たな展望をもたらすことも十分に可能と思えた。

次に、主な論文について略述する。

3

第一章『高橋阿伝夜叉譚』は、近代小説出発時のテクストとして、興味深いものだ。阿伝が裁かれる裁判所の場面が、時代色を示すものとして取り込まれ、眼光紙背に徹する如き聡明な裁判官の追及によって、ついに嘘が暴かれ、阿伝が白状に及んだ、悪人滅びて新しき世が来たのだ、とあたかも、『古事記』中巻の、神武東征の建国神話の構造が潜流しているかのような物語として語られている。けれど魯文は、この時期が近代裁判の初発の時期であること、また阿伝が、斬首刑となった最後の女性の罪人であることなど、入念な調査に基づいたジャーナリスティックな才を発揮し、巷間大評判のこの事件から、不思議なことに、同時代の旧弊な悪女ものとは一線を画す、理想の女性像を作り上げている。小論は、一見、ステレオタイプの勧善懲悪の語りに〈仮託〉しつつ、魯文が阿伝というこの新しい女性像を、明治開化期の祝祭空間のクイーンとして語ったことの意味を考察している。

第二章、第三章は、尾崎紅葉の小説二編である。『心の闇』『多情多恨』のうち、後者を取り上げる。『多情多恨』は、物理学校教授の堅物、鷲見柳之助が愛妻「類さん」を病で失うことから始まる。「源氏物語」の桐壺帝が寵愛する桐壺更衣を失うことから物語が始動することと同工である。両作品ともに、ある人への愛執が、他へその愛を及ぼしていく、〈紫のひともとゆえに〉の、〈紫のゆかり〉の物語類型である。第三章はこのような、源氏と『多情多恨』との類縁を〈相似表象〉として分析することを主眼とした。近代文学における「源氏」の物語的痕跡は、意外に深く遠い射程をもっており、長塚節『土』（明治四十三）まで確実にたどることが出来る。それは、西欧のキリスト教に基づく〈唯一絶対〉の愛とは異質なものである。

『多情多恨』は、悲しみに耐えられずにいた柳之助が親友の妻「お種さん」の実意ある世話を受けるうちに、「お種さん」に亡き妻「類さんのやうな」温かさを見出していく物語である。桐壺帝が藤壺に、最愛の桐壺更衣の面影を見出したように、柳之助の「貴方が妻のやうに思えるです」が、この物語のキイ・ワードであり、キイ概念でもある。硯友社・尾崎紅葉の達成である。

第四章「〈異類婚姻譚〉の復活――北田薄氷の〈室内〉――」は、紅葉の女弟子、北田薄氷のテクスト三篇を取り上げた。それらはすべて、尾崎紅葉の挿画などでも名高い夫君、梶田半古が薄氷の早すぎる死を悼んで、知人に配布する目的で出版した『薄氷遺稿』所収のものである。薄氷は、近代の到来により、婚姻が女性にとって〈異類婚姻譚〉にも等しい驚愕と絶望の現実であることを、飽かず語り続けたユニークな女性作家である。交通事情の激変と身分制度からの解放によって、移動の自由を手に入れた男性が、どれほど残忍かつ無慈悲に政治的弱者である少女たちから収奪するかを薄氷は剔抉している。この現実は、目に余るものであって、福沢諭吉が資産を受け継ぐ女子たちに、警告を発するほどであった。同時代作家の樋口一葉と比べると、薄氷が紅葉・鏡花・谷崎という物語作家の系列であることが判然とする。薄氷が、女子の〈被虐の型〉をつくった近代最初の女性作家であることはもっと注目されてもよい。

第五章は島崎藤村論、「『家』――永続の信仰　――〈御先祖〉という思想――」である。明治民法は、〈家が祖先崇拝を介して一定の宗教性を内在させることを端的に表明したもの〉である。小稿は、「家」に関する先行研究が掘り下げて来た〈時代の転換・旧家の問題〉を、このような意味における〈宗教〉という側面から見直そうとする試みである。明治維新後の社会の万般にわたる変革によって、親子兄弟祖父母孫が、共同生活を営んだ〈宗教としての家〉の形式は、その形式をなお保持しつつも、また〈家族国家観〉として家制度が強く叫ばれようとも、現実的には次第に解体・分離を余儀なくされていった。小稿は、その際、橋本・小泉両旧家の宗教性（ご先祖崇拝）がどのように変容していったかを、小泉三吉の半生を通じて解明しようとした。

第六、第七、第八章では、田村俊子を論じた。先述のような意味で、田村俊子ほど〈少女〉を方法上の戦略とした女性作家はいないのではなかろうか。第七章「〈戦闘美少女〉の戦略――『木乃伊の口紅』の〈少女性〉――」のヒロインみのるは、文学上の兄妹弟子であった夫との結婚生活の中で、かつて、師に愛された〈少女の自分〉への哀惜が、人生のもっとも華やかな記憶として絶えず甦ってくる。かつての少女時代を、深山の幽谷にかけられた虹のような釣り橋を一歩一歩渡って行くような時間と見なすならば、結婚生活とは、その釣り橋を日ごとに容赦なくたたき壊されることに等しい。それがこの社会の仕組みとなっている。田村が敬愛した一葉の絶唱「大人に成るは嫌やなこと」(「たけくらべ」)の痛恨が全編に漂う。田村の〈少女的なるもの〉の特質が最も鮮明に示されている。

第九章　高群逸枝『娘巡礼記』は、一九一八(大正七)年、二十四歳の高群が、〈お遍路さん〉として四国の八十八箇所を歩いた記録である。すでに『熊本日日新聞』などに教育論などを寄稿して名を知られていた高群が、一遍路として旅するとはどのような体験なのか、を考えた。この若年期の『巡礼記』の中に、後年〈皇国女性〉として戦争に全自我を挙げてのめりこんだ高群の〈巫女的〉自己絶対化がすでに見られるのが興味深い。戦後、夫である橋本憲三によって黒く塗りつぶされた、十五年戦争時の高群の〈皇国女性〉としての表現行為を隠蔽しようとするのは明らかに間違っている。あった事をなかったことにするべきではない。それは高群逸枝像の捏造を意味する。旧日本軍のように陰湿な。加納実紀代ら歴史家の仕事はこの意味で、女性史を樹立しようとした高群の全業績を新たな視角のもとに見直そうとするものとして貴重であり、小稿も示唆を得ている。

第十章は、夏目漱石「『こころ』――ロマン的〈異形性〉のために――」と題する『こころ』再読の試みである。『こころ』には〈二つの手記〉の存在が読解の前提とされてきた。しかし小稿においては、『こころ』は、互いに異なる意図によって書かれた、二つではなく三つの手記が交響しあうテクストであるという前提のもとに〈先生と呼ばれた男〉が〈青年〉から（そして読者から）隠そうと計らったこととは何かを問題化した。その上で〈青年〉と〈先生〉、両者のそれぞれの手記を子細に〈読む〉ことを通じて、そこにおのずと見えてくる〈編集意識〉について論述を試み、〈先生〉と〈青年〉の隠された〈協同編集〉の部分を明らかにした。また、これまでの先行研究ではほとんど取り上げられていない要素として、〈先生の遺産の受益者〉としてのお嬢さんの立場から見ることによって〈先生像〉の見過ごされていた一面が明らかにされたと思う。

第十一章　徳田秋聲論「異邦の身体──『あらくれ』の〈語り〉──」もまた、少女の受難の物語として論じた。小稿は、お島を二つの視角から捉えた。一つは徹頭徹尾〈相続〉から排除された少女として、もう一つは、ラディカルな批評性による〈語りの戦略〉の解明を通じてである。お島は生家からも、八歳の時に貰われていった養家からも、資産の分配及び相続を忌避される。両家共になぜかお島を相続人として信用しない。筆者は、〈なぜか〉とその理由を問うよりも、お島とは、前代から、（文化も含めて）何物も受け継がない、彼女自身が〈起源〉であるような人物なのだ、と考えた方が読解の為に有効である、という展望をもった。

〈起源としての人物〉と見なす時、お島の〈個性〉がくっきりと見えてくる。つまりお島は、この因習的な社会から生み出された〈異邦の身体〉なのだ。『あらくれ』の〈語り〉は、このようなお島の〈異邦人性〉を、この社会に瀰漫《びまん》している〈言説の偏頗さ〉、言い換えれば〈言説の抹消という現象〉によって彫琢していく。例えば、お島は幼少時、明らかに現代の〈被虐待児〉にカテゴライズされる子供であるが、どれほど残忍に折檻されようとも、それが周囲に〈虐待〉とは全く概念化されない。その理由は、その社会に、親から子への虐待などは、言説上、存在しなかったからだ。それが社会的に〈虐待〉と名付けられていれば、可視化されるけれど、名付け得るものを統制する〈社会的認知〉に達していなければ「虐待」は名付けられず、したがって禁止もされない。あるはずのことは無かったことになって、人々の意識をすり抜けていく。すべての出来事は、人間の意識を通過することによって出来事となるからだ。ことは〈子供の虐待〉に留まるものではない。『あらくれ』にはこのような〈ありうべき言説の抹消という戦略〉が構造化されることによって、終始、お島が生きた時代の薄暗く歪んだハビトゥスを示唆し続ける。第十一章は、そうした〈言説の困難〉を生きる〈異邦の身体〉お島を語る、〈語り〉の批評的機能について論じたものである。

三好十郎「『トミイのスカートからミシンがとびだした話』試論—〈選択〉しない女たち—」、つかこうへい「〈カーニバル〉としての全共闘闘争—『飛龍伝　神林美智子の生涯』と〈天皇制〉—」、井上ひさし「『太鼓たたいて笛ふいて』—ハメルンの〈子どもたち〉—」の三編は「日本近代演劇史研究会」のお誘いによるものである。三編のなかで第十三章「〈カーニバル〉としての全共闘闘争」について略述する。本作以前に、「飛龍伝」というタイトルを持った何種類もの戯曲のバージョンがあり、つかこうへいが愛着した話柄であることが解る。筆者は最初にこの小説を読んだとき、何とも言えない違和感を覚えた。それはかなり強く胸に刺さる類のもので、その〈違和感〉を解明してみたい、と思った。『飛龍伝』は、一九六八年、六九年の、市民・学生が共闘した全共闘闘争を扱っている。しかしつかの、この事件を扱う手つきは、非常に嘲弄的で悪意に満ちたものである。菅孝行はこの態度を、国を挙げての熱い政治闘争の完全に外に立つ〈ドスの利いた悪意〉と評した。

ヒロイン神林美智子は、四国高松のある財閥の妾腹の娘として生まれ、父や、本妻の子である兄たちに家族として扱われなかった、という生い立ちだ。美智子は東大の医学部に合格し、全共闘闘争に加わり、あろうことか全共闘委員長に祭り上げられる。当然、この小説では、事実性には関心が払われず、歴史としての全共闘闘争は歪められ、東映のやくざ映画のような趣に彩られる。しかし佐世保エンタープライズ寄港阻止闘争（六十八・一）、東大安田講堂攻防戦（六十九・一）などの、事実をちりばめることによって〈本当らしさ〉を偽装しているのである。しかし肝心な問題は、小説の前面の、この紙芝居のような〈闘争〉の背後に、〈美智子の運命〉を導いているもう一つの〈物語の系〉が存在することだ。それは明らかに〈天皇制〉にまつわるものである。タイトルの、意味不明な『飛龍伝』とは、したがって〈天皇制〉と読み替えられ得る。そう考えると、つかこうへいの目論見も見えて来る。作者つかは、〈全共闘闘争〉を相対化する視点として、文化概念としての〈天皇制〉をちらつかせる。その上で、美智子という少女を、幾人もの男性（その中には機動隊もいる）とかかわらせ〈天皇制の申し子としての娼婦〉へと彫琢していくのである。このように、作者の、この国土に対するシニシズムが、極端な〈女性嫌悪〉の形をとって露にされる。つまり美智子は、最後に、自らの因習的な出自を嫌って上京したにもかかわらず、自らその因習へと場を変えてマゾヒスティックにのめりこんでいくわけである。

第十四章　井上ひさし「『太鼓たたいて笛ふいて』――ハメルンの〈子どもたち〉――」、第十五章「『浮雲』の身体文化――ジェンダーという〈磁場〉――」の二編は、林芙美子を、主に戦争との関係において論じている。『浮雲』にはよく知られた「著者の言葉」がある。この文章は自信に溢れたもので、『浮雲』が一組の男女を描きつつ、それがより普遍的な人間や時代の在り様に届いているという、作者の自負を示すものであることを強調しておきたい。

昭和二十一年冬、軍属として派遣されていた仏印から、主人公幸田ゆき子が敗戦によって帰国した、引き揚げ先の収容所のみぞれの夜から小説は始まる。〈夢のようなダラットの、夢のような富岡との恋〉は終わった。ゆき子と、両親・妻を抱えた富岡は、敗戦直後の混乱の東京で生き延びてゆかねばならない。第十五章は、ゆき子を通じて、林が、ジェンダー・パフォーマンスを、ゆき子の唯一の〈アイデンティティーの根拠〉として表現していることを考察している。ジェンダー・パフォーマンスこそが、この貧寒な世界に〈物語〉を懐胎させる、と『浮雲』は語り続けている。ゆき子は、富岡その人に執着しているのではなく、自らのジェンダー・パフォーマンスの〈享受者〉として富岡を必要とするのだ。この転倒の意味は決して小さくはない。寄る辺なく敗戦後の〈路上〉に投げ出されたヒロインの、ジェンダーに起因する豊かな〈物語生産性〉が、戦中・戦後を通じて国民を瞞着した、貧寒な国家の〈戦争という大芝居〉と対峙し得るものであることを考察した。

「補遺」として、日本における韓国ドラマ大流行のきっかけとなった『冬のソナタ』（NHK放送二〇〇四年）について論じた。『冬のソナタ』の人気が那辺にあったのか考えることは楽しかった。そしてヒロインのユジンが、〈少女の表象〉として卓抜であることを示したかった。ユジンは、子供の頃から、この社会の〈優等生〉たるサンヒョクという少年に慕われ、周囲からも二人の結婚が当然視されている。ところが、高校三年の春、一人の転校生に出会うことによって、ユジンの中に変化が起きる。日常はすべてこの少年の誘いによって姿を変えていく。この謎めいたカン・ジュンサンという少年がなぜこの時期にユジンの前に姿を現したのか、『冬のソナタ』は、果たして巷間言われているような〈初恋の物語〉なのだろうか。このドラマは、少女を〈少女小説〉のように非性化された存在として描くのではなく、ジェンダー化を強いる社会の中で、少女が自分のアイデンティティーを必死に護ろうとする困難を〈冬の神話〉として表象し、〈少女〉を祝福するドラマであると論じている。

構築された結果でしかないのに、あたかも起源のように語られているのが「親子」(そして「家族」)である。それらの実体性・本質性が、我々の社会において事あるごとに強調されている。少女は、したがって難なく制度としての〈親子〉関係に取り込まれていく。〈少女の困難〉は、この社会的認知の空白に起因すると、筆者は考えている。

関谷由美子

I　仮名垣魯文〈毒婦〉と新聞

第一章　『高橋阿伝夜叉譚』の機構
――隠喩としての〈博徒〉――

1　はじめに

明治十年代の〈毒婦物〉というジャンルの中でも一際世の喝采を博した仮名垣魯文『高橋阿伝夜叉譚』（明治十二年二月―四月）は、不思議なことに、ヒロインである阿伝を、毒婦として語ろうとするパフォーマンスを見せながら実は、女性の、ある理想形として表象している。〈毒婦〉という概念そのものが〈性的な魅力ある女〉(1)を含意するが、魯文の理想化はそれを超えて、阿伝を、様々な能力、たとえば教養（すらすらと和歌を読む）、知力（訴訟に勝つ）、胆力、そして武術にも卓越したスーパーウーマンとして語っていく。読者は、このスーパーウーマンが〈毒婦〉であることに興奮したのである。しかし先行研究には、この阿伝の能力に言及しているものはほとんど見当たらない。つまり物語最終部分の後藤吉蔵殺害を除けば、この優れた能力を持つ女性を〈悪〉で枠づけるか〈善〉で枠づけるかは、恣意の問題、とさえ言えるほどにヒロイン阿伝は非凡である。したがって阿伝が〈毒婦〉である理由は、新聞記事に倣って魯文がそう決めているから、としか言いようがない。魯文がしばしば作中にはさむ〈根が毒婦故〉という前提は、それゆえあらかじめ枠組みが決まっていることを示す機能でしかない。『夜叉譚』における〈悪〉の指示対象は、仔細に読めば極めて曖昧なのである。〈毒婦の本性顕わし〉〈残忍無頼　淫を肆まゝに〉（○第二十四回）と語られることによってのみ阿伝は、江戸戯作的な毒婦の「イメージを復活させた」（亀井秀雄「メディアと物語」）と見るべきであろう。〈悪〉は、非凡な才能を伴うことによって一層魅力を増すが、それはまさに幕末的退廃的な美意識のもたらしたものと言えよう。後述するが〈阿伝の表象〉には戯作的勧懲の意味とは別に、美意識の問題として明らかに前近代の文化が深く浸潤している。その前近代的な美的要素が、激動する新時代のうねりの中に解き放たれ、新しいパフォーマンスを演じる、その姿態を魯文は捉えようとした。阿伝の示す動きの中で最も印象深いのは「阿伝の行動線」が、「横浜港から上州の桐生・前橋・富岡地区へと通ずる絹の道とぴったりと重なる」[2]という、前田愛の考察が示すように、物語後半部分、最後の情人小川市太郎と組んでの獅子奮迅の、商売への傾注の様であろう。魯文が『安愚楽鍋』に記したように「商法第一の世界」（『安愚楽鍋』二編上）の到来を阿伝は全身で生きた。

本章は、これらの先行研究を踏まえつつ、その上に『夜叉譚』に読み込むことのできる、いくつかの問題系を提示し、それに沿って、意外なほど遠い射程を示している読み（意味生産）の可能性を探りたいと思う。農村型自給自足経済から都市型商業主義へと移行することによって、幕藩制下の諸制度はきしみをたてて崩壊していく。この中で、新旧の要素が目まぐるしく入れ替わり転変する社会構造を、魯文は幕末から明治にかけての上野国の転変に焦点化しつつ、その中心に、風土が生んだ女、阿伝の身体を置いている。魯文の眼差しは、阿伝を幕末から明治にかけての上野国、東京を往還する、激動する時代の焦点的存在として語ることで首尾一貫している。魯文が語ろうとした阿伝を探求することは、時代の相を読み解くことに直結する。また新聞報道は、当時にあってまさに〈モダン〉を象徴するものであっただろう。報道（事実関係）を魯文がどのように読み替え、取捨選択したかを見ることを通じてジャーナリストとしての魯文の力量、特質をも解明したいと思う。

2 〈共同性〉について

考察の始めに、このテクストの〈共同性〉の問題について触れておきたい。『夜叉譚』は『明治戯作集』（『新日本文学大系明治編9』二〇一〇・一）に収録されているが、〈戯作〉というカテゴリーを通俗性、大衆性、と安易に結びつけてしまわないために、言い換えれば、現在の歴史の高みを前提として過去を裁断する弊に陥らないために、仮に〈テクストの共同性〉（＝コード）という問題系を設定し、『夜叉譚』における〈テクストの共同性〉とはどのような要素を指すのか、を検討してみたい。それは、多くの読者を獲得し、芝居に仕組まれ、徹底的に消費された〈阿伝現象〉を魯文が語っていく際に布置した、この時代の読者の心的構造が必要としたコード（＝黙契）を意味する。そうしたコードを見出すことは、『夜叉譚』を一枚のレンズとみなした場合のレンズの性質を調べることに等しい。

『夜叉譚』は、小新聞の報道に基づいた創作である。『仮名読新聞』、『読売新聞』、『郵便報知新聞』などがこの事件を、その事実性を強調しつつ、かつ読者の興味をそそる娯楽性を盛り込んで書きたてた。それが過渡期の新聞形態である小新聞の性格である。つまり読者と作者の垣根が低く、双方の強い協同性（解釈共同体）があらかじめ成立しているのである。そこに当然、教化・道徳などの要素が入り込まざるを得ない。「美女に善行あり醜婦に悪行あり　夫天姿国色ありて　奸毒妲己呂后に等しき　現今見聞するの奇蹟　記して将来の懲戒めとす」（初編上之巻　○第一回　荊棘根を分て薊草を生ず）のように。

ロラン・バルトはおとぎ話、口承文学について、この場合「〈作者〉とは、もっとも美しい物語内容を案出するものではなく、聴衆と共用しているコードを、もっとも巧みに制御するものである」（『物語の構造分析序説』[3]）と述べたが、もちろん戯作者も〈〈聴衆〉（読者）と共有しているコードを巧みに制御する〉ことに変わりはない。小稿は、魯文が「聴衆と共用しているコード」を「巧みに制御」しつつ「もっとも美しい物語内容」をも「案出」していることを明らかにしたい。

具体的に、『夜叉譚』の〈共同性〉は〈親と農民〉の描かれ方にもっともあからさまに表れている。阿伝の実父高橋勘左衛門、阿伝の養父高橋九右衛門（勘左衛門の実兄）、阿伝を手伝いとして雇った藤川村の河部安右衛門など、農民（特に親世代）をことごとく実直な人物とする。裁判記録及び萩原進『群馬県遊民史』[4]などの郷土誌によれば、勘左衛門は、阿伝の実母おはるを、阿伝が生まれた二ヵ月後に離縁している。勘左衛門は、嘉永四年の正月におはると結婚するが、七月下旬におはるが子を産んだことから自分の子ではないと疑い、体面のために母から子を子から母を奪ったのである。おはるはその二年後、嘉永六年二月、同村の勇吉という農民と再婚し、同年五月に亡くなっている。この簡略な経歴だけでも、夭折したおはるという女性の不幸な生涯が立ち昇ってくるようであるが、魯文は、おはるが悪腫に続いて梅毒を発症し、死ぬまで勘左衛門が「医療に手を尽くし」面倒を見たことにしている。そして気の毒なおはるを、すでに勘左衛門に嫁ぐ以前から、鬼清と呼ばれた博徒の情人であったことにして、阿伝が実は博徒と多淫な女との間に生まれたという因果関係を前史として用意し、勘左衛門は道徳的に無傷とする。

阿伝・波之助夫婦の養父高橋九右衛門の場合にも、清吉（鬼清）に阿伝・波之助がゆすられるのを立ち聞きした九右衛門が、大金五十円を清吉に差し出し、清吉から阿伝との「縁切状」を取ったのち、二人に「此後は夫婦ともども悪行を廃堅気に心を改めて農業にちからを入れ」「老の死水取ッてくれ」（三編下の巻　○悪獣に追はれて毒鳥旧巣を飛去る）と涙ながらに諭す場面に、実直で慈悲深い親世代と不肖の子ども世代、という定型（コード）が形作られている。また河部安右衛門は、阿伝・波之助夫婦が村を出て藤川村の光松寺に世話になった時、波之助を医師に診せるための路銀の必要から「裁縫の業、畑仕事」に雇ってくれた親切な、同村の豪農だが、阿伝はこの人物を色仕掛けで騙そうとして叶わず、逆に安右衛門から不心得を戒められる。〈悪党〉がひとかどの人物に説諭され畏れ入る、というこの物語モデルも、お新が西郷従道をゆすろうとして失敗する「雷お新」その他、歌舞伎などにもみられる趣向であるが、大向うを唸らせる類の〈ひとかどの人物〉が土地の農民（豪農）であることが『夜叉譚』のモラルの型、すなわち共同体を擁護するイデオロギーであり、それが『夜叉譚』というレンズの性質なのである。かくしてこの物語に、読者の〈想定外〉の出来事は決して起こらず、あくまで予定調和的な世界であることの固有性は、親の描かれ方（鬼清は実直な農民の親との関係においてやはり不肖の子である）、農民の描かれ方によって示されている。

また、このような質朴な農民たちは、動き回る阿伝、博徒、やくざ、商人たちに対して、動かず本来の生活基盤にじっとしている。生活基盤からみだりに動かないことが『夜叉譚』におけるもう一つのモラルである。出奔してしまった阿伝波之助夫婦を捜しに勘左衛門、波之助の実父代助は上京しわずかな手がかりを頼って横浜を探し回るのだが、この移動の史実は『夜叉譚』ではこのモラルの故に無視されている。さらに、阿伝に騙され被害者となる男たちは、それが少しも気の毒の感を読者に起させない、やくざ、ろくでなしの類ばかりである（波之助殺害に関しては、癩《らい》末期の波之助の苦しみを描写して、やむを得ないこと、という含みを持たせている）。阿伝の被害者が、阿伝に対する性的欲望を逆手に取られたやくざ者、胡散臭い商人、博徒であることは、阿伝の不良性が読者の心性を損なうことなく悪の光芒で彩られ、阿伝の魅力を増す効果となる。幕末の文化・芸能を彩った退廃美と、いまだ幕藩体制下の共同体のモラルが根強く支配するなかで、読者は安心して、逸脱する女阿伝の物語を楽しむことができたわけである。そしてこの阿伝の〈博徒的不良性〉が、親世代の高橋勘左衛門、九右衛門などの幕藩体制下の模範的な農民性と対比的に語られ、一方で、「いと浅猿き弊習も今文明の御代に臨み悪漢多く地を攘ひ良民之に代れりとぞ」（初編下之巻　○第三回悪漢再来して毒婦を誘ふ）に明らかなように、旧体制に根付いた病弊が、新しき世の光によってあまねく照らし出され駆逐されていく、というこの国土の至る所で歴史的に繰り返されてきた〈近代の到来〉のパターンとして語られることが『夜叉譚』の基本的な枠組みとなっている。[5]

3 〈上州〉という風土

魯文が、『夜叉譚』の背景として着目した幕末維新期の上州の社会事情を、『群馬県史　通史編4』、前掲萩原進『群馬県遊民史』、田村栄太郎『やくざの生活』[6]、飯島千秋「幕末期幕府の関東支配」[7]などを手掛かりに概観することによって阿伝の造形のアウトラインをつかむことができる。

上州は、国定忠治、大前田英五郎などの博徒と生糸産業で知られる。犯罪率の高さは全国有数である。[8]その理由は、幕府の分割統治の弊にあった。いわゆる関八州（武蔵、安房、上総、下総、常陸、相模、上野、下野）は、江戸城の外堀であり防衛要塞の区域内として特に重要視され、譜代大名が多く置かれた。幕府は、徳川家と血のつながる酒井忠世を前橋に封じたほか、大名八人すべてが徳川親衛隊クラス、つまり江戸幕府の治世上、上州は軍事的にもっとも重要な国だったのである。関八州の関所三十のうち、十五が上州にあることが示す通り、街道が多いことも幕府には重要であった。そこで江戸幕府は譜代大名と天領（幕府直轄地）、そして旗本領とが複雑に混在する分割統治を行う。異なる支配者は異なる自治権をもつ故に、上洲はずたずたに切り裂かれ、村落発生の歴史的理由、村落共同体の伝統などは全く無視されてしまったのである。このような形態が関八州統治の特徴であって、江戸を遠ざかるほどに一国一藩となってゆくわけである。上野国内に知行所を持っていた旗本の数は四百十もあったという。

天領、大名領、旗本領はそれぞれ警察権が独立していたから、結果的に無警察状態の空白が警察権の間に存在し、そこにやくざが勢力を伸ばすことになった。こうした複雑な多統治形態は、もとは共同体として一つであった村落が分裂対立することにもなり、村の平和は損なわれ、統一した行動もとれなくなる。関八州が団結した時は徳川の終わり、であることを認識していた幕府にとって、この〈なんとなく騒々しい状態〉が極めて都合が良かったのである。こうした社会が犯罪を醸成することになるのは当然であった。①まず罪を犯しても他領に逃げ込めば済んだ。②支配者の多くは小身であったため民政は過酷となり、圧政にたまりかねて逃亡して無宿者となり無頼博徒となるものが多い。また犯罪者は、村々に住み隠れるから根本的な対策が立てられない。その対策の一つとして、密告させて本人の罪は目こぼしする「目明し」「岡っ引き」「道案内」と呼ばれる卑劣な密告制度が採られた。上州の博徒で、このようないわゆる〈二足の草鞋〉を履くものが少なくなかったという。したがって賭博の禁止などは形骸に過ぎないのである。上州のやくざと博徒は、分割統治の間隙を縫って成長したバチルスのようなものであった。明治十二年『朝野新聞』に連載された「木場日録」に末広鉄腸は「維新以後。賭博の禁を厳にせしより、博徒は変じて追剥強盗となり、大に良民を苦しむに至れり。近来有名なる分七、阿伝の如きも皆上州の産なり。以て人気の頑拡なるを（ママ）知るべし」[9]と書いている。上州の殺伐とした気風が見て取れる。また尾佐竹猛、萩原進、田村栄太郎などの博徒の歴史や郷土研究によれば、〈任侠〉というやくざの道徳は全く幻想であり、圧政に苦しむ農民たちの、幕府や支配者に対する批判のほとばしりによる講談や芝居の世界だけのものであることも理解される。前掲飯島千秋「幕末期幕府の関東支配――「新規関東郡代」制を中心として」によると、「朝幕関係の緊迫した状態が続き」「世情不安」が加速され、さらに「民衆からの訴訟の増加にともなって幕府の訴訟処理機能」が大きく低下したなどの事情を背景に、文久二年から慶応四年にかけて、関東の治安を回復するための対策が次々に採られたのだが、結局、「幕府による大名、旗本知行権への介入の限界性」に阻まれ、すなわち幕府自らの分割統治の弊によって失敗するほかなかったのである。

上州の犯罪率が高いことの理由のもう一つは、家康が江戸幕府を開き関東平野を有力基盤としてから、上州の蚕糸業が飛躍的に発展したことにある。もともと上州は生糸産業で知られていたが、江戸開府によって、生糸・絹織物の大消費地を持ったのである。農家の経営規模の中に養蚕が大きな比率を占めるようになり、貨幣経済の進展とともに一層有利な産業構造となる。加工したことによって手持ちがきき、売り急ぐ必要のない耐久的な強みを持つ生糸と織物であることによって通年商品価値があり、上州は「金回り」が良くなったのである。しかしその結果、貯蓄、節倹という緊縮経済観念が育たなかった。小成に安んじて大をなさない気質が醸成される。金回りの良いことが遊民を生むのである。基幹産業である有利な換金の蚕糸業の担い手が女性であったことは、当然、亭主、亭主になるべき男性を怠惰にし、遊興に走らせ、遊民、やくざ、無宿者のコースを歩む者を増やした。「博奕は、博徒や無宿者の行うものではなく、地域の人を巻き込んだ一般的な傾向であった」（『群馬県史』通史編四）のである。幕府がいくら禁じても決してなくならないどころか女子供さえ博奕に興じる気風であったから良俗は恒常的に蝕まれていった。

『群馬県遊民史』「女のやくざ　二、高橋おでん」に次のように記している。「小野勝『沼田城』（第十五号）に、明治四年十月二十日、波之助、おでん夫婦が賭博の仲間に加わり、二人が負けて金が無くなり、ついにおでんの体をかけ、おでんは腰巻一つで俵の中から声援した話をのせている」と。

阿伝という悪女を造形する際、上州という風土に着目したことが魯文のジャーナリスティックな才による独創であった。魯文は上州の幕末の事情を丹念に調べている。「當国の悪風は賭博を以て歓楽の第一とする人気なればこの国の農工商に勝負をいどまぬ者とてなく女童子も随つて此悪業に身をやつせば終には産を破り家を失なひ賭を以て営業とし土地を去り他方に走り旅より旅を股にかけ草鞋脱間も荒くれて長脇差は寝ても離さず銭争敗して財布むなしく鐚一文に窮迫すれば白昼他家にせまり（略）」（初編下之巻　〇第三回）。魯文は阿伝を、こうした上州のやくざの気風が生んだ女として息づかせた。このローカルカラーによって、また鷗外のいわゆる「Milieu」[10]を十全に（いささか誇張気味に）描いたことによって『夜叉譚』は他の〈阿伝もの〉にない異彩を放つことになったのである。

4　アジールからアジールへ

三編下之巻「○悪獣に追はれて毒鳥旧巣を飛去る」から、四編上、中、下の巻にかけての記述では、阿伝・波之助夫婦は、鬼清が逮捕されたことを知り、鬼清から、博徒日光無籍今市殺害の共犯であることが露見してはと恐れ、藤川村光松寺の籟山和尚に助けを求めるが、一夜にして波之助の顔が腫れあがり、近村の医師から〈癩病〉と診断され、名医の治療を受けるための路銀を稼ごうと阿伝は同村の豪農河部安右衛門の手伝いに出る。河部の情けで路銀を得た夫婦は、癩病が多い甲斐国へ名薬を求めて出立し、その途次、勝沼源次という懇意の博徒に出会い、甲斐の源次の住処でまたもや博奕にうつつをぬかし資金が尽き、とうとう遊郭「柳町の桜屋」に出る、という展開となる。ここまでで明らかなのは、阿伝夫婦が、博奕で産を破り、村から〈駆け落ち〉し、宗門人別帳から除かれ、無宿者の群れに入っていくという、幕末の上州に典型的な〈不良〉のケースを辿っていることである。鬼清という紋切型のワルが逮捕されるまでの展開がいささか冗漫の感を免れず、出奔の事情が朧化された感は否めないが、阿伝夫婦が国を〈駆け落ち〉する経緯が示しているのは、「文化ごろから欠落ちは草隠れともいわれるが、時代がさがれば、無宿者がふえ、悪党が横行するという世情のままにまに、いちじるしくふえていった[11]」という新時代到来のざわめきの、その魅惑の焦点として魯文が阿伝を造形したという事実である。

裁判記録で、籟山和尚のモデルとなった高正寺の憎、三島大州他、養父らの証言を検討したい。

明治四年十二月二十八日頃突然右下牧村高橋九右衛門の養子高橋代助二男波之竝同人妻高橋九右衛門の娘でんを携帯して罷越し其波之助の申すには自今負債等多分出来して夫れが為め田畑等を売却し終に産を破るに至り何分活計不相立候に付他所にて相応の稼業可成営存意にて夫婦倶に家出至し来り候間（後略[12]　傍線引用者）

三島大州は次のように続ける。当分の間夫婦で「差留め」を懇願するので、かねてから懇意でもあり「其筋へは不届出」ただ、「至情により」しばらくの間逗留させたのである。その間に波之助のかねてからの病が再発し、見たところすぐに〈癩病〉とわかった。その後平癒し、二人はそのまま東京へ発った。その後は音信不通であると。

博奕で破産した夫婦は負債を負って寺へ駆け込み、そこで半年近く滞在した後、養父へは何の連絡も取らず高正寺からそのまま東京へ向かったのである。三島大州の証言は、当時の村落において、寺社が犯罪を犯した者や離縁を望む女たちのアジールとして機能してきた歴史を暗示している。アジールの定義は、夏目琢史『アジールの日本史』[13]の、「なんらかの不法行為を理由とした制裁や敵対関係による攻撃が行われようとしたとき、追及を受ける者がそこに避難して保護され、赦免・助命が可能になるような場所」とする。三嶋大州は本来なら陣屋に届け出るべきをそうしなかったと言っている。そうした判断の自由は、切羽詰まった村民が駆け込むアジールとしての寺だけに許されるものである。九右衛門は、突然の養子夫婦の家出をすぐに沼田藩に届出、探索を命じられたが、行方を突き止められず、親類とも相談の上、致し方なく波之助を離縁し、実家の高橋代助方に送籍したと述べている。その証言は阿伝の実父勘左衛門のものと一致している。

波之助の実父である代助だけが人づてに夫婦が高正寺にいることを知り、一度面会に訪れているが、波之助が、養父九右衛門より譲り受けた田畑他、皆質入れして破産してしまい養父に合わせる顔がなく、このまま他所で出直したい、と懇願するのでやむを得ず、自分は波之助に会わなかったことにして帰村した、と証言している。

『夜叉譚』には、阿伝をめぐっておびただしい博徒が登場し、それに伴う〈博奕〉の場面も描かれるのに対して、当然のことながら、これら実在の証人たちの裁判記録にはそれらを暗示する語さえ全く現れない。それは当然のことで、それが現れれば、彼らが阿伝夫婦の賭博癖を黙過していたことが暴露されてしまうからである。[14] 阿伝は、人類の歴史にあまねく見られたアジールとしての寺の歴史がようやく閉じられようとする時に、その恩恵に浴することができた一人であった。そして寺で英気を養った後、阿伝は旧い規範社会を去って新時代へと飛躍する。今度は、新しい時代のアジールというべき大都会へ、横浜、東京へと行路を定めたわけである。

賭博は、『夜叉譚』に見られるとおり、多く寺や祭礼や街道で行われた。つまりこれらは共同体の〈境界領域〉であり、網野善彦が『無縁・公界・楽』「二、江戸時代の縁切寺」[15] で述べたように、賭場は「河原者、芝居小屋」などと同様に〈無縁の場〉である。こう考えると阿伝は、徹頭徹尾、既成秩序の間隙を縫って、逸脱を自らの行動原理として生きた女性であることが見えてくる。そして魯文は『夜叉譚』において、そのような阿伝の身体性に十分に自覚的であった。

5　隠喩としての〈博徒〉

『夜叉譚』の至る所に徘徊する博徒の群れは、〈家〉を構えようとしない流浪性と貨幣主義によって農村社会の固定性を破り、幕藩体制を内部から腐食する。しかし彼らは徳川の終焉の光景を示すのみではない。時代は大きく転換した。するとあたかもパンドラの箱を開けたように、過去から現在へ、何ものかが（既成の社会秩序や規範を無効化する無頼漢的露骨な欲望が）流出し社会を覆っていく。同じく魯文『安愚楽鍋』（明治四）、魯文編『西洋料理通』（明治五）に見られる、〈牛肉〉（食）や〈商法〉（儲けること）への執着、また服部撫松『東京新繁昌記』（明治七―十四）が活写した〈牛肉店〉の繁盛ぶり、〈妾の大流行〉などは、解禁された民衆の欲望の一端を如実に示している。それらは文化的に洗練されれば現在のわれわれの姿にも他ならない。そのような新しい時代精神の〈喩〉こそが『夜叉譚』の〈博徒たち〉なのであって、『夜叉譚』は、〈博徒〉というメタファの文芸である。

『安愚楽鍋』には、牛鍋屋の客たちの次のようなセリフがある。

○エエ、もし友先生、当時の形勢は、おひおひひらけてきやしたが商法第一の世界になつたから、此方づれのなまけ者は廃されるわけだネ、（二編上　生可の江湖談）

○実に牛肉ばかりは、日増しはまつぴらさ、しかし福地先生なんぞは、古臭いのが可といはッしやるが、素人口じやァ、屠て二日目あたりが最上ダネ、最上といやァ、らんどあめりか十八番から引き取ッた羅紗は、綿なしの上物ダが、十行李まとめて売てへもんだが、急に買手はねへかネ、何サ店で小売にさせりやァ、百円位ぐらゐはもうかる品物だけれど、おいらア一寸神戸まで船行ッて来てへから、ここで代物を紙幣に引換ねへじやァ都合が悪イからサ、（略）

ハテ人は大きなことをのぞまねへけりやァ開化の人物じゃねへョ、（以下略）

（第三編　商法個の胸会計[16]）

魯文の阿伝は、このような世相に照らせば、極めてエネルギッシュに商行為に没頭し、大きく儲けようとした、まさに「開化の人物」そのものだ。阿伝は、目まぐるしい新時代の欲望の湧出と、農民的旧良俗とがせめぎ合う時代の、その頂点に位置している。

阿伝には、新時代に適合する合理性、実利主義、自己の欲望にエゴイスティックに忠実な性格が付与され、幕藩制による農村的規範には〈無頼性〉としてしか対峙し得ない人間として表れており、それはまさに裁判記録が示す事実とも一致している[17]。したがって、阿伝が一時身を置いた藤川村の河部安右衛門が語る癩病治癒のための残忍な生肝取りのエピソード（四編上之巻　○第九回、同中之巻　○第十回）、あるいは、阿伝がかつて剣術を習った斉藤良之助の師、常陸藩の総生要人の娘、おしづの自殺にまつわるエピソード（三編上之巻　○第七回、同中之巻　○第八回）、清純で高貴な出自の花月の尼を堕落させるエピソード（六編上之巻　○第十六回、同中之巻　○第十七回）などはそれぞれ、迷信、〈恥辱〉に過剰反応する硬直した武家道徳、不健全な禁欲、などいずれも何処にも行き場のない、旧世界の〈共同幻想〉であり、実利的で現実主義で無頼な阿伝が、それらのトポスを通過することによって、それらかつての正しきもの、高貴なものが一挙に馬鹿らしさへと価値転換が起こる。そして男たちの（尼僧も）欲望が活性化し、物語が次々に生まれる。このような意味で、阿伝はトリックスターでもある。清純な乙女の性的堕落は「ジュスティーヌ」など、マルキ・ド・サドの得意とした物語パターンであった。花月の尼と阿伝の交歓のエピソードは、阿伝がバイセクシュアルであることをもさりげなく匂わせた魯文の読者サービスと思えるが、同時にそれらが魯文の世紀末感覚であること、そして阿伝を、徹底的に新時代の、あからさまな欲望を示す表徴として造形しようとした方法論を見て取ることが出来る。

癩病末期の波之助を手にかけたのち、阿伝はかねてから横浜花咲町で夫婦が世話になった人足請負人小沢伊兵衛夫婦の家に身を寄せ、夫婦の目を盗んで巾着切の市奴と密会を重ね、身が危うくなったため「探索」の目を逃れて二人で横須賀へ船で逃げ、陸路、浦賀から甲斐へと向かうことになる（五編中の巻 〇第十三回輪回応報難病の廃人車、同下の巻 〇十四回毒婦掏摸《すり》を脚として横浜を脱す）。実際に阿伝・波之助が、郷里の河部安右衛門に紹介され横浜で世話になった、この人足請負人小沢伊兵衛なる人物は、事実は、上野国富岡の富裕な生糸商人である。阿伝は、波之助死後、しばらく小沢伊兵衛の妾であった。「同人（伊兵衛）世話を受け」と、阿伝自身も「口供」で述べている事実であり、阿伝を伊兵衛から預かっていた秋元幸吉なる人物が、明治五年十月から、翌明治六年三月までは、伊兵衛から月三円が幸吉を通じて阿伝にわたっていたと、証言している。しかし魯文は伊兵衛を生糸商人から人足請負人、つまり〈博徒〉[18]に変え、掏摸の市奴、花月尼の情人照五郎など、博徒、掏摸、やくざ者など、流動し逸脱する者たちのネットワークの中で動き回る女として阿伝を造形し、伊丘衛の妾となった事実も消している。このように阿伝と上州の博徒を結びつける方法は首尾一貫している。バチルスのような〈博徒〉は欲望のあからさまな流出の客観的相関物だからである。阿伝が生糸商人の妾であった事実の削除は、魯文の阿伝像が〈所有される女〉ではなく徹底的に〈所有する女〉であったことを示している。

阿伝のつまずきは、博徒的感覚でしか〈商売〉に向き合えなかったことであろう。阿伝は、胡散臭い儲け話に手を出してはことごとく失敗する。[19] 後藤吉蔵のようなしたたかな商人には、金目当ての阿伝の下心は見え透いていたであろうし、金をちらつかせながら欲望を遂げようとする吉蔵を殺すほかに吉蔵から金を引き出す手段が無くなってしまったことが阿伝の敗北であった。

6　波之助殺害／さまざまな真相

阿伝の周辺で、波之助と後藤吉蔵という二人の男が死んでいることは確かな事実である。魯文は、二人ともに阿伝が殺したと語る。事実としては、阿伝は吉蔵殺しの罪にしか問われていない。そして阿伝自身は、波之助は病死であり後藤吉蔵は自殺した、つまり二人とも殺していない、と主張している。ここに異なったいくつもの事実らしきものがある。裁判記録を検討してもっとも興味深いのは、波之助の死についての阿伝の言い分が相手によって変わることである。阿伝は法廷で、波之助は毒殺されたのであり、自分は夫の最期を看取り埋葬した、と証言している。ところが、波之助の死から二年後、無籍者になってしまっていた戸籍を修復する目的で、単身郷里の下牧村へ戻った時（明治七年八月七、八日頃）、阿伝は、波之助実父代助にも、実父勘左衛門にも、〈明治五年四月、藤川村高正寺を出て東京へ向かう時に波之助とは別れたので、波之助のその後は全く知らない〉と言って親たちを落胆させている。裁判記録では、代助、勘左衛門は、横浜へ二人を捜しに行っており、そこで阿伝の行方は知れなかったが、波之助が死んだことは確認している。[20]ともあれ親たちに波之助最後の模様を伝えることができない理由が阿伝にあったことも事実に他ならない。後藤吉蔵の死については、金銭をめぐるトラブルが二人にあったことはおおよそ想定できる。しかし波之助の最期については阿伝が「口供文」で述べていることの不可解さもあって謎に満ちている。そのため〈阿伝もの〉作者たちの関心もここに集中しておりさまざまな解釈（真相）が生まれている。

波之助治療のため、腹違いの姉かね（自分と同じく沼田藩家老広瀬半右衛門の落胤）の家に夫婦で厄介になっていた時、加藤武雄なる人物が内山仙之介（後藤吉蔵）から頼まれたと言って「名薬」の水薬を持ってきた故それを波之助に服用させたところ「忽ち同人胸部より頭上にかけ大いに腫あがり紫き色に相なり苦痛はなはだ敷終に五月八日死去」した、というのが「口供」が示す阿伝の言い分である。魯文は末期の病苦に悩む波之助を阿伝が絞殺したことにしており、河竹黙阿弥も、大当たりをとった明治十二年五月初演の『綴合於傳仮名書』（とぢあはせおでんのかながき）で波之助毒殺は次に示すように阿伝の意志であると仕組んでいる。

よく（雇女）お伝さん、お頼みの水薬だと、雷庵さんから此のやうな水薬が届きました。
浪之　なに、水薬が届きしとは。
お伝　戸塚在に癲病の妙薬があると聞きましたから、此間雷庵さんに私が頼んでおいた故、届けてくれたと見えまする。

（三幕　『河竹黙阿弥全集第二十四巻』[21]）

時代が下って大正期の戯曲になると、鈴木泉三郎『高橋阿伝』では、自分の死の間近いことを感じた波之助が、魅力的な阿伝を残して死ぬことに耐えられず無理心中を仕掛け返り討ちに会う、という趣向にしている。「死なねえまでも此からだ、何一ッ楽しい事は無え。それに引かへお前は丈夫、亭主の口から可笑しいが、年をとる度水ゝしくなる。このまま行けばいつかきつと己はかなしい人間にされてしまはにやならねえのだ。」(『現代戯曲全集第十九巻』大正十五・六)という波之助のセリフからはメリメの「カルメン」のような近代的悪女像が明瞭に浮かんでくる。ともあれ高橋阿伝は、波之助の死の真相については、決して明らかにすることなく、吉蔵は自殺であると最後まで主張し続けたため、この二人の男の死をめぐる謎が、事件全体と阿伝という女性を一層ミステリアスなものにしたと言えよう。それが人々の想像を掻き立て、〈真相〉も阿伝像も増殖する。

『夜叉譚』にも少なくとも二人以上の阿伝が存在している。一つは新聞報道から魯文が〈毒婦一代記〉風に面白おかしく捏造した阿伝像、二つ目には最終章「八編下の巻　○第二十四回」の、高橋阿伝自身が語ったとされる「口供」が示す阿伝像である。そして「口供」は、田沼藩家老広瀬半右衛門を父とする腹違いの姉の存在、後藤吉蔵・加藤武雄による波之助殺害など、多分に〈物語的〉であるため、二人の男の死の謎は混迷を極めるだけであり阿伝像は二重三重となる。

魯文が自分の物語の別枠として、阿伝自身が語った「口供」のほぼ全文を引用しているのは、〈輻輳する阿伝像〉という、時代の熱狂ぶりを十分に意識していたことを示している。すなわち事実とは、裁判というものが常に示す如く、明らかにされるものではなく作られるものであるという、〈事実〉に関する近代的概念を〈阿伝現象〉全体が示しており、魯文の『夜叉譚』もそのような、あくまで現実をむさぼろうとする民衆の興奮の痕跡を阿伝像の多元化によって留めようとしたと言い得る。

最終的に、魯文は阿伝をどのような〈物語〉にも従属させようとはしなかった。「更に取とめぬ首尾不合の虚言」と断定しながらの「口供」、つまり実在の阿伝が語った自己〈物語〉の丹念な引用は、要するに『夜叉譚』が、〈でたらめ〉と〈でたらめ〉の競合であることを魯文自ら示していることになる。「口供」以外の、綴られてきた物語を、これこそがまぎれもない事実として受け取った読者は一人もいないであろう。たとえ首を刎ねられた、と書かれていてもそこにはただ〈増殖する阿伝〉があるばかりである。ここが黙阿弥あるいは岡本紀泉など、他の阿伝ものとの決定的な差異であろう。黙阿弥の阿伝は、結審の日、裁判所へ面会に来た実父の勘右衛門にも裁判官にもこれまでの「悪計」と「偽り」を悔悟し詫びる、という結末となっている。すなわち悔い改めた悪人として、慈悲深い国家の〈物語〉に従順に回収されていく統一的なイメージが観客の目に映る最後の阿伝像となる。

（勘右衛門に）思へば人の邪正を糺すお上を欺き脱れやうと、思ひましたは女の浅はか、済まぬことを致しました。

（裁判官に）只今申し上げ度いは、是までわが身の罪を隠し、永永御苦労掛けました、お詫びを申し上げますする。

（七幕目　東京裁判所吟味の場　阿伝落着の場）

魯文の阿伝像が、悪女でありつつ様々な能力に秀で、法的な権利意識も持つ聡明な理想の女であることと、「悪人亡び善人栄へ世の開明ますく〵進み」のような紋切型の語運用のミスマッチな感触にこそ魯文の苦心の独創があったであろう。それは決して矛盾や分裂ではなく、魯文が〈毒婦〉という文芸上の概念を美的に拡大したことを意味している。[22] 阿伝が病夫に尽くしたなどの記述を理由に、〈毒婦〉の概念から解放しようとする論法も、論者自らが、江戸歌舞伎以来の狭隘な〈毒婦〉の概念規定に囚われていることを示す以外のものではない。魯文の新しい〈毒婦像〉は、定型をなぞりつつ、定型が新しい要素を取り込んでは、ずれていくように、〈ずれた〉のである。そこに立ち現れたのは逸脱を少しも怖れない生命の勢い、とでも名付けるほかない、絶対に統御不可能な女性像であった。[23] その女性像は、伝記的事実が示す阿伝像と、図らずも一致するのである。

阿伝は、吉蔵殺しにあくまで姉の仇討ちを主張したが、明治六年、仇討禁止令が発令された後も、仇討ちは頻々と起こり、その際必ず死罪を免れたことは、重松一義『日本刑罰史年表』(二〇〇七・七柏書房)によって知られる。阿伝の狙いもそこにあったであろう。[24] このように法意識も兼ね備えた悪女像こそ、魯文のジャーナリスティックな、新時代を読む眼差しの賜物であった。そしてこの毒婦像が、明治末期、谷崎潤一郎によって〈美しいものはすべて善である〉という宣言とともに、近代文学としての洗練を経て再登場することになるのである。『刺青』の「娘」、『お艶殺し』のお艶、『お国と五平』のお国として。

民衆は〈逸脱する女〉に畏怖と羨望と魅惑を感じて熱狂する。もはや死体となった後にさえ「お伝は四年間獄裡にありて毫も屈せず壮健にして、その肥肉の油濃かりしは舌を巻いて驚くばかりなりし」(『東京曙新聞』明治十二年二月十二日)と、煽《あお》る一方である。その白熱の中心にあるのが、小山内薫の父、小山内健が執刀したという、阿伝の凄惨な死体[25]から切り取った〈ホルマリン漬けの性器〉ということになるであろう。阿伝の生身は、切り刻まれて不可思議な標本にされるまで、開化期の東京という祝祭空間に徹底的に楽しまれ消費され尽くしたのである。

7　〈毒婦〉のゆくえ――結語に代えて

『夜叉譚』に象徴される〈毒婦物〉とは文化史的にはどのように位置づけられるであろうか。毒婦物が、時代の民衆文化の〈芝居〉と地続きのジャンルであったことはすでに述べた。芝居を観る感覚がどれほど民衆に根付いていたかは、新聞報道からも明瞭に窺うことができる。たとえば、明治七年十二月八日の『郵便報知』には「新聞の劇場見立て」として、続々と発行される新聞を、芝居小屋に見立てた記事が載っている。「「世の中は芝居に似たり何事もすべて今日これきりがよし」とは古断州楼の狂歌、されば天地の間一大劇場成らざるはなし。その芝居の評判を居ながら見るは新聞紙の重宝なり。」と述べた後、「これを歌舞伎に較べなば、日日新聞は守田座也、かかりも壮麗にして役者も揃い、日々の大入り大繁盛、ただし座頭の愛嬌のないは彦旦那の風なるべし（略）。報知新聞は河原崎座也べし、（略）。朝野新聞は沢村座也（略）」という調子で十社以上の新聞が芝居の座元にまことしやかに例えられている。「世の中は芝居に似たり」は、この記者のみならず、改元からまだ間もないこの時期の、芝居に対する民衆の感覚を反映しているであろう。

また『夜叉譚』の、高貴な出自の花月尼が阿伝のために転落するエピソードは、鶴屋南北『桜姫東文章』の、道心堅固な僧清玄が、桜姫の肉体に迷って堕落する趣向を、あるいは阿伝の「口供」の、田沼藩家老の落胤、などの話型、また同じく「口供」の、「琴平町金毘羅の社へ参詣」の折、

「腹違ひの姉かね」に「金毘羅社の引合せ」で出会うことができた、などの趣向も、やはり『桜姫東文章』などに仕組まれた歌舞伎の定型（伝統）ともいうべき物語モデルなのである（『桜姫』では運命の人との出会いは新清水長谷寺である。）すなわち魯文も、阿伝も、過去の芝居の中に、一方は物語の趣向を、一方は、自分の生涯を語るモデルを求めていたのである。

このように芝居は、民衆文化として日常のくまぐまに浸透していた。当然、人々は芝居で培った教養と感覚の、そのエコーの上にそれぞれの〈阿伝〉を再構成したであろう。『歌舞伎新報』の書き手であり劇評家だった魯文も、そして黙阿弥も、〈阿伝役者〉を想定していなかったとは考えられない。そこにイメージされていたのは、生々しく圧倒する女性の身体であった。

また情報の質という問題から見ても、『曙』『仮名読』『読売』などの〈阿伝物語〉を書きたてた小新聞は、社会という群衆に向けた客観的な事実報道ではなく、瓦版のように面白おかしく語って見せることを目的とした、未だ〈顔の見える社会〉のものである。「三千万の人口にて新聞を読む者は千人に一人位の割合にては、開明なんどと云うもチャンチャラ可笑しきことなり」（明治八年三月二日『朝野新聞』）と書かれた時期なのである。〈毒婦〉たちは〈芝居ではなく事実らしい〉という見えざるキャッチコピーによって、いやが上にも読者の好奇心をそそった。したがって〈毒婦物〉とは、芝居的体質を有する江戸文芸が、〈新聞報道〉というモダンを取り込んで成功した最後の輝き、とみなすことが出来よう。そして、このような生々しく即物的な、迫力ある女性の身体的要素は、二十年代以降の理知主義的文学の到来によって俄《にわ》かに衰退してしまうのである。

【注】

（1）亀井秀雄「メディアと物語」（『明治文学史』岩波書店　二〇〇〇・三）の中で「毒婦というのは江戸時代に始まった言葉で、性的な魅力で男をだまし、悪事を働く女を指します」と定義している。
（2）「高橋阿伝と絹の道」『幻景の明治』朝日選書　一二一　一九七八・一一。
（3）バルトは、むかし話の「むかしむかし」という定型を例として挙げている。
（4）上毛新聞社　一九七八（昭和四十五）・九。
（5）拙稿「高群逸枝『娘巡礼記』――〈文明化の過程〉を視座として」（本書第九章）に、上田秋成「青頭巾」、救癩の母と呼ばれた小川正子『小島の春』、高群逸枝『娘巡礼記』を例に挙げて、「旧世界に巣食う悪弊が、新しき世の光に照らし出され、駆逐されていくことによって世界の安定がもたらされる」と語られてきた歴史記述の反復性について論述している。
（6）雄山閣　一九六六（昭和四十一）・十。
（7）津田秀雄編『近世国家と明治維新』所収　三省堂　一九八九・八。
（8）明治三十年『日本帝国第十八統計年鑑』に依れば、群馬県の強盗事件の件数は二位の福岡県をはるかに引き離し九九一件である。福岡は三五三件、三位兵庫三〇一件、四位山口三〇四件、五位東京一六七件、となっている。
（9）前掲『群馬県遊民史』からの引用。
（10）「第二のひいき」（鷗外）の「たけくらべ」評として「且個人的特色ある人物を写すは、或る類型の人物を写すより難く、或る境遇の Milieu に於ける個人を写すは、ひとり立ちて特色ある個人を写すより更に難し」（「三人冗語」『齋藤緑雨全集巻三』筑摩書房　一九九一（平成三）・十二）と述べている。阿伝は「個人的特色ある人物」ではないが、魯文は、阿伝の「Milieu」を書くことによって類型からの個人化を図ろうとしたとは言える。

(11) 阿部善雄『駈入り農民史』至文堂　一九六五（昭和四十）・九。

(12) 澤野雅樹解説『犯罪研究資料叢書② 殺人法廷ケースブック二』（晧星社　一九九六・十）以下、裁判記録はすべて本書に依る。

(13) 同成社　二〇〇九・七。

(14) 前掲阿部善雄『駈入り農民史』には、寺へ駆け入る人々のさまざまな事例が調査されているが、「大名のきびしい統制から逸脱した者を、いちいち過酷な罪にさらすのでなく、このように俗離から独立した寺院に逃げ込むのを認める、ということは、宗教と政治権力の巧みな抱擁」という見解を示している。

(15) 平凡社　一九八七・五。

(16)『日本近代文学大系1　明治開化期文学集』一九七〇（昭和四十五）・十二。

(17) 後述の予定であるが、夫波之助の死に関して、親に言うことと、裁判所で言うことが違っている。

(18) 前掲田村栄太郎『やくざの生活』に、賭博者は自分の職業を寄席、人足請負、土木請負などと称していた、とある。

(19) 前掲前田愛「高橋阿伝と絹の道」に、「阿伝の一代記は塩原多助の堅実な立身出世譚のきわめて陰惨な陰画であったといってもいい」と的確に指摘している。また、朝倉喬司も「阿伝を犯罪に走らせたのは、開港と維新によって〈解放〉された商業経済の力というほかない」という見解を示す。（『毒婦伝』平凡社　一九九九・四）。

(20) 二章で述べたように、この親たちの行動は、『夜叉譚』では、〈農民は移動しない〉という方法論の故か全く無視されている。

(21) 春陽堂　一九二六（大正十五）・十一。

(22) したがって松原真の「作者は阿伝に感情移入も同情もしていないだろう。描かれるのはひたすら、多分に偏見をともなって毒婦と断定された女の外面的な所業だけだ」（「毒婦物の法廷」『日本近代文学第七四集』二〇〇六・十）という論とは、小稿は見解を異にする。

(23) 小田切秀雄「維新変革の動乱と旧秩序の解体とのなかで、無方向に、破滅的な仕方であふれでた女性のエネルギーの不安定な像の輪郭」（『日本現代史大系　文学史』　一九六一（昭和三十六）・十一）という見解は示唆に富むものであるが抽象的に過ぎる。阿伝は決して「破滅的」なのではない。合理的で、実利的、権利意識にも敏感な有能な女性像である。

(24) したがって前掲亀井秀雄「メディアと物語」の、「謀殺に対して、争っているうちに殺意が生じ、相手を殺してしまった場合は故殺とし」「故殺を犯したのが廃疾者や老人、子ども、女性の場合には懲役を金で購うことができ」阿伝はこれを狙ったという見解は首肯できない。明治九年九月十三日『仮名読新聞』に阿伝が獄中で小川市太郎に宛て、そして届かなかった手紙が掲載されている。「したからではだめだ、たんさくがはいるから、せけんの事をたのむ宗そふとんさん（ママ）にはなしてたかいところのてづるをたのんでたんがんして下され、そふでなけ、たすからない」という内容からは、阿伝が死刑を免れようと必死だった息遣いが伝わる。姉の仇討ちという主張とも矛盾しない。

(25) 阿伝は、処刑の際、小川市太郎に会わせてほしいと、最後まで処刑を忌避して暴れたため、八世浅右衛門が二度、三度とし損ない、阿伝の身体も処刑場も凄惨な有様となったことは篠田鉱造『明治百話』（角川選書二四　一九六九（昭和四十四）・八）に伝えられている。なお、前掲重松一義『近代刑罰史年表』の高橋お伝の記事には、「高橋お伝（三〇）市ヶ谷の刑場で処刑される。（略）世評では毒婦と喧伝されるが、癩の夫波之助に尽くす貞女であり美女であり、仙之介（のち吉蔵と改名）の策にかかり身を委ねて本犯に係ったのが真相とみられる。しかしお伝の供述は認められずわが国で斬首による女の刑死の最後となる」という現在の司法の見解が述べられている。

○『高橋阿伝夜叉譚』の引用は須田千里　岩田秀行校注『新日本古典文学大系明治編九　明治戯作集』（岩波書店　二〇一〇・一）に依った。

II　尾崎紅葉と北田薄氷

第二章　硯友社一面　明治二十年代の想像力
―『心の闇』の〈出世主義〉―

1　はじめに　宇都宮という場所

『心の闇』は、明治二十六（一八九三）年六月一日より七月十一日まで、『読売新聞』に連載、二十七年五月、春陽堂より出版された。紅葉が文壇的に頂点にあったころの作である。主人公は盲人佐の市である。盲人とは何か。言うまでもなく明治政府によって容赦なく切り捨てられた歴史的棄民である。小稿では研究史においてなぜか等閑に付せられて来た、この視角から佐の市を徳川から明治への歴史的文脈に位置づけ、その受難の相を明らかにすることを一つの目的とする。同時に、『心の闇』が新聞連載されていた明治二十五、六年前後の栃木県事情に着目すると、二十四年十二月、近代日本における初めての公害事件である足尾鉱毒事件が、栃木県選出衆議院議員田中正造によって、国会に質問書が提出され農商務大臣陸奥宗光の責任を追及するなど、まさに地方から全国レヴェルの大事件へと移行しかけていた時期でもあった。栃木は民権家が多いことで知られており、まさに激動する時代を象徴するような土地柄であった。特に南部は、北関東民権運動の拠点であった。明治十七年には加波山《かばさん》事件があり、県庁が栃木から宇都宮へ移転し、『栃木新聞』が発刊される。翌明治十八年には、大宮から宇都宮への東北本線が開通する。この時の県知事が、自由党嫌いで、徹底的に民権運動を弾圧した三島通庸であった。しかし鉄道開通は、県庁の地宇都宮に大きな変化をもたらすこととなった。

『朝野新聞』明治二十五年十月二十日の次の記事は注目に値する。見出しは「宇都宮の衰微」である。宇都宮は戊辰戦争の時、賊軍が官軍に抗し、その間に領主戸田公は自らその城を焼き、市街は兵火のためにことごとく焼かれたけれど、日光街道の枢軸を占める場所であるために復旧も早かった、と述べた後、記事は次のように続く。

然るに近年日光線成りて汽車の往復したる後日光参詣の客は悉く汽車に奪ひ去られ宇都宮に来るものなし日光街道は是が為一時人影を見ざるに至り随て宇都宮は非常に衰微したり只た県庁の此の地に在るが為僅かに面目を保てるか如し

宇都宮が日光本線（明治二十三年八月、宇都宮―日光）の開通の後衰微し「只た県庁の此の地に在るが為僅かに面目を」保っている土地であると、この記事は述べている。(1) つまり近世、宇都宮は城下町であり、また日光・奥州街道の分岐点として宿場町の役割をもっていたのだが、鉄道開通はその宿場町としての機能を奪ったのである。物資は宇都宮を素通りし、この記事の通り、旅客は跡を絶ち、東北に向かう要衝にあった宇都宮は、この時期、商業の面から見れば新聞のニュースになるほどの衰退ぶりを示していたのである。『心の闇』にはこのような宇都宮が、棄民佐の市を語るにふさわしい、忘れられた場所として選ばれている。

五百年以上、独特の文化を担ってきた盲人を廃疾者として排除した明治四年の「盲官廃止令」と、足尾鉱毒事件(2)とは、苦しむ民衆を踏みにじって驀進する明治国家の性急な〈近代の歪み〉を余すところなく示している。二つの出来事に見える国家意思の残忍さは、苦しむ人々がついに黙り込むほかない終焉を見越していることにある。『読売新聞』に書いていた紅葉がこうした問題に無関心であったとは考えにくい。『心の闇』はこの、公害（近代の民衆の受難）と「盲官廃止令」（歴史的棄民）の物語と言っても過言ではない。二つの大きな時代の〈ひずみ〉を紅葉流にろ過して語られる物語である。

テクストを検討するにあたって、いくつかの論点を挙げる。①社会史・文化史から見た明治社会における盲人、②足尾鉱毒事件を中心とする栃木県事情という問題の他に、③番目として、紅葉のテクスト戦略について検討したい。紅葉独特の方法として、日本文学の伝統である〈本歌取り〉の手法を見過ごすことは出来ない。④番目として、ヒロインお久米が被る受難の内実を考える。〈中央から来た役人〉と〈佐の市〉とは、お久米にとっての受難の具体相であろう。しかし、日本社会のどこにも帰属することのできない佐の市という青年の陥っている悲劇的状態を考える時、お久米は本当に被害者と言えるのだろうか、という疑問も湧く。この語り手は何を語ろうとしたのだろうか。小論は、あくまで佐の市を盲人史における〈歴史的存在〉として捉えつつ、語り手の視線がどこに向けられているのかを詳細に検討したい。

2　紅葉の方法――本歌取り

紅葉のテクスト戦略としては、伝統的な〈本歌取り〉の手法をまず挙げることが出来る。言うまでもなく、和歌などに見られる、本歌を背景に置くことによって新しい作の技巧の複雑化を図るものである。紅葉はその手法を好んで用いた。例えば「伽羅枕」には西鶴「好色一代女」があり、『多情多恨』（明治二十九年）には「源氏」（桐壺の巻）が本歌となる。この紅葉の方法論は、ただそれらの先行テクストの着想を借りている、といった評価でしかなかったが、決してそれだけではなく、あえてプレテクストを顕示していることに意味がある。『多情多恨』は、愛妻を失くして悲嘆に暮れている男が、亡妻を思わせる女性を見出していく、長塚節「土」（明治四十三年）に踏襲される、〈愛妻の死から始まる物語〉に他ならない。これらのテクストは、〈本歌〉つまり「桐壺の巻」が、（おそらく「土」には『多情多恨』が）テクストの背後に揺曳する効果を狙っている。[3] いまだに「源氏」が、文化的規範として強い影響力を持っていた同時代の読者には一層の効果があったであろう。それはオリジナル幻想に覆われた現代の読者から失なわれつつある、そしてもっと意識化されて然るべき〈伝統的な感受性の型〉なのである。

『心の闇』の場合は、黙阿弥「蔦紅葉宇都谷峠」（文弥殺し）が象徴する盲人殺しの怪談がプレテクストとなる。[4] 読者は、「宇都宮」「盲人」で、すぐに黙阿弥の「文弥殺し」、南北「四谷怪談」、三遊亭円朝の「真景累ヶ淵」などを連想したであろう。佐の市の語られ方は、まさにこれらの〈お化け〉的表象に傾斜している。

①「賑わしき夕暮れの門を、撫肩の後姿悄然として入來る按摩あり（一）

②「前後も知らず囀る横合から飄然出たる人影に、二人は魂消て、わつと声を立つれば、吃驚して退歩する青坊主。おや佐の市さんだよ。暗いところから唐突に出て来てさ」「佐の市は惘然としてしばし佇みたりしが、やがてさきに現れし横合へ退込みて、何処へか行きけむ、姿は見えずなりにけり」「屏風二双立て掛けたる陰に、消えよとばかりに蹰まる人影あり」（四）

このような奇異な振る舞い方が佐の市の著しい属性となっている。佐の市は、影の如く、また透明人間の如く自分の姿を暗がりや物影の中に潜める。それは自分の姿は見られずに、他を知ろうとする態勢である。佐の市のこうした身体表現からうかがえるのは佐の市の、失意に介在された〈孤独〉である。佐の市は、身体の障害によって、諦めから生ずる〈足るを知る〉生き方を身に着けた男ではないことがこうした振る舞いからも推測できる。佐の市は貪欲である。また、療治の後、お久米から菓子を貰って帰る際に店の宿引きから「何處で貰つた」との問いには応えず「ひゝと笑ひ」（一）、あるいは母親からお久米の縁談を知って千束屋に確かめに行き、確かな事実であることを知った時、まだ公にする段階ではないと言葉を濁す千束屋夫婦に「にやにやと笑ひかけて、あれ未だ〳〵お隠しなされまする」（七）という場面の「ひひ」「にやにや」などの身体表現からは、語り手が佐の市を、読者を意識して理想化される〈恋する青年〉としては語っていないことを示す。語り手は、佐の市を、この社会の周縁に位置する「不具者」「廃人」、としてのみならず「怪談」的人物として、妄執の亡霊じみた要素を取り込んで始めから登場させている。

すなわち佐の市は倫理的に他の人々との〈共通感覚〉をもっていない。佐の市がそのように見えるのは、「不具」（盲目）であることが伝統的な怪談に結びつけられているからである。なぜ語り手はそのように佐の市を語るのか、と問題化することが『心の闇』の読解にまず必要であろう。周縁的人物として生きることは、社会が佐の市に強いたことに他ならない。しかしながらこの語り手は、佐の市を理不尽に「廃疾者」として排除している社会に寄り添った眼差しによって語っていると言い得る。佐の市は、物語が進むにしたがって、〈不気味なもの・邪悪なもの〉としての相貌を露にし、お久米は、邪悪なものに見込まれた可憐な被害者として、二人は強い紐帯で結びつけられていく、という構造である。しかし、時代の青年の描く未来像から完全に遺棄されている佐の市の属性である〈倫理的疎隔〉の背景を見なくてはならない。以下に、中山太郎『続日本盲人史』[5]、加藤康昭『日本盲人社会史研究』[6]、森納『日本盲人史考――視力障害者の歴史と伝承　金属と片眼神――』[7]等を参照しながら、佐の市の〈絶望〉の歴史的背景を概観したい。

3　当道座解体と佐の市――歴史的棄民としての盲人

十四世紀後半、琵琶法師集団によって統一的な座が形成され、平曲の大成者明石覚一が活躍した南北朝時代に、後世、当道と呼ばれる座の基礎が確立した。（加藤康昭「近世の障碍者と身分制度」『日本の近世』[8]）。以下、加藤の記述によれば、前近代の身体障碍者の中で、盲人以外は、社会的に表面化することが無かった、という。日本の盲人は、ヨーロッパの、既得権維持に終始した盲人ギルドとは対照的に、「音声のマジカルな力によって」呪術的宗教民や琵琶法師として歴史に登場し、自らの要求を社会に主張しうる「座」という集団的結束力を持つに至り、医術や音楽を通じて社会的にその地位を高めることができた。当道座は、階級社会であったが「官位の持つ経済的利権に加えて、あるいはそれ以上にこうした官位の社会的特権を求めて盲人たちは競って官位昇進を励んだ」という。琴、三味線、鍼按摩、の営業はほぼ独占されていた。しかし「座」の統制力は幕藩体制の揺らぎに連れて崩れ始める。「座」は盲人の生活に対し扶助と統制の機能を十分に果たし得なくなってくる。そして盲人の社会的在り方を決定的に変えたのが、明治の新政府の政治的社会的変革だった。

徳川期であれば、「杉山流」の鍼灸術を会得している佐の市は「学問所」と呼ばれる立派な医師であるし、明治政府の政策によって「当道座」が解体しなければ、生真面目な努力家の佐の市が、幕藩体制が揺らぎ始める近世末期にあっても「座」の相当の官位を取得できなかったはずはない。勝海州の曽祖父米山銀一（一七七一年没）は、越後の農家に生まれ、失明して江戸に上り鍼術を学び、傍ら金貸しをして三十八歳の頃検校となった人物で、銀一の第九子、男谷平蔵の第七子小吉が海舟の父である。米山検校は、百姓から出て、当道座に入り、鍼術や金貸しによって富裕化し、社会的上昇を遂げてゆく徳川期の盲人の典型的な例であると加藤は述べている。つまり佐の市は、徳川期であれば、悲願の如く、一目置かれた社会的地位に上り得る可能性を十分に持った人物なのである。

明治四年十一月、当道座の必死の請願（新政府に千円を献金する）にもかかわらず、太政官布告の「盲官廃止令」が公布され当道座は完全に解体する。新政府の中央政権的支配体制に適合しない封建的諸制度が撤廃される中で、〈当道制度〉はいち早く目を付けられたのである。四月、すでに「全国総体の戸籍法」が公布され、封建的諸身分の廃止が進められると共に戸籍名が「盲人」から「廃疾」に替わる（第四号戸籍書式）。この無残な戸籍名は盲人のその後の運命にとって決定的な響きをもつ。当道制度の検討に着手していた民部省の「盲官廃止伺」には「独り盲人身分曖昧ニ属シ不都合ニ付後來授官ハ相廃止各平民ニ入籍至当」とある。「座頭・瞽女」の法的名称も戸籍面から消滅し、一般民籍に編入されることとなる。「盲官廃止令」の内容とは、

①戸籍制度による、統一的国家機構の構築
②株仲間解散による営業の自由、職業の身分制度の撤廃
③人民相扶助を原則とした、厳しい救貧抑制政策（座の持つ救済的機能も失われる）

盲人は、ここに見られる「統一的国家機構の構築」「職業の身分制度の撤廃」「人民相扶助を原則」といった、新政府の「平等」を標榜する強固な政策によって、封建的「座」からは解放されるものの、それに代わる何らの保障・救済措置もないままに資本主義的諸関係のただ中に放り出されたのである。(9)

加藤康昭は「この経済的保障なき解放」の一方では、新政府は、「廃藩置県にともない旧藩主と藩士には家禄を補償し藩の負債の大部分を肩代りするなど、旧封建支配層に対しては手厚い保護を与えていること」に注意を促している。こうして盲人にとっての「近代」が始まる。盲人にとっての近代、すなわち「一般民籍に編入」されることは、新たに「廃疾」者として扱われるという、以下のような現実である。

音楽の専門は次第に晴眼者に奪われ[10]、針術按摩業が盲人職業の中心となり、医術の管理下に置かれる。それも次第に晴眼者に奪われて行くことになる。例えば、当道座最後の検校であった「藤村性禅」（平曲の名手）は、平家二百駒の難曲に習熟した「波多野流」七世の宗匠であったが、「盲官廃止令」と共に零落し、病身の身に寒夜、笛を吹き、按摩をしてわずかに露命をつないだと伝えられる。

佐の市は歴史的棄民であると同時に、新時代においても「廃疾者」と名付けられた二重の棄民なのであった。しかも、夜、笛を吹いて路上を流す丸刈りの按摩のスタイルは安政年間にできたと言われるが[11]、旧い姿かたちが崩れ、何もかも新しくなっていく世相風俗の中で『心の闇』の佐の市も含めて、盲人は安政年間と全く同じ風俗であることが一層彼らの棄民性を際立たせている。当時の盲人の実際の嘆きが篠田鉱造『明治百話』に次のように記録されている。

官位というのは、一に検校《けんぎょう》、二に勾当《こうとう》、三に座頭《ざとう》、四に市名《いちな》、この官位が、四両六両八両十二両十六両二十両と、だんだんに納《だ》して行かねばならず。この金を総録《そうろく》屋敷へ納めますと、ソレ〴〵の格式があって、座頭となりますと、黒塗の杖が許されます。勾当となると片撞木。検校となると両撞木。この検校にも二通りありまして、学問上（医術―注関谷）のは大したもので、総録になります。ソレから杖の長さは（後略）。今じゃアこんな格式は滅茶で、笛を吹くのも面倒だとあって「按摩上下《かみしも》十銭ッ」と、トヒョウもない声を張上げて、生恥をさらすようになりましたが、笛だって、昔は、二本笛と調子笛と、二通りありました。

この回想から感じ取れる諦めや自嘲の響きは、また佐の市のものでもあったであろう。佐の市は二十五歳であるから、おそらく明治改元頃の生まれであるとすると、このように残酷に落剝した盲人たちが多数生きていた時代ということになる。『朝野新聞』明治二十五年八月七日─十日まで三回にわたって「徳川制度──「瞽盲《めしい》の社会」」が、連載されている。この記事は、「囚獄のこと」「穢多の一大族制」などと題して、徳川期の様々な旧制度についての解説がそれぞれ三、四回にわたって連載されたシリーズの一つである。「瞽盲の社会」の一回目（八月七日）は、「関東総録の起源」というタイトルで、緑《ろく》の市と呼ばれた盲人が五代将軍綱吉を療治し大変気に入られ、検校に取り立てられて杉山検校として関八州の盲人を「総管」すべき命をこうむり、本所に千坪の土地を下賜されて「総録」と称した由来が説明されている。二回目は「検校、勾当、座頭、紫文、市名」などの官名と、「総録」（座）における官位の取得の方法が述べられている。「世に立ちて功名を博すべき望絶えたる瞽盲社会に在りては官を取るの一事こそ終生の名誉にして一旦官を受くれば其の位置次第によりて大名の御殿にも登り千代田城の大奥にも出入することを得たるのみか実入りさへ随つて多かりければ相競ふて斯の道より駆け抜けんと勉めたるも無理からぬことそかし」という一文は、現在の佐の市の無念を過去から照射するものであろう。三回目は、鍼治、琴曲など盲人の職業について述べ、それらの才の無いものは、「官金」の貸付を業としたことなど、その他、幕府の御法事、将軍他界の節などに盲人社会に金銭が下賜され盲人たちの収入を助けたことなども子細に解説されている。〈盲人の社会〉を全くの過去の遺制として語っているこれらの記事は、当時存在していた多くの盲人たちを〈落魄した人々〉として印象づけたであろう。『心の闇』執筆の前年のこの記事が紅葉の視野に入っていなかったはずはない。

すなわち佐の市の哀れなイメージを理解するためには、社会的な上昇の方途を根こそぎ奪われ、ただ憐れまれるものとして「生き恥をさらす」べく新時代から置き去りにされた盲人の、社会史的文化史的背景を視野に入れなければならない。佐の市の願いが、明治の青年たちが目指した典型的な立身出世の未来像であることは、六百年に及ぶ当道座解体という歴史的大事件を傍らに置くとき、佐の市の〈悄然とした〉イメージを一層際立たせる。しかし紛れもなく佐の市は、こうした上昇志向に貪欲な明治の青年の一人なのだ。

　言うまでもなく、明治は「成功」という語が強い意味を持った時代である。柳田国男は、「明治の新熟語」であると述べている[12]。漱石の『門』の主人公宗助が歯医者で『成功』（明治三十五年十月発刊）を読んでいたことも連想される。佐の市にとっての〈成功〉とは、具体的には①官員になること、②主筋の娘と結ばれること、の二点に集約できる。しかし官員は多く旧士族が占めていたので、たとえ目が見えたとしても芸者の私生児、車引きの子、という出自の佐の市にはかなわない望みである。②の、貧しい生まれの青年が将来を見込まれて養子としてその家の娘と結婚する、という男子の社会的ステイタスの移動も「われから」「金色夜叉」「晩櫻《おそざくら》」（北田薄氷）を始め枚挙にいとまがない。しかし眼の不自由な「廃人《かたは》」（二）たる佐の市にとって、その望みも叶うべくもない。

　佐の市は、いわば樋口一葉の「わかれ道」の傘屋の小僧「吉三」のような、親の撫育から断ち切られたみなし児（父親の消息は明らかにされていない）であるから「家」にも帰属していない。その存在的漂泊性に基づく悲嘆の様は、藤村の「破戒」の丑松を思わせる。したがって、「命懸けても添はねばおかぬ、添はにゃ生きてる効が無い」と佐の市が幾たびか歌う時、心に秘めている「千束屋」のお久米とは、佐の市の片思いの相手というよりも、明治社会の棄民である佐の市の絶望を象徴するもの、言い換えれば佐の市の絶望の客観的相関物そのものと言えよう。佐の市の絶望の内実は、大沢真幸がヒステリーという現象について、十九世紀の先端的テクノロジーである鉄道の普及と結びついていた事実に着目して述べた「(列車に)乗るということは、未来に属する普遍的・包括的な経験可能領域に参入し得るという事を意味し、乗り遅れる、ということは過去に属する特殊的・限定的な経験可能領域に閉じ込められていることを意味する」[13]という論理に符合する。

佐の市が、なぜ実の父の消息を訊ねようとせず、自分の出自を探求しようとしないのかは謎である。佐の市の実母である芸者から養母のお民が知らされていないはずはないのだから。それはもしかしたらプライドの高い佐の市の現状の悲嘆を幾分でも慰撫するものであったかもしれないのに。佐の市にはあたかも過去がないかのようだ。明治十二年に処刑された高橋阿伝が、罪状を否認する目的のためとはいえ裁判官に対して自分の出自を藩の家老の落としだねであると主張し、自分の生涯を数々の芝居的趣向で飾ろうとしたことも連想される。[14]失意の佐の市が自分の出自についてさまざまな想像を巡らせなかったはずもない。芸者の私生児という以外には全く佐の市の素性が不明なのは、佐の市の不帰属性を際立たせるためであろうが、さらに、そうした個人の事情を越えて、佐の市の歴史的存在としての棄民性を強調するものでもあろう。この問題については終章で再考する。

ではなぜ、この語り手は、佐の市を藤村の「破戒」の丑松のように〈未来を閉ざされた明治の青年の一人〉として、丑松同様に、新時代に生きる青年の悲劇として語らないのであろうか。先に加藤康昭の言葉を引用したが、「盲官廃止令」が、いわゆる〈穢多非人に象徴される民衆の身分的解放に共通するもの〉であるなら、なぜ佐の市には、〈盲人の妄執〉といった前近代的身体イメージが付随するのであろう、という問題化の仕方は、『心の闇』を前近代的怪談のイメージから解き放つ端緒となるのではないか。物語を語る〈語り手〉の視線はどこに向けられているのであろうか。この語り手の現実を覗き見る〈レンズ〉が、同時代の読者の〈共同幻想〉を当て込んでいることは確かな事であろう。では同時代の〈共同幻想〉とはどのようなものを指すのか。

4　共同幻想としての〈怪談〉

紅葉は明治二十三年「巴波川《うずまがわ》」という怪談めいた小説を書いている。『心の闇』と同じく、「足尾へ行く」というある青年が、母と娘だけで経営する、巴波川辺の小さな旅館に泊まる。娘は美人で気立てが好い。客は病気になり、予定を延ばして逗留するうちに娘と深い仲になるが、その翌朝、娘は驚くべき内容の手紙を残して巴波川に身を投げてしまう。娘は〈業病〉に冒されており、男と関係を持つと、顔が崩れてしまう故、もう生きてはいられない、と手紙にはあった。『心の闇』から三年程前の「巴波川」も、〈宿屋の怪〉という怪談の紅葉流の、艶なる脚色と言える。「足尾へ行く」という客が佐の市に語る「この地は癩が大層流行るとやら。勝れて美い女には得てあるもの、と古来の伝説」とは、まさに「巴波川」を指している。しかし決して〈怪談〉にはしていないところに紅葉の都会的な新しさがあると言えよう。(15)

さらに「巴波川」には、〈美女の顔がたちまち崩れる〉という、累《かさね》伝説も背景にある。〈累伝説〉は、元にある因果話が、歌舞伎によって、美女の顔が一瞬にして崩れる、という場面が見せ場となっていった。幕末明治には、この類の話が流布していたことが推測しうる。「巴波川」の読者は、当然〈累伝説〉を背景に重層させつつ読んだであろう。怪談じみた「巴波川」(16)が、怪談じみた『心の闇』に入れ子構造となっている。このように『心の闇』は、風土にまつわる情趣を巧みに取り込みながら、盲人が化けて出る、というプレテクストを「本歌」として示唆しつつ、〈盲人〉という種族の歴史的棄民性と、そこから湧出する〈歴史的恨み〉を表象している。このことはまた、当道座解体という新政府の政策の酷さばかりでなく、過去に、「座」に献金するために全国各地から京へ上ろうとして、無防備ゆえに追剥によって殺された幾多の盲人の恨みへと歴史的社会史的にすそ野を拡大していく問題でもある。

『心の闇』の語り手は、これ等の盲人にまつわる共同幻想に極めて自覚的な語り手である。「宇都宮」という場所の選択もそのことを雄弁に語っている。しかし佐の市像は、当然のことながらそうした前近代的な文化表象には回収されない。佐の市を〈文弥殺し〉のような前近代的〈怪談〉のフィルターで捉えているのは他ならぬお久米の眼差しである。

夢とは雖ど、嫁入前の身に取りては、忌はしき怪談と、心一つに納めて人には知らさゞりき。(七)

お久米の、佐の市に抱く恐怖こそがこのテクストを怪談めいたものに彩るのである。

5　二重の歴史を生きる佐の市

佐の市の理不尽さは、恋心と同時に恨み、嫉妬、自分の人生の不如意のすべてをお久米への感情につぎ込んでためらいがないことだ。お久米の佐の市への恐れもそこに由来するであろう。そのような情念は世間に「もてあま」(ニ) されるほかはない。お久米と筑居喜一郎との結婚は、双方の親同士が決めたことであるのに佐の市の恨みは〈家〉には向かわず、ひたすらお久米へと向かう。お久米は心優しい人物であるゆえに、佐の市に乗じられ取り憑かれてしまうかのように見える。しかしそれは習俗の力によって、お久米の感受性がそのように方向づけられているからである。縁談が決まったことを知ると、突然お久米の悪口を言い始める(「あのお久米さまのやうな人はない」)のは確かに理不尽である。しかしこの悪口には佐の市一人の恨みではなく、社会の奥深くにわだかまっているルサンチマンが、はけ口を求める、という仕組みが暗示されている。つまり佐の市が、近代に生まれた青年の一人でありつつ、伝統的な〈盲人の怪談〉の主人公の一人でもあるという二重性によって、特徴づけられることが『心の闇』というテクストの奥行きであり最も重要な要素であろう。そしてお久米こそ、佐の市から〈明治の青年〉らしさをはぎ取り、〈怪談〉的イメージを押し付けようとする習俗そのものなのではなかろうか。

江戸初期の仏教説話集から幕末の歌舞伎を経て泉鏡花「黒猫」、夏目漱石「夢十夜」、あるいは井上ひさし「藪原検校」など、近代文学においても、〈盲人の執念〉が繰り返し表象されてきた理由の一つには、「盲人殺し」に対して、一般の健常者が必ずしも百パーセント無実ではないという歴史認識を見ることができるのではないか。民衆にとって、身体的不具者は常に〈厄介〉な存在であった。森納は「都市・農村を問わず人口制限の手段として堕胎・子殺し・捨て子が常習的に行われていた」近世及び近世以前において、「障害者の生存は期待されなかった[17]」と述べている。彼らの多くは盗賊ではなく、まず親の手によって殺されたのである。

佐の市の絶望は、佐の市個人を離れて、こうした社会の基層に潜在する、盲人の恨み、といった集合的な文化表象に結びつけられることでお久米の恐怖をあおる。しかし佐の市をあくまで恋にも社会的上昇にも絶望している明治の一青年と見る視点を失っては、『心の闇』は一気にお久米の視覚に取り込まれ、前近代的怪談に傾斜してしまうであろう。紅葉が書いたのは、〈新しい恋の物語〉なのである。

色白く眼鼻立ちも陋しからず、小綺麗なると、温順《おとなしき》が愛嬌になりて、想ひの外に繁盛し、幽かながらも小腕に活計を助けて、十五、六の頃からは一廉《いつかど》の稼する身になれるも、千束屋のお蔭ぞかし　（二）

と、あるように、佐の市は恋する美青年でもあるのだ。また、「物心着きし頃より早、不自由知らぬ人の幾計か羨ましかりつらむを、好程に断念はせで、昨日からの盲目などのやうに、さりとは苦に病むを母親の知らば、定めて気遣はしくも訝るべく、衆《ひと》は可笑しくも異しむべし」（三）あるいは「もし然もあらば、按摩は罷めて県庁の役人とならむものを、と折に触れては母に喞てば、天へ梯子掛けてお星様を拾ふやうな、出来ない相談」（同）など、佐の市が自分の運命を受け入れることができないことが幾たびも強調されてもいる。

この諦めきれなさ、欲望の不完全燃焼の事実こそが佐の市を近代社会の青年らしくしている要素である。例えば、森鷗外「高瀬舟」の、お上から二百文戴いてありがたがる喜助の〈知足〉の美徳は、封建社会のものであって佐の市のものではない。だから、こうした絶望を抱えた佐の市が、療治の行きかえりに千束屋の主人とお久米に挨拶し茶菓を振る舞われるのを無上の喜びとしている、ということは、決してそれで本当に満足しているわけではなく、逆に佐の市がいつ滑り落ちるかも分からない危うい綱の上を一足一足、辿っているような心もとない人生を生きていることを示していよう。このように考えると、佐の市は「破戒」の丑松に似てくる。なぜ〈自分だけ、普通の人のように生きてはいけないのか〉という、青年の煩悶は、この社会の基層から、何時でも聞こうとさえすれば聞こえてくる一つの典型的な強迫観念の型である。この意味において、佐の市像は、丑松の煩悶を予感している。

明治四年八月「穢多非人解放令」が公布され穢多非人と呼ばれた階層が〈一般民籍〉に入ることになったその十一月に、先述のごとく「盲官廃止令」によって盲人も〈一般民籍〉に入ることになったのだが、現実は、どちらも「経済的保障なき解放」であるのみならず、周知の如く現実社会においては差別が更新されたのみであった。しかし時代は大きく展開した。

民衆の欲望を管理し、封じ込めることで成立していた封建イデオロギーの収奪のシステムは、もはや解体した。そこにパンドラの箱を開けた様に民衆の欲望が湧出してくる。佐の市はまさに新時代に生まれた青年として、自身の欲望を語らざるを得ないのだ。それは極めて真っ当なことだ。『心の闇』はそれを徳川期以来の風俗そのままの按摩として生きる他ない盲目の青年に託して描いた。例えば明治四年の廃藩置県断行以降、風俗に関する改良も矢継ぎ早であって、「断髪脱刀の自由」「華士族平民の通婚自由」が八月に認められている。佐の市が身分違いのお久米を望む基盤はすでに存在していたわけである。文明開化熱が鎮静化した頃にも、明治二十五年九月十一日の『朝野新聞』には、「風俗改良協会の創立を望む」という見出しで、「日本服」「男子の遊戯」「食物」などにおいて「風俗改良協会」なるものの必要性が提案されている。こうした空気の中で、そのような〈改良の時代〉の動きに全く置き去りにされているのが佐の市である。一般庶民にとって、教育を受ける自由や社会的ステイタスの移動など、「空の星」のようなものが、曲がりなりにも可能性の範囲として見えてきたのが明治の社会であってみれば、見えない眼と等しく「膠もて粘つけたらむやう」に未来が閉ざされてしまうことに諦めがつかないのは有能な青年であれば当然であろう。

ところで、お久米が佐の市を恐れる具体的な理由は何であろうか。それは第一に文化的後進性を思わせる佐の市の境涯とその風俗ではなかろうか。というよりもお久米の中に、不具であるためにそのようにして生きる他ない佐の市への差別意識があるからではないのだろうか。お久米は、佐の市に同情はするが対等に見ることは出来ない[18]。「破戒」の丑松には、彼の出自を知ってもいささかもたじろがない乙女お志保が存在した。『心の闇』にはたじろがぬお志保の代わりに、佐の市の自分への執着を想像してひたすら「もてあまし」恐れるお久米という〈習俗〉が佐の市の行く手にある。玉の輿結婚の筑居喜一郎を愛するお久米の眼差しは、佐の市を、〈穢れ〉として見る眼差しに他ならない。「良家に縁付きながら、是一つが邪険の姑持てるにも劣るまじく」というお久米の佐の市への「腹立ち」(九)は、佐の市を〈自らが帰属する文化的秩序の違和＝穢れ〉と感受している事実を明かしている。差別意識に根ざすお久米の、佐の市に対するこの本質的な敵意を失念してはなるまい。

メアリ・ダグラスは、『汚穢と禁忌』(塚本利明訳　ちくま学芸文庫)のなかで〈穢れ〉とは相対的なものであって〈秩序〉との関係において生起するものであると述べている。そして「穢れ」とは「ある体系を維持するためには、そこに包含してはならないものの謂いである」と定義する。

我々のもっている汚れの概念を検討すれば、汚れとは体系的秩序から排除されたあらゆる要素を包含する一種の全体的要約ともいうべきものであることを認め得るだろう。

（前掲『汚穢と禁忌』第二章「世俗における汚穢」）

佐の市に対するお久米の恐れの内実が、メアリ・ダグラスの言う「ある体系を維持するためには、そこに包含してはならないもの」と見る眼差しであることが明瞭になる。そして「体系的秩序から排除されたあらゆる要素を包含する一種の全体的要約」という言葉は、佐の市という歴史的存在を極めて明快に位置付ける。またあるものを「穢れとすること」は、〈権力のメカニズム〉に拠るものだ。お久米が佐の市を恐れの対象とすることは、おそらく彼女自身自覚できない〈権力の視線〉と見るべきではないか。そう考えれば、佐の市のお久米に対する執着に新たな意味が浮上する。お久米が、手の届かない「空の星」なのではなく、佐の市を周縁に追いやる権力（の手先）であるからこそ佐の市は彼女の周りを徘徊するのである。お久米と佐の市の距離関係は、社会と佐の市の関係との相似形に他ならない。

6　足尾鉱毒事件と『心の闇』

お久米は、なぜ県会議員と中央の役人との宴会に出なければならなかったのであろう。このような場合、土地の芸者が呼ばれるはずなのにその様子はなく、芸者の代わりに宴席にはべっているのが宿の娘お久米であるという不自然な場面設定は何を意味するのであろう。語りは極めて意図的だ。つまりこの一家は、お久米を中央の役人もしくは県会議員の縁に繋がる「良縁」(＝出世)を当てにしていたとしか考えられない。佐の市は、内儀に「これまでに随分御大身のお客様方の光臨もございましたが、お久米様をお座敷へお出し為されたことはござりませぬに〈略〉」(三)と不審を表しているが、二晩共に、芸者の代わりに娘を宴席にはべらせることに、語り手は〈一家挙げての野心〉を暗示している。しかしその結果は、良縁どころかあらぬ噂を立てられたのみで、期待は大きく外れてしまった。意気消沈する千束屋に、「どのやうな御方がお出でなされましても、お久米様をお座敷へお出しあそばさぬが宜しうござりまする」(六)と忠告する佐の市に対して、

按摩風情に意見されて、口利の銀蔵も一言無く、外ならぬ知事様が懇切《たって》の御所望と、其晩勃然《むっ》とせし内儀はなほ愧《はづか》しく、妙齢の娘持てる親は、何につけても苦労の絶えぬものと、そんな話に紛らしてしまひぬ。

(六　傍点引用者)

こうした内儀の対応は、娘を県知事の宴席に出したことについての〈紛らせようのない〉密かな思惑を暗示していよう。この一家が佐の市を「不具(かたわ)」(九)として特殊視していることは、お久米の縁談が決まった直後から露骨になる。笑うことの無くなった佐の市に対して「今までとは違ひて、此頃は盲人染みて来たやうな、と内儀が陰事」、という一文は、「不具者」と「健常者」を、暗い、明るい、のような通俗的人間観によって乱暴に線引きする習俗の残忍さを示している。

お久米も、佐の市のように、新政府の官僚機構にしてやられたと言えるだろう。そして時期的に、この会合が中央からの官僚と県知事及び県会議員による足尾銅山の一件であることを語り手が示唆

していることに疑問の余地はあるまい。[19]

明治二十五年から二十六年にかけて、折田平内県知事を委員長として古河側と被害民との仲裁機関である「仲裁会」が設置され、示談契約が進められていった。その内容は「企業責任はあいまいにされ、恵む、という態度と名目による極めて低廉な金額で、被害農民の口封じを狙った、一反歩平均一円七〇銭という肥料代にもならない驚くべき金額」（東海林吉郎　菅井益郎『通史足尾鉱毒事件一八七七―一九八四』）であった。

お久米は、県会議員の息子との婚儀が決まって失敗を取り戻したどころか大出世を手にしたわけである。[20]当然、お久米の出世とは、鉱毒被害民を容赦なく圧殺する権力側の人間になることを意味している。また、その「性情向上に生まれつき」（七）たるをもって現在の境涯から名士夫人へと成り上がることを選択し、彼女を慕う男を傷つける、という展開は、すでに絶筆『金色夜叉』を予告しているとも言えよう。旅館の娘と出入りの按摩との関係は、土地の名士夫人へと権勢の道を歩むお久米と、お久米の居場所となる世界から排除される佐の市との関係に更新される。だから『心の闇』の恋、とは、そうした二人の、すなわち中心的秩序と、決してそこに包含されることなく周縁に位置づけられるべき〈穢れ〉の、互いに無くてはならない関係の謂いである。

（十）

是も恋か、

に込められた、作者のアイロニーを見過ごしてはならない。

7 〈経済〉と佐の市

『心の闇』が、佐の市という〈歴史的棄民〉の願望に焦点化しつつ、明治二十年代半ばの栃木県の政治事情を意識的に取り込んでいることは、如上の考察で明らかにできたと思う。かくの如く『心の闇』には、紅葉の現実感覚が息づいている。その現実感覚は、佐の市の絶望を克服あるいは相対化できるかもしれない一筋の道を示す。それが「二宮金次郎的」倹約と蓄財の才である。

佐の市には、強い出世願望があるように見えるが、それは実は、決してかなえられない、という絶望の逆光から照らし出されたもののように見える。「官員」といい、「主家の娘との結婚」といいあまりにも紋切り型の〈羨望〉の域を出ていない。佐の市は、〈按摩〉ではない道を具体的に可能にする何かを学ぼうとしても良かったはずだ。運命を変革する意欲が本当にあるならば、すでに開発の緒に就いていた初期の点字[21]などを学ぶという方途を手繰り寄せることは出来たのではないか。しかし佐の市は、そうした運命を打開する具体的な方策には関心が及ばない。佐の市には、ただ子供が他人の玩具を欲しがるような、健常な青年の出世コースを羨む世俗的心情があるのみで、彼らが一方で学ぶ人たちであることは全く念頭にない。この事実は、先に触れたように、佐の市が父の出自を追求しようとしないことと密接に関わっているように見える。すなわち佐の市は、自らの血筋を探ろうとすることと、〈学ぶ〉ための方途を探ることの、按摩という境遇に何らかの変化をもたらすかもしれないどちらの道へもいかない人物として、言い換えれば実験的に、〈盲目の按摩〉という陋習の中で生きることが宿命のように描かれているのである。

その代わりに〈蓄財〉という、もう一つの庶民の夢をかなえつつあるというわけである。変革ではなく実利なのである。

明治十一年に完成した三遊亭円朝の「塩原太助一代記」が、速記本が流布して一般に知られるようになり、『心の闇』連載の前年明治二十五年一月、歌舞伎座で上演される。尾上菊五郎が小平と太助の二役を演じ、大入り大当たりをとった。歌舞伎座では、その後、修身の教材となり得る内容から、府内の小学生に定価の半額で観せるなど話題性も十分であった。こうした作が世に迎えられた背景には「やはり、新興国家としての発展期にあった当時の社会が母体になっていたことは否定することのできない事実であろう」と永井啓夫は『三遊亭圓朝』[22]のなかで述べている。そして同じ年、葛城余五郎という一代の成金を主人公にした紅葉「三人妻」（三月六日〜十一月六日『読売新聞』）が連載され、庶民の夢をあおっていた。

見田宗介は、小学校の修身教科書において、二宮金次郎が、明治天皇とともに「最もひんぱんに登場する人物であった」と指摘した上で、庶民の比較的上層を救いうるに過ぎない「官員登用のルート」から零れ落ちた多くの民衆のうちからも「能動的エネルギーをたえず開発しつつ、しかもこれを、体制内の秩序のうちにたえず閉じこめておこうとする、支配層の二重の要請に最も適合するものとして見出された民衆像の準拠像こそ、篤農二宮金次郎に他ならなかった」（「「立身出世主義」の構造」『現代日本の心情と論理』）「金次郎主義こそは、近代日本の立身出世主義の底辺を構成するものであった」と分析した。また「「二宮金次郎」が民衆の「準拠枠」として本格的に取り上げられたのは、教育勅語発布後の明治二十四年ごろである」とも述べている。〈官員登用のルートから零れ落ちた〉佐の市が節倹蓄財という、こうした新時代の準拠枠にいかに忠実な青年であるかが解る。おそらく〈顔色が蒼ざめた〉までも、世俗的心情の持ち主であり、そして〈新時代の青年〉である佐の市が、時代の機運に乗って世俗的美徳に支えられつつ生きてゆくであろうと、『心の闇』は示唆している。この意味からは、佐の市は実業家筑居喜一郎とお久米の世界の最末端に蓄財の才によってしっかりと着地しているのである。お久米も佐の市も、それぞれの境遇において、ひたすらに〈出世主義〉の近代を生きる。現実感覚の発達した紅葉がこの作に仕掛けたアイロニーと言えよう。

【注】

(1)「宇都宮」が小説の舞台として選ばれた意味を検討した論考は菅聡子の「明治を象徴する東京と前時代を象徴する東照宮と、丁度その境界に位置していた」(「『心の闇』試論——彷徨する佐の市——」『お茶の水女子大学　国文』一九九一(平成三)・一)とする論をはじめとして、〈前近代と近代〉の対比に焦点化するこの論の骨子を承けた木村由美子も『宇都宮史』からこの日光線の開通以後の、「古の雰囲気の残る街道沿いの方が佐の市の生きる場として」選ばれたと判断している。(『樟蔭国文学』第31号　一九九四(平成六)・三)

(2)菅聡子論は明治四年の「盲官廃止令」に言及し、「立身出世の可能性を奪われ」「新時代から排除された」佐の市像を強烈に印象付けたが、拙稿は菅氏が触れなかった六百年の歴史を持つ「当道座」を歴史的に考察し、その上で新政府の「盲官廃止令」が佐の市に与えた挫折の意味をさらに掘り下げて考えたい。前掲木村由美子論文は、足尾鉱毒事件は「こうした社会的事件を盛り込もうという紅葉の意識の顕われだったのではあるまいか」と指摘してはいるが、それ以上の踏み込みはない。

（3）拙稿「〈境界〉を越える者達――『土』の複合像――」（『日本近代文学』第58集一九九八・五）、『〈磁場〉の漱石――時計はいつも狂っている――』所収（翰林書房　二〇一三・三）、「日清戦後文学としての『多情多恨』――〈擬制〉と〈集合〉――」（本書第三章）。

（4）伊狩章「「にごりえ」の構想と『心の闇』」（『国語と国文学』一九七六（昭和五十一）・一）に「河竹黙阿弥の歌舞伎脚本「蔦紅葉宇都谷峠」（安政三年初演）の中の「文弥殺し」の部分を粉本としたものであろう」と指摘している。

（5）昭和書房　一九三六。

（6）加藤康昭『日本盲人社会史研究』未来社　一九七四・三。

（7）米子今井書店　一九九三・十二。

（8）中央公論社　一九九二・七。

（9）明治十四年一月一日の記事に次のようにある。「甲府市中のものが、此節申合せて火番を始めたるが、横近習町辺では盲でもアシナへでも、一戸をなすからは是非とも此番をせねばならぬと戸長より厳しく申し付けられ、盲人どもは一同横近習町小野勝の一方へ集会して、如何にも難渋の旨を嘆願せしが、伍長は中々以て聞入れず、強て否を申すなら他町村へ移転せよと叱り付けられ、余儀なくも承知せしとぞ、されど火は探るものにあらず、嗅ぐものにあらず、衆盲の迷惑は尤も次第と云ふべし」（『新聞集成　明治編年史第四巻』）「人民相扶助を原則」の内実とはこのような理不尽なものであった。

（10）前掲書によれば、明治四年十二月から九年四月に至るまで前後十回に及ぶ嘆願も完全に黙殺され、やがて芸能や鍼按業の同業組合として再編成されていくことになる。

(11) 喜田川守貞『近世風俗志三』(岩波文庫)など。

(12)『明治大正史世相篇』「四　落選者の行方」『柳田国男全集26』ちくま文庫。

(13)「〈自由〉の条件17　スキゾは本当にやってきた」『群像』二〇〇〇・五。

(14)『「高橋阿伝夜叉譚」の機構――隠喩としての〈博徒〉――』(本書第一章)に詳述した。

(15) さびれた宿に夜中に怪異が現れる、という話も様々な土地に見られる怪談の一つのパターンであって、例えば妖怪博士、井上円了『真怪』(丙午出版社　一九一九(大正八)・三)にも「下総佐原の大妖怪談」など何話も紹介されている。

(16) 馬場美香「清玄の行方―尾崎紅葉『心の闇』論」(『稿本近代文学』第28集　二〇〇三・十二)に、「作者の紡ぐ言葉は、眼前に展開されている筋とは別に、読者の記憶の中にある怪談のイメージを呼び起こすのであり、そうした作者と読者のやり取りが、この小説の読みを支えているといえる」という見解は拙論を援護してくれるものと思う。

(17) 前掲書第八節江戸時代⑦「盲人及び障害者の生活の一面」、『日本盲人史考』米子今井書店一九九三・十二。

(18) 前掲菅聡子「『心の闇』試論――彷徨する佐の市――」は、「千束屋にとっては」「彼はあくまで社会の下層にいる「不便」な「按摩風情」に過ぎない」というお久米側の差別意識を見ている。

(19) 明治二十三年十月二十六日から同年十一月四日まで『読売新聞』に山口県人、北公輔なる人物が足尾銅山の工夫の惨状を聞き、自らも赴いて実見したルポルタージュ「足尾銅山工夫の惨状」(十回連載)が連載されている。「工夫をして懲役場に入るを喜ばん」という足尾銅山の現場の惨状を精密に記録し「山又山水又水野州足尾銅山に在る人夫等の泣声は、未だ諸君の耳朶に達せざる耶」と結ばれるこのドキュメンタリーを紅葉は深い関心を以て読んでいたであろう。（『明治文化全集』第十五巻社会篇　明治文化研究会編　一九五七（昭和三十二）・一二）。

(20) 野中双葉「尾崎紅葉『心の闇』論―新たな恋物語としての可能性」（『東アジア日本語教育・日本文化研究　第15輯』二〇一二（平成二十四）・三）は、「非現実の世界では恋物語の可能性を感じさせながらも、現実にはお久米の出世物語として書かれている」という示唆的な見解を示している。

(21) 前掲　森納『日本盲人史考』によれば、一八二五年、フランスの盲人ルイ・ブライユによって「アルファベットと数字を点訳することが考案された」。この点字が米国留学生であった目賀田種太郎によって日本に紹介され、目賀田は帰国後「点辞書」「点字凸起具」などを人々に展示している。明治二十年、「東京盲唖学校」教師小西信八はこのブライユの点字を盲生に教えている。そしてこのブライユの点字のわが国の仮名への翻案が研究され、明治二十三年、石川倉次案による点字法が選定され、盲教育に試みられ、さらに各地の盲学校に用いられるようになった。佐の市がこうした〈盲人の近代〉に全くアクセス不可能であったとも思えない。

(22) 青蛙房　一九九八（平成十）・十一。

○　本文の引用は、岩波書店版『紅葉全集　第四巻』（一九九四・一）に依った。

第三章　日清戦後文学としての『多情多恨』

――〈擬制〉と〈集合〉――

1　いくつかの前提

祖先崇拝と親子関係という時間軸による〈家〉の観念に対して、明治二十五年頃から夫婦子どもより成る〈家庭〉という言葉が、新聞雑誌で論議されることによって広まっていった。〈家庭〉の観念に対して啓蒙的役割を果たしたのは、一八九二（明治二十五）年発刊の、徳富蘇峰主宰『家庭雑誌』、一八九五（明治二十八）年創刊の『太陽』（博文館）の「家庭」欄、キリスト教的一夫一婦制の夫婦が協力して築く「ホーム」を主張する巌本善治の『女学雑誌』（一八八五（明治十八）年創刊）などであった。〈家庭〉の理想は、福沢諭吉が、いささか現実離れしてはいるが次のように述べている。「左れば父厳母慈の家庭はむかしく〳〵の事として、今は即ち家の内に長少前後の別はあるも、他人行儀に尊卑の階級は無益なり。老人は家友中の長者して、年少き子女は新参の親友なり。共に語り共に笑、共に勤め共に遊び、苦楽貧富を共にして、文明の天地に悠々たるべし」（『福翁百余話』一九〇一（明治三十四）年）。福沢は、ここで〈家〉から〈家庭〉への文化的変容を奨励している、と見てよいであろう。しかし一方で、前近代の〈家〉が、子どもの教育面を含めて「公」的なものであったのに対して、〈家〉が壬申戸籍によって直接国家に帰属することになった明治の社会において、性別役割分担が確立するにつれて〈家〉は次第に「私的空間」として閉ざされていくことにもなった。〈家〉から〈家庭〉へというこの傾向はまさしく『多情多恨』の鷲見・お類、葉山・お種の二つの家庭に反映を見ることが出来る。

『多情多恨』（『読売新聞』前篇一八九六（明治二十九）年二月〜六月、後篇九月〜十二月）は、明治末から大正期にかけて激増する新中間層の「日常」を舞台としていることから、必然的に明治政府が推し勧めた家族国家観・家族主義イデオロギーと、それに付随して発生した〈家庭〉という観念とも密接に関係しており、検討するように紅葉が、拘束力を強めてゆく〈家制度〉に対して冷めた揶揄的な態度を示しつつ、独自の〈家庭・家族〉観を提示していることが分かる。これら〈家〉の問題を含む日清戦後の時代状況を第一の論点とする。

紅葉は、明治二十八年二月初旬から、「源氏物語」を読み始め、四月十九日に読了しているという[1]。『多情多恨』が、「源氏物語」「桐壷巻」を光背とするテクストであることは村岡典嗣「紅葉山人と「源氏物語」」（『日本思想史研究』）に明らかにされているが、その意味は、ともに愛妻の死から始まる物語、という構成上の類縁のみにあるのではない。すでに大石修平がその「多情多恨論[2]」に言及したように、桐壺更衣と藤壺女御、あるいは六条御息所と明石の君の関係に見られる「いとようおぼえたり」（たいそう似ておられる）のような、〈相似性、類縁性によって情愛を他へ及ぼしてゆく〉「源氏」以来の女性表象の系譜に『多情多恨』は連なるものである。それらが示しているのは古代的宗教観にその淵源を見出すことが出来る伝統的美意識である。長塚節『土』（一九一〇（明治四十三）年）は、『多情多恨』が提示した〈相似表象〉の問題をそっくり受け継いだ、その意味でも稀有な小説である。長塚節『土』を補助線としながらこの〈相似表象〉とそこから派生する問題を第二の論点とする。また、このような、〈唯一絶対〉とはならない、曖昧とも見える〈意識の型〉は、『多情多恨』における他の人間関係へと敷衍され、他の関係をも内的に制約していくことになる。

つまりこの小説は、「〜にそっくり」、「よく似ている」「〜のよう」という比喩性に覆われた世界である。このような〈現実の曖昧性〉は、次のように問題のすそ野を広げていく。例えば鷺見が、愛すべきお種の中に〈妻のような優しさ温かさ〉を見出すことによって発生したスキャンダルも、知己（葉山）にとっては〈なかった〉ことになるのであったが、世間（舅・女中たち）には〈あった〉ことになる。ここでは唯一絶対の決定（事実）は回避されている。換言すれば視方によってはどうにでも解釈し得る局面として現実が捉えられているのだ。こうした、事件の表象の曖昧さ、〈決定の回避〉〈事実の重層性〉こそ『多情多恨』の〈写実〉の方法の核心であると共に、このテクストの意味生産の領域の、思いも寄らぬ広さを示していると言えよう。この問題はまた、お種をめぐる二人の男、物理学の教授と有能な会社員という、日清戦後を象徴するような、出自も職業も異なる二人の男たちの、それぞれが背景とする歴史性の競合の物語として読むことをも示唆している。『多情多恨』における事実の重層性・非決定性は、この二つの歴史の重層性と背反するものではない。これを第三の論点とする。小稿はこうした展望のもとに、このテクストが日清戦後に現れた意味を究明し、紅葉を文学史的に再定義するための一つの試みである。

2　家庭

〈家庭〉は、前述したように私的空間（プライバシー）の要素を強めると共に、教育されるべき子供の存在を前提として、「セクシュアリティー」や、「臭気」を排除したクリーンな〈安定的で無菌な団らんの場〉として表象されていくことになる。(3) 一方で、〈家庭〉の観念は、捏造された血脈の神話に基づく「家族国家観」によって浸透していくのであるから、直接的な関係、すなわち血のつながりが重視される結果、〈家庭がない〉、という前近代では問題にならなかった新たな不幸を創る。樋口一葉「わかれ道」の傘屋の吉三はその好例であろう。『多情多恨』もまた、〈血縁幻想〉の強制によって失われてゆくものを示したテクストであるが、それについては改めて後述する。

明治二十年代以降、憲法あるいは民法によって、女性の公的権利が歴史的に最低にまで貶められたのとあたかも反比例するかのように、〈家庭〉という私的空間における主婦の役割の重要性が強調される。権利が与えられなければ、必然的に一方的に搾取される。先の福沢諭吉の〈家庭〉観は、この女性の政治的無権利に対して見て見ぬふりをしている。女性は〈家庭の主宰者〉とおだてられつつ無限に家政の能力と家族への情愛とを要求される。明治二十五年頃から現れた家庭雑誌の類いは、すべてこうしたものであった。紅葉は「二人女房」（一八九一（明治二十四）年）の中で、これら家制度による偽善的な家庭観を痛烈に揶揄している。「家内《ホーム》の女王《クイン》であるから」「宝でもある」などと言われても、「給金や褒美を戴いた話も聞かぬ、而して居候のごとく、懲役のごとき境涯に堕されて、花散りて空しく梅法師となり、嫁古うして姑となる頃、やう〳〵楽をするのでもあらうか。

其頃にはもう戒名が出来てゐる」（中篇七）。

　昭和の婦人雑誌に至るまで、異口同音に、ひたすら嫁いだ家に尽くせ、という啓蒙的実用的な主婦像が第二次大戦以後まで続くのである。『多情多恨』は、このような明治中葉に成立した〈家庭〉観をいち早く取り込みつつ、その理想的なパターンを示している。鷲見柳之助とお類の営む家庭は、夫婦が対等の友達のような「ホーム」であり、葉山、お種の家庭も、鷲見家とニュアンスは異なっても、家制度下の家ではない。お種は、〈家〉ではなく葉山に帰属しているからである。

　一八九八（明治三十一）年六月から一八九九（明治三十二）年七月まで、小林信子という主婦が書き綴った日記を、子息である小林重喜が編纂し林英夫の解説を付した『明治の東京生活[4]』がある。日清戦争後の時代風俗、当時のサラリーマン家庭における主婦の役割、暮らしぶりを生き生きと伝える貴重な資料となっている。この「日記」の内容が『多情多恨』の時代的背景として大変参考になる。この時、小林家は夫婦の他に姑、五歳の一人息子、後は使用人数人、という構成でありこの点も葉山家と近似している。信子の夫である小林安之助という人物は、明治二十年に現在の一橋大学の前身東京高等商業学校を卒業し、当時の一流商社大倉組に勤務するエリートサラリーマンであるから、『多情多恨』の葉山、鷲見と同世代である。おそらく葉山も安之助同様、東京高等商業出であろうと想像される。安之助の妻信子は、この時二十五、六歳、お種、お類よりは何歳か上であろう。林英夫の解説によれば、当時のエリートは〈官〉と〈軍〉であり、ホワイトカラー（新中間層）はいまだ社会的構成層としては十分に形成されていなかったため、安之助は当時にあって超エリートなのであり、その暮らしぶりは上流社会のものであったと述べている。安之助は「日記」に「旦那様」と記述されている。

この時期、日清戦争に伴う膨大な軍需物資の流通をともなって国内産業は飛躍的に発展する。大倉組も軍需品で巨利を得ただけでなく「支那」においても相当の利権を獲得し急成長を遂げた。安之助は、「日記」の明治三十一年当時、三十歳そこそこで月給五十円、葉山同様人力車の出勤であり、九月には月給の二十倍にあたる千円のボーナスを支給されており、十一月には、さらに配当として五百円を支給されるという好景気振りであった。新興の保険会社のエリート社員である葉山の生活レベルも安之助と同レベルと見て差し支えないであろう（葉山が鷲見に留守を頼んで会社重役の園遊会に一家で出かける時「一寸火鉢の抽斗にも二百円と三百円入つてゐるのだから」（後六）と注意している）。紅葉はおそらく意図して日清戦後に勃興した、このような民間ブルジョアジーの生活を『多情多恨』に取り込もうとしている。しかし明瞭な違いはある。この「日記」の重要な項目の一つである親類付き合い、贈答、寺参詣あるいは衣類の虫干し、祭り見物など様々な季節の行事に象徴される、主婦にとって最も大切な家政の要素は『多情多恨』には全くと言ってよいほどない。「日記」を見ると、信子の生活は毎日午前五時から始まる規則的なもので、ことに人の出入りが多いのが目につく。「午前五時起き、七時、食事、旦那様ご出勤、友吉（抱え車夫―引用者注）お供。髪結参る、三人結う、午後、赤坂神社神輿渡御相成る。夕、山崎姉上来訪下され、ビスケット一かん（略）。夕刻、旦那様お帰り、夕飯にうなどん二つ取り、出す（以下略）」（明治三十一年六月三日）という具合に毎日のように親族、会社関係の知人が訪れ、こちらからの訪問も多い。さらに庭の整備のための植木屋の出人り、大工の出入りがあり、信子の習い事の師匠や髪結いなども頻繁に来る。したがって「日記」からは、上流層においては〈家〉は、私的な〈家庭〉のきざしはあっても、なお相当程度公的なものであったことが知られるのである。

『多情多恨』と同時期の樋口一葉「十三夜」の原田家、「われから」の金村と町子の家も〈私性〉をほとんど感じさせないところは、〈家庭〉のイメージよりもやはり〈家〉であり、小林信子の「日記」に近いものがある。子息小林重喜は、平生も信子は夫を「面と向かって「旦那様」と呼んでいたのではないかと思う」と述べている。このような小林信子の営んだエリートサラリーマンの家庭生活と比べた時、鷲見家は言うに及ばず、葉山の家庭がどれほどリベラルな、そして私的要素の濃い〈家庭〉として現れているかがはっきりと分かる。鷲見の家を訪れるのはお類の母とお島のみであり、職場の関係、社会的関係が物語から排除されていることは葉山に関しても全く同様なのである。付き合いが多いはずの保険会社の社員であるが、それらは家の外部に限定されており、葉山家を訪れるのは弟分のような鷲見一人、という極私的な空間となっている。それは、この中で〈弟のような〉〈兄のような〉〈妻のような〉と意識し合う濃密な男女関係が営まれることになる、構造上の必然である。

『多情多恨』は、このように〈私性〉に満ちた、つまり男女の〈関係〉を中心とした空間の中で、自分が置かれた〈関係〉の中で輝く存在としての女、男の単独性とは異質な、育みケアする能力によって情愛を他へ及ぼしていくものとしての女、お種を創造した。お類もお種も啓蒙的に声高に主張されている、家に付随する形骸としての〈家内の女王〉ではない。愛される娘から愛される妻へ、花が咲くように推移した、紅葉のいわゆる〈米の飯〉[5]としての女性たちであることを強調しておきたい。「二人女房」で、結婚後の姉娘お銀の「威厳備はる」「悠々とした」「奥方」風への変身ぶりなどを好例として、若い女性の魅力を、娘から若妻への変容、という捉え方で表象する紅葉の美意識は、紅葉を愛読していた鷗外「安井夫人」の、「お佐代さん」像、「繭を破つて出た蛾のやうに」、人形的美を「脱却して、多勢の若い書生達の出入する家で、天晴地歩を占めた夫人になりおほせた」などの部分に類縁を見出すことが出来よう。

この、〈米の飯〉たる若妻、というのも、深刻・悲惨が流行した明治二十八、九年の小説界においては希少な題材であったことは坪内逍遥による『早稲田文学』社説などによってうかがうことが出来る。「明治従来の小説に見はれたる人物は多く凡人的なり」（一八九七（明治三十）年十月）の中で、「当世書生気質」以降の、小説に扱われた人物像を挙げている部分に、『おぼろ船』の松本は某商会のよい顔といひ、『多情多恨』の葉山も略ぼ似たる身分なり、（中略）されば銀行会社の役員といふもの此の作者の手によりて文壇に地位を得たりといふも不可なかるべし」と筆者逍遥は指摘している。女性に関しては、「今後は〈細君〉であれば中下層、後家などいふものも小説中の立物となるべし」、また「一面職人、労働者等の頭を擡《もた》ぐるに対しては、娼妓、銘酒屋女などますます舞台に上るべく、」と、予測している。樗牛の英雄待望論をも視野に入れつつ総括して「今日の小説、一言以ていへば家内的なり、私事的なり」しかしそれは決して難ずべきものでもなく、「維新以来、信仰の基礎全くゆらいで」「全社会の上に統一感なく」「此の支離滅裂なる社会に如何にしてか理想の統一を求め得んや」と、自然主義的傾向の蓋然性を示す結論に至っている。

こうした文壇総括を傍らに置いてみると、『多情多恨』が求めた世界の輪郭が鮮明になる。『多情多恨』は、日清戦勝後の好景気の恩恵に与るサラリーマンと物理学の教授、という新中間層の「家内的私事的」生活を扱っている。しかし『早稲田文学』の社説が時代の動向として概観したような、ことさらな〈下層の深刻悲惨な現実〉とはあえて隔絶した世界を選び、文字どおりの「家内の女王」に焦点化し、時代に鋭敏に反応していることがうかがえると共に、自然主義的傾向を強める小説界の趨勢とは、明らかに違背した方向を打ち出そうとしていることも理解される。

3 人情本の痕跡

紅葉が人情本を愛読していたことは知られているが、『多情多恨』には紅葉の人情本習熟の痕跡を辿ることができる。人情本は最も近代小説に近い形態をもつ「女物語」の伝統を誇り得るジャンルであった。紅葉は「伽羅枕」（一八九〇（明治二十三）年）を「またしても女物語」という一文で始めている。山崎麓による『帝国文庫　人情本傑作集』[6]の解題を参考に『多情多恨』が人情本のスタイルを取り込んだ「女物語」であることを見ておきたい。

改めて言うまでもないが、人情本の作者の多くは江戸という土地に愛着と誇りを感ずる人々、江戸人であった。その第一の特徴は、男女主人公が、男であれば三十歳に満たない、当代最高の教養のあるダンディであり、女は、遊女、芸者、または良家の町家の娘など、要は、所謂野暮でない江戸町人が人情本の理想的タイプである。次に、会話が多いことが挙げられる。会話の技法は一種の心理描写を可能にし、写実の技巧に繋がり、硯友社、田山花袋などがこれを学んだことはよく知られている。例えば人情本の典型といわれる松亭金水「閑情末摘花」（一八四一（天保十二）年刊）は、裕福な町家の跡取り、粋で美男子で、という典型的な人情本の主人公の米次郎と、妹遠世《おちせ》双方の、入り組んだ儘ならぬ恋が並行して描かれ、最後はすべてうまく片付く、という他愛のない内容であるが、母親が「姉の片付いた方に病人があつて、久しく泊りに行て[7]」留守の間に、隣家の清之介と遠世が二人きりに置かれる機会を得て、鷺見とお島の場合とは逆に駆け落ちしてしまう、といった趣向、または、紅葉が愛読するあまり全文を筆写したというエピソードが伝えられている、二世梅暮里谷峨「春色連理之梅《しゅんしょくれんりのうめ》」（一八八六（明治十九）年刊）[8]は、同じく裕福な町家の若旦那由之助が、これも質屋の跡取りである弟分、房二郎の恋のもつれを調整し、房二郎をめぐる二人の女、長屋住まいの一中節の師匠の娘、馴染みのお菊と、許嫁お雪が、最後に仲良く納まる、という、単純でいかにも人情本らしい筋立てを持つ。両作共に、訳知りで粋な兄貴分と、少し頼りない弟分という組み合わせがあり、これも人情本の定型の一つである。また、会話の技法として、一人の会話の中で、相手の動作や言葉を取り込む二面描写（もとは落語、講釈などを人情本が取り込んだ）[9]が人情本の特色であるが、それも『多情多恨』に十分に取り込まれている。このように見ると『多情多恨』のくまぐまに人情本的趣向が散見され、このジャンルを紅葉が自家薬籠中のものにしていたことがうかがえよう。

山崎麓は、「国文学にひろがつて居る一夫多妻の思想を其まゝ町人生活を背景として描いたもの」、つまりこの点において人情本は「源氏物語と何等の差異を見出すことが出来ない」という見解を示している。つまり源氏物語の物語文学の伝統に根ざすとは、それが「女物語」の伝統でもあることを示す。『多情多恨』は、お類、お種、お島、三人の、鷲見をめぐる女性像を、光君をめぐる女性たちのように巧みに書き分けている[10]。そしてキイ・パーソンの一人である葉山の造形こそ、江戸っ子で教養のある粋な通人、人情本の得意とする主人公像から脱化した男性像に他ならない。葉山が江戸的人物であることは、出自の不明な鷲見と対比する時、重要な意味をもつ。このことは後に言語の問題と絡めて再考する。

4 〈集合〉像

前述の如く『多情多恨』の人間関係の特色は、すべてが〈比喩的〉であることだ。お種にとって鷲見は、〈弟のような〉人であり、鷲見にとってお種は、〈妻のような〉人、である。そして葉山は鷲見にとって〈兄のような〉関係である。まさしく〈実の〉兄夫婦が、学資が途絶えて困っている弟小六を同居させ、面倒を見る話、漱石の「門」を参照項とした時、『多情多恨』というテクストの相貌がくっきりと浮かぶ。『多情多恨』は、「門」のような実体的関係を形象の細部に至るまで忌避している。後述するようにあくまでも〈〜のような〉世界なのである。

鷲見は、今は亡き愛妻お類への思慕をお種に及ぼしていく。しかし鷲見の想い、「貴方が妻のやうに思はれるです」（後五の三）という告白は、決してお類からの心変わりなのではない。[11] お類への愛とお種へのそれとは少しも矛盾していない。例えば、芸能の世界などで、新しいスターが登場した時、その人に愛惜する過去のスターの面影や芸風を重ねて観ている時のように。タイトルの『多情多恨』の本義も、当然このような複合性に由来しているであろう。先述したように『多情多恨』論の中で大石修平は「相似表象」の概念を提示することによって、〈紫の上〉が〈藤壺女御〉を思わせる、すなわち〈〜が〜を思わせる〉ことによって発生する複合的関係こそが「源氏」の女性たちの魅力の秘密なのであり、そのような美意識が紛れもなく『多情多恨』に受け継がれており、一つの中心お類から、その類縁によって派生的に他の女性たちが登場してくる、という点において「源氏」以来の、伝統的な美意識の系譜にある、と述べている。

大石論文は、このような「相似表象」を〈集合〉の概念で捉えてもいる。[12]『多情多恨』というテクストが忌避しているのはまぎれもなく〈単独性〉である。これは決して古い美学と、切り捨てられるべきものではない。紅葉が構築したのは、私たち現代の読者が気付こうともしなかった、それなのに現在も確実に連綿と続いている、文芸におけるある〈感性の型〉なのである。この感性の型は、先述したように、過去の文芸のみではなく、長塚節「土」にも見出すことが出来る。「土」も、愛妻の死から始まる亡妻ものである。勘次は、実の娘であるおつぎが、あたかも亡き妻「お品のよう」に見えることの驚きと感動を生きた主人公である。亡き妻お品と実の娘おつぎの複合像、つまり美的〈集合〉は、『多情多恨』のお類・お種の複合像による〈集合〉と同工である。以前、「土」について筆者は次のように書いた。「こうした複合像の魅力の本質は、それぞれの像が個別化された唯一の美とはならない代わりに、個としての不可避な宿命である一回性・有限性を際立たせることがない、というところに求められよう。おつぎはお品の面影を揺曳することによって、単独の像としてはあり得ない、輻輳《ふくそう》した魅力を湛えることになる。愛すべきおつぎはまた、愛すべきお品なのであって、双方への愛は矛盾しない。」（「『土』論――〈境界〉を越える者たち」[13]）。〈～に～の面影が宿る〉、このような「相似表象」は、おそらく上代の、生と死の分割が曖昧な、「再生する」という信仰を核心とする、次のような文化構造と結びついているであろう。

一体、死ぬといふことは神道ではどう扱つて来たか、死は現実にはあることだが、神道の扱ひ方の上では、それはなかつたので、つまり死は、生き返る処の手段と考へられてゐたらしいのです。つまり、日本の古代信仰は、死ぬものは生き返つて来なければならないと考へて居るから、本道（ママ）の死といふことはない訣です。（中略）出雲国造には死ぬといふことはなくて、国造が死ねば同時に次の国造が立つて居て、その間に先代の国造が死ぬといふことは考へてゐないのです。つまり、我々が考へると復活に過ぎないのです。

（折口信夫「上代葬儀の精神」(14)）

土を媒介として万物が循環することが小説「土」の原理である。おつぎは、お品の死体が腐敗し白骨化していく過程を含意することによって、折口信夫が指摘した上代からの民衆の死生観を引き継ぐ、お品の再生・復活なのであった。娘おつぎの愛らしさが母お品との類似性を通してのみ語られるのと同様に、『多情多恨』のお種の魅力もまた、亡き妻お類との類縁性を通してのみ語られるのである。次の引用は前篇十で、深夜二時過ぎに、寂寥に耐えかねた鷲見が葉山の留守宅を訪れる場面である。

「不自由は可いです、唯寂しくて、寂しくて、それが如何も敵はんですね。葉山君は何ですか、今夜のやうに他で泊られる事が折々あるですか。」

お種は寂しげに笑を洩して、指輪を拈りながら微に俯いた。

極の悪い時、言出し難い時、指輪を拈りながら其を瞪るのは、お類の癖であつた。其謂はれぬ可愛らしい様子をば、葉山の妻に見せられやうとは、どんな事にも思設けなかつたから、柳之助は殆ど其人のお種であることも、恐くは自分の柳之助なることも忘れて、心のみ怪しげに衝跳《ときめ》いた。

（前十）

愛すべきお類と、愛すべきお種との間に矛盾はない。そして『土』も『多情多恨』も、〈死〉の影に覆われた初冬に始まり、物語のベクトルは万物が再生を競う春へと向かう。どれほど鷲見が「聞澄して」も、「地の下に声」（前六）はせず、朽ちていくお類の「優しい声と、柔かい手と、温かい心」（後八）は「図らざりき、お種の優しい声と、柔かい手と、温かい心」（同）の中に復活する。それらが「彼の不愉快の苦痛をいたわるのであった。柳之助がお種を可懐しく思初めたのは之が為で」（同）あったのである。このような、文芸における〈集合〉の概念は、個我と個我との抜きがたい懸隔を基軸とする漱石のテクストが示す近代的概念、〈単独者性〉と鋭く対立しつつ、今なお連綿と、この社会と文化の潜勢力であり続けている。

5　『多情多恨』のリアリズム

前章で検討した通り、『多情多恨』は、〈妻のような〉という比喩表現が示唆するように、〈直接性〉と〈実体性〉とが遠ざけられた世界である。柳之助が葉山の留守にお種の寝室に闖入する事件についても、それに対する相容れぬ二つの態度（解釈）があり、〈事実〉そのものが問題になっているのではない。序に示した如く、一つは親友と妻を信頼する葉山の態度、二つ目は舅・女中たち（世間）で、二人の間に〈何かがあった〉と見る態度である。これは疑われること自体がすでにスキャンダルと見る世間の眼である。『多情多恨』前篇連載中の五月、『文芸倶楽部』に樋口一葉の「われから」が出ている。「われから」の金村は町子が書生と不義などしていないことを知っている。金村は町子に直接問いただしてはいないのである。ただ風評のみで町子を罪人と決定してしまう。「われから」は、いまだ民法典論争の最中、女の立場の弱さに付け込んだ、まさに福沢諭吉(15)が警告した通りの、噂（そう世間が見ること）が全て、という世間的道徳を悪用した婿養子の財産乗っ取りに他ならない。この「われから」の結末は『多情多恨』のスキャンダルの書き方と微妙に響き合っているように思う。お種も、事実ではなくとも、疑われても仕方のない状況＝スキャンダル、であることを十分に認識している。自身は潔白であっても「大事に成るか、事無く済むか、夫の爰の一言で善悪ともに定ると思へば、息も苦しくお種の胸は波立つ」（後十一）。〈真実〉は夫の解釈次第でどのようにもなった。しかしこれはお種が夫を権威としているからではない。「（自分の方が）惚れ勝っている」（前三）夫に疑われたかどうか、に「胸が波立つ」のである。

　相容れぬ解釈（主観）が並立しその集合が現実を形成する。〈真実〉は多義的なものであり、ある一つの価値が支配的になることはない、というのが『多情多恨』のモラルである。そのモラルはテクストに遍満している。例えば、葉山が柳之助のために確信をもって計らった芸者事件にしても、鷲見は余りにも予想外の拒否反応を示して葉山を当惑させる、「「何故是が肖てゐないだらう」」（後二）と。この場面の可笑しさこそ、紅葉一流のものであろう。一方、柳之助が得意げに葉山夫妻に披露したお類の肖像画もまた同様に、葉山の眼からすれば〈拙いだけ〉である。

　彼が見さえすれば、其肖像は必ず微笑を含む、必ず物を言ふ、画と思へば可恐しいまでにお類は活動してゐる。葉山は又見れば見るほど拙いものに思つた。彼の思ふほど或は拙くはないかも知れぬが、左も右も善い出来でないのは事実。（後五の二）

ということなのだ。「デアル体」の採用によって透明性・中性性を維持してきた語りが、この場合のみ「彼の思ふほど或は拙くはないかもしれぬが」と、人格化して乗り出しもっともらしい葉山の評価を相対化する。このようにさまざまな主観の競合が現実を構成する、という方法論が『多情多恨』のリアリズムの核心にあるものだ。しかし、鷲見の〈寝室闖入事件〉に戻るなら、二人の間に何かが「なかった」「あった」が共存する微妙さ曖昧さは、逆に〈本当に何もなかったと言えるのか〉という新たな〈疑い〉をテクストに招きよせている。その〈疑い〉は、事件性をガス抜きしつつ、核心にある鷲見・お種の恋愛と、三者の危機的関係を温存延命させることを暗示している。なぜなら葉山は明敏であるゆえにもはや元の気楽さには戻れないであろう。鷲見は、近隣に下宿することでお種の至近距離に止まり続けるのであり、結果的にお種の身体も危険にさらされ続けることになる。スキャンダルは舅の主張が通って表面的には解決されたかも知れないが、それはお種・鷲見の心の問題とは無関係な次元の解決なのである。この故に二人の愛の関係は無傷で延命する。

　鷲見が同居して以来、二人が次第に愛し合うようになっていったことは克明に辿ることが出来る。特に葉山が出張の後の二人の心理は次のように明瞭に説明されている。「主が留守中の両個の間を簡単に説明する為に、葉山をば壁に喩へる。夫が内に居ればお種の便は其ればかり。柳之助とても彼の外に頼は無い、謂はば双方から靠れてゐた壁である。其壁が取払はれたらば、勢ひ両面の背はかち合はねばならぬ。柳之助も対手が無くて寂しければ、お種は猶更である。まして柳之助は当時の感情からも、境遇からも、到底お種を疎遠にしては居られぬ。お種とても同じ事で、顔を合せる度の重なるほど懇意にもなれば、懇意になるほど好むで顔をも合せる、心易い話も出る」（後七の一　傍点引用者）。葉山の不在というお互いの淋しさが二人を一層接近させる。しかも〈誠の人〉

（後三の二）であるお種は、「最愛の妻を亡つた柳之助」が「謂はうようも無く可憐」であり「偏屈ではあるが、謹直な、温和な、潔白な、熱心な、真率な、真に悪む所とては微塵も無い人物と思ふほど、お種は誰救はぬ共人の苦難をば手も着けずに見ては居られなかつた」（同）のである。このような状況の中で〈指輪事件〉も起きている。外出から戻ったお種が着替えのために部屋を出る際、火鉢の上に置いた指輪を鷲見が手に執り何気なく自分の指に嵌めるがそのまま抜けなくなってしまう。


「お痛いでせう」

「苦しいくらゐです」

お種は急いで水油を持つて来て、彼の指に塗付けた。（中略）

「自分では痛くて可かんですから、貴方構はず吽と遣つて下さい。」

彼は再び柳之助の手を執つて、頻に指輪を動かして見たが、勝手が悪いので、彼方此方と持更へてゐる間に、不知四合《いつかしつかり》と小脇に抱いて了つた。（後八の二）

この場面は、唐突にもここで終わっている。指輪が抜けるかどうかなどは既に問題ではなく、二人がごく自然に性的に接近していく経緯が語られているのである。ここから〈寝室事件〉まではそう遠い距離ではない。鷲見の〈寝室闖入〉は、当然のことながら二人のこうした無防備とさえ言える親しみの素地があってのものに他ならない。しかも鷲見は、その翌晩も再びお種の寝室に侵入しようとしたのである。同時代評から、性的要素がないことを『多情多恨』の欠陥とみなす論は多い。[16] しかし自然主義的直接的な筆法で書かれていないだけで、お種・柳之助の関係が、夫以外は入ることを許されぬ寝室に闖入してしまうほどに身体的に近づいていたことをテクストは明瞭に示している。

　漱石「それから」で、代助が平岡の留守に三千代を訪問する場面に、その時「自然の情合から流れる相互の言葉が、無意識のうちに彼等を駆つて準縄の埒を踏み越えさせる」（十三）危険を察知することが出来る代助の分別と世智は彼等のものではない。鷲見・お種の関係は、「門」の、安井を〈壁〉とする宗助・御米が、〈何時吹き倒されたかを知らなかった〉という無防備さに類しているであろう。したがって、舅の疑惑、「是が非でも彼人《かのじん》は謝絶《ことわ》つて了ふやうに」（後十一）は、真っ当な判断であったことも判然とする。漱石「門」の弟小六は、崖上の坂井家の書生となることで宗助夫婦の至近距離に止まり続ける。この結末が、宗助が意識下で招きよせている〈悲劇的運命〉の暗示であることを論じたことがある。[17] ここに、紅葉の愛読者であった漱石の『多情多恨』受容を見ることも可能である。鷲見は、近隣に下宿しお種と毎日会うことが出来る環境を得て、〈最愛の妻のことを最愛の人に語り聞かせる〉（後八の三）愛の喜びを、さらに未来へと延命する。「降つても照つても毎日一度づゝ訪ねて来ぬことは無い」鷲見を、「お種も自から心待にして、好きなものでもあれば、必ず取つて置く」ような美しくも累卵の危うき関係が更新されたのである。鷲見は、これまでと変わることなく葉山の〈弟のように〉遇されるであろう。当然、葉山の留守にも。そしてかくも無防備な二人であればこそ、葉山を互いの〈壁〉とする〈安全性の装置〉が、何時故障するかも分からない脆弱なものであることは検討してきたとおりである。第二第三の指輪事件や寝室事件の可能性はいささかも減じたわけではない。『多情多恨』は、日常をそのような運動と変化の相において捉え得ている。日常が非日常を孕むのではない。非日常が日常という仮装をまとっているのだ。その中で、絶えず何かが生まれ発展し更新され、また常に何かが崩壊し滅亡していく。自然主義的直接性を回避した、この繊細微妙な関係性の創出こそ尾崎紅葉の達成と言わねばならない。

6 二つの歴史性

一体、葉山と鷲見は、何時何処で友達になったのだろうか。そんな疑問が浮かんでくるほどに二人の来歴には接点がない。葉山は先に人情本との関係で触れたように、洒脱で人情に厚く、江戸文化の名残りを留める人物である。保険会社のエリートサラリーマンではあるが、当時の会社組織であればまだ因習的な番頭、丁稚などの厳しい身分制による社会であることは明らかだ(前掲『明治の東京生活』参考)。それに対して鷲見は不思議な人物である。彼は、登場人物の中で、ただ一人出自も不明なら身寄りも親族もなく天涯孤独である。鷲見の人物像の最大の特色はしたがって、過去を持たないことにある。[18] 鷲見が鷲見であるもう一つの特色が彼の話す言語である。「〜です。こんなに悲しいものとは思はんでした」など、紅葉の他の小説「紫」の静馬、「金色夜叉」の貫一、あるいは逍遥「当世書生気質」の小町田などとも異質な、しかし明らかに鷲見が書生出身者であることを示す言語=身体的流儀、として際立っており、その人物を目の当たりにするような聴覚的効果がある。

杉本つとむ『近代日本語の成立と発展』[19]「デアル体の発生」から、鷲見の言語の由来を求めることが出来る。「デアル体」の起源は、幕末、長崎の医学書の翻訳文体であり、長崎を起点として標準的な翻訳文体として紹介、習得され、横浜を経由して全国に普及していった。紅葉と共に硯友社発足に加わった石橋思案の父、石橋政方は長崎のオランダ語の通詞であった（若年から英語を学び辞書なども編纂している）。石橋思案は、横浜生まれなので、紅葉のデアル文体に何らかの影響が考えられる、と杉本は推測している。また、「〜（の）である」の形式よりも「〜である」の形式の方が先で、正しい言い方であったとも述べている。「動詞も形容詞も、デスに接する場合でも、ノを介しないことが普通であったし、これこそが一つのスタイル、と言える」「「金色夜叉」の遊びにくるデス。遊ぶデス」も、「デアル体同様、江戸のオランダ語の翻訳文体から来るもの」、つまり安政年間以前には存在しなかった言語なのである。であるならば、鷲見の言語は、鷲見と同様に、歴史を持たない生まれたばかりの言葉だということになる。松井利彦「書生の言葉の展開」（『国語学』一五四集一九八八年九月）は、これら医学生用語を主な起源とする書生言葉について「位相語の中で、書生の言葉ほど、日本語の改新に関係したことばはない。また、幕末・明治初期の書生ほど、日本語に大きな影響を与えた書生はいない」（傍点引用者）と述べている。松井によると、「古典漢籍や翻訳書を通じて言葉を習得し、学問修業のなかで得たことばを日常の場で使ってみるのが幕末明治期の書生だった。」という。そのあげく「書生の学問が、その分野が日常のことばに反映」し、明治維新以前の武士の言葉、役人の言葉を崩させたのだとも。

　松井が論拠の一つとして引用している、福地櫻痴の「言文一致⑳」についての論説も、小稿の文脈上きわめて示唆的である。福地は「武士詞、又は役人用語とも名けられたる荘重の言語が、幕府に於て漸く行はず成り初めたるは」、ペリー来航以来、幕府が「才幹学識ある輩を登庸し」それは「概ね書生出身者」であり、彼らは「官府の礼節言語に倣はざるを以て、其言語も自から書生風に流れて崩れ出し、同時に又其の輩の建議、答議、評議書の如きも亦自から漢語を多く交へ」、今日のように「文章と言語と反行するの端を啓」いたのだ、と述べている。つまり近世では、漢文直訳体などは学問の世界に止まっていたのだが、幕末明治になって、書生がその文体を学問の外に持ち出したため「その結果、書生ことばは近代日本語の形成に大きく関与することになった」[21]というわけである。またそれに伴い、急激な言と文との乖離が進んだのであった。学問領域の言葉の汎用はエリート意識の表徴だったのである。鷲見は、語りの現在において三十歳であるから、松井利彦が述べるような意味でまさに維新期の書生であり、物理学という、新時代を象徴する学問を修める、時代の申し子である。

鷲見の来歴は、このように見ると、彼の使用する、生まれたばかりの言語の来歴と一致している。葉山と鷲見、二人の葛藤は、江戸的前近代的なものと、時代の要請として新しく生みだされ、前近代を押しのけていく物理学という近代との、二つの歴史性の競合のドラマ、と見ることができる。

鷲見の空間的位相の変化を辿ると、まず葉山の二階の居室を占領し（葉山は茶の間に移動）↓葉山の留守には、茶の間に移動し↓最後に、葉山にしか許されていないお種の寝室に侵入、ということになる。振り回されているのは明らかに葉山の方である。鷲見のすさまじい書生的（かつ野暮）なエネルギーは、江戸的な枠、あるいは予定調和的な人情の在り方を浸食（破壊）しつつ物語世界を進んでいく。その勢いが絶頂まで達し行き止まりとなり、新たな局面へと一展開して物語は終わる。自分自身をも食い破りつつ何処へ向かうのかも定かではない、という意味で鷲見柳之助という生き方は、まさに近代日本の不定形な疾走そのものである。

7　結語に代えて

憲法、教育勅語の発布によって推し進められた家族国家観は、天皇への信従を引き出すために万世一系の神話を捏造する。その結果、徳川期と異なり（徳川期は養子相続が四割強）血縁が重視され、実父母と子供たちによって構成される〈家庭〉が、つまり直接的実体的な親子関係が絶対視される社会となる。柳田国男は、日清戦争を境として村落の若者組によるイニシエーションなど、古い共同体の風習が消えていくと、述べている。それは同時に、それまで当たり前にあった、多様な擬制的な親子関係（トリアゲオヤ、ヤシナイオヤ、など）や人間関係の衰退も含意している。「父なり母なりはむろん重要なるオヤであることに変りはないが、それはただ最も自然なる一種のオヤというに止まり、別にそれ以外にいろいろのオヤと、これに対するいろいろの子の存することを、以前の思想に於いては少しも異としなかった」（「親方子方」『柳田国男全集12』筑摩書房）と柳田は述べている。擬制の終焉は、すなわち「〜のような」関係の終焉である。近代日本は、様々な「〜のような」関係が孕み持つ豊かさを駆逐していく。こう考える時、日清戦後に出現した『多情多恨』が、テクストに繰り広げられた〈擬制〉と〈集合〉の諸相において、私たちの社会と文化が急激に失いつつあるものが、いかに豊かなものであったかを示唆したテクストであることがはっきりと見える。

【注】

（1）福田清人『硯友社の文学運動』（藤村作編『明治文学研究（1）』山海堂出版部　一九三三・二）。

（2）『多情多恨』論」（『文学』一九七五・十一、『感情の歴史――近代日本文学試論――』所収、有精堂　一九九三・五）。

（3）三橋修は、こうしたクリーンな〈家庭〉が貧民に向けられた観念となることを、鷗外「ヰタ・セクスアリス」などを例に挙げながら詳細に論じている（『明治のセクシュアリティ　差別の心性史』日本エディタースクール　一九九九・二）。

（4）小林重喜『明治の東京生活――女性の書いた明治の日記――』角川書店　一九九一・九

（5）談話「文家雑談」（第壱）「紅葉氏が恋愛論、婦人論、良妻論」（『新著月刊』一八九八（明治三十一）・二）に「温かな家庭の教育を受けた」娘を「米の飯のやうなもの」と理想化している。またこの談話の中で「恋には惘むといふことが一要件なんだ」とも述べており、お種、鷺見の関係を考える上で参考になる（『紅葉全集　第十巻』岩波書店　一九九四・十一）。

（6）博文館　一九二八・五。

（7）前掲『人情本傑作集』所収。

（8）国立国会図書館デジタルライブラリー　特10＝826。

（9）お種が、女中に鷺見の床を敷くことを指示する場面に、「何え、可恐くて行けない？　如何にしたといふんだね、子供ぢやあるまいし、（中略）灯も点いてゐるぢやないか、額が…額の面が可恐い？（中略）勝も可厭だつて？（以下略）」（後七）。

(10)前掲大石修平「『多情多恨』論」では、それぞれ亡妻、後添いの妻の候補者、比喩にあっての〈妻〉であり、「かの女らは、鷲見柳之助をめぐる〈三人妻〉にもちがいない」と述べている。

(11)馬場美佳「マイ・ハーフの思想『多情多恨』論」（『「「小説家」登場」尾崎紅葉の明治二〇年代』笠間書院　二〇一一・二）の、「もともと多情とは英雄色を好む謂いで用いられることが多く、同時に移り気を意味してもいる」といった便宜的解釈は、〈多情多恨〉の意味をテクスト自体の構造から求める本稿の立場からは相容れないものと言わざるを得ない。

(12)「たとえば、「二人比丘尼色懺悔」（明治二十二）や「二人女房」（明治二十四）また「三人妻」（明治二十五）等々、——名詮自性、いわゆる集合の考え方の見られるところ」と、紅葉の文学を概括している。

(13)『日本近代文学』五八集　一九九八・六、「『土』の複合像」と改題して『〈磁場〉の漱石』翰林書房　二〇一三・三所収。

(14)『折口信夫全集　第二十巻　神道宗教篇』中央公論社　一九七六・六。

(15)福沢諭吉「日本婦人論　後編」（『時事新報』一八八五（明治十八）・七、『福沢諭吉家族論集』岩波書店所収）に「大家《たいけ》のひとり娘にて、父母の亡き跡には、家も蔵も金銭も自分一人のものたるべきに、わざわざ入婿を求めてこれに身代を渡し、その身は遥かにこれへりくだりて、夫に事うること主君の如くするは（中略）不幸の甚だしきものなり。勘定の大間違いなりというべし。」と、女子に相続権がない事につけこんだ入り婿の財産乗っ取りを告発している。

(16)『早稲田文学』（一八九七（明治三十）・十）の「『多情多恨』合評」（梁川・迷羊・抱月・逍遥）に、鷲見とお種の成り行きの不徹底さについて「読み終ツてみると如何やら拍子ぬけのしたやうで」との評がある。この合評は後の本間久雄の「柳之助の淋しい心持ち、人懐かしい心持ちの説明は実際細か過ぎるほど細かにえがいている。しかしさういふ心持ちに裏付けられる深い必然性を描いてゐない」という否定的評価とも通じ、さらには思想的先覚者ではなく「かれはただ〳〵一個善良なる市民（シチズン）であつた」（『人及び芸術家としての尾崎紅葉』一九一八・三）という、定説となる紅葉観にも直結している。同時に、中村光夫（「作品解説」『日本現代文学全集5　尾崎紅葉集』講談社一九六三・三）の、鷲見がお種の寝室に侵入した理由を〈性欲〉に特化する、あからさまな自然主義的人間観とも小稿は全く立場を異にする。

（17）「小六が坂井家の書生」として兄夫婦の至近距離に止まることと共に、〈宗助の態度〉が、「徐々に御米と小六の関係を緊密化し、サスペンスを醸成・準備しつつある」事実と、それが宗助の意識下の〈期待〉であることを論証している（「循環するエージェンシー＝欲望としての『門』」『日本文学』二〇〇五・六、前掲『〈磁場〉の漱石』所収）。

（18）絓秀実は、このような鷲見を「記憶喪失者」と指摘している（『日本近代文学の誕生　言文一致運動とナショナリズム』太田出版　一九九五・四）。

（19）八坂書房　一九九八・五。

（20）「言文一致」（『日出《やまと》國新聞』一九〇一（明治三十四・）十、『明治文学全集11　福地櫻痴集』筑摩書房一九六六・六、所収）。

（21）注（20）に同じ。

○本文の引用は、岩波書店版『紅葉全集　第六巻』（一九九三・十）に依った。

第四章〈異類婚姻譚〉の復活
――北田薄氷の〈室内〉――

1　〈室内〉の女たち

尾崎紅葉の挿絵画家として知られる梶田半古と、同じく明治の日本画家松本楓湖二人の評伝、添田達嶺による『半古と楓湖』(1)は、『薄氷遺稿』(2)と並んで、北田薄氷の作家としての生涯を知る上で数少ない極めて貴重な資料である。『半古と楓湖』によって、薄氷の父北田正董《まさただ》が、板垣退助らとともに自由党を結成、後に明治政府の法律顧問ボアソナードに学び、東京と大阪に法律事務所を設け幾度か弁護士会長も務めた人物であることが知られる。こうした環境に成育した薄氷の文学が、時代の良妻賢母主義が最も深くかつ速やかに浸透した、白らの出自である中産階級的階層意識に裏付けられたものであることは否定できない。梶田半古との結婚後二年にして、弱冠二十五歳の生涯を閉じた（明治三十三年十一月）薄氷の小説は全部で二十四編(3)であるが、主なもの十二編が、薄氷の一周忌に梶田半古が記念として知人に配布する目的で出版した『薄氷遺稿』に収められている。

薄氷は、執拗なまでに、若い女の結婚における挫折の物語を書き続けた特色ある作家である。また女大学の見本のような観念的な貞女像も、薄氷の文学を特徴付けている。しかしだからといって、薄氷の文学が、時代の限界を刻印されているという訳ではない。谷崎潤一郎は「われ〳〵の遠い祖先は、既に平安朝の頃から、当時の世態人情を表はすのに最も都合のいゝやうな架空の人物を活躍せしめて、それらの人間の生活状態を写すと共に、彼等が住んでいた時代の姿、世のありさまを、哀れ深く、こま〴〵と再現する技術を心得てゐた。[4]」（傍線引用者　以下同様）と述べている。近代文学が男性の無用者を、あるいは人情本が女にもてる伊達男を主人公として物語を紡いだように、政治的・経済的に女性の権利と能力が極端に抑圧され、宮内省所蔵版による『婦女鑑[5]』が称揚するような滅私奉公型の女性像が求められた明治二十年代に「都合のいい」記号として貞女を登場させているにすぎない。薄氷の旧さを言う批評は、〈記号としての貞女〉を読み違えているのである。

薄氷の関心の対象は、作家としての活動の時期を同じくしていた一葉のヒロインたち、お力やお峰や美登利のような、下層の女ではなかった。薄氷の描く女性たちのほとんどが高い識字能力を有し、彼女たちが読み書きを自明のものとする出自であることを示している。先に触れたように、そのような中流の女たちこそ、時代の精神が集約される層でもあった。だから薄氷の小説は、明治二十年代の中産階級の若い女の世界観を典型的に表していると言ってよい。

そうした女たちをめぐる社会状況を概観してみよう。明治二十年代は家禄によって存続する家制度がすでに実質的に解体してゆく現実がありながら、習俗は根強くこれを維持しようとする錯綜した時代であった。西欧化と復古主義とが目まぐるしく入れ替わり、当然そこに婚姻形態の混乱が生じてくる。新か旧かの社会の揺れが女性自身に反映してくる。有地亨『近代日本の家族観　明治篇[6]』によれば、明治十年代・二十年代の離婚率の高さは驚くべきもので、その理由も新旧がせめぎ合う混乱を反映して、〈家〉の拘束力による場合（例、家風に合わない）と、〈家〉の拘束力の欠如する場合（例、結婚観の未熟さによるもの）とが併存し、「それらが相乗的に作用して⑺」離婚を容易ならしめているのがこの時代の特徴であった。また一八八九（明治二十二）年以降、復活強化された国粋主義的風潮の中では、近代的婚姻観を悪習として退け、夫婦よりも親子関係の優先が鮮明に打ち出される。明治初期の西欧的教育を受け、新しい結婚観を模索し始めた青年層に対する、とりわけ女に対する社会の監視が、女たちの身の置きどころを無くする程のものであったことを、次の『読売新聞』の記事が示している。

将来の淑女をつくづく惟るに貴嬢の位置程至って困難なるものはあらじ、泰西の新主義を尊奉して男女の同権を唱へたまへば何だ生意気なと世間がそしり、東洋の道徳を重じたまへば卑屈無気力と博士が罵り、世間も雷同して彼此《かれこれ》申す。活発にもてなしたまへば転婆と難癖をつけ、従順《やさし》うしたまへば因循と悪口を申す、（略）寡に如何したら宜き事にや。

（「寄書⑻」一八八七（明治二十）・四）

ああしようか、こうしようか。薄氷の文学は、このような明治二十年代に、国家という強権による社会の変動に対してもっとも無防備な存在として、若い女に焦点化し、さらにその変動を娘から人妻へというジェンダー・ロールの変容と重層化させることによって家庭内奴隷にも等しい結婚制度下の女の〈困惑〉の諸相をひたすら描き続けた。だから薄氷の文学は〈困惑の文学〉と言えよう。『薄氷遺稿』に収録された十二編の主人公たちは、「乳母」を例外として必ず若い女、たとえ結婚していてもいまだ子を持たない若い女であり、これが薄氷の文学の大きな特色をなす。この点で、師の紅葉の作風と通い合うのであるが、薄氷の場合は、主人公達の若さが、無防備さ、無力さと結び付くことによって緊張したドラマの条件を形成する。

薄氷の描く女たちは、しばしば余りに容易に騙され脅される。女たちをそのように無防備にさせている社会的条件は何と言っても情報量の不足、である。識字能力の高さにもかかわらず彼女たちの生活はあまりにも閉ざされており、そのほとんどの生活を、親でなければ婚家の夫や舅姑たちと共に、それらに付属して過ごすほかはなく、自己実現が私的領域に限られているために自分を取り巻く現実社会に対するまなざしを持ちえないのである。親か、さもなければ夫や舅姑の思惑によって生きるほかない彼女たちは、いわば〈室内の女たち〉である。しかしその〈室内〉で絶えず何かが起こり、通過し、葬られてゆくことは確かなのだ。

本章では『薄氷遺稿』の中から、『鬼千疋《おにせんびき》』(『文芸倶楽部』一八九五(明治二十八)・五)、『白髪染《しらがぞめ》』(同一八九七(明治三十)・二)、『三人やもめ』(『東京文学』一八九四(明治二十七)・六)、『晩櫻《おそざくら》』(『文芸倶楽部』一八九七(明治三十)・十)の四編を、テクスト相互の関連性の大きい、インターテクスト的性格をもつ薄氷の文学の特色を示すものとして取り上げ、その基本的な物語戦略を、ジェンダー・文化的歴史的背景などを機軸に分析し、テクスト内に生じている〈抵抗〉についても言及したい。

2 〈人身御供〉としての貞女

『鬼千疋』は典型的な嫁いびりを描く。没落士族の娘お秋は「親孝行にして従順しき」(一)を見込まれ、海軍大尉松宮寛治と結婚するが、結婚後一月ほどして、不意に松宮の妹富子が転地療養先から帰宅するとともに無事であった生活が狂い出す。夫寛治の軍務の留守中、お秋を離縁しようと企む富子と姑にいじめられ、やむなく助けを求めた実家からも「所夫の留守に小姑に追ひ出されしとておめおめと実家に泣き付いて来し其不心得を痛く腹立ち責められ」(五)、途方に暮れたあげく、妊娠中の身を井戸に投げる、というもの。

　娘富子の帰宅とともに始まる掌を返したような姑のいじめは露骨で不自然さを免れないし、ヒロインお秋も、徹底的に受け身で個性が無く、決してよい出来とは言えないながら物語作家としての薄氷の特徴はよく表れている。

　この小説は「抒情味に乏しい」と評されるが、その際比較の対象となっているのは一葉の『十三夜』[9]である。しかし取り扱われる素材が似ているからといって、一葉を評する基準で薄氷を評しても有効ではない。薄氷はこの薄幸の女を描くために、あえて抒情味を排する方法を採ったと考えられるからである。この小説の解釈としては、前述の如く、徐々に家制度が非実体化してくるにつれ、親孝行などの儒教道徳も廃れてゆきそうな社会の危機感の中で、結婚においてもヒステリックに親子の上下関係が強調された、民法制定以前の、過渡期の女の悲劇であると、ひとまず言えよう。しかし薄氷の場合、そうした意味内容が劇画的誇張によって、独特のスタイルを堅持している。そのスタイルが〈抒情味〉を排除する機制となっているのである。この物語の主眼は、悪鬼に責めさいなまれる寄る辺ない女の姿態の表象にある。運命が完全に夫や姑達に委ねられているという意味で、お秋は漂流的存在であり、その漂流性が縁語としての魔や妖怪を招き寄せるのである。こうした女の受難について、例えば、詩人伊藤比呂美は、詩「にほんのじょうちゃんたち」で「しょっちゅう拷問にかけられ、惨殺され、」という「被虐待的な状況をあてはめやすい女の子こそ、私たちの文化が持っていた女の子像」であり、「ニホン的な性衝動の基本なんじゃないかしら[10]」と軽やかにうたった。「かかる折をこそ耐え忍ぶのが女の道なれ」とじっと耐えるお秋は、まさに歌舞伎や講談のようなパフォーマンス性を示し、我々が歴史的に蓄積し現在も生き続けている文化的記憶を宿す女性像となっている。しかし、このような薄氷の描く女の受難に、一葉の反抗的精神と比較して作者の前近代的資質を見るのみでは、薄氷の描く〈ニホンの女の子〉たちの基層に、現代の少女コミックにも通じる、自己客体化によるマゾヒスティックなナルシシズムが潜んでいることを見逃してしまう。

〈家〉と嫁、という社会的現実を妖怪対可憐な女、のような伝統的通俗的な物語の型として表象するのが薄氷の方法なのであるが、しかしそれのみにとどまらず、そのような型の世界を反転させる強度をこのテクストはもっている。注目したいのは、お秋の両親が、没落士族ゆえに娘を「風呂敷包一つ」で嫁入りさせなければならない情けなさを嘆き、それ故一層この縁を取り逃がすまいとの親心から、結婚前夜、お秋に「女今川」を読み聴かせる場面である。それを「畏りて物思ひながら」聴くお秋は、つくづく「女とは浅ましいものなり」（一）と慨嘆するのだが、この時すでにある呪縛にかけられたわけで、この呪縛こそが婚家という異空間での破滅を予告している、とテクストは語るのである。

尾崎紅葉には、女大学を絵に描いたような貞女が、その婦徳によって主人や姑や夫の信頼を勝ち得てゆくという教訓的な内容をもつ「夏痩[12]」があり、薄氷の処女作『三人やもめ』には主人公のお清と姑のお照が、「夏痩」のヒロインお美代を褒め合う場面がある。紅葉の小説が、当時の読書する女たちにどのように捉えられていたかを示す例であるが、近世初期の武家社会から連綿と伝えられてきた女の道徳が、女を助けるものとして機能するのが紅葉の「夏痩」であるとすると、『鬼千疋』には、それが女を呪い、破滅させるものとして働くというアイロニーが仕掛けられている。なぜなら夫寛治は一葉「十三夜」の夫原田とは著しく異なり「言語越《ものいひごし》の優し」い、「いつも愉快相なる顔して面白く語り声高に笑ひ、何事にも頓着せぬ性質」（二）と書かれているにもかかわらず、その夫の闊達な性質がお秋の救いになるどころか「お秋は新参の下婢が六ヵ敷主人に向かふが如くに恐ろしく、見付けられじと泣顔隠して小走りに通り抜けむとすれば、秋と呼び留めらるゝ。此声何となく胸に徹へて、お秋は慄として振向けば、寛治は傍に寄りて肩に手を掛け（略）」（三）のような萎縮振りを示すのである。つまり『鬼千疋』では、女にとって結婚とはあらかじめ呪われたもの、人身御供として妖怪や鬼の棲む異空間へ捧げられるものなのであり、その異空間への入り口において、言い換えれば娘から妻への変容の際に、根底からの脱主体化を完成するべく女に暗示をかける呪文が、女大学・女今川の教え、というわけである。その呪縛は、この窮地にわが娘を見捨てる親にさえ、「勿体なくも海より深く山より高き御恩を受けし両親に、万分の一程の報せぬのみか（略）」（五）と、お秋の目を塞いでしまう。その閉塞性は当然、女を良妻賢母として〈室内〉に囲い込もうとする家族国家観によるものなのだが、薄氷の場合、ヒロイン達の社会的まなざしの欠落がもたらす幼さが、どこか一九六〇年代のわたなべまさこや牧美也子などの少女漫画的自閉性を髣髴とさせ、若い女の受難を型として楽しんできた文化的サディズム・マゾヒズムの伝統の根の深さを示している。

例えば、徳富蘆花の『不如帰』（明治三十二・十二）は、ともに日清戦争を背景とした〈家と嫁〉の関係を主題化しており「十三夜」よりも比較の有効性がある。『不如帰』のヒロイン浪子の夫武男も、お秋の夫寛治も海軍軍人であるが、『不如帰』の方は国家を挙げての戦争ムードが捉えられ、この夫婦の破婚と日清戦争という国家的事件とが緊密な結び付きを示すが、『鬼千疋』の方は、戦争には全く関心が払われておらず、ひたすら、お秋が追い詰められてゆくプロセス、つまり〈室内〉の出来事に叙述の関心が集中しているのである。お秋が身を投げたのは松宮家の井戸である。井戸は民俗学的に見れば最も霊魂が閉じこもりやすい場所なのであるから、お秋は結局松宮家に封印されてしまった事になるのである。

3　〈異形〉の夫たち

女に、『鬼千疋』のような徹底的な敗北をもたらす、時代のイデオロギーが集約される層が、中流の〈読書する〉女たちであった事は1で述べたとおりであるが、その一方で、抑圧される彼女達のアイデンティティーが潜在的に、性労働に就かなければならないような貧困の女性達へのあからさまな差別意識に支えられていることは、薄氷の吉原見聞記「浅ましの姿」（『文芸倶楽部』明治二十八・三）の示すところである。この文章に表れた、薄氷の遊廓の女たちとの隔絶感は、知られるとおり、翌月の『文芸倶楽部』の「『浅ましの姿』を読みて」（なか誰袖）と題する匿名批評によって、「五障三従にしめつけられ」「嫁入すりや舅姑や、小姑の何のかのと、寄つてたかつて意地められ（略）」と、徹底的に揶揄されたのである。[13] 薄氷の文学は、このようなからかいの対象とされた、婚姻制度の人身御供、〈室内に閉じ込められた女たち〉の千姿万態を描き尽くそうとする。

中期の代表作として評価の高い『白髪染』を検討してみよう。大略は次のとおりである。日本橋の旅店の一人娘お糸が、商用のため上京した上州の生糸商治平の目に留まったことに悲劇は胚胎する。治平は親子程も年の離れたお糸に執着し、策略をもって首尾よく結婚にこぎ着け、二人は日本橋で薬種屋を開くこととなり、店はお糸の働きで繁盛する。しかし治平は、実は上州に妻子を置き去りにして来ていたのであり、やっとの思いではるばる上州から上京し、治平を探し当てた妻子の困窮に驚き同情した善良なお糸は自ら身を引こうとし、治平に斬殺される。この小説が、入り婿によって女が恋人と財産を奪われる「黒眼鏡」（『文芸倶楽部』明治二十八・十二）の趣向とほぼ同工であることは「黒眼鏡」『白髪染』というタイトルの類縁が示唆している。両テクスト共に、女を破滅させる夫は外部からの侵入者であり、一方は義眼であることを、もう一方は染髪によって白髪を隠している。つまり彼等は、正体を隠した〈異形〉の者達なのである。そして、それら外来の異形の者に見込まれる無防備な女という状況設定が、薄氷好みの劇画的方法と言える。しかし『白髪染』が「黒眼鏡」よりも優れた現実感を読者に与えるのは、古風なヒロインの無防備さを、日本橋という流動する都市空間の中で捉えた事である。『白髪染』の舞台、日本橋とはどのような土地であったのか。

日本橋は、維新以降、都市と地方の境、外部と内部が相互浸透する猥雑な都市空間であった。藤森照信『明治の東京計画』(14)は、日本橋の、兜・坂本・南茅場の三町が「新取の気宇に富む」地方の商人が集う場所であったことと、日本最初のビジネス街として発展してゆくプロセスを伝えている。すでに共同体の崩壊と共に、共同体が保持していた秩序維持機能は失われ、個人は国家の政治的な操作の直接的な対象となって匿名化する。いったい何が侵入してくるか分からないのだ。外部から侵入してきた夫たちは、役人（「黒眼鏡」）と商人（『白髪染』）、つまり新しい時代を推進する者たちに他ならない。薄氷は、それらの男たちを、都市（雑踏）に跳梁する魔、（異形の者）として捉え、それらに見込まれた女たちの受難を物語ったのである。薄氷の〈異形の夫たち〉は、例えば一葉の「十三夜」の官僚原田、「われから」の実業家金村などの、抑圧する夫たちとアナロジカルな存在である。スタイルは違っても、図らずも同時代の二人の女性作家が見つめていたのは、新時代を生きる有能な男たちが、女を無能力化する政策によって知識や情報を得られない女たちを根こそぎ簒奪する現実であった。それは福沢諭吉が次のように警告しなければならなかった犯罪的な状況であった。

大家《たいけ》のひとり娘にて、父母の亡き跡には、家も蔵も金銭も自分一人のものなるべきに、わざわざ入婿を求めてこれに身代を渡し、その身は遥かにこれにへりくだりて、夫に事うること主君の如くするは、取りも直さず己が身代を他人に進上して、これを落手せられたる御礼としてご奉公仕るに異ならず。不幸の甚だしきものなり。勘定の大間違いなりというべし。

（「日本婦人論後編」[15]『福沢諭吉家族論集』岩波文庫）

『白髪染』のヒロインお糸は、財産を奪われる代わりに、治平の企みによって、恋人との仲を裂かれ青春を奪われたあげく、殺されてしまう。お糸はとうとう夫の〈白髪染〉＝正体を見破れないまま死ぬのである。近代の到来によって、逆に封じ込められた〈室内の女たち〉は、生まれ変わる都市の新興勢力となる男たちに赤子の手を捻るように収奪されるままである。例えば鷗外の『雁』（明治四十二）もその観点から、つまり重婚と置き去りにされる妻、という観点から読まれるべき小説の一つである。『雁』には老いた父と二人暮らしのお玉が、すでに郷里に妻のある巡査に強引に婿に入られてしまい、騙されていたと知って自殺未遂を図るエピソードが明治十三年以前の出来事として挿入されていた。お玉・末造・妻の関係もそのバリエーションと解釈できる。お玉は二つの三角関係の要にあって、巡査・末造双方から見込まれた『白髪染』のお糸同様の人身御供なのだ。困窮の果てに、日本橋まで治平を探しに来た治平の妻峯の惨めさも、したがって、男の解放のみがうながされた明治の裏面の典型的な女の受難の形を示しているわけである。

山川菊栄の『おんな二代の記』[16]には、菊栄の母千世の従姉妹、おきよさんの例をはじめとして、同様に残酷な事例が幾つも報告されている。次に紹介する手紙は、それら置き去りにされた妻たちの困窮を代表するものである。

さぞ此寒さは御身にしみ成され候やと心がかり候へども遠く離れて居り候まま心配のみいたし東京の方にむかい泣くばかりに御座候（略）東京へ御出の後は夜ぶん一二時頃まで内職致し子供を育て居り候へども月々足らぬ事が多く御座候まま私の道具は少し売払い申し候　しかしそなた様の品は手を付けづ申し候[17]

この女性の夫の官員も、東京で別の女と暮らしていたのである。『白髪染』の悪党の治平は、このように実質的には一夫多妻で、〈男の気持ち一つ〉にしか根拠を持たないゆがんだ婚姻制度そのものの擬人化とも見られるものであり、お糸もお峯も、純良さという記号性によって、この時代の女の受難をことごとく具現化する役割＝キャラクターとなり得ている。

『白髪染』は、治平がお糸を斬殺する結末から、一葉の「にごりえ」との影響関係を指摘されてきたが(18)、私見によれば、享保年間に起きた事件に基づく「籠釣瓶花街酔醒《かごつるべさとのえいざめ》」(19)（明治二十一年初演、三世河竹新七作）にそっくり趣向を借りたものである。「籠釣瓶」の佐野次郎佐衛門も治平と同様、上州の商人であるし、商用のため訪れた江戸で、花魁八ツ橋に魅せられひたすら尽くし身請けまでしようとするが、八ツ橋には愛人がおり、結局愛想尽かしをされて八ツ橋を斬殺するという展開の類似は一目瞭然であるし、「おいらん、そりやあちとそでなかろうぜ…」（「籠釣瓶」）、「お糸、それでは余り済むまいぜ（略）我が今まで手前に尽した深切というものは（略）」（『白髪染』）の決め台詞も一致する。殺される遊女から殺される貞女へと変えた点に趣向が見られる。このようにテクストの背景に、〈本歌〉を重層させる事によってその世界の魅力の複雑化を図るインターテクスト的手法が、薄氷の特色であって、これは師尾崎紅葉も得意とするところである。

さらに一つ付け加えたい問題は、このテクストに刻み込まれている視線についてである。その視線は世界を二極化する。日常化された馴染みの時空間に生きるお糸は理想化され、見知らぬ外部からやって来た治平は偏奇・醜貌である事によってそれらと区別される。この事実は、新時代を、自明であるもの（旧世界）に対する、そうでないもの、という二極化によってしか描こうとしなかった薄氷の、時代に注ぐまなざしの未熟さとも言えよう。しかしそのまなざしは、過渡期の結婚制度というものが、女を〈室内〉に閉じ込め、男たちが〈移動の自由〉を勝ち得たことによって、一体どこの誰ともわからぬ者との結び付きを媒介するという意味で、〈異類婚姻譚〉に他ならないことを見極めている。薄氷の女の受難の物語は、明治に生まれた新しい異類婚姻譚なのである。

4　感染する〈非婚〉

薄氷は、個我としての一対の男女の、意識と意識の交錯によるドラマを書かなかった。薄氷の人物たちは、貞女やわがままな令嬢、鬼のような姑小姑、異形の者などのように、型なのであって、そのような世界では、①主従・親子・姑嫁などの上下関係、あるいは②内部（恒常性）と外部（非恒常性）の対立葛藤によってドラマが紡がれてゆく。『三人やもめ』『鬼千疋』『晩櫻』などは①の要素の強い物であり、「黒眼鏡」『白髪染』「乳母」などは②に属する。

処女作にはその作家のすべてが表れると言われるように、『三人やもめ』が薄氷の文学上の軌跡を予告している作品であることは間違いない。一人の美しい男をめぐる複数の女という趣向は、前章で検討した『白髪染』が、大当たりの歌舞伎を前景化していたように、当時の読者に、本歌である〈源氏〉をだぶらせて楽しむ読み方を示唆したであろう。しかし『三人やもめ』にはすでにはっきりとした薄氷固有の主題系を見ることができる。それは〈非婚への意志〉であり、近世的な義理の要素が濃かった『三人やもめ』から『晩櫻』に至ると、主家の娘に恋人を奪われるお初、心ならずも奪うことになる敏子、そしてお初を捨てる大学生行雄の、主要人物三者の微妙な心理の多層性が、旧モラルの世界を脱化した心理的リアリズム小説への格段の進展を示している。

『三人やもめ』から見てみよう。物語は、美青年三宅香一と、香一を命懸けで慕う銀行家谷田の娘艶子と、香一の母お照・谷田夫妻の計らいで香一と結婚する煙草屋のお清、の三者の関係に、谷田・三宅両家の親たちの勝手な思惑が絡み、若い三人は翻弄されたあげく、三人ともに独身者に戻ってゆく、というもの。「光る源氏の君もかくや」（一）とあるとおり、〈源氏〉への連想を読者に示唆する物語的手法を示すが、より直接的には小三金五郎作「仮名文章娘節用《かなまじりむすめせつよう》」などの人情本的趣向が顕著である。しかし『三人やもめ』は、人情本的古めかしさを差し引いても、不思議な魅力をたたえた小説である。その第一の要点は、主人公香一の人物造形にある。美貌の香一は、極めて女性的なキャラクターであり、「顔で買はれぬ財産はあらず」（十三）と、再三容貌の美が強調され、少女コミックの美少年さながら性差を感じさせない。例えば見合いを勧められた時の「恐ろしく、薄気味悪く胸轟き、身体もぞくぞく如何やら病気にもなりさうなり」という反応や、「我身はなきものとして嫁を貰ひ、罪なき母様を喜ばして上げやうか」（十三）と健気な覚悟を固めるパフォーマンスなどは、古風なと言うよりは成熟を拒否する〈少女的〉なものであるし、またお清との結婚早々の気分は「夢の様に、恐ろしと思ひしも厭と思ひしももはや分からず」（二十五）というものであって、美貌の香一のセクシュアリティーは、両性具有を思わせる曖昧さと受動性を特徴としている。このような男性主人公の造形が、物語全体に魅力ある幼さを遍満させる効果をあげている。

『三人やもめ』は、一見三角関係の外貌をしているが、実は香一の非婚への意志がまず物語の潜勢力となっているのであって、ドラマは逃げる男香一と追う女艶子との間にある。艶子は情熱の赴くままに香一を獲得すべく孤軍奮戦するのだが、その情熱には「最早女一人の魂持てる我は機械人形を操る様な譯には行かぬ（略）。」（七）というキリスト教系の近代教育による思想的裏付けがあり、命ぜられるままに嫁ぎ、みずからのアイデンティティーを〈家〉と同一化しているお清とは比較にならぬ個人としての自覚を持っている。

しかし艶子の怒濤の様な情熱は、家格を重んずる親の妨害やライバルのお清を排除することはできたが、肝心の香一の心を動かすことは叶わず、やむなく香一を諦めた艶子は生涯独身を通す決意に至るのだが、その時には、潔く身を引いてくれたお清への連帯意識が生じる。出自はそれぞれ異なるとはいえ、二人の女の決断の果敢さに比べて、香一は状況に全く受け身であり、谷田家や母親お照の、二転三転する思惑のままに右往左往し、結果的にお清も艶子もともに裏切ることになる。つまり二人の女の〈結婚への意志〉は、二人ともに現実の壁にぶつかって（艶子は愛を得られず、お清は主家の艶子への義理の為）非婚への意志に、言い換えれば〈局外への意志〉に反転する。それが親孝行や恩義、結婚の義務など、幾重にも重なった呪縛と欲望との狭間で行途を失い〈去勢〉された男をも〈局外〉へと追いやってしまうという構造なのである。したがって物語の葛藤を生み出すのは、子供たちをひたすら結婚へと追い込もうとする親グループとそこから心ならずも逃げ出そうとする次世代グループの構造的敵対性、ということになる。

『鬼千疋』『白髪染』「乳母」などは〈嫁に行き、世間の誉めもの〉（『鬼千疋』）となろうとする従順さが、いかに残忍な裏切りをもって報われるのか、という女の〈被虐の諸相〉を描く系列なのだが、『三人やもめ』『晩櫻』（一八九七（明治三十・十））の系列は、そのような結婚からの疎外を、言い換えれば〈結婚からの逃走〉を主題系とするものである。この二つの系が薄氷の文学の根幹を形成している。薄氷の先行研究は、貞女的人物像の旧弊さがつねに強調され、「その悲劇の原因が殆ど封建的な義理・人情による」[20]など、近代的自我史観に基づいた批評が多くを占める。しかしそうした規範による裁断では、先述した〈非婚への意志〉が連鎖してゆく若い世代と、結婚を次々に画策してやまない親グループの対立の構図や、生活的実感を欠落させ、あえてキャラクター性に、言い換えれば主要人物の姿態美に焦点化する『三人やもめ』のはつらつとした魅力には届かないといわざるを得ない。

『晩櫻』は、『三人やもめ』の〈非婚への意志〉というモティーフを踏襲、深化させた作と言えよう。『三人やもめ』の三宅香一の異性嫌いは、主人公敏子の気鬱の病として再表象されている。両親の切実な願いである結婚を忌避し「痼癪に明け、痼癪に暮れつつ」婚期を遅らせてゆく敏子の身体は、生まれながらに、ジェンダー化されることを忌避している。敏子の身体は主観的な身体といえるものだ。社会学者B・S・ターナーによれば、「女性の病気、つまりヒステリー、うつ病、（略）拒食症などは、結局、公的な権威の世界と私的な感情の世界との分離に組み込まれた情緒不安や性的不安を心身症的に表現したもの[21]」ということになる。敏子は自分に強いられた社会システムにどうしても帰属し得ない身体性を持て余していたのだが、その〈鬱〉は、親孝行のための結婚という、利他的行為への意識的変換によって自我が慰撫された時緩和する。しかし、その利他的行為こそが奉公人お初の幸福を踏みにじるエゴイズムに他ならなかったというところにこの小説のアイロニーがある。

『晩櫻』の主眼は、恩義ある婚約者お初から富貴な敏子へ乗り換える法科大学生行雄と、そうした男の功利性を察しつつ〈親のために一人の子供さえできたら後はどうでも〉という敏子の、双方の世俗的エゴイズムが競合するところにある。結局、行雄は種馬のように敏子に利用されて、敏子に子供が生まれてすぐに、みずから行方知れずとなる。留意したいのは、行雄の人物像が、薄氷らしく女性ジェンダー化されていること、そしてお初に対する弁解の言、〈敏子とは表面ばかりの夫婦になり、お初の両親に金を貢ぎ、洋行すると騙して程なく出てくる〉という内容が、紅葉「金色夜叉」の、貫一を捨てて富山との結婚を決めたお宮の弁解の仕方と同工であることだ。『晩櫻』の行雄・お初の別離の状況は、「金色夜叉」の男女を入れ替えた趣向であり、執筆時の前後関係から見て、師の「金色夜叉」から学んだことをうかがわせる。[22] しかし許婚と別離する趣向は師紅葉と同工であっても、男女を入れ替えたという趣向にこそ薄氷の面目は躍如としている。なぜなら行雄の〈富貴・出世〉という目的は果たされなかったのであるから行雄の行為全体が無意味化されてしまい、そこに立ち現れるのは、敏子が元来もっていた強烈な〈非婚〉願望すなわち〈局外への意志〉の波及効果そのものとなる。

それこそが行雄との結婚を夢見ていたお初に〈非婚〉を強いた真の因なのだ。かくて親の願いは空しく、次世代は独身者ばかりとなる。敏子はその個性的な身体解釈を自己の存在基盤として闘うことはできず、結局は、家制度に取り込まれることで権力者としてお初を踏みにじる結果となる。婦徳の鏡のような『三人やもめ』のお清とは異なり、お初が犠牲者として描かれているために『晩櫻』は『三人やもめ』にはない陰鬱さがある。しかし翻って考えれば『三人やもめ』『晩櫻』ともに、次世代に蔓延してゆく〈婚姻を峻拒する身体〉は、テクストの「あらかじめ予想したり、意識的決定によって引き受けたりすることの出来ない、最も深い感情[23]」であったといえるであろう。

生彩を放つのは『三人やもめ』の情熱的な艶子であり、ひたすら厭世観に沈む『晩櫻』の敏子である。彼女達は、可憐な貞女であるお清やお初そして男たちをも蹂躙するパワーを内在させている。艶子・敏子は囲い込まれた抑圧的状況から無意識のうちにも離脱しようともがく内的人間であり、現行の社会システムに反抗する牙を持つが、その牙はいまだ磨かれていないゆえに、結局は自虐へと反転するほかはない。薄氷が書いたのは、そのような女たちの「最も深い感情」であった。

師紅葉は、次のような女性観の持ち主だった。「詰り温かな両親の間にうまれて、温かな家庭の教育を受けた者でなくては宜けない、斯ういふ女は米の飯のやうなものだ」（『新著月刊』明治三十一・一）。薄氷が語ったのは、まさに、この「米の飯」のような少女たちの受難の物語であった。

合評『三人冗語』で、薄氷は「この作者は女の間の事を知りて、その外の事をば余り知らぬものと見ゆる節多し」(24)（「乳母」について）と評されている。すなわち〈女がわかっていた〉薄氷のテクストは、社会システムの欲望としての可憐な女の被虐の諸相を過剰に演じつつ、またそこからの遁走を夢見つつ明治の結婚制度を新しい〈異類婚姻譚〉として語り続けたのである。

【注】

（1）睦月社　一九五五・九。
（2）梶田碇次郎著　春陽堂　一九〇一（明治三十四）・一二。
（3）『近代文字研究叢書4』（昭和女子大学光葉会　一九五六・九）に依る。
（4）「『つゆのあとさき』を読む」（『改造』一九三一（昭和六）・一一『谷崎潤一郎全集第三十二巻』中央公論社　一九五九・四）。
（5）皇太后宮大夫兼内蔵頭従三位勲二等子爵杉孫七郎撰　吉川弘文館　一八八七（明治二十）・七。
（6）弘文堂　一九七七・四。
（7）前掲書。

(8)前掲書。
(9)『文芸倶楽部』臨時増刊閨秀小説号　一八八五（明治二―八）・一二。ちなみに薄氷はこの号に「黒眼鏡」を発表している。
(10)『わたしはあんじゅひめ子である』所収（思潮社　一九九三・八）。
(11)塩田良平『明治女流作家論』（寧楽書房　一九六五・六）の「近代の感覚が極めて薄い古風な小説」など。
(12)『読売新聞』一八九〇（明治二十三）・五―六。
(13)泉鏡花「薄紅梅」（一九三七（昭和十二）・一）はこの経緯を素材としている。
(14)『同時代ライブラリー』8　岩波書店　一九九〇・三。
(15)『時事新報』一八八五（明治十八）・七。
(16)『東洋文庫203』平凡社　一九九二・一。
(17)早川紀代『近代天皇制国家とジェンダー』（青木書店　九九八・十二）。
(18)「にごりえ」を「真似た疑いがある」（轟栄子『北田薄氷研究』双文社出版　一九七三・三）。
(19)中川成美氏はこの小説の現実的背景として『大阪毎日新聞』（一八九四（明治二十七）・四・二十六）に載った殺人事件を挙げている。
(20)戸沢俊二「北田薄氷論」（『明治文学研究』創刊号　明治文学談話会　一九三四・一）、轟栄子前掲書「妥協的な生を余儀なく肯定してしまう作者の生き方しか出ていない」など。
(21)『身体と文化』小口信吉他訳　文化書房博文社　一九九九・一。
(22)「金色夜叉」前編は、『読売新聞』一八九七（明治三十）年一月一日～二月二十三日（三十二回）。第八章に「……いかに貫一は乞食士族の孤児《みなしご》でも、女房を売つた銭で洋行せうとは思はん！」の貫一の言葉がある。

(23) スラヴォイ・ジジェク『斜めから見る』鈴木晶訳　青土社　一九九五・六。

(24)『めさまし草』まきの五　一八九六(明治二十九)・五(『齋藤緑雨全集巻三』筑摩書房　一九九五・十二)。

○本文の引用は『薄氷遺稿』に拠った。

Ⅲ　島崎藤村　宗教の問題

第五章『家』――〈永続〉の信仰
――〈御先祖〉という思想――

はじめに

『家』については、さまざまな角度からのアプローチが試みられてきたが、旧家の因習性に苦しんできた、近代人たる主人公三吉が、新時代のカップルと自認して出発したお雪との、〈新しい家〉を構築できたのか否か、を主たる問題系として考察されてきた時代があった。しかし、私見によれば、「新しさ」の概念がはなはだ曖昧であったために、論理の深まりようがなかった。[1] また三吉とお俊のスキャンダルから、〈血統・宿命〉がキイ・コンセプトとして論じられた。[2] これらの論に並行して、三吉の〈家長への志向〉を見る知見、[3] あるいは、三吉の〈父の発見〉を指摘する論[4]も積み重ねられつつある。

近年の研究では、藤村の〈写実主義と換喩〉との結びつきを示した論、[5] そして〈家業の時代〉から〈事業の時代〉へ、労働概念の変容という観点によって〈時代の相〉が切り取られる立論も目立った。[6] また、『家』の〈日常性を描く方法〉に注視した手堅い論が続き、[7] 最近では、当時の「よみうり婦人附録」の「身の上相談」の調査・分析から『家』における〈文学と時代との相関性〉を新たに示した文化研究[8]の試みもある。近代史の〈新・旧〉を表象する様々な分析カテゴリーが、これら先行研究には盛り込まれている。

しかしながら、『家』の〈宗教性〉について論じたものは、管見に入った限りほとんど見当たらない。小稿は先行研究が掘り下げてきた〈時代の転換・旧家の問題〉を、〈宗教〉という側面から見直そうとする試みである。『日本人の「家」と宗教』(『竹田聴洲著作集第六巻』平成八・五)に、旧民法・明治民法、ともに、「家と祖先崇拝との不可分の関係、いいかえれば家が祖先崇拝を介して一定の宗教性を内在させることを期せずして最も端的に表明したもの」と述べており、小稿のいわゆる〈宗教性〉もこの見解を前提としている。また、〈日常性を描く方法〉についても、レトリックの問題として改めて触れたいと思う。

1 〈私的領域〉の主催者

『家』には、確かに、近代社会の到来による旧家の没落が丹念に捉えられている、という評価が定着している。けれど「近代社会の到来による旧家の没落」の実態とその意味を精査する余地はいまだ残されているようだ。なぜなら〈旧家の没落〉は、あまりにも歴史的概念としてのみとらえられすぎている。中山論文[9]のいわゆる、失われた「濃密な記憶と時間」の具体相はどのようなものなのであろうか。小稿では『家』に描かれた近代とは、旧世界の〈神聖なもの〉の価値が下落・解体されてゆく過程を指す、とひとまず考える。『家』において〈神聖なもの〉はどのように語られ、そしてどのように追いやられていったのかと、考えてみたい。

〈神聖なもの〉とは、当然のことながら〈宗教問題〉と重層化される。そして、『家』における宗教的なるものとは、人物としては、誰よりもお種に焦点化されている。お種によって〈宗教〉がどのように語られたのかを考えることは、このテクストの〈家〉が、どのような複雑な意味概念を孕むものとして提示されているのか、という問題を新たな側面から掘り起こすだろう。お種について語る、二人の〈橋本家の跡継ぎ〉の言葉に注目したい。実の息子の正太は次のような認識を述べる。

○「何しろ母親《おっか》さんは、神聖にして犯すべからず――吾家ぢや左様なつて居ましたからネ。しかし叔父さん、小泉忠寛翁の風貌を伝へたものは――貴方の姉弟中で吾家の母親《おっか》さんが一番ですよ」　（下九）

ここに、祖父から母へと受け継がれ、そしていずれ忘れ去られていく無形の価値〈聖性〉に敏感な、旧家の惣領息子としての正太の感性が表れている。それに対して、のちに橋本家の当主となる、番頭の幸作は次のように言う。

○「大旦那の時分には、彼様に多勢の人を使つて、今の半分も薬が売れて居ない――母親《おっか》さん達は皆の食ふものをこしらえる為にいそがしかつた。」斯う思つて居た。お種に取つて思出の部屋々々も彼には無用の長物であつた。　（下九）

幸作の関心は、お種が「皆の食ふものをこしらえて居た」という、日常生活の中の役割に限定されたものだ。二人のこの「お種観」の違いは、実の息子と奉公人という違いによるものに過ぎないのであろうか。そうではなく、この二様の表現の違いこそが、橋本家におけるお種の地位の衰退の内実を鮮やかに示している。この二人の息子世代の、お種に対する眼差しの著しい差異を手掛かりに、お種の歴史的〈聖性〉とその凋落の在り様を辿りなおしてみたい。

薬種問屋である橋本家では、薬方という代々の役職が、薬の売買、薬の調合など、経営にかかわる重要なことをすべて仕切っている。お種は、主婦であるが、家業にほとんど関わっていない。お種の仕事は、主に客、家族、親類などを〈接待〉すること、すなわち〈皆の食うものを作ること〉、つまり〈炉端の仕事〉である。お種は〈炉辺〉を動かない。祭りの時にすら、人が出払って〈人気のない炉辺に座って独りで静かに留守居を〉している。ひと夏を姉の家で過ごした三吉が、仕事を終えて九月に東京へ発つときにも、「では、私はここで御免蒙りますから――とお種は炉辺で弟に別離を告げ」（上二）る。お種は家の外には出ない人なのだ。

〈炉端＝囲炉裏〉、そしてその類語である〈竈〉は、「竈を分ける」の用法に明らかな如くまさに「家」の象徴なのである。網野善彦・宮田登の対談『歴史の中で語られてこなかったこと』（『朝日文庫』二〇二〇・八）に〈竈〉が次のように説明されている。

囲炉裏の火は竈の火とも通じて家の象徴です。その火を支配している神様、つまり竈神は「三宝荒神」という道教的な陰陽道の神格です。／囲炉裏は、家の中のいちばん中核の場所ですが、そこを女性が押さえているわけですね。（略）家の中のもう一つの重要な場所である納戸は、夫婦のセックスをする部屋であると同時に、蔵でもありますが、これも女性が管理しています。

「囲炉裏の火は家の象徴」である「竈神」が支配しており、その「竈神」の傍を離れず仕えるのが伝統的に主婦の最も大切な任務なのである。また、神道史家の阪本健一は、「農耕規範的な共同体の中心は」「むすび（＝共同体の絆）の霊異を最もよく知っている一家の主婦」[10]とはっきり述べている。「家」はまた、「祖先祭祀の斎場だった」、そしてその斎場を実質的に司っているものが「主婦」なのであった。「祖先の霊を礼拝し、之に酒饌を供えて祭る習俗は、祖先に対する敬愛心にして」「女の天性」（同）と見なされていたのである。

しかしながら、〈家〉に関して女性がこのように〈意外に強い権利〉を持っていたことがこれまでの歴史・民俗史では十分に研究されているとは言い難いと、先の対談で網野善彦・宮田登は強調する。

また、柳田国男も同様に次のように説明している。〈炉端の仕事〉すなわち、大家族に食を供する主婦の仕事とは、元来、女の霊力が前提とされており、その家の家霊を接待することに結び付いていた。「古代日本人の間においては、女は一段と神に近くまた一段と祖先の霊に親しいものと認められていた」（柳田国男「木綿以前のこと」）。続けてさらに具体的に、主婦には「頭を働かせまた判断才能を輝かせなければならぬ任務がいつの世にも決まってたくさんにあった」。それは「生産」よりもむしろ「分配」に関してであって「世帯が今にいう会計と異なることは、家の生産をそれぞれの用途に持っていくこと、もっと平たくいうと、家に属する人々に衣食住を供することであった」（傍点引用者以下同様）。つまり、春秋に「オシキセ」を供し、奉公人を含む大家族に「十分食わせ、かつ餅とかホウトウとかその日に相応したものを食わ」せなければならない。それが主婦の力量とみなされるのであった、と。

家の〈公の領域〉である経営にかかわってこなかったお種が、家の〈私的領域〉であるそれらのすべてを仕切っていたことは、幸作の言にもある通り確かな事実である。「留守番」もまた、現代の消極的な意味合いとは異なり、〈家霊を守る物忌み〉という、これも宗教的・民俗学的な古俗に連なるものであった。女が〈家に居る〉ことに関する興味深い民俗学的知見は多い。

折口信夫は近松の『女殺油地獄』の「三界《さんがい》に家のない女ながら、五月五日の一夜さを、女の家と言ふぞかし」の文言に着目し、「女が家に居るのは、巫女となって祀りをしており、男が出払うのは物忌み生活のため一ヵ所にこもっていること」という習俗に言及している。(11) これらの見解を参照するならば、家内が出払った祭りの夜、お種が一人「留守居」をしている姿が、新たに、くっきりと歴史的・宗教的な意味を帯びて見えてくる。お種が〈留守居〉している姿は、古来から、神に近いものとして敬われてきた女の霊力（巫女性）を象徴する場面なのである。

このように「炉端」は、家の中核をなす神聖な場所であり、旧家の主婦お種の換喩的な潜在力として、不在の彼女を〈思い出させる力〉ともなって頻出しており、『家』の構造的奥行きを造っている。『家』は、人物の内面（中心）には立ち入らない代わりに、こうした〈換喩〉の多用によって、人間を外側から可視的に描く方法を貫徹している。(12) 如上の歴史性を前提としてテクスト冒頭を振り返ってみよう。

小説『家』は、「橋本の家の台所では昼飯の支度に忙《せは》しかった」（上一）と始まる。まだ当主達雄も健在で、家族のみならず奉公人や、出入りの「百姓」や東京からの客人（三吉・直樹）などにも気を配りつつ、〈十三人の食〉をつかさどるお種の「御新造」としての〈力量〉を暗示している。

○主人や客をはじめ、奉公人の膳が各自《めい〳〵》の順でそこへ並べられた。
○やがてお春の給仕で、一同食事を始めた。御家大事と勤め顔な大番頭の嘉助親子、年若な幸作、其他手代小僧なども、旦那や御新造の背後を通って、各自《めい〳〵》定まった席に着いた。奉公人の中には、二代、三代も前から斯うして通つてくるのも有る。（略）むしろ主従の関係に近かつた。
○旧《むかし》からの習慣として、あだかも茶席へでも行つたやうに、主人から奉公人まで自分々々の膳の上の始末をした。食べ終つたものから順に茶碗や箸を拭いて、布巾をその上にカブせて、それから席を離れた。　（上一）

右の引用は、旧家の食事というものが「二代も三代も」十年一日のごとく繰り返されてきた〈儀礼としての供食〉であることを暗示する。言い換えれば、この世界が、〈儀式〉が具現化する永遠の現在、すなわち〈循環する時間〉の中にあることを示している。引用で分かる通り、〈家〉ではなく〈御家〉であり、「主人」「客」「奉公人」、のように厳格な序列が守られている。そしてお種は、こうした〈儀式の場〉の中心にある。この場の儀式性は、紛れもなく、後述する、一種の宗教的様相を帯びている。そして〈儀礼〉とは、その場の参集者によって、その世界の安定を確認しあう場でもある。しかしながら、この世界を支えている〈無形の価値＝宗教性〉を瓦解させるものの足音は、お種の耳には聞こえなくても、もうそこまで差し迫っている。

正太の「母親《おっか》さんは神聖犯すべからざるもの」は、「大日本帝国憲法　第三条」の「天皇ハ神聖ニシテ侵スベカラズ」、を連想させるべく語られている。『家』には、旧家の持つ、こうした無形の価値＝働き＝オーラがどのようにして消滅していったか、その過程が陰影深く描かれることになる。

綿密に張り巡らされていたこの秩序を壊したものは何か。近代的市場原理、とひとまず言うことはできよう。しかしここでは少し迂回して、近代天皇制による、〈政策としての宗教改革〉がこの世界の儀礼的秩序をどのように消滅させたのか、「神聖なる天皇」は「神聖なるお種」が支配するこの世界とどの様にかかわったのであろうか、また、旧家の持つ無形の価値の崩壊は、何をもたらしたのであろうか、など、〈神聖なもの＝オーラ〉のゆくえを辿ってみる。そのために、次章で「天皇制」制定の内実を概観する。なぜなら橋本家・小泉家は、後述するように、明らかに近代天皇制の宗教政策の影響下にあると語られているからである。

2 『家』の宗教性

天皇親政の目的のためにはまず宮中改革が行われた。その様相を『日本近代思想大系　皇族・華族』によって瞥見する。明治三年、「神道」が国教となる。しかし、明治四年、廃藩置県以降は〈神権政治〉の色合いが徐々に薄められ、〈文明開化〉及び〈軍事色〉がこれに代わり始める（天皇の装束も衣冠から軍服へと変わる）。復古などの理想は早々に失われていく。『夜明け前』の青山半蔵が苦しんだのも、この政策変換であっただろう。皇族の陸海軍従軍が命じられ、明治六年一年間に、天皇が皇居を出て、軍隊、軍事施設の視察、演習統率に当たった回数は十四回に達したという。(13)

宮中において明治五年、旧暦が廃されて太陽暦が採用されたことが決定的な文明開化政策であった。政府は、この太陽暦によって、天皇の歴史的特殊性を国際的に主張しようとしたのである。しかし宮中改革は、先祖を神として祭ってきたこの国土固有の信仰を破壊し混乱に陥らせた。柳田国男「民間伝承論」、村岡典嗣『神道史』[14]などが、民間に作り上げられていた素朴な信仰の破壊の様相を詳述している。改暦を理由に、明治六年一月、人日・端午・七夕・重陽の節供を「旧習を排す」ために廃止、六年十月には、元始祭・紀元節・神武天皇祭・天長節・神嘗祭・新嘗祭を祭日とし、休日とする。ここに国民の祭日・休日が確定したのである。これらの祭日には国旗を掲揚する決まりだった。「改暦と祝祭日の制定を機に、民間習俗の禁止は急速度で進められた」[15]。当然、徳川幕府が寺院に与えていた宗門改めの特権を剥奪することをはじめとして、従来、仏教に与えられて来た経済上、名誉上、権力上の保護・特典は、明治新政府によって全廃された。

　このように造られ推進される〈天皇教〉ファシズムによって、国家の臣民として再編された民衆は、当然のことながら、心身の〈均質化作用〉を被ることになる。「「国民」は、共通の伝承や慣習によって結ばれている共同体の一員ではなく、血縁、地縁、身分、言語とはかかわりのない、「抽象的な存在」として、これらの「同質を強制する諸制度」に参加を強いられる[16]」ことになる。例えば、伊勢神宮に天皇が参拝に出かけるようになったのも明治天皇からのことで、伊勢神宮じたいも、天皇の祖先神を祭る、というよりも、霊験あらたかな農業神を祭る神社と、民衆に考えられていたという。政府にとって都合のよいことに、「神道」に教義などは元来存在しないのであるから、宮中で行われる、教義ならぬ〈儀礼〉を通じて、（これら宮中の祭礼に村落の村祭りや、地鎮祭、など旧来の慣習的儀礼が接ぎ木される）「あらゆる日常生活秩序が言わば非政治的支配機関と化し、支配権力は日常生活秩序の上にではなく、その中に存在するものとなったのである」（藤田省三『天皇制国家の支配原理』）と、概括される事態が実現したのだった。

『家』にも、〈その土地固有の自然神道〉に〈天皇教〉が難なく侵入している。政権樹立早々に行なった〈祭政一致―神仏分離〉の政策が、『家』の両旧家の宗教的背景となっていることは疑えない事実である。その効果なくして橋本家が「三十年前から神棚だけ祭つた」ということがあるはずもない。あえて〈仏式ではない御霊さま〉のことが橋本・小泉両旧家のシンボルのように幾度も言及される。しかも年代も小泉家では「先代から」であり、橋本家では「三十年前から」と区切られている。語り手は明確に時期を限定して、両旧家共に〈天皇親政〉の始まりとともに仏教を捨てたことを表白しているわけである。

柳田国男は、〈神を祭る〉ことと〈仏＝死者の法事〉とが長らく混同されてきた村落の〈神観念〉について懇切に解説しつつ、明治初頭の神仏分離政策以来、廃仏の家が少なくなかった地方では、「何を差し置いてもまずこの仏壇を取り片付けた」[17]と述べている。確かに小泉家も橋本家も同様に「仏壇を取り片づけ」たのだ。

○古い床の間の壁には、先祖の書いた物が幅広な軸に成つて掛つて居る。それは竹翁と言つて、橋本の薬を創めた先祖で、毎年の忌日には必ず好物の栗飯を供へ祭るほど大切な人に思はれて居る。その竹翁の精神が、何時までも書いた筆に遺つて、斯うして子孫に臨んで居るかのやうにも見える。（上一）

○旧暦の盆が来た。橋本では、先代からの例として仏式でなく、家の「御霊」を祭つた。（略）

年を経るにつれて、余計に彼女は斯ういふことを大切にするやうに成つた。（上二）

○小泉の家では、先代から佛を祭らなかつた。「御霊様と称へて、神棚だけ飾つてあつた。そこへ実《みのる》は拝みに行つた。父忠寛は未だその榊の影に居て、子の遠い旅立を送るかのやうにも見える。実は柏手を打つて、先祖の霊に別離を告げた。（下の四）

○「この家は神葬祭だネ。禰宜様を頼まんけりや成るまい。」（下の五）

『家』の場合、前述の如く、旧家には「神棚」だけが祀られている。そして主婦であるお種がこの〈家の神〉に奉仕するものであることを示している。[18]『家』のエピソードの一つである〈葬儀〉の形式にも、〈天皇教〉は影を落としている。

長兄実の次女のお鶴の急死に際して、右の引用のように、次兄森彦の「この家は神葬祭だね」は、お鶴の葬儀が僧に読経してもらう仏式ではなく、〈神道〉にのっとった小泉本家の、禰宜による「神式」の弔いであることを意味する。父忠寛の宗教はこうして嫡男に受け継がれている。それに対して、三吉の家は「仏壇」以外にはない。三吉の家に「仏壇」があるのは、三吉が仏教を大切にしていることを意味するものでないことは明らかだ。単に一般的な〈葬式仏教〉に過ぎない。つまり神棚は本家のみにあるものなのだ。[19]〈神葬祭〉は父、忠寛の代からである。[20]『明治文化史6　宗教編』によれば、維新の改革期に近づくと、神葬祭問題は、維新達成の重要な一要素となった。「それは中世否定の機運とともに生まれた復古運動の表れの一つであった。」わけだ。〈神葬祭〉に関しては、

『夜明け前』の青山半蔵の葬儀の記述が参考になる。
『夜明け前　終の章』に描かれた、寺の外の、なだらかな傾斜に葬られた葬儀の形式は、宣長・篤胤を尊崇した、国学の徒半蔵の理想であったであろう。[21][22]『家』は、時勢に伴う旧家の脆弱化を語りつつ、その全体を祖先の霊が見守り包み込んでいる、という構図をくっきりと示すのである。[23]

しかしながら『家』における〈ご先祖〉は、研究史において等閑に付せられてきた問題系であると言えよう。『家』の、〈ご先祖〉を敬う直系たち（同族）は、まぎれもなくこの『夜明け前』の〈半蔵の宗教〉を受け継いでいるのである。ここに、『家』の、〈同族と異族〉の明瞭な書き分けの理由がある。[24]『家』は、同じく祖先を戴く旧家の人々の、目に見えない親和性と結束を飽くことなく語り続けている。

お俊と三吉の〈情事〉も当然その延長上にある。姪たちが叔父の肩をたたく、白髪を抜く、あるいは三吉がお種の背後から目隠しをして驚かせるなどの戯れも、同様の〈親和的空気〉のうちにあるとしか言えないであろう。三吉の同族に見せる皮膚感覚的な親しみは、異族であるお雪とその一族には見せることのないものだ。末弟三吉の関心を語りの中心とする叙述によって、三吉の妻のお雪、橋本家の番頭幸作らは〈同族〉間の濃密な宗教性に基づく一体感の外にあるものとして書かれている。

小泉家では、何代も前の祖先にさかのぼることなく、明治を迎えて初めて神葬祭で弔われた「忠寛」を祖先（＝神）として祭っている。この、近代天皇制を背後にした神葬祭に、それ以前の先祖との画期があるわけである。[25]

橋本家の方はどうかと言うと、九代目の「竹翁」という、〈奇応丸〉を始めた人物を、祖先としている、と語られている。が、現在木曽福島で「高瀬家資料館」を経営している熊谷かおる氏（「幸作」のモデル、兼喜の直系の孫）によれば、事実はそれとは異なる。「奇応丸を始めた祖先は、七代目の兼七郎新助が、代官のお供役で江戸城に上った際、侍溜で作り方を聞いてきたのが始まりである」と、九代目居達（「家」の竹翁のこと）の遺言にあるという。[26] つまり事実としては、〈先祖〉は「竹翁」ではなく、その二代前の人物なのである。このように『家』の記述と歴史的事実とは異なっているが、熊谷氏は「「奇応丸」が有名になって、徳川家献上品にまでなったのは、九代目居達（竹翁）の時で、高瀬家では最も大切な先祖とされているので、（藤村は）九代目としたのであろう」と推測している。この歴史を藤村が知らないはずはなかったであろう。『家』は、このように藤村の、〈その家で最も大切な先祖〉を祭る思想に基づいて書かれていることは問違いない。

なぜ、祖先がその家ごとでまちまちなのか、という問題は複雑で、いくつかの理由が示されているが、柳田「先祖の話」によれば「主婦の役目としては、たいていは大切な日というのがあってそれを記憶し、その日の朝は別してねんごろな仏供を上げ、昔はまた精進もしていたが、それは多くは中興の祖、もしくは特別に家のために働いた主翁一人の日に限られ、その他はどうしても順繰りに忘れられて行く傾きがあったのである」と、説明されていて、一般的にもそう考えられている。

この解釈は『家』の場合、特に説得力がある。両旧家とも、子孫がその家の都合によって、祖先を特定し、祭っている。[27] すなわち肝心なのは、『家』における〈旧家〉とは、あくまでも新政府によって〈成型〉された〈旧家〉に他ならないことだ。

3 〈御先祖〉と郷土

宮中が採用した太陽暦による社会構造の変化（資本主義への移行）は、交通形態の発達、つまり鉄道の敷設という具体相によって表れる。鉄道敷設によってその土地に固有の山河、つまり〈空間〉が均質化を被る。それらは均質的なアウトドアとなる。〈自然の景観〉を変え、時間構造をも変えた〈鉄道〉は、「繁茂する鉄道草」の比喩で表象され、身の周囲に押し寄せる。これらが集まって、お種を疲弊させていく。その鉄道は、お種が住み暮らした橋本家の庭を容赦なく「破壊」（下九）した。

鉄道に対する、そのようなお種と三吉の反応は真逆である。三吉の心は近代日本の趨勢そのままに〈乗り遅れまい〉と、前方へ向かっている。お種と三吉の存在論的ベクトルは逆向きである。

それぞれの風土における固有信仰（自然神道）は、〈陰暦〉とともに伝統的慣習の中で形成された地縁・血縁・稲作と不可分のものだ。それらが、鉄道敷設のように、強引な町村合併・神社合祀という形で、破壊され次第に影を潜めていくとき、共同生活の歴史は無視され秩序は破壊され、民間信仰も混乱し、郷土は次第に荒廃せざるを得なかった、と、神島二郎は述べている(28)。

破産に続き、さらなる夫の裏切りもあった。しかしもう一方で、前述のように、お種の無意識までゆったりと抱きとめ得る〈産土の地＝郷土〉の宗教環境が〈天皇教〉の浸透によって、徐々に破壊されていったこと、すなわちお種の〈聖なる日常〉を支えていた〈場〉が失われていったことが、お種にとって決定的な悲劇なのではなかろうか。長い年月によって形成された〈自然信仰〉には、土地・風土に結び付いた〈場〉を必要とする、と宗教学者阿満利麿《あまとしまろ》は述べる。

十二年ぶりの橋本家で、三吉は「煤けた桐の箱」の中に「黒船」の図を見つける。

「宛然《まるで》――斯の船は幽霊だ」

と三吉は何か思い付いたやうに、そのオランダ船の絵を見ながら言つた。

「僕等の阿爺が狂《きちがい》に成つたのも、斯の幽霊の御蔭ですネ…」と復た彼は姉の方を見て言つた。

お種は妙な眼付をして弟の顔を眺めて居た。（下九）

〈阿爺を狂わせた黒船〉とは紛れもなく、父忠寛の復古への理想を無残に打ち砕いた近代天皇制ファシズムを指すであろう。そして同じ事態が、お種がこの世で安堵できる場を奪っていく。お種が常に、父忠寛とダブルイメージで語られるのは、二人の受難が重層していること、すなわち復古ならぬ〈天皇制による近代〉の襲来に対する疲弊であったことをこの場面のお種の「妙な眼付」が示している。「黒船」という軍事的脅威に続く市場原理の浸透によって、お種の手にあった〈神聖なるもの〉すなわち「家存続の中核を形作る」[29]祭祀、（他人を含む）大家族の供食などに付随する、旧家の宗教的価値は薄れていく。「皆の食ふものをつくる」という現実的側面しか意識されなくなる。そしてそれさえも〈杓子渡し〉という、姑から嫁への〈女の世代交代〉によってお種から奪われていく。

上一の、お種の幸福が、〈なすべきことが目の前にある〉という、主婦の充実として語られている部分を再度引用する。

旧暦の盆が来た。橋本では、先代からの例として、仏式でなく家の「御霊様」を祭つた。お種

は序に小泉の母の二年をも記念するつもりであつた。年を経るにつれて、余計に彼女は斯うい
ふことを大切にするやうに成つた。（上一）

「御霊様」、すなわち〈先祖を祭ること〉とは、祖霊との交歓を通して参与者の団結が更新され強化される場の設営である。その核心にあるのは〈家永続の願い〉に他ならない。それが日本人の〈信仰〉の姿なのだ[30]。

阿満利麿は、こうした、郷土に根付いた神道に基づく祖先崇拝は、一つの宗教に他ならないことを強調している。竹田聴洲論文も示す如く、それが明治民法の精神でもあった。神道のこの特質が「国家神道」の形成に利用されたのであるが[31]。

この祭祀の主催者だったお種の最大の悲劇とは、橋本家に浸潤する近代、具体的にはまず家業から脱落した惣領正太に替わる養子幸作の新しい経営、二番目に、鉄道による風土の破壊によって神経を病み、主婦としての立場から後退させられ、その後退につれて、先述のように、この祖先信仰に守られた〈神聖なる日常性〉を奪われていくことだ。お種を「神聖」とみる眼差しはもう存在しないのだから。お種は、新しい経営者によって次第に〈厄介〉の宗蔵の地位に接近してゆく運命にある。旧世界秩序はこうして徐々に形が崩れ、橋本家自体も昆虫が脱皮するように世代交代する。

世代交代は、呼称の変化によっても明らかに伺うことができる。三吉が両親の墓を建てるために十二年ぶりに橋本家を訪ねた時、「幸作は豊世のことを「御新造」と呼ばないで、「姉様」と呼ぶやうに成つて居た」（下九）と書かれている。現在の「御新造」は幸作の妻お島である。すなわち、幸作にとって正太はすでに橋本家の当主の地位から脱落している。女の〈杓子渡し〉は、したがっ

てお種から正太の妻豊世ではなく、幸作の妻お島に渡されたのだ。この当主交代劇がお種の目の前で行われていたことである。正太が隅田川のほとりの家に「国から取寄せた橋本の薬の看板」（下八）もいずれ幸作のものになるであろう。「苦しみ衰えた胸のあたりを」三吉に見せるこの場面に続く〈旧い家の内《なか》へ響けるやうなお種の大欠伸〉とは、伝統と慣習によって人と人とを結び付けていた、村落を場とする〈信仰〉が失われた空虚感を示している。『家』における〈旧家の凋落〉とは、政権の交代に付随する、旧家を覆っていた〈信仰の喪失〉に他ならない。この事実は『家』研究においてもっと意識されてよい。それは繰り返せば、〈家永続の願い＝祖先信仰〉（柳田国男『明治大正史世相篇』）によって結びついた民衆のものであった。『家』の〈目に見えないものの表象〉は、お種の失意の晩年を通じて十分に感じ取ることができよう。そして三吉は、この世代交代劇に対してどのように身を処したのか、が最後の問題となる。

4　三吉の〈粗末な家〉

『家』で語られた最大のドラマは、〈清水湧き、果樹豊かに実る幻想の郷土〉[32]が、そのような風土に根付いた民衆の「家」永続の願い（＝信仰）（柳田国男『明治大正史　世相篇』p210）とともに、天皇制（神権）ファシズムの進捗につれて風化していく過程と、その旧家の衰退・空洞化を培養土として形成された〈新しい先祖〉小泉三吉の誕生の物語である。「本当の夫婦の顔を合わせる」ことなどが、三吉の半生の努力の達成や〈解放〉になるのであろうか。

三吉は、新たな家長[33]になっていくのではない。三吉の野心は、自ら〈新たな先祖〉になることである。このばあいの「先祖」の概念を、前掲の神島二郎『近代日本の精神構造』、柳田国男『先祖の話』などを通じて確認しておきたい。神島は次のように述べている。

> 「家督」の観念の中で、私が特に注目するのは先祖の祭祀である。なぜならそれが「家」存立の中核を形作るからである。（略）
>
> 従来「家」の祭祀において「御先祖」という言葉が使われていたが、これは今日の常識では、すぐに形質進化上の、または血統上の祖先と考えられやすいが、そうではなく、前代の常識によれば、「家」の創立者であり、「家」創立の初代のみが「御先祖」であった。源氏は、たといその血統上は清和天皇までさかのぼれるとしても、清和天皇を「御先祖」ということはできないし、またげんにそうは言わなかった。これはけっして皇室を忌み憚ったためではない。「御先祖」は、「家」の創立者だから、たといかれが物故者ではなく存命者であっても、「御先祖」といわれたし、また自らもそういった。

この引用からも、『家』における〈御先祖〉とは、橋本家の「竹翁」や小泉忠寛を指していることがわかる。したがって、優秀だが「冷や飯食い」などと冷やかされた二・三男坊たちに対して「今ならば早く立派になれとでもいふ代わりに、精出して学問をしてご先祖になりなさいと少しも不吉な感じなしに言って聴かせたものであった」、続けて、家督を継げない二・三男坊たちは、「之を聴いてどれ程前途の望みをひろくしたかわからない」、と神島は述べている。柳田『先祖の話』にも同様の記述がある。また神島は明治の変革の主体的エネルギーは、「決して外在的なもの、または欠如したものから生ずるのではなく、内在的なもの、または現存するもののなかから導き出される」と断じ、次のような結論が導かれる。「かつて西欧における近代資本主義の祖型をプロテスタンティズムの禁欲的職業倫理に求めたが、もしこれに比定できるものを近代日本に求めるとすれば、それは「家」の倫理であると私は考える」と。柳田国男・神島二郎らのこうした知見はまた、小説『家』の〈倫理〉に他ならない。『家』に「先祖」の語は次のように用いられている。

森彦が三吉に、「二百円」を都合してほしいと申し入れた翌日、三吉と正太がその件をめぐって話し合う場面に三吉は森彦を評して次のように評している。

「極く平民的な人のやうだが、一面は貴族的だネ。どうしても大きな家に生れた人だネ。すこし人が難渋して来ると、なアに俺が奈何かしてやるなんて――御先祖の口吻だ」

斯う話し合つて見ると、二人は森彦のことを言つて居ながら、それが自然と自分達のことに成つて来るやうな気がした。（下八）

ここに語られる「御先祖」に注目したい。これが特定の個人を指したものでないことは明らかだ。つまり神島や柳田の説明にある「家を創設する気概ある人物」の気象を指す一般名詞であって、それが「自然と自分達のこと」なのである。この場合〈御先祖〉は彼らの誇りであり理想である。

長兄実の次女、小泉を継ぐはずであったお鶴の通夜の晩に三吉は「これから兄貴が奈何盛り返すか知らんが――長い歴史のある小泉の家は、先ず事実において、滅びたといふものだね」（下五）と正太に語りかけている。この時正太は「『どうかすると、橋本の家は私で終に成るかもしれないぞ』

正太は考深い眼付をした。」と書かれる。跡継ぎの死は〈家の断絶〉と捉えられている。二人の次世代にとって、両旧家は「事実において滅びた」のだ。

子供たちのたび重なる死と、惣領のプライドを強く持ちつつ時勢に遅れていく正太の焦りを丹念に語りつつ、『家』下巻で徐々に明らかにされていくのは、三吉の欲望、すなわち強烈な「先祖」＝〈家〉志向である。

藤村が『家』に書こうとしたのは、伝統と歴史的慣習によって形成された旧家の〈祖先信仰の変容の歴史〉の消長であった。このことは養子幸作の代になって、経済が建て直されたという事実とは別次元のものだ。お種の生存の意味そのものであった〈旧家のオーラの消滅〉は、幸作が懸命に橋本という「御家」を〈会社組織〉に再編して奮闘することと並行して進む歴史的現実である。下巻に描かれる幸作による経済の合理化とは、金銭がすでにお種の自由にならなくなっていることを暗示している。

『家』におけるこの旧家的オーラの消滅を念頭に置く時、三吉の「新しい粗末な家」の意味がはっきりとしてくる。「新しい粗末な家」とは、歴史によって培われた「オーラ＝格式」（信仰とも言い換えられる）のない家のことだ。同時に「新しい家」とは、新世代の中間層たる三吉が「粗末な」と韜晦しつつ〈先祖となる家〉のことである。

藤村の長編小説は、主人公が自分の本心（内面の真実）を秘めていて、それが小説の最後に明かされる、という〈型〉を持つ。『破戒』に関してはすでに言及されている。『春』はどうか。捨吉が恩人宅に隠していた〈正体〉は、最後に家出をし、〈自分は恩人の望む商人ではない〉と意思表示することで明かされる。『家』も同様の型をもつ。主人公たる三吉の〈顔〉が、いいかえれば〈欲望〉

が、誰よりも曖昧にされている。三吉像を、幾人もの子供の死という悲運に遭いながら、旧家の兄たちを金銭的に援助しつつ、懸命に作家・詩人の道を切り拓こうとしている近代人、と紋切型にみなして済むのであろうか。

　三吉が社会的に成功しつつあることは、新開地の三吉の借家に「（正太が）叔父の顔が見たくて、寄ると、丁度長火鉢の周囲に皆な集つて居た」（下五）、のように親族が集まってくること、つまり私的な〈家庭〉の趣をもつことと同時に、センターとしての役割を帯びることによって示される。それは長兄実が、ついに宗蔵の面倒を見られなくなるという形で、旧家の公的側面を失うことと対照されている。三吉の欲望は、「三吉は父母の墓を造らうと思ひ立つて居た」（下九）ではっきりとその姿を現す。三吉の〈家からの解放〉は、「家」から遠ざかることではない。自らが〈新しい祖先〉となることによって、「事実において滅びた」（下五）小泉の家を精神的に再興することであった。中興の祖となることであった。それは、明治の「立身出世」の一つの重要な形式に他ならなかった、と同時に三吉の「家」についての思想にも他ならなかった(34)。

〈事実において滅びてゆく家〉は、〈信仰〉を失いつつ新時代の中間層によって観念として維持継承されてゆくのである。近代日本における〈家〉意識はかくのごとく〈変容〉していった。小説『家』はまさにその事実の歴史的証左となっている。

　最後に、きわめて特色ある『家』の文体にふれておきたい。『家』では、社会的な成功・没落も、〈家の内部事情〉として、現存的隣接性による換喩的用法が多用され、「家」の歴史的転換が、動態として目に見えるものとなる。三吉の欲望の文脈は次のシーンで完成している。郷里で「小泉の昔を忘れずにいる」人々の中心に座った瞬間の光景だ。「系譜・祭具・墳墓の所有権が家督相続の特権或いは義務に属するということは（徳川期を通じて）慣習上の確信となっていた」（高柳真三『明治家族法史』一九一五年　p101）、その慣習・制度はこの時、末弟によって塗り替えられる。それが、伝統的慣習と社会的現実が大きくくずれはじめる明治という時代の特質でもあった。〈立派な墓石〉も、日清・日露戦争の後に一種の流行となった、という（前掲『明治大正史　世相篇』[35]）。

その翌日は、彼は寺の広間で、墓参の為に集まつて来た遠い近い親戚とか、出入りの百姓とか、其他小泉の昔を忘れずに居る男や女の多勢ゴチャ〱集まつた中に居た。　（下九）

『家』は、換喩・提喩というレトリック認識で首尾一貫していると言っても過言ではない。例えば、幼い子供の墓参から戻ったお雪は「左様言へば、繁ちやんの肉体は最早腐つてしまつたんでせうねえ」（下一）と、幼子を思って嘆息する。〈死〉は、観念としての死ではなく、その先の、〈土中の身体が腐っていく〉現存的な動きとして捉えられる。「菊子」も「房子」も、そして神葬祭で葬られた、長兄実の次女お絹の死体も、〈土中で腐っていく〉わけだ。当然「そろそろ夜が明けやしないか。正太さんの死体が壮んに燃えて居るかも知れない」も、死を動的な〈燃える身体〉として、その生々しさを醸し出すための提喩的用法だ。彼らの存在は、観念的な死を超えて、〈腐りはてるまで、燃え尽きるまで〉引き延ばされる。ロマン・ヤコブソンが「写実主義の作家は、隣接的関係を辿っていき、すじから雰囲気へ、人物から空間的・時間的な背景へと換喩的に離脱していく[36]」と述べた芸術的効果が十全に発揮されている。

『家』は、若い、幼い旧家の跡取りたちの身体が、次々に土中で腐り、燃えていく、その土の表面に、新たな先祖たる三吉が〈夜明けを待つ〉という結末である。藤村自ら「自分ながら憂鬱な作」（「折にふれて」『市井にありて』所収）と語った『家』の〈憂鬱〉は、この藤村のレトリック意識によるところが大きい。

【注】

（1）笹渕友一「島崎藤村の『家』の再検討」（『ノートルダム女子大学紀要』第2巻第1号　一九七八）、『シンポジウム日本文学15　島崎藤村』（三好行雄・相馬庸郎・佐藤泰正・十川信介・猪野謙二　学生社　一九七七（昭和五十二）・八）。

（2）関良一「『家』――まぼろしの三部作――」（三好行雄編『島崎藤村必携』学燈社　一九六七（昭和四十二）・七）、三好行雄「「家」のためのノート」（『三好行雄著作集第一巻　島崎藤村論』筑摩書房　一九九三・七）、十川信介「『屋内』と『屋外』――『家』の構造」（『島崎藤村』筑摩書房　一九七五（昭和五十）・十一）、高橋昌子「リアリズムの極北――『家』の叙述」（『島崎藤村　遠いまなざし』和泉書院　一九九四・五）。

（3）亀井勝一郎「家」（『島崎藤村論』新潮社　一九五六（昭和三十一）・一）「末弟である三吉が、他の誰よりも族長のやうな風格をあらはしている」、前掲関良一論文。

（4）大井田義彰「『家』の時間――父との邂逅――」（『文芸と批評6』一九八六・三）、渡辺廣士「『家』の多

義性」（『国語と国文学』一九九一（平成三）・十）。

（5）「換喩としての『家』」（『漱石・藤村　〈主人公〉の影』愛育社　一九九八・五）。

（6）中山弘明「『家』の視角――〈家業〉と〈事業〉――」（『溶解する文学研究』翰林書房　二〇一六・十二）。

（7）下山孃子「『家』の〈近代〉――〈新しい家〉について」（『島崎藤村』宝文館出版　一九九七・十）、注（2）高橋昌子論文。

（8）永渕朋枝「よみうり婦人付録」の分析――『家』の主人公三吉、貞操論争――（一九一〇〜一九一六年）」『無名作家から見る日本近代文学　島崎藤村と『処女地』の女性達』和泉書院　二〇二〇・三。

（9）注（6）に同じ。

（10）『明治維新と神道』（同朋舎出版　一九八一・七）。

（11）「民俗学上より見た五月の節供」（『折口信夫全集第十五巻民俗学篇1』中央公論社　一九七六・十一）。

（12）注（5）の拙稿「換喩としての『家』」で『家』がこのような換喩優位のテクストであることを詳述した。

（13）遠山茂樹解説『日本近代思想大系2　天皇と華族』一九八八・五。

（14）『神道史』（創文社　一九五六（昭和三十一）・二）に、「明治維新の根本義として王政復古精しくは神武復古は、明らかに古道の理想の実行であつて、かくのごとき時代精神の為に根本的動力の、必ずしも凡てのと言へないまでも、少なくとも主要なる一であつたものは、本居平田派の尊王愛国主義であつた」しかし「仏教はその根強い歴史的勢力を以て到底かくの如き圧迫に甘んずるものではなく、やがて勢力挽回の運動に出る」。その後紆余曲折を経て「その間明治二十一年憲法発布によって信教の自由が認められると共に、明治政府の古学神道的宗教統一の強化政策は、全然破棄さるる観をなしたと言へる」。こうして「平田神道を以て教化を統一せんとした維新当初の企てが漸次に敗れて、神道そのものの解体にまで至った」のは、平田神道そのものが「神道史上有する多大の意義は別として、要するに未完成の宗教であった」p208と村岡典嗣は結論している。
(15) 注(13)に同じ。遠山茂樹解説　p465。
(16) 阿満利麿『国家主義を超える』講談社　一九九四・七　p105。
(17)『先祖の話』。
(18) 実の妻、お倉も当然、お種同様、御霊様に奉仕する役割を持つはずだが、その姿には全く触れられず、その代わりにお倉には、小泉家の昔の〈記憶を保持する〉という、これも女の役割が与えられている。
(19) 神島二郎「変革と「家」意識」(『近代日本の精神構造』岩波書店　一九五九(昭和三十四)・七)、前掲『先祖の話』。
(20)「明治六年十二月　正樹、仏葬を廃し、神葬祭に改めた」(「年譜」十川信介編『鑑賞日本現代文学4島崎藤村』角川書店　一九八二(昭和五十七)・十)。
(21)「神道は仏教よりも土葬になじみが深い。多くの神官は山中他界の埋葬地、奥津城に埋葬されたいと望んでいる」高橋繁行『土葬の村』講談社　二〇二一・四　p142。
(22)「日本人大衆にとって、御先祖様の魂が住んでいらっしゃる安息の聖地」は「たどれる限りの場所としては、かつて自分たちの生涯を暮した、なつかしいふもとの里を見下ろすことのできるような、小高い山、あるいは高い奥山だと信じていたらしい」今野圓輔「季節の祭り」『日本の民俗　7』河出書房新社　一九六四(昭和三十九)・一二　p170。
(23) 山室静は、三吉、森彦、そして正太も、「結局は旧家の伝統に縛られて、その重みにあえぎながらも、この伝統に執着しているのであって」「それは兄弟たちの父親小泉忠寛に寄せる思いに、焦点を結んでいる」（『藤村論考　山室静著作集6』冬樹社　一九七三（昭和四十八）・一）という見解を示す。

（24）注（5）拙稿に、三吉が、〈同族に見せる顔〉と〈異族（妻及び妻の生家）に見せる顔〉とが全く異なることに言及している。

（25）神島二郎は注（19）前掲書で「（徳川期の）檀家制度に代わった氏子制度は、すみやかに廃止されて、近代的戸籍制度に取って代えられざるをえなかった。仏式葬儀に代わった神葬祭も、ややこれよりも長くその命脈を保ったとはいうものの、やがて政教分離の要求のもとに退潮しないではいなかった。」（p307）と述べている。また堀一郎「明治神道史」『明治文化史6　宗教編』（洋々社　一九五四（昭和二十九）・三）に、平民にして、いち早く神葬祭問題に着目し公の許しを得た、信州伊那小野村の庄屋倉沢義髄の名を挙げ、解説している。倉沢は慶応三年、「信州全国曹洞宗四〇三カ寺に対抗して宗門人別帳離脱の運動を開始したが、その、資産を蕩尽しても屈しないほどの熱心さであったにもかかわらず、やがて時代は変わり明治六年には、「葬儀の改典は勝手にしてよい」という時節が到来する。なぜなら仏教は歴史的にも深く民衆の精神生活に根差しており、「何時までも極端な神道国教主義を振り回すことは出来ず、」「神道主義は総括的な皇道主義というべきものに変貌していく」と堀は述べている。

（26）熊谷かおる「『家』と高瀬家」『藤村研究47号』二〇二〇・九。

（27）平野謙は『家』の技法として「社会的視点の捨象」を強調し「ここに社会はなく、ここに歴史はない」（『島崎藤村――人と文学――』新潮社　一九六〇（昭和三十五）・九）と論じたが、かくのごとく、それは全く根拠のない論難でしかない。

（28）神島二郎は「地方制度の改革は、行政村と自然村とを分離して自治組織の近代化・合理化を進め、実質的には、旧秩序の崩壊を促した点において注目に値する」（前掲書ｐ１７５）と概括している。南方熊楠は、「国家神道」のための神社合祀に対して、長い伝統によって形成されてきた民衆の信仰生活を根底から破壊する政策として強い反発を示した。「明治三九年末、原内相が出せし合祀令は、一町村に一社を標準とせり」「従来一社として多少荘厳なりしを、合祀のため、卑陋なる脇立小矢祠に変じ、つまり一〇社を一社に減じたるのみ。また大字限り行い来れる祭典は、張り合いなしとて全く廃止す。また合祀されたる社の氏子、道遠くて多くの時間を要し、合祀先に参り得ず。わずかに総代のみ詣づれば、合祀の社殿を有する部落の勢い優れるに比して、俘虜のごとく戦々たり。ついに祭日社参せざるに至る。また社地の鬱林老樹は刈払われ、売りて得たる金は、疾くに他の方面に流用し去られて、空しく切り株を見る」「三重県は五千五百四十七社を減じて九百四十二社、すなわち在来の七分の一のみを存し……」（明治四十五年二月九日　白井光太郎宛　「神社合祀に関する意見」『南方熊楠全集７』平凡社　一九七一（昭和四十六）・八　ｐ５３０）と、民衆の信仰の世界が破壊されていったことに抗議している。

(29) 神島二郎前掲書　ｐ２６４。

(30) 「死んで自分の血を分けた者から祭られねば、死後の幸福は得られないといふ考へ方が、何時の昔からとも無く我々の親たちに抱かれていた。家の永続を希ふ心も、何時かは行かねばならぬあの世の平和のために、是が何よりも必要であったからである」。柳田国男『明治大正史　世相篇』（東洋文庫105平凡社　一九六七（昭和四十二）・十二、同『日本農民史』）。

(31) 注(16) 阿満利麿『国家主義を超える』。

(32) 注(26) 熊谷かおる論文に、『家』上一の、お種が三吉に庭を案内する場面の「掩ひ冠さつたやうな葡萄棚の下には、清水が溢れ流れて居る。その横にある高い土蔵の壁は陽を受けて白く光つている。百合の花の香もしてくる。姉は夏梨の棚の下に立つて、弟の方を顧みながら(略)」という部分について、事実とは異なると述べ、高瀬家では、清水が湧きはしないかと「祖父(幸作のモデル兼喜)が後に鉄道に没収される辺りの場所を掘ってみたが出なかった」のであり、「木曽の気候では夏梨や葡萄は育たない」とわざわざことわっている。熊谷氏の証言は、これらの描写は、お種が三吉を案内する橋本家の光景が、〈失われていく幻想の郷土〉を語るための演出であることを示している。

(33) 注(3)に同じ。

(34) 神島二郎は「祖名または家名は「家」の象徴であるから、家名の保持が逆に「家」永続の条件と考えられる。」「祖霊は、「家」の人的物的基礎が失われても、おそらくは人々の記憶に存するかぎり、なお観念的な家名とともに鎮まる処を求めて存続すると信じられていたから、家名を継ぐことによって、ひとは廃絶家を再興できると考えた。」「家産・総領・祭祀・祖法または家名は」「他の要素が薄弱な場合、「家」を中興または再興するための拠所になりうる点で「家督」として相続の対象とされたと考えられる」(注(19) p264)、また高柳真三は「武士の家は家禄の従属的存在」だが、これに対し「庶民の家は家産家業を世襲して存続するものであるが、それは遠い祖先からその血統をたどって現在にいたりつき、さらに子々孫々の代まで伝えられると考えられる抽象的な家の観念を、その精神的な支柱としていた。かような観念的な家の側面は、家産家業が消失し家族が死に絶えても、なお家名として存続し、これを継承相続(=再興)することもできると考えられていたのである」(『明治家族法史』日本評論社 一九五一(昭和二十六)・三)と述べており、両論考は、三吉が「両親の墓を建てる」ことの思想的裏付けを示している。いずれも小泉忠寛から三吉に受け継がれた〈家永続の願い〉に他ならない。

(35) 明治民法は、「戸籍権相続の基礎は祖先祭祀を継承するの必要に在る」、そしてまた「この三つの物（系譜・祭具・墳墓）の所有権によって表象される祖先の祭祀の永続することを」自明の前提にしている（竹田聴洲前掲書　第三部4「民法史と祖先の祭祀」）。この理念は、戦後の民法改正において、「系譜・祭具・墳墓の承継は相続の外に立つ祭祀の承継なりとすることが、却って祖先崇拝の本質に適する」（我妻栄『家の制度—その倫理と法理』酣灯社　一九四八（昭和二十三）・五）という考え方に改められた。三吉の行為は、「事実において滅びてしまった」小泉家の「祖先祭祀を継承するの必要」にあった。この事実は漱石『坊っちゃん』結末の、「おれ」が長兄をさしおいて〈滅びてしまった家〉の墳墓の継承者として「清」を養源寺に葬る行為と類比的である。

(36)『一般言語学』川本茂雄監修　みすず書房　一九七三（昭和四十八）・三。

(37) 注(7) 下山論文に、「言わば〈近代〉の〈響〉に誘われて〈動い〉てしまった人間の、その動きのプロセス自体が見つめられている」という、文体についての見解がある。

○『家』の引用は『藤村全集　第四巻』（昭和四十二・二　筑摩書房）に拠った。

Ⅳ　田村俊子・高群逸枝　少女たちの困難

第六章 〈糸魚川心中事件〉と『あきらめ』
――二つの〈自由〉をめぐって――

1 序 異性愛嫌悪という文学シーン

明治政府が政権樹立と同時に性の管理統制を始めたことは優れた先行研究によって大略明らかにされている。[1] 性を資源として管理することに重大な関心を持つことになった国家はその関心の対象をまず女性の身体へと向け、女性が、子産み子育ての道具としてセクシュアリティを管理される性体制が、天皇を頂点とする家族国家論と資本主義の展開に寄与し、人々の性と生殖を規範化していくことになるのは自然な経路であった。異性愛と終身単婚と出産とをひとつながりのものとする狭隘な近代的性規範は、結果的に、人々に内蔵されているはずのさまざまな対人感情をもそのラインに沿って統制していくことになる。当然、異性愛を自明のものとする、男らしさ（性欲の主体、能動的）、女らしさ（性欲がない、受動的、性は男によって開拓される）など、ジェンダーの神話が際限なく作られてゆく。すなわち社会の〈女性嫌悪〉がシステム化されていくのだ。

筆者は以前、観察・研究・解剖・解読による女の身体の領土化が、まず男からの〈視線の権力〉として顕在化していることに着目し、漱石の『三四郎』について考察したことがあった。[2] そこに露にされているのは男性同士の結束と女性嫌悪、すなわち〈異性愛嫌悪の構造〉である。本稿で扱う田村俊子もまた、〈異性愛嫌悪〉というセクシュアリティーの領域から、人間の自由について語ろうとする批評性において同じ方向を見つめた作家であったと言えよう。ただし漱石とは逆に女性の立場から。

本章では、『三四郎』の新聞連載の二年後に『大阪朝日』の一万号記念懸賞小説として登場した『あきらめ』(『大阪朝日新聞』一九一一(明治四十四)・一・一〜三・二十一)の検討を通じて、日露戦後に現れ、文学史上の一つの指標ともいうべきある文学シーン〈異性愛嫌悪〉の構造を、『三四郎』を補助線としつつ明らかにしたいと思う。併せて明治末の女子教育界を震撼させた〈糸魚川心中事件〉と『あきらめ』の内容との近似性を検討し、歴史上初めて少女が経験する性的モラトリアムに戸惑い猜疑し警戒する社会と、学校によって〈精神の自由〉を知り始めた少女たちとの滑稽なまでの意識の懸隔を『あきらめ』が鋭く捉えている事を明らかにしたい。

2　内なる差異

『あきらめ』は、紛れもなく近代日本においてもっとも早い、少女たちの同性の愛の表象である。この小説が登場したことの重要な意義は、作中に繰り広げられる同性の親密さの諸相によって、それぞれの〈内なる差異〉を隠蔽して成立している、男女という二項対立および異性愛の神話を解体したことにある。漱石の『三四郎』が、男性の同性愛が称揚されたギリシャを憧憬して止まない広田を盟主とする男たちの絆を強調することによって異性愛規範を揶揄[3]しているのも同工である。そこに顕在化しているのは、三四郎（上京したて）、広田、野々宮（広田の影響下にある物理学者）、与次郎（広田の影響下にあるいたずら者）など、男性ジェンダーの〈内なる差異〉の戯れであった。では『あきらめ』はどうか。

主人公富枝をめぐる女性たちは、富枝の心のもっとも奥深くを占める同学年の三輪、富枝を慕う後輩の染子、料理屋へ養女にいった妹貴枝の三人となる。小説は、富枝の愛したこれらの少女たちと富枝との別れを語っている。女優志願の三輪は、演劇界の大物の後援を得てフランス留学が決まり、富枝の手の届かぬ遠くへ去って行く。染子とは、富枝との仲を怪しむ染子の親に、染子にはドイツに留学中の婚約者がいると告げられることで、そして貴枝は既に料理屋の内儀お埒《らち》の意のままに生きている少女であることを思い知らされたことで富枝と彼女たちの関係も終わりを告げる。この構造をもつ『あきらめ』のプレテクストは「源氏物語」である。そう考えれば富枝の立ち位置が光君と同じであることが明らかとなる。三輪は、源氏が遠い過去からひたすら憧れて来た藤壺に相当する。染子は、源氏が身近に置いて愛した紫の上であろう。染子はラベンダー色のマントを羽織り、ラベンダーの君と呼ばれるのであるからその類縁性は疑い得ない。美貌で男性の誘惑を呼びやすい貴枝は玉鬘といったところであろう。『あきらめ』は、これら少女たちが、それぞれの形で男性社会に迎え取られ、少女の時間を終わらせていくまでの物語である。

女性の一生の中で社会的規範から自由な、少女という束の間のきらめきがこの小説の時間性である。ではヒロイン富枝はどのように位置付けられるであろうか。富枝は、少女たちが男性社会に取り込まれて行く前に、そこを通過して行く一つの理想的な意識の在り方を示している。その在り方は、男たちのような欲望の対象としてではなく、少女たちを見つめ、育み、守ろうとする多分に観念的な造型であって、富枝自身が男性と対関係を持つ可能性はこの小説でははじめから排除されている。すなわちギリシャを夢見る『三四郎』の広田と同様に異性愛を非自然化する身体性の所有者なのだ。比喩的に言えば富枝は〈キャッチャー・イン・ザ・ライ〉である。だから富枝は少女たちの男制社会へのベクトルが定まってしまった時、方向性を失い突然いなくなる他ないのである。『あきらめ』は、〈子供たちの時間の物語〉[4]「たけくらべ」の系譜に連なる、〈少女たちの時間の物語〉なのである。『たけくらべ』のプレテクストが「伊勢物語」であるのに対して『あきらめ』は「源氏」の枠組みを借りて少女たちの細やかでエロティシズム溢れる性愛の世界を創り上げたのである。

少女たちの、社会的現実の中に定位置をもち得ないが故の愛情の圧倒的な無償性、エロティシズムの豊穣さは、富枝の保護者でもある、姉の夫緑紫ほか、男たちの世俗的で無責任な欲望が強調されることによって、異性愛を狭く不自由で俗悪なものと思わせる効果をもつ。光源氏の位置を占めるのが富枝であるということは、既に述べたごとくこの世界では、男女という、ジェンダーとセクシュアリティに関する二項対置は解体され、富枝、三輪、染子、貴枝は、親友、姉妹、恋人などの関係として、そのときどきによって変転し入れ代わり、性的アイデンティティーもそれとともに軽やかに変転し浮遊する。

「お湯へ入浴りませんか。」と下から三輪が呼んだ。

降りて行くと、鳴海絞りの浴衣を着た三輪が手拭を提げて待つてゐた。

（略）

「冷えたでせう。お入んなさい。」

三輪は後れた富枝に云ひながら真つ白に脂肪を盛つた上の半体を湯槽《ゆぶね》に浮かして、朦朧とした湯の中の灯のまわりを見つめてゐた。富枝は三輪を見た。さうして三輪の温かい肌と自分の冷えた肌とが腕のところで僅ふれた時、富枝は異様に耻しかつた。（十三）

染子の眼は磨すました刃物のやうな光りをもつて顔が底光りのする様に蒼白かつた。

「ね、この人形の口が動きさうでせう。（略）お姉様が恋しいつて泣きますのよ。」

染子は然う云つて人形を撫でた。富枝はいきなり染子の手を取つて其の甲に接吻《きっす》した。

染子は赤い顔をして富枝の袖の内に顔を埋めながら、

「沢山して頂戴。」

と云つた。（十四）

三輪との関係では恥ずかしがるのは富枝の方であり、富枝と染子の間ではそれが逆になる。[5]『あきらめ』にはかくのごとく少女たちが身体を接触する場面が多く描かれ、女性間の皮膚感覚的な居心地の良さが強調されるとともに、少女たちの幼さや無邪気さも強調され、同性間のエロティシズムを自然化してみせる。そしてこの、少女たちの可憐な性愛の表象が、このテクストを取り囲む社会的現実の中に置いてみる時、いかに鋭い批評性をもつものであるかが判然とする。

3　制度としての「処女」

明治末から大正初期にかけて、若い女性の身体は、社会の管理と支配の下に処女性の価値が見出され、性の近代が始まるのだが、この事情が、以下に述べるように少女たちの性的なモラトリアムの期間としての学校制度が社会に次第に浸透していったことと不可分の関係にあることは疑い得ない。日清戦争後の資本主義の進展につれて女学校も増加し、明治三十二年には、道府県必ず一校以上を設置する旨の高等女学校令が施行される。しかし一方で、この女子の近代教育の創成期に、女学校および寄宿舎というものが、男性識者の眼には極めてスキャンダラスなものに見えていたことについて触れておく必要がある。十三、四歳を境に、子どもから一挙に〈使用可能な〉大人の女へと転ずることを自明としていた民俗社会からの大きな転換、すなわち女性に不意に訪れた性的モラトリアムに関して、社会は猜疑と警戒の目を向ける以外にどのような態度をとるべきか判らなかったようなのである。

例えば、高等女学校令施行の二年後、明治三十四年九月の『女学世界』に早くも「女学生の素行」と題して「現今女学生の不品行は、其教育より得たる学識を悪用し、否没却して唯情慾の奴隷となりたるものである、何と思ざる（ママ）の甚だしきものではないか、此の如くんば教育いかに盛んなるも何んの効かあらん、教育は進歩して婦徳は退歩するに至らんのみ、」などの危惧が現れている。〈(女子の）教育成って情慾はびこる〉というわけである。女子教育は女子のセクシュアリティーに対する社会の関心を伴わないことはなく、常にこうした猜疑に満ちたまなざしの下に置かれて来た。

明治四十五年二月発行、自由キリスト教の赤司繁太郎著(6)『男女両性の愛』は、セクソロジー(7)と、女性の身体が社会の関心の俎上に上って来たこの流れにおいて、西欧的ブルジョア・イデオロギーによる開明的な女性論の一つと言えるものである。著者は、西欧的進化論に立脚した教育者の立場から、男女の心身の区別は、神の摂理によって定められたものであるから、男女共にその天職を全うすべく向上発展するべきである、そのためには結婚が最重要事であることを強調し「老嬢などの思想に非常に片輪的と思われることがあるのは結婚の生活の真意義を味ふ事が出来ざるに原因しておる」という規範を示す。赤司は親子の愛や友情よりも「最も、後に発達して最も現代的なる」ものが「男女両性の愛情」である、という認識のもとに、若い未婚の女性のセクシュアリティーを監視する必要を説き、その監視の仕方を微にいり細にわたって指導する。

若い女性のセクシュアリティーに対するこうした監視は、当然の事ながら人的資源の重要な資産である女性を管理しようとする国家意志を反映しており、それゆえ、常にこのように道徳的教育的、また医学的な装いの下に語られたのである。目次を見ると、「恐るべき顛倒愛、同性の愛、武士道の異畸児、妙齢女子の心中、女子寄宿舎問題、性欲は本能、禁欲と宗教、性欲の事は適当に教育すべし、良妻賢母とは何ぞ、結婚の進化、男女の比較、婦人の位置と両性の愛との関係、あるいは老嬢と秘事、美容、多産期、不幸なる結婚の原因」（傍点引用者）、などなど百項目以上、本質論から極めて卑近なレベルに至るまで、男女問題を網羅的に論じ尽くそうとする意欲を示している。しかしこの目次に明らかな如く、著者がとりわけ警戒心を集中させているのが、女学生の同性愛問題であることに〈性の近代〉における日本的特徴がある。

この頃、明治末から大正初期にかけて、女子学生の心中事件が『国民新聞』をはじめ新聞メディアを騒がせた。就中、教育界を震撼させた事件は、明治四十四年七月、第二高等女学校を共に前年の四十三年三月に卒業した、工学博士曽根達蔵の娘貞子（二十歳）と、専売局理事岡村玉蔵の娘玉枝（二十歳）が新潟県糸魚川町の浜町の海岸で心中した「糸魚川心中事件」であった。[8]『あきらめ』と深いつながりをもつこの事件についての当時の言説を検討したい。次の記事は、この事件を踏まえた『朝日新聞』（大正元年十月三十日）のものである。

「同性の愛」は愈弊風を増長し遂に二三同性恋愛者の情死を見るまでに至れり（略）過日も某有名なる女学校の舎監が同性の愛に溺れて目下歓楽中と云ふ報道を得た、事実の精査を行なつた処が全く相違ない話だと云ふことが判明して余は今更ながら女子教育に対し不快の念を催した、同性の愛は其極に至つて猛烈なる異性の愛を欲求する、其の欲求は狂的である、男女とも皆然りと云ひ得る、各種の犯罪は此の狂的恋愛（恋愛とは語弊がある寧ろ肉的欲求）から起る、余等が此の不自然なる同性の愛を蛇蝎視して教育者に三省を求むるは全く犯罪を恐れるからである。

この談話は、山本捜索係長という警察官のもので、彼が女子高等師範で語ったのと同じ内容のものであることを記者は付記している。警察は学校と連動する。山本は男性の同性愛が軍隊、僧院、学校などでなじみのものであるにもかかわらず、男子は全く問題にせず「同性の愛」が女子に及んだ時のみ「犯罪の温床」になると断罪している。

糸魚川心中事件から二年後、大正二年七月「処女研究号」の特集を組み発禁処分を受けたばかりの隔週刊の総合雑誌『サンデー』では、同じく七月、二二九号で、前号の処分に対して「発売禁止について」という特集を組んで論陣を張る一方で、この心中事件についても、心中した少女たちの父母や教師等に直接取材した詳細な情報を「同性の恋」と題し五頁にわたって総力取材しており、ほぼ二年を経過しているにもかかわらずこの件に対する、また少女の同性愛に関する社会の関心の高さを示している。それによると、貞子の方に縁談が起こったことを機に曾根家では縁談の進行上、玉枝との交際を不利益と看破して、玉枝を遠ざけようとしたことが心中を決心させたもっとも重大な動機であるらしい。磯辺に漂着した二人の死骸は、揃いの浴衣を着し、互いの体を桃色縮緬の扱帯で結んでいた。なお玉枝の懐中から「玉のような可憐な記念の人形が現はれ」たとき、「臨検の警官や医員を初め打集うた群集も思はず其可憐さに面を背けて泣いたと云ふ事だ」と記事は伝えている。

『サンデー』の記者は続けて「「同性の恋」と云ふ言葉には、或は所謂忌はしい性欲的欲望の変態現象が伴ふのが普通かも知れないが、尠くとも貞子と玉枝との情交には斯かる醜関係は絶対に否認したい」と力説したのち、「某女学校長の直談」を載せている。「某女学校長」は、同性の愛は「デリケートな処女だけに殊に激烈で、宛然異体同心と云つた風の行為に進む」「此状態の場合が最も危険で、一歩過ると同性間の不思議な快楽を貪る様になるし、又斯かる衝動から異性則ち男に対する真実の色欲を起す様になるんだ」という珍説を述べているが、しかしもっとも注目すべきは『サンデー』の記事に、女子の同性愛の原因として『女学世界』や『女子文壇』などの悪影響による「浅薄な女子の文学熱」が挙げられていることだ。この事実は、「文学熱」を介して、女子学生の心中事件に、わずかその二ヵ月後の『青鞜』の文学運動が、同性の「醜関係」を醸成するものとして暗に結び付けられたことを示している。この事実の意味は大きい。

『サンデー』の記者が取材したこの「某高等女学校長」がおそらく『男女両性の愛』の著者赤司繁太郎であろう。仮にそうでなかったとしても、二つの言説は全く同じ内容なのである。この著作の発行年月日が明治四十五年二月であることは、明らかに赤司繁太郎が、前年七月に起きた糸魚川心中事件に触発されてこの著作を思い立ったことを示している。『両性の愛』の中で、著者赤司がさらに力説するのは「娘の友人との交際」に対する家庭での監視の必要である。「互に文通する手紙を繙き見るならば、丸で情夫情婦でも書くやうな艶めかしきことを誌してあるに相違ない。お揃いの半襟、お揃いのリボン（略）お揃いの何と云つたやうな傾向が生じて来たならば、決して油断ができない。それから漸を追うて遂に不自然なる性欲を満足さする所まですすむ」「未だ幼き少女が寄宿舎に入りて如何なることをおぼへるかと思へば、慄然として身の毛も立つやうに恐れざるを得ないことを未だ知らざる両親が多い」など。ここにあまりにも露骨な、社会が少女たちに向ける警察的心性にはまさに「慄然と」せざるを得ない。

前述の如く雑誌『サンデー』は、同年七月前号で、特集「処女研究号」を組み、未婚の女のセクシュアリティーについて、医学、法学、教育、芸術などさまざまな分野の専門家の意見や論文を載せ、社会の欲望と関心とそれに附随する猜疑の在り処を如実に示すこととなった。少女のセクシュアリティーは、見出されるやいなや家を回路として国家の管理下に厳重に監視されることになる。こうした社会がまず警戒したのが、赤司繁太郎の態度が示すごとく、同性愛と自慰が男子から女子に及ぶことであった。

明治三十二年の女学校令が出されると同時に、すでに性的なモラトリアムとしての女学生の素行に監視と猜疑の眼差しを向けていた社会が、少女たちが同時期に身をもって示した二つの自由の形、すなわち性の主体化を示す女子学生の同性愛と、「新しい女」の文筆活動に、父権社会の根幹を揺るがす攻撃すべき明確なターゲットを見出して興奮しているのが見て取れる。その興奮を十分に伝える「処女研究号」で興味深いのは、女子のどのような状態を処女と云うべきかまだ社会のコンセンサスがないこと、少なくとも男性との性的関係の有無を基準にするようなあからさまな態度はまだ一般化してはいなかったことである。(9) 論者のひとり青柳有美は、「元来「処女」なる言葉は、科学的の術語でなく、詩歌的のものなんだから」と真っ当な考えを述べつつも「処女」をなんとか定義付けようと苦慮し、

処女トハ位未タ婚姻若クハ私通セサル満十五年以上満二十五年以下ノ女ヲ云フ

と、結論している。これが「男を知らない女」イコール処女、という定義の最初期のものであろう。あくまで「男を知らない」ことが初々しさ、羞恥心と結び付けられていることが注目に値する。「『糞でも食らへ』と、いふやうな調子になった女は、決して之を処女とは云ひ得ぬのである。」など、明らかに『青鞜』をあてこする言辞があちこちにちりばめられている。これらが少女たちの主体化に対する社会の眼差しであった。

すなわちこの時期の処女の概念は、性的経験の有無よりもあくまで羞恥心や初々しさなど、男性

側の美意識と結び付けられていること、言い換えれば、女の羞恥心を見たい、という男性サイドのポルノ的欲望を核として論議されている点を特徴とする。そして羞恥心に至上の価値が置かれるのと並行して、女性の少女時代は、病的な期間なのだという言説も強化される。[10] ハヴロック・エリス、生物学者メチニコフの説がこれらの論の補強としてたびたび引用されている。これらの言説が、女性の〈生の全体〉から男性に資するものとしての性を切り離し「性器」へと還元しようとする露骨な父権的発想であることは言うを俟たない。[11]

これらさまざまに語られた少女のセクシュアリティーに関する言説から幾つかの歴史的意味を引き出すことができる。重要な点は、①まず女性の身体が、フーコーが『性の歴史』I「性的欲望の装置」で述べたように「性的欲望の充満した身体[12]」として語られたこと、言い換えれば女の全存在は「生殖器へと一元化され」それによって価値付けられることになった[13]のである。その現象の明治末期固有の問題として②女性の身体は元来堕落しやすいスキャンダラスなものであるとする言説が形成されたこと、そして③羞恥心をもつ正しい女、羞恥心をもたない悪い女の分類が強調されていること、④その正しさは、家庭や学校教育や医学によって監視を怠らず調教すべきものであることなどである。概括すれば「処女」という、元来詩的で感性的なものが〈国家の基盤〉としてたちまちリアルに実体化しすなわち政治化され、制度としての「処女」が強引に作り出されたのである。このような身体概念が、中産階級のイデオロギーの自己実現として機能し、少女たちを脅かし、性的に無知なまま遮二無二結婚へと駆け込ませたのであった。

検討したように明治末から大正期にかけて「女学校問題」が女学生のセクシュアリティーの問題に集約されて注目を集めた。その中で女子のいわゆる「春機発動期」において警戒されたのが自慰と同性愛であった。上野千鶴子は、フーコーを参照しつつ「処女性の価値の増大と手淫の禁止とをもって性の近代(14)」が終わると言う。しかし〈性の二重基準〉が自明化された明治末から大正期にかけての如上の論議をたどるならば、その二点に加うるに女子の「同性愛」がヒステリックなまでに社会の喫緊の課題であった事実は否定できない。それが〈性の近代〉の日本的現象であった。

4　二つの〈自由〉

明治末から大正にかけて女学生同士の心中が相次いだのは、それが一時的な逸脱であったり、あるいは寄宿舎などの設備がもたらす現象的な問題なのではなく、潜在化していたものが女学校の知育教育と性のモラトリアム期間とを得て、社会の表面に現れ出たと解釈するほうが正しい。

伝統的な世界においては、技芸修得の為に数年間にもわたたって、少女たちが世の中の他の部分から引き離されることなどはなかった。先述したように学校制度が、すなわち青春期というものが一部特権階級のものから普遍的な条件となるにつれて、それが少女たちの新しい生き方となり、どれ程賢母良妻が上から叫ばれたとはいっても、学校の中で少女たちは新しい世界を築く事ができるようになった。そこには、友愛という精神の自由を基調とする精神活動が当然花開く。漱石と子規の間に交わされたような情熱的な友情が、歴史上初めて少女たちの間にも経験されることとなったわけである。ひとたび経験された意識の自由と近代的知育教育が、時代のセクシズムと結婚制度に対する批判的思弁を育んだのは当然の事だった。したがって少女たちの絶望の内実とは、男性がすでに十分に経験し知悉している、同性の間に育まれるかけがえのない親密さや友愛が、すなわち精神の自由が、女子の場合に限って、それを持続することが社会のシステム上困難である事にある。その内面的苦悩を国家が〈醜汚なる性欲〉として封じ込めようと躍起になるのは、女性が隷従することの自明性をわずかでも揺るがすものに対して、いかに彼らが神経質であるか、そしてその自明性を揺るがすものの核心が、少女たちが新しく学校という空間で経験しはじめた、〈精神の自由〉に他ならないことを社会が敏感に察知している事を示している。

社会問題となった女子の〈同性愛〉は、西欧由来の、性指向を表すレズビアニズムと同一視することはできない。大森郁之助が「同性愛が、〈性愛〉としては異性愛と並ぶもう一つのものであってその意味では序列はなく、又、女性の場合、少なくとも日本近代にあっては父権秩序からの自己防衛、離脱の意味を持って行く[15]」と分析しているように、社会への回路を失った「花園[16]」と称される日本の女子教育の不備がもたらした、少女たちの絶望に媒介された自己実現の形式として考える必要があろう。学校制度は同性愛の温床になったのではない。自由を奪うものに対する反抗の砦となったのであり、それはまず「異性愛忌避」として現れるほかなかったのである。それが『あきらめ』が如実に示した、この時期の少女たちの同性愛の内実であった。日露戦後のこうした事情が、先述した『三四郎』が示している〈異性愛嫌悪〉の構造と呼応して、明治四十年代の前半の文学史上の、特異な一シーンを作ることになったのである。

明治四十四年一月『あきらめ』の朝日新聞連載、七月の糸魚川心中事件、九月『青鞜』発刊、と並べてみると、この年は、少女たちの性の自己決定が、歪められて社会問題化したエポックメイキングな年として記憶されるべき年であることが知られる。『青鞜』発刊と心中事件とは、少女たちの絶望を介して表裏の関係にある。

糸魚川心中事件の少女たちの覚悟の可憐さは、『あきらめ』を介して、吉屋信子『花物語』（大正五年「鈴蘭」から書き継がれ大正十二年刊行）の、「浜撫子」や「黄薔薇」など、結婚制度を忌避して死を選ぶ少女たちの世界へと連なっている。「浜撫子」や「黄薔薇」などの少女たちの形象は「女性にとって、結婚は死と同じく自然なもの」（アリス・ベーコン『明治日本の女たち』矢口祐人他訳）のような逃げ場のない社会にあって、自由を渇望する少女たちの真実が自己を主張しはじめ、すでに一定の型をもつまでに至っていたことを示すものである。

5　独身者主義に拠る近代

少女たちの不幸の淵源は、制度的に無能力化されることと反比例して私的領域において無制限に霊性を発揮することを強いられる極端なジェンダー化にあった。その因は、日本の近代化そのものが抱えていた大いなる矛盾の内にある。近代日本における家意識の変容を精緻に理論化した神島二郎は、明治政府が旧共同体から流出する独身者を純粋培養することで国家・社会の安上がりな発展を図ろうとしたことを指摘し、そのために不可欠な政策が、「理念としての大家族主義」であったと述べている。神島はこれを西欧型の独身主義と区別して、すでに形骸化した〈大家族に帰属していると自ら錯覚している独身者主義〉[17]と名付けている。

独身者の都市への流入によって村落の大家族は衰微し、また都市に新たな小家族が生まれても単なる形骸に止まらざるを得なかった。すなわち一般社会には、透谷のような例外を除けば、近代家族を形成するための心の用意も、理念もなかったからである。そして本来の家族に代わって、会社、官庁、団体が、公的また私的に労働者を囲い込むためのムラ的家族主義を発揮したのである。このような「浮動する独身者たちの独身者気分の核心はなにかといえば、家庭という生活の拠点づくりにたいする無関心と無責任ということです」と神島は結論している。〈死のように自然な結婚〉によって少女たちが囲いこまれた家庭とはこのような男たちに奉仕するための空間だった。少女たちの結婚による不幸は、だから二重三重に蓋然性があったのである。

『あきらめ』の少女たちの生も当然この社会的文脈のうちに語られる。かつては三輪に、そして今、妻の末の妹十六歳の貴枝に誘惑の手を伸ばそうとしている作家緑紫の露骨な無責任さ、あるいは半田記者や千早文学士が交わす三輪や富枝をめぐる次のような会話、「大分女流の傑物をお集めですね」「既になつて了つたものには、用は無いんだよ」（未成熟さに興味があるの意—関谷注）などの、女性を当然のごとくモノ視して憚らない言語のスタイルは、独身妻帯を問わず、まさに神島二郎が述べている意味で男たちが無責任に独身者的気楽さを享受していることを示している。「源氏」を枠組みとした『あきらめ』は、あたかも光源氏のように富枝が小説空間を進むにつれて、富枝の放つ光の中に少女たちのそれぞれに可憐な姿態が、こうした男たちの言説に包囲されつつ浮かび上がっていく、という構造を持つ。

6　乖離する富枝の〈意識〉と〈身体〉

明治四十三年夏に一気呵成に書かれた『あきらめ』が『大阪朝日新聞』の懸賞文芸に当選し（二等、一等なし）、翌四十四年一月一日から三月二十一日まで連載された経緯と、同年七月に決行された糸魚川心中の少女たちの足どりとは不思議なほど一致している。心中した二人は連載の『あきらめ』を読んでいたかとさえ思えるほどに少女たちの愛の記号性、すなわち揃いのリボンや衣服、相手に差し出す身替わりの人形(18)などが符合するのみならず、家が決めた婚約者の存在、さらに『あきらめ』の、染子の母が「何の為にこれ程にして染子が富枝を慕ふのか」と注意の眼を光らせ始めるなどの展開は、糸魚川事件の一方の少女曽根貞子の「縁談の進行上、岡村玉枝との交際を不利益と看破した曽根家が「成る可く玉枝を遠離る政策」をとったのが「心中を決心した最も重大な動機である」（『サンデー』一二九号）などの事情と不思議な程符合している。小説と現実と、どちらかがどちらかをなぞったとも判然としないこのような類似性は、前述のように、学校制度によって女子学生間に何にも代え難い友情が経験され、しかしその解放が同時に絶望の別名であるという、日本近代固有の女子の思惟パターンがこの時期に普遍化していたことを示しており、田村俊子がそのような少女たちの嘆きを共有していたことを証している。

おそらく染子は仮に自死しなくても、富枝と別れた後、永く生きているとは考えられない。「可愛がり切つてゐた美しい小姓が死んでから、その坊さんは狂乱《きちがひ》になつて小姓の死骸が腐るまでも、その骨を舐めたり肉を食べたりして執着してゐた」（十五）と云う内容をもつ『雨月物語』「青頭巾」を富枝に思い出させるほどの激しい情熱は、病弱なこの少女の悲劇的な夭折を暗示している。三輪はどうか。三輪は女優として成功するために、有力なパトロンを得て洋行するという確実な道を選択する。それを富枝は「偉い」と思う。しかし富枝の本音はそこにはない。「何となく三輪とは遠く離れて了つたやうな気がした。自分と対ひ合つた敵陣のなかへ三輪が立つたやうに感じられた。」(十六)の方にある。この「自分と対ひ合つた敵陣」という言葉以上に、この小説の基本構造を明瞭に示すものはない。この一文は、富枝が、今まさに伸びようとする少女たちの可憐な生命を、性的存在として社会に配分しようとする「敵陣」から守ろうとしたドン・キホーテ的ファリック・ガール[19]すなわち〈キャッチャー・イン・ザ・ライ〉であったことを明かしている。だからこそ富枝の身体には、〈書く〉ことによる自立と〈同性への愛〉という二つの、社会が最も警戒し問題視する少女たちの自由の形が刻印されているのである。

三輪の母から三輪留学の報知を得た夜、富枝は発熱する。出世のためのパトロンを得た三輪との別離の敗北感は、自意識の問題としてではなく、身体の衝撃として表象されるべきものなのであった。そしてこのような身体性こそが、富枝によって〈あきらめ〉と意識されているものの造りものの性を示唆するのである。この小説の〈あきらめ〉の指示対象が何であるかは決して明らかではない。この言葉は、富枝の主観の操作によってのみ輪郭を明らかにする浮遊する概念なのである。この事実を検討したい。

富枝の意識を中心に考えるならば、継母への義理である、祖母の介護の為に東京での作家としての自己実現の道を諦めるということになるであろう。しかしその義理は、富枝自身が絶えず「ねばならぬ」として意識化する努力を続けてきたものにすぎず、子細に読めば富枝の未来を拘束するやむを得ぬ現実が郷里にあった訳ではないこと、そして何よりも富枝自身にそのような覚悟が全くできていなかった事実を容易に辿ることができる。要するに〈あきらめ〉は見せかけであり富枝の自己欺瞞なのである。なぜならもし富枝の郷里への義務感が本物であったなら、脚本を応募する行為や明治の文学界への野心や矜持や、それに続く大学との対立、退学、その後も脚本を書き続けている事実（二十六）などは完全な矛盾であると言わねばならない。それらは祖母の介護といった無私性を困難にする道筋でしかないからだ。富枝が、もしいささかでも郷里への義理を感じていたなら、「我が儘」を言って行かせてもらった大学を大人しく卒業する道を選んだであろう。つまり富枝の一連の行為、すなわち身体レベルにおいて生起している事（現実）と、あきらめを中核においた意識性とは明らかに乖離している、というのがこのテクストの最大の戦略である。

　懸賞に当選した後、富枝は当然のように「（大学を）廃めて覚束ないながらも名を得た文藝によつて身を立て様かとも考へた」（二）のであるし、大学を罷める時にも郷里の継母や祖母などは全く念頭にない。帰郷どころか、文界に出て行く事こそが富枝の中で自明のものだったのである。その野心は、小説の冒頭で早々と語られる「自分の力で継母や祖母を養ってゆかねばならぬのだ」「大学を卒業して、地方の女学校の教師になる」（同）などという力んだ〈あきらめ〉の図式とことごとく矛盾している。

　「あきらめの蔭に」どうしようもなく「欲望や自由が隠れて」蠢いていたのだ。「欲望」とは少女たちとの関係を指し、「自由」は職業作家として立つことを指している。そしてかけがえのないそれらの〈自由〉は、気が付けば「敵陣」によって包囲されていたのである。糸魚川心中事件の少女たちは、自由の時間が終わると知った時、すなわち自分のトータルな生から、男性に資するものとしてのセクシュアリティーが自分の意志とは関わりなく分離され配備される緊張に見舞われた時死を選択したが、富枝はなお主体化の道を別方向に切り開こうとする。「好きな事をしたければ緑紫の世話にならなければならない」と、幾たびも繰り返されたこのつぶやきは、富枝が「敵陣」に屈するよりも、すなわち自分を売り渡して条件付きの自由を与えられるよりもいっそ、かけがえのない自らの〈自由〉の丸ごとの放棄を選ぶ事へと結び付いた。比喩的に言えば〈妥協よりも死を〉である。客観的状況は前述の如く富枝が職業作家として進んでいくことが充分に可能であると暗示しているのだから。

富枝は生の全体性から自らのセクシュアリティーが寸分たりともずれるのを許容できない。その決意は富枝が異性愛を峻拒する身体性であることの当然の帰結であった。少女たちとの〈遊びの時間〉は、作家として立つべく進んで来た自己実現の時間とぴったり重なっているのだ。誇り高い精神は自ら課した〈帰郷の義務〉というベールで「欲望や自由」の放棄（＝敗北）を自分自身に隠そうとした。その主観の操作を、このテクストは〈あきらめ〉と呼んだのである。[20]否応なく社会へ迎え取られてゆく少女たちの、〈生〉と〈性〉の完全な一致への願いこそ、小説『あきらめ』が示したモラルの形であった。そこにこの小説の計り知れない文学史的価値がある。

【注】

（1）神島二郎『日本人の結婚観』（筑摩書房　一九六四・二）、早川紀代『近代天皇制国家とジェンダー』（青

木書店　一九九八・十二）、藤目ゆき『性の歴史学』（不二出版　一九九七・三）、大橋由香子「女のからだへの国家管理と優生思想」（近藤和子編『近代を読みかえる　第二巻　性幻想を語る』三一書房　一九九八・三）など。

（2）拙稿「ネクロフィリアとギリシャ――『三四郎』の身体」『〈磁場〉の漱石――時計はいつも狂っている――』所収　翰林書房　二〇一三・三。

（3）拙稿同前。

（4）前田愛「子供たちの時間」『展望』一九七五・六。

（5）このようなジェンダーの交換について、吉川豊子は「富枝は「男」「女」というジェンダー・アイデンティティを交換可能なものとして生きる脚本家（「女作家」）なのだ」という見解を示している。（「近代日本のレズビアニズム」『近代を読みかえる　第二巻　性幻想を語る』三一書房　一九九八・三）

（6）明治三十九年より九段中坂下の東京ユニバーサリスト中央教会の牧師に就任、間もなく教会付属の成美高等女学校の校長も兼任。明治四十年当時、講師は生田長江、相馬御風、北村透谷夫人美那子らなど。また「煤煙事件」で有名になった「閨秀文学会」が始業前の時間を利用して開かれており、平塚明子、当時十七歳の青山菊栄らが出席していた。赤司繁雄『自由基督教の運動　赤司繁太郎の生涯とその周辺』（朝日書林　一九九五・八）に拠る。

（7）光石亜由美は一九一一（明治四十四）年九月、「まさに『青鞜』の発刊と同年同月に」、雑誌『新公論』において「性欲論」の特集が組まれ、そのなかで〈快楽としての性〉〈生産としての性〉が男と女に役割分担されてゆくプロセスを分析し「この特集が一九二〇年代の通俗性欲学を導く端緒となった」と述べている。

（8）吉川豊子は、この事件にいち早く注目し、前掲論文の中で、一九一一年九月『新公論』「性欲特集号」にこの事件が「戦慄すべき女性間の顛倒性欲」「レズビアンラヴ」と紹介され、犯罪や自殺に結び付く危険性が強調されたと述べている。
（9）本書第七章「戦闘美少女の戦略――『木乃伊の口紅』の少女性――」（『国文学解釈と鑑賞　別冊「今という時代の田村俊子　俊子新論』二〇〇五・七）にこの号についての紹介を試みた。
（10）性科学者沢田順次郎の「破瓜期時代の処女」では「恐るべき嫉妬、激烈なる愛憎、その他の感情は皆性欲を中心として発するもので、女子、特に処女の感情に性欲の支配を受けぬものはないと、或る学者は言つて居る」「男子にも其傾向はあるが女は特に著しい。女子は早熟といふけれども、それは、脳の成熟ではなくて、生殖器の成熟である」と言う通俗的差別的認識のもとに、この時期の女子の身体的精神的変化と犯罪とを結びつけ「世の教育家よ」「世の女児をもつ父母よ」と呼びかけ監視の必要を力説している。
（11）同性愛についても医学博士永井潜《ひそむ》が論文「生理学上より観たる処女」のなかで女子の「オナニー」の害を警告した後、「変態の現象」「性的欲望の醜汚なる要求」と断じ、「当局者の切に顧慮」すべきもの、と述べている。
（12）渡辺守章訳　新潮社　一九八六・九。
（13）荻野美穂「女の解剖学」『性・産・家族の比較社会史　制度としての〈女〉』平凡社　一九九〇・七。
（14）「風俗　性」『日本近代思想大系23』岩波書店　一九九〇・九。
（15）「「あきらめ」のもう一つの顔――初出稿から見た異端の愛と悲しみ――」『札幌大学女子短期大学部紀要』第十九号　一九九二・二。

(16) 今田絵理香は、女子の中等普通教育が充実していたことの意味が、男子中等教育とは意味が全く異なり、「子どもを産み育てる母としての生き方と、学問を身につける「少女」としての生き方の間に断絶が生じることになる」(『「少女」の社会史』勁草書房 二〇〇七・二)と指摘している。

(17) 「人々が大家族付属の気分を脱する事ができなかったのには、二つの理由があります。第一には家父長的な法制(戸主権、親権、父権、妻の無能力規定など)と家族主義的イデオロギー(忠孝論、親子本位の道徳論など)とがあったことです。これらが、人々をかって大家族付属の方向に道徳的のみならず法律的にも強制したからです」(前掲『日本人の結婚観』p34)。

(18) 「尚姉とも見ゆる方の女の懐中から恰も添寝して居ると云つた格好で、素肌の乳の処に可憐な人形を緊と抱締めて居たのを発見して、流石臨検の警官や医員を初め打集ふた群集も思はず其可憐さに面を外むけて泣いたと云ふ事だ」(『サンデー』前掲)。「染子は昨夜一と夜中富枝のことばかり云ひつゞけて少しも寝なかつたと女が云つた。さうして這々人形を持ち出してきてそれを富枝のところへ染子の記念だと云つて置いて来てくれと云つて、泣いて〳〵仕方がなかつたと話た」(『あきらめ』十四)。

(19) 斎藤環がアメリカのアウトサイダー・アーティスト、ヘンリー・ダーガーが描いた〈ペニスを持った少女たち〉『ヴィヴィアン・ガールズ』から発想した概念。『戦闘美少女の精神分析』(太田出版 二〇〇〇・四)。

(20) 〈あきらめ〉の解釈については、大森郁之助(前出)が、染子とのレズビアン・ラブを諦めたことに見ているが、筆者は、富枝にとって〈書くこと〉がもう一つの〈自由の形〉であったことを重く見たい。近年では山崎真紀子「敗北説」(「富枝の敗北」『田村俊子の世界』彩流社 二〇〇五(平成十七)・二)、設楽舞「新しいものの潔さと旧いものの重さの両者を知った上で、三輪とは異なる生き方を選んだ」（『あきらめ』の斬新性　前掲『国文学解釈と鑑賞別冊』）という折衷説があるが、いずれも父権社会と敵対する富枝の身体解釈に関する配慮に欠ける、と言えよう。

○

『あきらめ』の引用は『田村俊子作品集　第1巻』（オリジン出版センター　一九八七・十二）に拠った。

第七章 〈戦闘美少女〉の戦略
―『木乃伊の口紅』の〈少女性〉―

1 〈女役者〉と〈女作者〉

田村俊子『木乃伊の口紅』（一九一三年四月『中央公論』）は、文学の道に志しながら小説が書けなくなっていた主人公みのるが、夫の叱咤によって無理やりに書かされた懸賞小説に当選し、それを機に夫の支配下から自立してゆく、という筋立てをもつが、一方で、女優になろうとして果たせなかった女の物語、という側面をもつ。みのるが書いた小説を、このテクストの自伝的性格から『あきらめ』と見るならば、『あきらめ』もまた、主人公富江が書いた脚本「塵泥」が上演される、という縦糸を持つのであるから、この入れ子構造は〈舞台の女（「塵泥」）を書く女の小説を書く、舞台の女の小説〉という入り組んだものとなる。すなわち演ずる事と書く事とが内容、形式共に絡み合っている。年譜[1]を辿ってみると、俊子が演劇の道に吸い寄せられるのが、明治三十九年と、『あきらめ』執筆直後の四十三年、いずれも自分の文学に自信を無くしている時である。明治三十九年、毎日文士劇の女優となった時は、勃興する自然主義の潮流に接し、露伴の指導による旧文学的な自分の文学のあり方に嫌気がさしたため、そして『あきらめ』執筆後、舞台に立った時も、恐らく、

『木乃伊の口紅』に語られた「男の姿に追ひ使はれた筆の先」（九）という失望感によるものだったであろう。「嘲弄」[2]は、『あきらめ』執筆後の明治四十五年夏頃、三たび女優を志し、坪内逍遥の「文芸協会」に入ろうとするがそれもたった二日間だけで挫折に終わった、俊子自身の体験を素材にした短編である。もう一度舞台に立とうとする主人公禮子の心性は次のように書かれている。

> 禮子はこゝへ通つて唯遊びさえすればいゝのであつた。（略）文学に深くその心を突き入れゝば入れるほど禮子の知識だけでは兎ても解しきれないむづかしさに幾度か出つ逢した。（略）この苦い味の身にしみてきた文学を捨てることは、心の失くなりかけた蠟燭を抛り出すよりも当然のやうに思つた。（略）その代り真面目な女優の努めと云ふ事は少しも考えてゐなかつた。（略）遊ぶ事さへ出来ればそれでいゝのであつた。
>
> （傍点引用者）

「嘲弄」ではこのとおり「遊ぶ」という言葉は自嘲的な意味合いで演劇のみに使われており、それとは逆に文学は「むずかし」く「苦しい」ものなのであった。ところが『木乃伊の口紅』では、これと異なり、文学も演劇も等しくみのるの中では〈芸術〉であり、したがって〈女作者〉になることと〈女役者〉になることの間に「嘲弄」に見られたような価値の優劣はないのである。書くことと演ずることは、一方は理知の働きであり、もう一方は身体表現であって「作家の資質と役者の資質は全く相反する」[3]という説さえある。しかしみのるはどちらの芸術を捨てる事も選ぶ事も可能だった。むしろ演劇の方にこそみのるが自分の「金剛のやうな芸術の力」（十一）を感じ取っていた事実は看過できない。

「嘲弄」の他にも『木乃伊の口紅』執筆の直後の「山吹の花」（一九一三（大正二）・六『新日本』）、翌大正三年一月に「昼の暴虐」（『中央公論』）と、『木乃伊の口紅』の前後に、立て続けに、いずれも芸能の世界から疎外されてゆく女を描いた小説が書かれているのは暗示的である。これらの作品群の中に『木乃伊の口紅』を置いてみると、この小説が、主人公みのるが演劇を断念する直前、二つの芸術の道から〈遊び〉ではないものとしての文学が、みのるを捉えてゆく、まさにその時に照準が定められていることが判然とする。このプロセスを、テクストを貫く〈少女性〉のコードとの関わりにおいて明らかにしたいと思う。それは「近代的妖婦」[4]として「性意識の大胆さ」、「「感覚」や「官能」の新しさ」などに評価が偏りがちであった田村俊子の文学における〈少女性〉の意味を、また〈遊び〉の意味を、文学史的に捉えなおす試みでもある。

2　〈遊び〉と〈芸術〉

義男に「君は我々の生活を愛すつて事を知らないんだ」（七）と難詰された時、みのるの心に反抗的に「女に芸術で遊ばせる事を知らない男」（同）という、男への非難が湧き出る。しかしこの二つのフレーズは内容的に見ると非対称的であって並立的な意味をなさない。なぜなら芸術は個人に還元されるが、生活は二人に共有のものだからである。その事の証として義男は「我々の生活」を「自分どもの生活」（同）と言っているのに、何時しかみのるの言葉もテクストの語りも「男の生活」と言い換えられている。

みのるは全く男の生活を愛さない女だつた。
その代り義男はちつとも女の芸術を愛する事を知らなかつた。
（七　傍点引用者）

この明らかな意味の読み替えの事実は、この小説の語りの関心の中心がみのるの意識に置かれており、実際は〈二人の生活〉〈みのるの芸術〉という非対称のものを、「男の生活」「女の芸術」と並記することであたかも対称性をもつかのように読者に錯覚させようとするテクストの戦略を明らかにしている。すなわちこのテクストの叙述が、ともすれば二人の生活への責任から目を逸らせがちなみのるの主観を正当化しようとの傾向をもつことは、解読のために重要であり、まず確認しておく必要がある。みのるの義男への不満には、みのるの甘えとナルシシズムが見え隠れしており、客観的に見れば同情されるべきは男の方であろう。義男がぶつかっているのは容赦ない生活的現実なのであって、その上、彼自身もまた時勢に遅れる、という芸術の悩みを抱えているわけである。その両方の苦しさに対して冷淡なみのるは、義男には〈公平で冷酷な社会〉[5]そのものでしかない。一方たとえどれほど理解の届いた男であっても、結婚の非対称性はたちまち男を、臆面もなく「亭主に向つてその云ひ草はなんだ」（七）と言わせるような〈社会の顔〉に変貌させてしまうのだから、彼らは、互いのなかに容赦なく自分を追いつめる〈社会の顔〉を見ることになり、反発し合うのである。けれど二人は関係性において決して不幸なのではない。「世間を相手に」する時、二人は「いつか知らず其の手と手を堅く握り合ふやうな親しさを見せ合ふ」（六）倫理的な関係でもある事を軽視する事はできない。勤めに出る夫を毎朝停車場まで送り「恋人のやうに」「キスを送る」（四）みのる、衣服に関して「何うかして君のものだけでも手許へ置かなけりや」（六）と気遣う義男、そして一組しかない夜着（三）など、彼らの親密さは入念に書き込まれている。またもし天分豊かな夫であったなら、妻に強いて書かせようなどとするはずがない事も自明である。したがって二人の結びつきは「不仕合せに芸術の世界に生まれ合はせてきた天分のない一人の男と女」（三）として必然化されているのであって、テクストは、経済と能力において共に現実社会の風に曝されざるを得ない二人のもっとも厳しい試練の時を、言い換えれば二人に固有の関係性を押し進め徹底化させた時を照らし出す。なお、義男の言葉による例外的な一、二例を除いては夫、妻などの制度的呼称は使われず、〈共同生活〉を送る個人としての〈男と女〉というニュアンスが強調され、その関係のメカニズムが焦点化されている。

なぜみのるは〈生活〉を拒否するのだろうか。〈遊ぶ〉という言葉はひとつの光源から発せられている。その光源とは「師匠の慈愛」（六）である。みのるは「新しい途」（六）のために「慈愛深い師匠の傍」を離れたのだったが、「唯一人の人へ対する堅い信念に繫がれて傍目もふらなかつた幼ない昔を、世間といふものから常に打ち叩かれている様なこの頃のみのるの心に、恋ひしく思ひ出さない日と云つてはないくらいであつた」（同）のである。師匠への追慕の念は、師の〈見守り育む〉その無償性によってみのるが現在投げ出されている、義男を含む「世間といふもの」と鋭く対立する。

田村俊子は、一九一二年十一月（大元）、すなわち『木乃伊の口紅』発表の五ヵ月前に長文の一葉論、「私の考へた一葉女史」（『新潮』）を書いている。この、生活と芸術の両立のために短い生涯を闘い抜いた女性作家について俊子は尊敬をこめて「若かつた女史は嘗て身の潔白心の純粋を願つて身に粉飾もなく重い荷を背負つて駄菓子屋渡世までもしたのであつたが、社会の冷めたく濁つた中心は、これらの底の底まで潔いものを決して情け深くあたゝかに包含しはしなかつた。女史は所謂凡俗の輿論にも與みし、人々と同じく濁つた空気も吸はなければならなかつた。」「自身に潜在する美はしいものを蹂躙するか、対社会の濁れるものを蹂躙するかしなければ済まなくなつてきたのは勿論であつた」と書く。そのような時、一葉の「惑乱の蔭になつかしい色を静かに投げてゐたもの」こそ「心魂に刻み付けられた桃水と会合した最初の感情であつた」と述べ、「当時の女史の心の影のそれに潜めるものは、「にごりえ」のお力でもなく「わかれ道」のお京でもなく「たけくらべ」の美登利であつた」と断じている。このように桃水との関係における一葉の〈少女性〉に着目する俊子が、自分と露伴との関係に一葉と桃水とのそれを重ねていなかったはずはない。『木乃伊の口紅』において、それはみのると師匠の関係として表象されている。

育み守ってくれたものから遠く隔てられてしまった失墜感こそが、現在のみのるの生の感覚を内的に制約しているものだ。至福の少女時代は「新らしい芸術にあこがれてゐる女の心の上へ、猶その上にも滴るやうな艶味を持たせてやる事を知らない」（七）男との結婚によって失われたのだ、という無念さが、みのるの胸に燻り続けている。すなわち「女の芸術を愛する事を知らない男」という男への非難は、失われた「幼い昔」（六）への追慕と分かち難く結びついている。その愛惜の念の激しさ、無念さが、夫を仮想敵とせずにはいられないという、婚姻そのものの矛盾がみのるの病の核心なのであり、これは「生血」（一九一一（明治四十四）・九『青鞜』）のテーマと通底する。男にとって「性の行為それ自体が、既に所有になっている」[6]ことに、みのるは深く傷つかずにはいなかった。

谷口孝男は、少年と少女では大人になることに決定的な差異があることを「少年は観念の自然過程（知識と体験の蓄積）を通じて大人になっていくのに対し、少女は肉体の「飛躍」「変容」がなければ大人になる事はできない」と述べている。それゆえ少女とは、「一方では健康で明るいエロスを発散する存在であるとともに、他方では、死や無の世界へと下降していく二重性を生きていると言える。（略）少女たちは観念的に一度死なない限り、母性へと踏み出すことはできない。少女たちが「死」を通過しなければならない分だけ、多分過剰に観念的にならざるを得ない」[7]と。「母性」を「成熟」と読み替えても意味は変わらない。

谷口の論は、少女特有の観念性の本質を洞察している。二人の生活を覗き込んでいるかのように反復される墓場の表象も[8]、恐らく谷口が述べる意味での、少女が孕みもつ観念上の死と無縁ではないはずだ。そう考えると、この小説にちりばめられた〈遊び〉の意味が明確になる。「遊ぶ」とは、少女特有の観念性、無縁性、あるいは浮遊性と不可分な言葉なのである。みのるは「遊ぶ」という言葉に託して自らの少女性を死守しようとしている。つまり「遊ぶ」とは、無償の愛に育まれた、少女時代の自由感に基づく芸術への憧れを、今現在投げ込まれている俗なる生活の為に損なわれまいとする覚悟を示す言葉なのであり、この言葉を媒介にし、みのるは「幼い昔」と結びつくのである。師匠との別れは「いゝ気になつて遊んでばかりゐられない時が来たからであつた」（六）という自覚に基づく。つまり時の流れと云う必然であった。ここに、当時の一葉の「心の影に潜めるもの」は、お力でもお京でもなく「美登利であつた」と洞察する俊子が、師匠に見守られていた「幼い昔」を哀惜するみのるの心性に「大人に成るは嫌やな事」（「たけくらべ」）と嘆いた少女の悲しみを重層させなかったとは考えられない。〈遊んでいた自分〉こそがかけがえのないものだったことにみのるは気付いてしまう。では〈遊んでいた少女の自分〉とは、みのるが執着する〈少女性〉とは、時代の文脈ではどのようなものであっただろうか。

3 〈少女期〉の成立と〈処女性〉の概念

光石亜由美は、一九一一（明治四十四）年九月、「まさに『青鞜』の発刊と同年同月に、雑誌『新公論』において「性欲論」の特集が組まれ、そのなかで、〈快楽としての性〉〈生産としての性〉が男と女に役割分担されてゆくプロセスを分析し、さらにこの特集が一九二〇年代の通俗性欲学を導く端緒となった」と述べている。[9] そして『新公論』より二年遅れて、俊子が二度ほど寄稿している雑誌『サンデー』が、一九一三（大正二）年七月、全紙を挙げて「処女研究号」とし、発禁になっている。この号についての紹介を試みよう。この特集が組まれた背景に、『青鞜』が代表する〈新しい女〉の出現と、その社会への波及効果に対する脅威と困惑と好奇心があった事は雑誌の内容がよくそれを示している。その意味でもこの企画はエポック・メイキングなものであった。医学博士永井潜《ひそむ》の論文「生理学上より観たる処女」の緒言は、男制社会の欲望を次のように簡潔に述べている。

かの良妻賢母主義の旧道徳に依て支配せらるる女は、今や敗北の止むなきにあるのであるこの道徳上混沌たる今日に於て、未来の時勢を支配すべき処女の研究せられむとするは洵に当を得たものと思ふ

この号では青柳有美「処女の定義」、沢田順次郎「破瓜期時代の処女」、松の里人「月経及び処女膜の研究」、一記者「女児の性欲生活」、高島平三郎「心理学上より観たる処女」、宮田修「教育家

より観たる処女」、医学士池田隆徳「精神病学より観たる処女」などの論文が並び「文学者より観たる処女」という欄には、馬場孤蝶、内田魯庵と共に田村俊子も寄稿している。なお「妾の処女時代」として女性自らに語らせる欄には与謝野晶子（「灰色の日」）、矢島楫子（「切支丹邪宗門の徒に無之候」）、尾島菊子（「少女時代の印象」）、松井須磨子（「嬉しい事悲しい事の数々」）など当代の著名な女性十七人が短文の記事を載せている。興味深い事実としては、平塚明子、尾竹紅吉、保持白雨の青鞜社三人が、それぞれ「青鞜以外には書きたくない」、「感冒」のため、「我が儘」を理由に「妾の処女時代」の執筆を断っており、断りの文章そのものが掲載されている。

雑誌は、社会のもっとも重要な性的対象である未婚の若い女性を「処女」と露骨に読み換え、男制社会のそれに対する深い関心と欲望を、学術的に教育的にあるいは文学的な見地から「研究」の装いのもとに集約した観がある。この号が組まれた意味は二点ある。一つは、十八世紀以降のヨーロッパにおいて女性の身体が、受動的な、研究され獲得され利用される為にそこにある一つの自然（非文化）として発見され、男性に属する科学や理知の照明が当てられる事によって「社会」と「自然」とが、「序列と支配関係を示す対立へと変化した[10]」、その歴史的プロセスが近代日本において〈新しい女〉の出現を契機に一九一〇年代のこの時期に顕在化した事実、そしてもう一つは言うまでもなく〈処女性〉の新たな価値付けである。

上野千鶴子は『造化機論』（千葉繁訳　明治八年刊）などの開化セクソロジーの調査を通じて、フーコーに触れつつ「「性の近代」は処女性の概念とともに、手淫の罪悪視をもって始まる[11]」と述べる。そして明治末から大正期にかけて、消費社会の進行とともに、身体は成熟しても性的に使用禁止の状態に封印される事によって歴史概念としての〈少女期〉が成立してくる[12]。それらの事情は『サンデー』「処女研究号」では「女子が生殖機能を完備してより、初めて男子に接する迄の期間即ち所謂未通女時代は、女子に取りては一生涯の最も重要の時期である」（松の里人「月経及び処女膜の研究」）、「処女の処女たるは実に羞恥のある為（略）近頃の新しい女なる者は、恐らくは羞恥心が欠乏して、男性化したものであろう」（沢田順次郎「破瓜期時代の処女」）などの言説に象徴的に表れている。〈少女期〉が社会概念として確立し、注視の的となり、前近代において価値をもたなかった〈処女性〉の価値が増大する。(13) そしてこの〈性の近代〉の確立は、女性に対する新たな抑圧装置となってゆくわけである。生田花世、安田皐月、伊藤野枝、らいてふらの所謂〈貞操論争〉もこの号の発刊と時を同じくして始まっている。

こうした男制社会の眼差しの中で俊子は次のように発言している。「生理上の変化の起つてくる十五六歳になると、可笑しいほど其の感情が執拗になつて来る」「少女は又、初めて真ッ赤にうみわれてきたその感情を、何がなし始終刺激してゐて貰ひたいやうな欲求が起つてくる。好んで悲しい話を聞きたがつたり（略）」と、俊子らしい挑発的な表現で身体の変化に伴う感受性の鋭敏化について語った後、「愛と信仰の美しい性情は、まづ斯うして最も円満に、その少女の胸において育まれつゝ行くのである。唯一の愛に取り縋つて情熱的に信仰的にその生を送り得べき用意が、かうして少女の胸において芽ざゝれつゝ行くのである。（略）自分の心を暖かく吸はれるやうなまことの愛に触れやうとして、少女の純な感情は、唯不安と恐怖と羞恥のなかに動揺しつゞけるのである」と結ばれている。「処女研究号」の男性執筆者たちが、異口同音に〈多感な少女期〉における「堕落的傾向」を懸念し、然るべき教育の必要を説き、それによって女性にその本分を弁えさせ、家庭内に囲い込もうとする意図を露にしているなかで俊子が主張しているのは、少女たちのまだ生まれたばかりの「愛と信仰の美しい性情」を育み守ろうとする無償の愛の必要である。言い換えれば性を、人生の全体から切り離して、少女を性的な存在として取り扱う男性の態度への反発である。(14)

4　少女と〈無縁性〉

人生を過ってゆく詩句のような無償の愛からの「無惨」（五）な失墜感と、自分を生活へと追いつめる義男への反抗がみのるをして芸術も生活もことごとく〈遊び〉にさせてしまう。しかしこの場合、〈遊び〉とは物質的な関心事にとらわれた繰り返しの日々に対する狂乱であり、「社会の拡散にたいして集中を、無気力な生活の労苦にたいして絶頂の瞬間の熱情(15)」をもたらす〈祝祭〉の意味に他ならない。

このように考えると、先述した少女に特有の観念性とは、網野善彦が述べた「女性の性そのものの非権力的な」「「聖」的な特質」としての「無縁性(16)」と呼応するものと言えるであろう。少女の浮遊性は、史的事実や伝承が示すように、元来〈無縁性〉とも聖なる〈祝祭性〉とも結びついている。「貧乏と云ふ観念」の為に「夜の花の蔭を逍遥しても何の興味も起らせ」ない男の傍らで、みのるは祝祭的情熱の瞬間を生きている。

この山の森の中にそつくり秘められてゐた幾千人の恋のさゝやきが春になつて桜が咲くと、静な山の彼方此方から桜の花片《はなびら》の一とつ〳〵にその優しい余韻を伝はらせ初めるのだと思つた時に、みのるの胸は微かに鳴つた。（四）

俊子が敬愛する晶子の歌〈清水へ祇園をよぎる桜月夜こよひ逢ふ人みなうつくしき〉の情趣が重ねられているであろう。またみのるが存在する空間的位相は、上野の森の他にも墓場、路上、「祭札のある神社」（九）、水の上（五）そして芝居小屋など、ことさらに共同体との境界領域、すなわち〈無縁の場、アジール〉と呼ばれて来たものに符合するのである。[17] 世間の立場に立つ義男の「まるで情人と遊びながら暮してゞもゐる様な生活」（十二）というみのる批判が見逃すのは、のっぺりした日常に亀裂を走らせ、意味深いものにしようとしているみのるの無縁性、聖少女性である。つまりみのるの身体は、結婚制度の階層性を拒否して対等の関係を主張する近代的身体であるとともに、そこに伝統的な女性の聖性をも潜在させることによって女性の身体概念を拡張している。

みのるが演劇に対して、執筆には感じない「火のやうに燃えてくる力」「金剛のやうな芸術の力」（十二）を自分の内に感じられるのも、芸能が身体言語であり、集団の共同感情の中に自己を融解し、それによって、自我の生き生きとした全体性を回復しうる芸能の祝祭的要素に引かれるからだ。しかしみのるが感じた「芸術の力」も、容貌、のごとくいかにも世俗的な価値の壁にぶつかって挫折する。小説は、みのるの、芸術に対する「美しい憧れの悩み」（十一）といった多分に少女的な観念性が、公平で冷酷かつ俗なる社会に試され砕かれ、そのなかから懸賞に当選するという、観念を超えた領域から、書く事が「遊び」ではないものとしてみのるを捉えた時点で終わる。それは「高慢」（十、十四）なみのるが〈初めて世間的に揺すぶられた時〉（十四）でもあった。みのるの身体が孕みもつ少女的聖性は、最終的に俗なるものを発展的に取り込むことによって、俗なるもの（男）に奪われていたファルスをペンというかたちで奪い返し、ファリック・ガール[18]へと変容したのである。

【注】

(1)『田村俊子作品集第3巻』オリジン出版センター　一九八八・九。
(2)一九一二・十一。
(3)筒井康隆『ダンヌンツィオに夢中』中央公論社　一九八九・七。
(4)黒澤亜里子「田村俊子」『女性文学を学ぶ人の為に』世界思想社　二〇〇〇・十。
(5)夏目漱石『思ひ出す事など』一九　一九一二・四。
(6)アンドレア・ドウォーキン『インターコース』青土社　一九八九・八。
(7)「《あえかなるもの》の行方」『少女論』所収　青弓社　一九八八・九。
(8)「この家の前の共同墓地の中から、夜るになると人の生を呪ひ初める怨念のささやきが、雨を通して伝はつてくる様な神経的のおびえがふと黙つた二人の間に通つた。」(三)。
(9)『名古屋近代文学研究14』一九九六・十二。
(10)バーバラ・ドゥーデン『女の皮膚の下』井上茂子訳　藤原書店　一九九四・十。
(11)『風俗　性』解説『日本近代思想大系23』岩波書店　一九九〇・九。
(12)大塚英志『少女民俗学』光文社　一九八九・五。

(13) 赤川学『セクシュアリティの歴史社会学』(勁草書房　一九九九・四)は「新中間層のイデオロギーたる貞操/純潔/処女/童貞遵守の規範は二十年代前後に成立」と述べている。

(14) 俊子は『木乃伊の口紅』発表の一ヵ月前、一九一三(大正二)年三月発表の『中央公論』のエッセイ「かくあるべき男」のなかでも「女の美しい情操、女のもつとも高き道徳、それは凡べてこの少女の可憐な胸のうちに清らかに芽ざゝれてゐるのです」「少女に対して男が恋愛を感じるやうな場合には、男は神の霊光を感じたやうな敬虔をもつて、その感情すらも少女の前に露骨にしてはならないのです。」「温順な慈愛をもつて少女の情操の萌芽を美しく庇護するほかには、男は少女に対して何事も考えてはならないのです。」と、少女期の純良さを育むどころか損なうことでしか少女と対応しない男制社会に鋭く反発している。

(15) ロジェ・カイヨワ『人間と聖なるもの』塚原史他訳　せりか書房　一九九四・三。

(16) 前出『無縁・公界・楽』平凡社　一九七八・六。

(17) 奥井智之は『アジールとしての東京』(弘文堂　一九九六・二)のなかで、共同体的秩序からの聖域、避難所としての社会史的概念である〈無縁〉が、近世において命脈を断たれたとする網野善彦の前掲『無縁・公界・楽』を批判的に継承して、近代都市空間の中に生き続けている〈無縁〉の空間について検証している。その中で具体的に挙げられているのは、網野善彦、前掲書の「神殿・寺院・墓所・道路」などの他に〈駅、坂、公園、病院、橋、郊外、百貨店、住宅〉などである。

(18) 斎藤環が、アメリカのアウトサイダー・アーティスト、ヘンリー・ダーガーが描いた〈ペニスを持った少女たち〉「ヴィヴィアン・ガールズ」から発想した概念。『戦闘美少女の精神分析』(太田出版　二〇〇〇・四)。

○『木乃伊の口紅』「嘲弄」の引用は『田村俊子作品集』全三巻（オリジン出版センター）に拠った。

第八章 〈少女情死事件〉の時代
――〈性欲論議〉と少女――

1 はじめに

一九八〇年代、「少女」をめぐって様々な言説が交わされたが、「少女」そのものはそれらの言説の中には参加していない（本田和子[1]、大塚英志[2]、宮迫千鶴[3]など）。少女や女学生に関する論議は、明治三十年代半ばから始まっているが[4]、事情は今日に至るまで全く変わっていない。少女自身の声はどこからも聞こえてこない。それをいささかでも聞き取れる方途はないか。それが小論のささやかな目的の一つである。

明治三十二年、高等女学校令の施行によって、漸く女子中等教育が国家レベルによって推進されることとなった。新中間層を対象とした〈女学生の誕生〉である。この教育政策はどのような時代の文脈を形成したのか。女学生の誕生で何が変わったのか。何が明らかになったのか。この歴史的事実のもつ甚大な意味を当の少女たちの立場に沿って検討しなければならない。女学生の登場については、例えば田山花袋「少女病」（明治四十年）、「蒲団」（明治四十年）などが、〈損なわれやすい少女セクシュアリティー〉という、新しい女性の魅力を社会にアピールすることとなり、時代の、新しい欲望の対象となった、あるいは〈処女性の価値〉の増大といった風俗的な側面を中心に語られてきた。しかし「高等女学校令」が、森有礼の学制改革に沿った、家制度を補強するものとして「中流以上の家庭にふさわしい教養ある「良妻賢母」の養成」を意図していた以上、少女たちの「性」が国家の（そして家の）監視と管理の対象となったのは当然のことであった。そしてこの事実が少女たちに理不尽な抑圧を与えないはずはなかった。花袋「少女病」「蒲団」より四年前、明治三十六年、島崎藤村は、「老嬢」で、花袋が描いたような記号的な〈憧れの対象〉としての女学生ではなく、女学校で、これまで男性に独占されていた近代的知育あるいは友情などの〈自由の気〉に触れることができたのに、卒業すれば結局は陋習のなかに放り出される他なく、行き場のない〈性を管理される〉苦しみを、女学校卒業後十年を経た二人の女学校教師を通じて扱っている。

小稿は、〈前近代〉を視野におくことによって、近代日本に固有の〈少女の性〉を歴史的・社会学的に捉えなおそうとする試みである。

2　近代女子教育以前の少女セクシュアリティー

前近代の少女セクシュアリティーを概括するならば、それは秘められたものではなく、顕示的なものであった。例えば〈初潮〉は、前近代の民俗社会では、少女が婚姻可能な身体、つまり〈大人の女〉になったことの表徴であった。現在はそのような意味は全く失われている。〈初潮〉はかつては社会的なものでありしたがって可視化されており、赤飯を炊いて祝うなど〈儀礼〉として見せて回るものであった。その他、男女関係の習俗である〈夜這い〉、〈結婚〉、〈妊娠〉(岩田帯)、〈出産〉、

〈種々の祝い事〉などに見られるように、生殖に関する現象は村落共同体の共有事実だったことが文化人類学の知見である。(5) 波平恵美子は以下のように述べている。〈儀礼〉とは、

身体による、身体のシンボルを使ったコミュニケーションである、儀礼においては、その一つ一つが意味を持つものとして行為者にもその周囲にいる人々にも確実に伝えられる。身体がシンボルとして社会関係を示し、個々の人間関係を互いに確認し合い、周囲に提示することが人間社会には普遍的に見出せる。

（『からだの文化人類学』）

つまり〈事実〉というものは〈儀礼〉という象徴的なコミュニケーションによって行為者にもその周囲の人間にも、確実にその意味が伝えられ確認し合うことによって初めて現実に存在するものとなるのである。波平は、〈象徴的なコミュニケーション〉によって〈間引き〉を暗示している事例を挙げている。時代は昭和初期、ある女性が妊娠してお腹が大きくなっても〈帯祝い〉がないので「きっと生まれてこない」と人々は噂し合った。そしていつしかお腹が元に戻っても、何も言われない。前近代社会のもう一つの習俗の特徴は、十三、四歳を境に子供から大人の女になる、ことであって、労働や生殖から切り離された〈少女時代〉という期間はない。樋口一葉「たけくらべ」や「大つごもり」は、貧しい階層では特に、如何に少女たちが無残にまた露骨に性的成熟を強いられるかを示している。(6)

明治末の国家事業としての女学校教育は、少女たちに〈性のモラトリアム〉をもたらした。そのモラトリアムは、かつて〈儀礼〉によって可視的なものであった〈少女の性現象〉を歴史上はじめ

て不可視なものとする。つまり少女の〈性〉は、女学校という教育の場と〈家庭〉に囲い込まれ、否応なく教育と管理、また近代医学の普及に伴い医療の言説の対象となっていく。生理や閉経なども〈病理〉として医療の対象領域となる。その事態につれて村落共同体（＝顔の見える社会）で行われていた〈儀礼〉は形骸化し廃れていく。近代の歩みとはこの過程を指すと言えよう。このことを言い換えるなら、近代教育以前の女子の〈通過儀礼〉（初潮などのセクシュアリティーに関すること）は国家の手によって再編されたのである。

国家が前近代の風習・民俗を廃止（無意味化）し、再編する例は、まず言語に見ることができる。漱石「坊っちやん」の語り手「俺」は、以下の引用のように、べらんめえ（東京の下町方言）でしか話すことができない。「きまつた所へ出ると、急に溜飲が起つて咽喉の所へ、大きな丸《たま》が上がつてきて、言葉が出ないから、君に譲るからといつたら、妙な病気だな、ぢや君は人中ぢや口がきけないんだね、困るだらう、と聞くから、何そんなに困りやしないと答へておいた」。漱石は、標準語が話せない人物を教師として造形している。そして国家によって強制される言語がこのように人間の身体を冒す局面を捉えている。言語の他に、時間概念（太陽暦の採用によって）、空間概念（鉄道の普及によって）、身体概念（学校、刑務所、軍隊などの規律によって）なども「国民」の存在を前提として、新政府によって再編・統合・均質化されていく時代が明治であった。では、前近代社会が担っていた性現象としての少年・少女の〈通過儀礼〉が国家によって再編されるとはどのような事態を指すのであろうか。学校教育は青年（男女）のセクシュアリティーに対する意識をどのように再編したのか。

3 〈性欲論議〉と〈少女情死事件〉

一九一〇～一九二〇年代にかけて通俗性科学書、雑誌が多数刊行される。小田亮は、明治三十年代以降の性現象について、田山花袋『蒲団』を例に挙げながら、村落では性がパブリックな要素を失い個人化されたものとなる。性現象は〈性欲〉として概念化され秘められ、個人個人の性的アイデンティティーの根拠となっていく、と述べている(7)。つまりセクシュアリティーが内面化されることで、それに関する言説も盛んになる。当然、自然主義文学の流行がそれに深く関わっている。この時期、一九一〇年頃、〈同性愛〉が異常な〈同性恋愛・顚倒《てんとう》性愛〉として登場する。しかしそれまでは(男性間においては)異性愛、同性愛が相対的なものでしかなかったことは、すでに小池藤五郎『好色物語』、喜田川守貞『近世風俗志』などによる徳川期の性風俗の考証によって明らかである。〈同性愛〉は、明治末以降〈変態性欲〉となった。しかし、この明治末の〈性のプライバシー化・内面化〉は、男子のみの事態であって、女性には性的アイデンティティーなどはなかった。女は、そして言うまでもなく少女も、はじめから、性の、そしてこれらの言説の主体であることから排除されている。大正初年代、『青鞜』の安田皐月、生田花世、伊藤野枝の間で「貞操論争」が起きた時、平塚らいてうが初めて、女性の「性の自己決定権」という結論を出す。らいてうも近代の性のプライバシー化という、時代の〈性の言説装置〉の中で次のように発言している。

処女を捨てるに最も適当な機会を知るものは、自身を外にありやうがないのである(8)

これら明治末の性に関する論議の最も大きな話題、研究のターゲットは、女性に関するものであった。一九一一(明治四十四)年九月の『青鞜』発刊以来の〈新しい女〉と、〈女学生の同性愛〉の二つの話題が、数年にわたって雑誌、新聞メディアの関心事であったことは、この話題がいかに社会に動揺を与えていたかを示していよう。一九一一年八月『新公論』は大々的な〈性欲論特集号〉を組む。内田魯庵の「性欲問題の必要を論ず」を巻頭に、「性欲問題に関する著述」(覆面冠者)、「性欲と人種改造」(海野幸徳)、「性欲に関する新しき観察」(石川千代松)、「現代の倫理学は如何に性欲を理解する乎」(田中王堂)、「戦慄す可き女性間の顚倒性欲」(桑谷定逸)、「男性間の顚倒性欲を排す」(河岡朝風)、「性欲神聖論」(宮崎虎之介)、「性欲と犯罪」(牧野菊之助)などの記事が続く。田中王堂は「生活の意義を構成するものは、欲望の満足または発現以外にはない」という主義を前提に、今日、「文芸の上では、恋愛または性欲が馬鹿げた程度に過重視され」ているが、これは事実に相違するものであるから「一方に禁欲主義を排し、他方に肉欲主義を退けて」「性欲の意義と価値とを正当に理解せしめたいと切に望むものである」と主張し、遊郭とは別次元の〈恋愛・快楽としての性〉が肯定される傾向を見ることができるが、もちろん論の対象は男性のみである。しかしこの特集号で注目すべきは、いくつかの記事が、明らかに女子同性愛への警戒から説き起こされていることである。例えば、「先達て某々両家の令嬢が越後の海岸で「情死」を遂げた当時、国民新聞に左の如き記事が出て居つた」「某女教育家曰く、近頃同性の恋愛は珍しいことではない、他の女学校の生徒間にも随分此の傾向があるらしい(以下略)」(桑谷定逸「戦慄すべき女性間の顚倒性欲」)、あるいは「例の少女情死事件以後、「女性同士の恋 レズビアン、ラヴ」について著しく社会の耳目を曳くに至つた。此の防御策につき今や女子教育家は（以下略）」と書き出される河岡潮風「男性間の顚倒性欲を排す」などもある。これらの記事が示しているのは「例の少女情死事件」とさえ言えば、通じ合うまでにこの事件が社会の関心の中心となっていたことを示していることであろう。「例の少女情死事件」とは、『新公論』性欲論特集が発刊される二ヵ月前、明治四十四年七月二十六日、第二高等女学校を共に前年の四月に卒業した、工学博士曽根達蔵の娘貞子と、専売局理事岡村玉蔵の娘玉枝（共に二十歳）が、新潟県糸魚川町の海岸で心中した事件を指す[9]。

明治四十四年七月三十日の『国民新聞』には三段抜きの見出しで「二令嬢相擁して越後に情死す／工学博士と専売局主事の令嬢死を決して東京より糸魚川に赴く／同性の愛に駆られたる末か」と大々的に報道され「両家の愁嘆」の様まで二日間にわたって詳細に書かれている。さらに七月三十日には、『萬朝報』に女学生ではないが、「女の抱合心中／姉妹よりも親しい仲」という見出しで十七歳と十六歳の二人の長野県同郷の少女たちの情死が報じられている。つまりこのように相次ぐ少女の心中が、女性の〈性の自己決定権〉などを夢にも考えたことの無い社会をどれほど驚かせたかは想像に難くない。その驚きが『新公論』の性欲論特集号となり、さらに同年九月の『青鞜』発刊と相俟って、大正二年七月の隔週刊誌『サンデー』の「処女研究号」[10]となったことはすでに論じたことがある。他に『太陽』「近時の婦人問題」、『中央公論』「婦人問題号」などもある。糸魚川に果てた少女たちは、自らの精神の自由を死守することによって、かくも社会を揺るがした。

これらの男性による記事を総合すると、少女のセクシュアリティーについて男性たちがどのように認識していたか、興味深い特徴を見出すことができる。『サンデー』の「処女研究号」では、この時期の〈処女〉の概念は、性体験そのものはさほど問題ではなかったこと。それよりもあくまで羞恥心や初々しさなど、男性サイドの美意識と結びつけられており、〈恥じらい〉が少女の〈属性〉と定められているかのようだ。〈恥じらい〉の無い『青鞜』の面々は女ではない、というわけである、また、先の『新公論』〈性欲論特集〉で内田魯庵は〈西欧で性欲研究が盛んなのは、西欧人の暗黒面の性的欲望をこの論議によって満たしているのだ〉という傾聴に値する見解を述べているのだが、明治四十四年以降の、〈少女情死事件〉を発端とした近代日本の性欲論議もまさにそれに該当する状況を示している。「処女研究号」の次の号、一九二二年七月に『サンデー』は「同性の恋」という特集を組んでいる。「糸魚川心中」の内情分析から、女子同性愛に対する興味本位的な内容へと自在に関心が広がっていく様を示している。すなわちこれらの記事は〈少女のセクシュアリティー〉についてあれこれとしゃべりたい欲望が何よりも優先している。内田魯庵が西欧の性欲論議についてうがった見解を示した如く、これらの記事は、論ずることで性的欲望を満たしている感がある。「同性の恋」は、二人の記者の匿名の対話のスタイルをとって、次のように恣《ほしいまま》に語り合っている。

「……之等の談話を総合すると、両女は慥《たしか》に同性の恋に耽溺した結果遂に情死を敢えてする運命に遭遇したのだ。」

「……尚両女と同窓生であつたと云ふ女の語る處によると、貞子は至極内気な性質で玉枝は快活な方だつた相だ。両人の関係が実の姉妹以上に親密な交際を始めたのは、慥か四年級頃からで、貞子と玉枝との間柄は近頃女学生間に流行する「オメ」の関係で、斯んな噂が立始まつたので主任の高木教諭も屢々両女に対して説諭を試みたが、その結果は却つて反動的に益々両人の仲を濃かならしめるのみであつた。」

『サンデー』のこの記事には、心中した少女たちの遺骸を目の当たりにした男性たちは、自分が見聞きした現実、自分の眼は信じられずに「猜疑」の言説に自ら取り込まれていくようだ。〈糸魚川心中の貞子と玉枝〉には、おそらくそのようなこと〈汚らわしき顚倒愛、つまり性的関係〉はないであろうが、と断りつつ異口同音に〈恐るべき、汚らわしき顚倒愛〉に対する警戒を親、学校に声高に促すという紋切り型の言説が迅速にできあがる。

このように、明治末から大正初期にかけて〈糸魚川心中〉を契機として、少女が〈規範的状態から逸脱しているのではないか〉という猜疑の言説によって封じ込められ、現在まで執拗に続く女性観が形成されたと言えるであろう。その論調は、ただただ威嚇することに尽きている。〈規範から逸脱する〉とは、①結婚前に男性経験を持つ、②老嬢（いつまでも結婚しない）、③同性の愛、④小説を読む、などを指すが、それに対する〈女子教育者〉たちの言葉は「結婚できなくなる、病的に性欲が昂ずる（この文言が目立つ）、人格が堕落する、枯れ木のようになる、犯罪に結びつく」など、〈少女〉という政治的弱者に対する極端な威嚇以外のものではない。『新公論』や新聞メディアを繰ると「家庭での子女の教育法」などという記事が実に多く、娘には小説を読ませてはいけない、家事をさせろと、徳川期の「女大学」が繰り返されていることが知られる。

4　女学校教育の跛行性

未婚の女子のセクシュアリティーが監視・管理の眼差しのもとに論じられるもう一方の事情としては〈家〉から〈家庭〉へという文化的変容を挙げることができよう。明治二十五年の『家庭雑誌』（徳富蘇峰主宰）以降、〈家庭〉という語を付けた雑誌が次々に刊行される。明治三十年代、日清戦争後の新中間層の増加に伴い〈家庭〉という観念が定着していくことは、『太陽』（明治二十八年創刊）の「家庭欄」、『女学雑誌』（明治十八年創刊）などに見ることが出来る。福沢諭吉は〈家から家庭へ〉と意識を変革することを次のように奨励している。「父厳母慈の家庭は昔々の事として、今はすなわち家の内に長少前後の別はあるも、他人行儀に尊卑の階級は無益なり。（中略）共に語り共に笑、共に勤め共に遊び、苦楽貧富を共にして、文明の天地に悠々たるべし」（『福翁百余話』明治三四年刊）。この新中間層が形成した〈家庭〉から女学生が生まれる。しかし明治社会では、性別役割分担が確立するにつれて〈家〉は次第に私的空間として閉ざされていく。そして「味噌汁の匂い」に象徴されるような安定的でセクシュアリティーを排除したものになっていく、と三橋修は述べている（『明治のセクシュアリティ　差別の心性史』）。三橋がそうした例として挙げている新中間層の家庭は、鷗外『ヰタ・セクスアリス』の金井君の環境である。また漱石『三四郎』で、広田が三四郎に「（野々宮が）家庭向きではない」と言うのは、〈家庭のクイーン〉である主婦に支配される〈私的空間〉への嫌悪を意味しているであろう。三橋は、この日清戦争後の〈家庭観〉は、〈臭気とセクシュアリティが認識上、貧民層に配分され、中流層の無性的な安定と団らんの対極のものとみなされる〉（前掲『明治のセクシュアリティ』）と述べている。この家族主義的イデオロギーの中で少女の性も監視されることになる。無性的ということは〈知ること〉がすでに逸脱となることを意味している。

青山なを『明治女学校の研究』[11]に次のように女子中等教育についての概括がある。「（女子教育は）明治初年に急進的であり、後年になるにしたがって保守的になった。先には封建社会的風習からの急速な脱皮を願い、のちには国家的統一の必要から旧道徳による社会秩序を願って家族主義が採られ、家族制度の維持が女子教育の理想となり目標となった」「ここに特に日本における女子教育の跛行的な低調と、封建的理想像が残ったのではないかと思う」と。

青山なをの指摘する明治女子中等教育の「跛行的低調」の最たるものは女学校卒業後の職業について何も考えられていないことであろう。少女たちは、卒業後はすぐに結婚することが常識であるこの制度から逃げる道がない、のであった。雑誌『サンデー』一二〇〇号（明治四十四年七月）に、女性の職業を列挙した「女の世界」という記事が載っている。この記事の語り口からは、世間がどのように女性と女性の職業を見ていたか、そして高等女学校を卒業した中流層の子女にとって、職業に就くことが全く一般的でなかったことが同時に解る。

「女の世界」とは次のようなものである。「1女優、2女手品師、3モデル、4女義太夫、5お酌、6髪結い、7女文士（「赤い酒や青い酒の刺激で生きて、其日其日を劇場や展覧会の近代的空気の漲った空気の中で暮らして行かれる方々、これ等の急進党は男などを屁とも思はないのが第一の珍で、終には銘酒屋あたりから女郎買いまでする。これを称して野良イズムと云ふ」）、8女ボーイ（ビヤホール、カフェなど）、9芸者、10踊師匠、11女看守、12活動の手引き、13子守、14女工、15女郎、16女中、17餌堀（海辺でゴカイを掘り出して都会で売る）、18女労働者（「尻切れ半纏一つでエーンヤラヤーと大声で歌を歌ひながら橋や建築の杭を打ち込みながら一日を真黒になつて働いてゐる」）、19淫売婦、20女事務員」、などで、なぜか女教師、看護婦は挙げられていない。

この記事の特徴は、女性が職業によって自立して生きようとすること自体に対して終始揶揄的で差別的なことである。女教師や看護婦という、女性の職業として定着一般化していく職業があえて外されていることがその揶揄的傾向をあからさまに示している。こうした記事と同時に、「○○氏令嬢○○女学校在学中」という肩書の付いた少女の写真が、女優や芸者の写真のように毎号掲載されている。その紙面上の効果は「○○家令嬢」と紹介されているこの少女たちとここに挙げられている職業とは全く無縁であること、要するに結婚するほかにこれらの少女たちに道はなかったであろうことが印象付けられる。

少女たちは、一部男子の特権であった〈友情〉（＝精神の自由）を学校制度によって所有できたと同時にそれが〈挫折〉の別名となる。今田絵里香によれば〈子供を産み育てる母としての生き方と、学問を身に着ける〈少女〉としての生き方に断絶が生じることになる。結果的に「少女時代（女学校時代）」は、それのみで完結するような特別なものとなる[12]。つまり少女たちが女学校で育んだ〈自由の精神〉などは親にとっても社会にとっても一顧の価値もなく、少女たちはひたすら結婚へと促されるのである。〈糸魚川心中〉の少女たちもまさにその閉塞感の苦悩の中で死を選んだのだった。そしてそれは、田村俊子ただ一人を除いて「恐るべき顚倒愛」としか社会にみなされることは無かった。田村は男性サイドの悪意ある見解に対して、それは少女たちの「もつとも清らかな感情」であると、次のように反論している。

ところで、よく同性の恋は危険だとか云ふことを聞きます。
この頃の女学生同士がおめとかと云つて互に恋をしあふ。——こんなことは、女の性情を淫靡にさせ堕落的の傾向をもたせて、やがては異性に対する大胆な恋になり、結局は飛んでもない事を仕出来すやうな事になる、恐るべきは同性の恋だとか云ふ様な事を聞きますが、私の考へるところでは、この処女時代の同性の恋は、（若しも今迄私のお話してきた同性間の一種の友情を指して同性の恋と云へるものならば）さうした淫奔的な感情から生じてくるものではないと想ふのです。（中略）この時期に、最初私が述べたやうに自分の友達に対して一層濃厚な一種の友情を感じたがるのは極めて自然的な話なのです。そうして誰にでも有り勝ちな事だと思ふのです。（中略）この一種の友情がどこまで進んだところで、その間柄に決して危険性を帯びてくる筈はない。むしろ同性間にこの一種の友情を感じている間は、妙齢の女が普通男性に対して感じる微妙な感覚を非常に遅鈍に疎くさせて了ふ事さへあるのです。

（「同性の恋」『中央公論』一九一三（大正二）年一月）

田村俊子は、樋口一葉に次いで、制度がもたらす少女たちの絶望を共有する作家であり、これらは社会が決して持とうとしない論点である、少女時代特有の精神性と、それを蹂躙してはばからない社会のブルータリズムの主題系を『あきらめ』（『大阪朝日』一九一一（明治四十四）年一月一日〜三月二一日）に次いで書き続けた。「静岡の友」（『新小説』明治四十四年二月）、「幸子の夫」（『婦女界』明治四十四年一月）、「悪寒」（『文章世界』大正元年十月）、「妙齢」（『中央公論』大正三年十月）、『木乃伊の口紅』（『中央公論』大正二年四月）、などはすべて〈大人に成るは嫌な事〉をモティーフとするテクスト群である。それらのテクストすべてに〈清らかな感情を抱いていた少女時代〉が、結婚制度によって無残に破壊される絶望と怒りが潜められている。「幸子の夫」を例にとると、女学校を卒業して、親の決めた、二十歳も年上の吝嗇な男に嫁いだ幸子の屈辱的な結婚生活が細叙される。女学校生活で育まれた精神性や教養の受け皿は結婚生活には微塵もないこと、まして田村の切望する男性サイドの「温順な慈愛」などは歴史的な意味で存在すらしないことが田村俊子らしい分析的な筆致で活写されている。

吉屋信子「燃ゆる花」（『少女の友』昭和十二年夏増刊号）は、〈糸魚川心中〉の少女たちと全く同じ問題を扱っており、女学生という新しい文化的存在がたちまち逢着した閉塞状況の根深さを示していると言えよう。「燃ゆる花」は、大正期に耳目を集めた柳原白蓮をモデルに、政略的に財閥に嫁がされた片岡ますが、ある雪の夜に夫の家を飛び出し、かつて通った女学校の寄宿舎に逃げこんで来るところから始まる。夫人を学内に招じ入れた少女みどりは美しい片岡夫人に魅せられ、二人は「お伽芝居のよう」に〈美しい妃と利口な腰元〉として朝夕起き伏しを共にすることになる。校主ミス・ワグナーも夫人を守ろうとする。しかし婚家からの追手は執拗に夫人に迫る。そんな冬のとある日、寄宿舎に火事が発生する。少女たちを避難させようとするミス・ワグナーの声を拒否して、夫人とみどりは炎の中で心中を遂げる、という内容である。片岡夫人が自分を慕う少女に語った言葉、「大人になっては嫌、大人になってはいけません」は、精神の自由が蹂躙されることを拒否するためには死という選択肢しか無かった少女たちの絶唱であり、明らかに「たけくらべ」の美登利の絶望の遠い反照である。

5 〈塩原事件〉と〈糸魚川心中〉

つまり明治三十二年の「高等女学校令」に始まる〈女子中等教育〉とは国家が未婚の女子を、「国民」を生産し「家制度」を維持する人的資源の文脈に位置づけ、結婚へと組織化する機能に特化されていたと言える。これが少女たちのセクシュアリティーが国家によって再編されることの実態であった。国家は、顔の見える前近代社会（人間の活動や関係性が社会の全体性に直結している社会）における生殖に関する習俗（儀礼）の意味をはく奪し、国家的事業（家制度の維持）として推進した女子教育によって少女たちを〈処女のまま結婚〉へと動員する。前近代社会の、知られること、見せることを前提とした生殖にまつわる習俗や儀礼から、あくまで秘められ、秘められることによって猜疑に覆われた性器的価値観〈男性との性的経験があるかないか〉に、その少女の人格が一元的に、（政治的に）結びつけられた結婚制度へと再編されたのである。このことはまた、男子が村落共同体の成員であることから切り離され、学校教育によって「国民化」されることと歩調を合わせている。セクシュアリティーの社会的認知、あるいは体験の共有は失われ個別化される。

そしてまたこの歴史的事実からは、〈自分の妻が処女ではなかった〉という、男性の新しい挫折の形も生まれることになった。嘉村礒多はそれを自分の文学的モティーフとした作家と云えよう[13]。

明治末、一九一〇年代は、先述したように「少女の心中の時代」と言えるのではないかと思えるほどに少女の情死の新聞報道が相次いだ[14]。他方この時期は、芸術が「聖化」された時期でもあった。岩佐壮四郎は、「一九世紀後半から二〇世紀初頭にかけて「天才」「独創性」「作品」といった概念に随伴しながら「芸術」という観念が確立して社会的言語の中に組み込まれた時代」（『日本近代文学の断面1890―1920』二〇〇九年）であると歴史的に位置付けている。『青鞜』、及びその周辺の田村俊子らにも当然その事情は該当する。「芸術」（文学、演劇）を特権化するロマンティック・イデオロギーの時代の到来と言えよう。漱石『道草』（一九一五）の「金の力で支配されない真に偉大なものが健三の眼に見えてくるにはまだ間があつた」という一文も思い出される。

少女たちの情死事件に先立つ明治四十一年三月の平塚明子・森田草平の情死行〈塩原事件〉も、イタリアの作家、ガブリエレ・ダンヌンツィオ『死の勝利』にかぶれた文学的情死未遂である。少なくとも社会にはそう視られていたことは、平塚明子を指して「かかる書籍中毒患者」（『時事新報』一九〇八（明治四十一）年三月二十九日）と罵倒する新聞メディアの取り上げ方、及び明治四二年の『新潮』に載った、生田長江訳『死の勝利』（第七版）の広告文に「先年某学士の愛人を携へて鹽原山中に赴けり事件の如き、此篇の主人公を気取れる者ありと称せらる」という文言があることなどによって知ることができる。ちなみに田村俊子も、エッセイ「読んだもの二種」（『新潮』一九一三（大正二）年二月）の中で「極度の感激のために殆ど泣き通して読んだところなぞがありました。発熱の初期みたいにぞく〳〵身体ぢうが震へたり、絶息しそうになつたりしたところもありました」と、「死の勝利」への激しい傾倒ぶりを示している。

文学にかぶれた〈塩原事件〉と、自由を求めて絶望した〈少女たちの心中事件〉という振幅が、明治末の少女セクシュアリティーの現実であったと言い得る。[15]

いずれの事件も、習俗から脱した「性の自己決定権」すなわち近代精神を主張しているとみなされたため、少女たちは「顛倒愛」「毫も良心に恥じる所なき振舞」（前掲『時事新報』）といった社会の集中砲火に晒されなければならなかった。しかしこの事実はまた、近代社会にあって、如何に男性自身が「エロス的身体」から疎外され抑圧されていったか、前近代から明治への産業構造の変容の中で、男性がその身体を「灰色の産業機械」[16]へと撤退させなければならなかったか、という問題を派生させずにはおかない。女性の抑圧と管理は、男性の抑圧の結果でないはずもない。男性の抑圧は、自らのアイデンティティーの根拠が〈○○である〉社会から、〈○○を所有する〉社会への移行によってもたらされた。が、これは本稿とは別の論点として論じなければならない。

【注】

（1）本田和子『異文化としての子ども』紀伊国屋書店　一九八二・六月、ちくま学芸文庫　一九九二・十二。
（2）大塚英志『少女民俗学』光文社　一九八九・五。
（3）宮迫千鶴『超少女へ』北宋社　一九八四・八。
（4）その大半は少女の不品行を指弾するものであった。例「現今女学生の不品行は、其教育より得たる学識を悪用し、否没却して唯情慾の奴隷となりたるもの、以下略」（「女学生の素行」『女学世界』明治三四・九）など。
（5）波平恵美子『からだの文化人類学――変貌する日本人の身体観』大修館書店　二〇〇五・三。
（6）谷川恵一は、お峰（十七歳）が、伯父の二円の借金の利息のために主人に体を売ることを暗に示唆されている、という見解を示している（『言葉のゆくえ　明治二〇年代の文学』平凡社　一九九三・一）。
（7）『一語の辞典　性』三省堂　一九九六・一。
（8）『新公論』一九一五年三月号。
（9）本書第六章「〈糸魚川心中事件〉と『あきらめ』――二つの〈自由〉をめぐって――」（『近代文学研究』第二十八号　二〇一一・四）にこの事件が起きた背景とその意味について詳述している。
（10）本書第六章、同じく第七章「戦闘美少女の戦略――『木乃伊の口紅』の少女性――」（『国文学解釈と鑑賞　別冊　今という時代の田村俊子』二〇〇五・六）に『サンデー』「処女研究号」について解説している。
（11）青山なを『明治女学校の研究』慶應通信　一九七〇・六。
（12）今田絵里香『「少女」の社会史』勁草書房　二〇〇七・二。
（13）「秋立つまで」（一九三〇）など。
（14）「糸井川心中」の報と同日、明治四四年七月三十日の『萬朝報』にも、女学生ではないが「女の抱合心中　▼姉妹よりも親しい仲」の見出しで、金箱蔦（十七歳）、西部節（十五歳、共に製糸女工）が、本所区中の郷で投身自殺を図ったが未遂に終わった事件が報じられている。
（15）この事件で平塚明子は、以下のように辛辣な批判を浴びている。「面目なさに唯々一間に垂れ込めて泣き伏し、表も上げ得ぬこそ人情なるべきに、シャアシャアと来訪者に面談し、ヤレ家出の当夜はかようかよう、大宮の宿、塩原の地にては云々と、さも手柄でもしたるごとく語りて、豪も良心に恥じる所なき振舞いは、実に奇怪至極というの外なし（以下略）」（前掲『時事新報』）。
（16）渡辺恒夫『トランス・ジェンダーの文化――異世界へ越境する知――』勁草書房　一九八九・五。

第九章　高群逸枝『娘巡礼記』

――〈文明化の過程〉を視座として――

1　はじめに

高群逸枝は「私はこの世に歓迎せられて生まれてきた」と『火の国の女の日記』上（講談社文庫昭和四十九・三　以下『日記』とする）の冒頭に書いた。よく知られるように、高群は、生まれる子を次々に三人も亡くした両親が清水観音に願かけをして誕生した娘で、両親から「観音の子」と呼ばれ、その待遇を受けて生育した。「物心づいてから小学校入学のころまでは自分を観音の子と信じていた」と、『日記』（三　お伽ばなし―観音の子）に記したように、『母系制の研究』（一九三八年）、『招婿婚の研究』（一九五三年）、『女性の歴史』（一九五五年）など、日本初の近代女性史学を樹立した高群の生涯にはこの自負が途切れることなく鳴り響いていた。明治二十年代の草深い熊本の山村におきたこの奇瑞譚は、高群逸枝自身のプライドのあり方、アイデンティティの根拠がひとえに学問芸術を愛する事におかれていたことと、教育者[1]の長女として、未だ前近代的迷妄が根強く残る自分の周囲との差異を絶えず意識せざるをなかった生育環境とに裏打ちされて、周囲に屹立しようとする自我をおのずから形成することになった、と思われる。未だ迷信がはびこる山村に生まれた聡明な女性の近代的知性獲得の道程、言い換えれば〈文明化の過程〉は根強い土俗的な信仰の力に支えられていたわけである。

『娘巡礼記』は「県下一円に高群逸枝の名を喧伝した処女作[2]」である。一九一八（大正七）年六月四日、満二十四歳の時、高群は止宿していた熊本市京町専念寺から四国遍路の旅に出発し、四国八十八箇所を打ち納めて十一月二十日、無事熊本専念寺へ帰還する。通常は一番から順に八十八番まで巡る「順打ち」であるが、高群はあえて道の険しい「逆打ち」を選び、四十三番の愛媛の源光山明石寺から四十二番仏木《ぶつもく》寺、四十一番龍光寺と南下し高知、徳島、香川へと歩を進め、再び愛媛に入り四十四番菅生山大寶寺で「本願成就」（九十）となっている。『娘巡礼記』はこの遍路行の記録で、旅中の様々な出来事や所感を旅先から随時『九州日日新聞』（現在の『熊本日日新聞』）に送り、六月六日から十二月十六日まで百五回連載され、連載が始まるとすぐに大評判となった。また大分の中井田に滞在中には『大分新聞』にも『九州日日』とほぼ同様の内容で投稿し、六月十三日から二十七日まで断続的に九回連載されている[3]。これもまた連載第一回から大評判となり多数の訪問者が訪れる騒ぎとなったことは「十八　逃げ出したい」に記述されている。

内容は多岐にわたるが、二十四歳の高群の瑞々しい思想、心性、いわば〈心の在処〉が、その多感な息づかいと共に赤裸々に辿られていると同時に、遍路という未知の世界に果敢に飛び込んだ、地方の一人の〈近代女性〉が何をどのように見たか、そしてその中からどのような自己を確認し得たのか、を伝える貴重な記録である。高群が見、聞き、感じた世界を、すなわち高群が巡礼記に構築した世界を〈近代日本における文明化の過程〉という視座から概観してみるのは非常に興味深い。当然、この概念は二重の意味をもっている。高群自身の〈文明化の過程〉と、近代日本が歩んだ〈文明化の過程〉との。ノルベルト・エリアスの述べた如く〈文明〉という概念も多義的であり、時代と文化によって全く異なりもするが、このテクストの場合は、科学精神に基づく西欧的知性と大雑把に捉え、エリアスのいわゆる「人間全般が通常は構造上変化しつつある」[4]〈過程としての人間〉の概念に力点を置く。後述するが、高群は『娘巡礼記』において奇瑞にひれ伏す民衆に対する侮蔑や違和感を隠そうとしない。しかし高群自身「観音様と私とは深い縁があるようにも思われるのである」(「九十八　観音様と私」)といいうる絶対の自我は、金銭と実利的霊験を渇仰する庶民と無縁であるどころか彼らを一方の極においてこそ成立しうるものだ。彼らの迷信の世界と高群の〈申し子〉的自我は表裏一体のものである。

『高群逸枝雑誌』第三号(一九六九・四)には、高群の弟清人が「桃源郷　木原山」と題して、幼少時、姉逸枝と末弟元男と三人で〈桃源郷〉に迷い込んだ不思議な体験の記憶を伝えている。[5]清人の語るエピソードは、高群が少女時代をこうした〈不思議譚〉が起こりうる環境の中で、その環境を極めて自然なものとして過ごしていた事実を示すものである。その環境は高群にすでに充分に身体化されているために、高群がそこからどれほどの生命のエネルギーを汲み上げていたかは容易に想像し得る。江種満子が高群の『火の国の女の日記』他の自伝類を指して「そこにつねに逆った土俗的ともいうべき大量のパワーに驚かずにはいられない」[6](解説『私の生活と芸術』大正十一・一)と述べているのもおそらくこの事情を指している。これも後述の予定であるが近代日本において、文明化の過程とこうした土俗的な力との配合の事実には普遍性があると思わせるものが若き日の高群逸枝の思想と行動には常につきまとっている。

一九一〇(明治四十三)年(十六歳)、熊本師範学校を脚気その他の理由で退学になった後、高群は病気療養と勉学に励み一九一二（明治四十五）年四月（十八歳）、熊本市私立熊本女学校四年（校長福田令寿）に入学を許される。わずか一年間ではあったが「人間的関係に基礎をおく」「リベラルな」「和気あいあいの校風」（『日記』二十二　熊本女学校1）と回想される熊本女学校を退学し、四ヵ月の紡績女工の体験を経て、一九一四（大正三）年四月から高群は砥用《ともち》村の西砥用《にしともち》校の代用教員となりここから三年半の女教師時代が始まる。一九一六（大正五）年九月、父勝太郎が校長を勤める払川《はらいがわ》小学校に転任した高群は、翌一九一七（大正六）年、後に夫となる橋本憲三を知る。橋本と出逢って一《ひと》月半後（一九一七年十月）教職を辞した高群は熊本専念寺に止宿して『九州日日新聞』の記者を志すが果たせず、一九一八（大正七）年六月、二十四歳の時、ひとり四国八十八箇所の巡礼に出る。高群にそうさせた因については橋本憲三・堀場清子『わが高群逸枝』上、鹿野政直・堀場清子『高群逸枝』[7]に詳しく、それらによれば橋本と恋愛関係にあった高群に想いを寄せる青年古河節夫に対して高群がはっきりと拒絶することが出来なかったことから橋本との関係がこじれた、ということになっている。新聞社への就職の失敗とそれに伴う生活苦なども高群を追いつめた。「いっさいを投げすてたきもちであった。なにもかも、自分ひとり＝孤独に立ちかえったきもちであった。恋愛もすて、観念的には、たしかに、「無」に立ったのである」（「わが青春の記」一九四〇[8]）と述懐するように。

　生活の行き詰まりから旅に出る、という行動パターンは、島崎藤村が自らの体験を元にした『春』（明治四十一）、『桜の実の熟する時』（大正七）を連想させる。『春』の岸本捨吉も、ある寺で僧衣をもらって身にまとう。すなわち止むに止まれぬ衝動に突き動かされた行為ではあっても一方で〈僧に身をやつす〉または芭蕉などの古典の漂泊の詩人を〈演ずる〉わけで、『桜の実の熟する時』の「発心者」といい、近代人である彼等は演ずるほかないのである。人生に行き詰まった時、宗教的伝統的な行為に身を委ねようとしたこと、小さな自分を包摂する歴史という長い時間の流れの中で自分を見つめ直そうとした点で、両者の〈出発の光景〉は大変よく似ている。その場合、身につけた近代精神は前近代のものである巡礼に〈身をやつす〉（演ずる）ことによって対象化される。そこにナルシシズムが孕まれるのを見るのは容易い。日常化し硬直していた観念の世界を一時的に後景に退け、先人を演ずることによって〈身体〉を復権させようとした芸術的行為とも言えよう。高群に「天啓的に、どん底脱出への誘いと、大きな勇気とを思いつかせたものが」（『日記』上二十九　汚辱の沼）、バンヤンの「天路歴程」[9]であったことは、藤村の場合と同様にこの巡礼記の核心が〈文学、芸術〉への想いであったことを示すのである。高群は遍路行においても平生の生活の中心部分である読書を怠っていない。さらに、トルストイ、ワイルド、イプセン、ストリンドベリなど、テクストに題名が出て来るおびただしい西欧文学は、高群が〈遍路を文学していた〉ことの証左でもある。またこれらの作家名から、高群が〈自己本位〉という時代の思潮を充分に摂取していたことも知られる。巡礼記を書くという約束で『九州日日』から船賃などを借り、巡礼装束に身を固めて一人出発したこの旅は、藤村の小説が『春』『桜の実の熟する時』と題されたのと同様に「わが青春」と呼ぶにふさわしく、失意の裏側には、そこから自在に転身できる身の軽さと、情熱とナルシシズムと冒険精神と楽天性とが張り付いていたと言わねばならない。

　宗教人類学者星野英紀は、高群の巡礼を、アイデンティティーの危機からの回復の過程と捉えている。星野は、日常的固定的世界を「構造」とし、それと対立する価値を「反構造＝コムニタス」と名付け、コムニタスにおいて日常的拘束から解放されトータルな真に人間的な営みを実現する、というヴィクター・ターナーの『儀礼の過程』[10]の論議を援用しながら、高群が個人的な異性関係をめぐる生の危機感を「停滞する現実ととらえ、それを突破する解放空間として遍路を選んだことは、巡礼のもつ本質的特徴を見抜いていた」（『巡礼　聖と俗の現象学』[11]）と述べている。こうした理解はもちろん『娘巡礼記』について考える場合の前提となりうるものであるが、その一方で高群が自覚的に伝統的世界観を模倣していること、あるいは遍路という伝統的な行為が孕む種々の要素に遂に馴染めなかったという〈脱遍路〉の半面が抜け落ちてしまうという物足りなさを免れない。小論は、自ら獲得した解放空間における高群の自己実現のあり方をこそ問題化したいと思う。

西川祐子（『森の家の巫女―高群逸枝』[12]）は高群が「マスメディアの魔力を知りこれを扱う能力を具えていること」を指摘している。小論は、高群の巡礼行を、伝統的宗教的行為であると同時に、文学的芸術的な行為でもあり、またこのような極めて現代的なジャーナリスティックなパフォーマンスでもあったという多義的なものとして捉え、それらが高群の巡礼行に何をもたらしているのか、そしてもうひとつは巡礼行が端的に示す高群独特の「出発哲学」（『日記』二十三　熊本女学校2）[13]を時代の文脈に即して考えた時何が見えて来るのか、という二つの展望のもとに考察する。先述したように、高群の道程の中に近代日本が夢見た〈文明化の過程〉の諸相が輪郭を現すであろう。

2　〈寵児〉を生きるということ

高群は、遍路の至る所で目にする、奇瑞を願う民衆の素朴な宗教心に対して「欺しよい人々だ」（七十六）と自ら「戦慄」しつつも考えてしまう、と吐露している。『娘巡礼記』に書かれた巡礼行の大きな特色の一つは、この事実に明らかな如く、高群の近代的な距離化（『視覚と近代[14]』）の眼差しで観察された底辺の民衆と、対象化し認識する西欧的知性と教養を身に具えた高群との文化的摩擦によるちぐはぐさ、とんちんかんさ、であろう。このちぐはぐさは、出発時にすでに象徴的な表れ方をしている。知られる通り『九州日日』に連載が始まった『娘巡礼記』はたちまち評判となり、前掲『わが高群逸枝』の記事によれば、七、八回頃から行く先々でセンセーションを巻き起こし「どういう娘かというのでわざわざ見に行った人もあったくらい」だったという。すなわち高群は、出発間もなくこのように〈新聞メディアの寵児〉だったのだ。一方で、四国へ渡る以前、熊本から大分への往路で、高群は伊藤宮次という老人に呼び止められ遍路行のほぼ全行程を同行する事になる。

その経緯もすでに伝説めいて知られているが、「十三　竹田から中井田へ（下）」の高群自身の記事によれば、高群が伊藤老人の家に泊めてもらったその夜に、眠っていた彼女を呼び起こして伊藤老が語るには「眠つてもゐないのに上から、夢の様に七つ八つの天冠を被つたお稚子と、もう一人それの姿はよく分らなかつたが私の頭の上あたりに下りてきて直消えてしまつた」という。老人は自分が見た不思議と高群を結びつけ、高群を「観音様をお供してゐる」者、つまり〈観音の申し子〉と確信し随行することを決めたのであった。同行した全行程を通じて、七十を過ぎたこの老人が、泊めてくれる宿がなかなか見つからない時や食料が尽きたときなど、この〈申し子〉に辛い想いをさせまいとひたすら尽くす姿は、奇瑞を好む庶民の宗教心を典型的に表すものとして『娘巡礼記』に印象深く書き留められている。「疲れたので、お爺さんが宿をおさがしなさる間、そこの橋の上に杖をつき乍ら寂しく佇んで曇つた大空を見上げてゐる」（「五十五　怪しむ人々」）など。

こうして高群は巡礼の間、民衆の素朴な信仰心の内にある〈申し子〉と、新聞メディアの〈スター〉

という、二つの〈寵児〉としての歴史性を一身で生きることになる。巡礼行は、父母による観音の申し子としてのセルフイメージを、一家族内の信心のレベルから社会的現実の領域へと拡張、更新する役割を果たしたと言えよう。『娘巡礼記』はその証言としても誠に興味深い。この経験が、高群の生涯に、また高群自身による自己イメージ形成に決定的な意味をもたらしたことは疑い得ない。〈マスメディアの寵児〉と〈神仏の申し子〉という、新旧の歴史の重層化は、民衆に少しの矛盾もなく受容される。新聞など読まない庶民には〈新聞に出た人〉は何やら特別な〈奇跡を行う神仏の化身〉と同じなので、高群は「貴女様は平常人ではないときききまして」という人々にあちこちで「オデキ」を治してほしいと乞われたり、杖で撫でてほしいと願われたりしている。また伊藤老人に地動説を「一時間の余も」「必死の勢いで」講じたあげく「第一お爺さんと云ふ者は、智識を得たいなぞ一寸も思つちやゐないから駄目だ」（「四十七　生意気連発」）とさじを投げる場面など、前近代そのままの素朴な庶民と才気溢れる高群の対照の妙、言い換えれば文明化の過程における遅速の激しいきしみこそこのテクストの白眉であり一際生彩を放つ部分であると言えよう。

そこで議論は有耶無耶になつて了う。私は興奮して涕を出して説法したがお爺さんはもう降参しますと云ひ乍ら平気で笑つてゐるのが憎くて耐まらない。残念だ。（四十七　生意気連発）

「二十一　訪問客の色々」には、有名人となった高群が滞在している伊藤老人の小屋に近在の訪問客が押し掛け、「仕方なく」俄神仏に成り済ました高群に「オデキ」を治してもらいにきた老婆が「平身平蜘蛛の如くに」拝跪する様が書かれている。高群は遍路行で様々な底辺の庶民を描き分けているが、同時にこうした庶民層と決して相容れない自己との知的階層差を実にしばしば確認している。例えば巡礼というだけで慣習的にそこに何らかの悲惨をしか嗅ぎ取ろうとしない庶民の硬直に対する侮蔑をも隠そうとしない。「何か余程みじめな事情があつてそれでかうした旅に出たとより外思つちやくれない。（略）彼らの信仰は迷いの信仰だ」（「十　坂梨から竹田へ」上）、「而も一人だつて私を理解し得る者はここにはゐない。みんなが眼光鋭く理解しようと看破しようと努力してゐるのだけれど……」（「十五　取巻く人々」）。

これらの言説は「見る主体自らが外界とは独立した存在であると自覚」（前掲『視覚と近代』）された近代的観察者の立場に高群が自己同定していることを示す。また社会システム理論のニクラス・ルーマンは「観察するためには、区別を選択しなければならないし、選択しうる。そしてその観察は選び取った区別との関連で、あるいは選ぶのを避けた区別との関連において、観察されうるのである。確かにそれは相対主義の源泉になる。あらゆる観察は区別に依存しており、その区別が用いられる場合、当の区別は観察不可能になるからである」。（『近代の観察』[15]傍線引用者）と述べる。また「区別は盲点として観察に貢献する」とも。つまり観察者は現実をどのような仕方で切り取って（区別して）自分が観察しているかが見えない（盲点）、というわけである。高群の観察が「選び取った区別」が、民衆と高群とをどのように具体的に分離するかを、このテクストは語り続ける。

真野俊和『旅のなかの宗教』[16]の遍路の民俗についての説明によれば、遍路とはまず第一に〈匿名〉の存在でなければならないと言う。芭蕉の「旅人と我が名呼ばれん初時雨」を引きながら真野は芭蕉が旅にあって名高い俳諧の宗匠ではなく、名もない一介の旅人としての自分を見出しているように、遍路たちが白い行衣に身を包むことは匿名性の表徴であると言う。ところがマスメディアに手記を連載することを自ら出立の条件にした高群には匿名性は全く意識の外である。大分では『大分新聞』に自ら投稿している。実際、ファンレターまで来る有名人なのである。また、先に触れたように「騙しよい」民衆の素朴な伝統的心性を巧みに推し量り観音の申し子や、霊験をもたらす聖人などの、民衆が期待する幻想の境位を自在に演じてしまう天才主義的ナルシシズムを十全に発揮してもいる。庶民の遍路観と高群のそれとはかくのごとく隔絶している。遍路というものが民衆の社会的行為であるのに対して高群のそれは全く個人化された行為なのである。すなわち高群の、庶民に対する絶対的な知的階層差（文明）の自覚が、庶民が神仏の功徳にあずかろうとする遍路の旅で、高群に〈神仏〉の役割を演じさせている。これが『娘巡礼記』の基本的な構造に他ならない。

3　〈説話〉の構造

高群を、近代を象徴する〈神仏〉と見てこのテクストを俯瞰するとそこに興味深い説話の構造が現れる。上田秋成『雨月物語』「青頭巾」は快庵禅師が諸国を旅する途上、下野の富田という土地で、愛する「童児」の死を嘆き悲しむ余りに埋葬を拒んで遂にその死骸を食い尽くし悪鬼になってしまった僧に引導を渡す物語である。この物語は、愛欲ゆえに道に踏み迷った者を高徳の僧が救う、という外貌のもとに、新しき世の光が旧き世の闇を葬ったおかげで世界は更新されあまねく平和が訪れた、と語りたがっている、物語の深層の欲望を隠している。物語末尾の「故の密宗をあらためて、曹洞の霊場をひらき給ふ[17]」の一文はこの物語の深層構造を照らし出す。「故の密宗」とは、悪鬼になった僧の正体が旧仏教の密教の学僧であることを明かし、その密教寺院が「曹洞の霊場」に変わったのであれば、「青頭巾」とは、この学僧の属する旧世界が新興宗教である禅宗に退治され取って代わられた歴史的ドラマであったことを示唆する。[18]『娘巡礼記』は、諸国を旅する〈近代の光〉が光の当らぬ片隅に隠れている〈異形の者たち〉を消え失せるべき運命のものとして照らし出す、という構造において「青頭巾」が示す伝統的な説話をなぞっている。高群の途方もない距離化の眼差しで見られた遍路たちは、奇瑞を願うか、さもなければ金銭への露骨な執着露な「けだものの雑居」（「三十三　八幡浜へ」）、「盲鬼か幽霊かお化かの寄り合ひ」（「四十一　遍路衆物語」）、「灰色の敗残者」（「四十二　遍路のさまぐ〵」）、「別世界の幽霊」（「九十三　狂女の姿」）などの異形性を呈している。〈漂泊〉はまさに縁語としての〈魔〉を呼び寄せる。「遍路の群にも大分出会つたが（略）□（ママ）括すると、灰色の敗残者だと見なして好いかと思ふ（略）死の勝利に出てゐる乞食の群を思はせるやうだ」（四十二）。

十月廿二日、けふもまだ、滞在。浮かれ節屋も盲女遍路も老爺遍路も易者一族も同じく。みんなお金を儲ける事許《ばか》し話してゐる。（略）仄かな光の中で蠢てゐる人々の影は別世界の幽霊の様にも見える。私は鬱々した困憊を感じ乍ら、ポーの最後だの、オスカー・ワイルドの最後だのを思ひ並べた。（九十三　狂女の姿）

近代の所産である高群の〈個人化された内面〉が、底辺の民衆をこのような〈異形性〉として感受しているのは快庵禅師と密教の僧との関係に類比される。

そしてこの説話的パターンは、一九三八（昭和十三）年の小川正子『小島の春』[19]に、学問芸術の代わりに西欧医学の装いをもって反復される。小川正子が具現する〈近代医学の光〉は土佐のくまぐまに隠れている、国家の景観から消え失せるべき〈前近代的罪人〉である癩患者を暴き白日の下に晒す。このように時代を超えて、至る所に生起する近代と前近代の摩擦のきしみは、掲げられた一つの理想、例えば〈新たな信仰〉〈最高人格の実現〉〈国土浄化〉を目的と定める文明の構図が必然的に孕む暴力性によって常に、言祝ぐべき〈新しき世〉と、それがこのように到来した物語として語られる。たとえ各テクストの成立時代は異なるとしても、いまだ因習の暗がりの中にいる民衆を照らし出す光である彼等、快庵禅師、高群、小川の行程が、〈近代〉の行程そのものとして語られる、それ自体土俗的な説話構造において、この三者は歴史的に同じ記号性をもつのである。これがこの国土において繰り返される〈文明化の過程〉の普遍の構造であることをこれらのテクストは示している。

こうして『娘巡礼記』を育んだメカニズムは、眼差しによる距離化、そして光が闇を照らす、のような〈文明と野蛮〉を分節化する、この風土に深く根ざす意識構造であったと言えよう。高群は自ら「兎に角吾以外の人間を排斥してゐる」（「七十四　お爺さん来る」）という、まさしく、個人の内面に沈潜する近代人特有の自覚を免れることがないのだ。ではそこに夢見られた〈近代〉とは、つまり闇を照らす光（精神の指向性）は、時代の文脈の中では具体的にどのような形式をとったであろうか。

4　二つの「天」

『熊本県史』「近代編第三」には「西欧科学に立脚した国家主義教育を受けた人々」以外は「真言天台宗の寺院で行った加持祈祷が明治時代をこえて、大正昭和に至るまで民心を捉えていた[20]」と記録している。例えば漱石『道草』（大正五）にも、中々引かない熱を祈祷師によって療治している健三の兄のことが語られる。つまり加持祈祷は庶民の病気治癒の一般的な方途であった。近代医学と迷信との混在が日本的近代の現実である。しかしそうした庶民の素朴な神仏観を理解しない高群は「彼等の信仰は迷ひの信仰だ。なぜ彼等は天を仰がないか。なぜ彼等は「お大師様」を研究する事が出来ないか。なぜ恐れ多いと云ふのだ。要するに彼れ等の心は非常に低い」（「十坂梨から竹田へ」上）と言って憚らない。ここにも高群の民衆観とそこから反照される自己規定とが明快に見てとれる。「お大師様」を畏れ敬うのみで「研究することが出来ない」〈遅れた〉庶民の対極に在る者として、畏れを知らぬ「天」の高みに高群は自身を位置付けるわけである。その高みとは清らかな〈古の姫〉たる自己、そして西欧の学問芸術を知る近代人たる自己の双方を指す。すなわち因習的な身分制度における「天」と、〈文明化の過程〉における「天」との二つの「天」を戴く者として。したがって高群の自我は、初めから社会という媒介項をもたない絶対的な自我であったことが判る。ここに精神主義、宗教主義、神秘主義に陥った昭和期の国家イデオロギーに吸引されていく高群の心性を予測することも十分に可能であろう。

「凡そ理想的な気品あり学識あり、思想高邁にして詩を解するが如き青年子女を恁うした群れの中に見出でようと望む事はそれは無理で有るかも知れない」（「四十二　遍路のさま〴〵」）などの感懐は、元来個の消滅を旨とする宗教的行為の中で、高群が否応なく「思想高邁にして詩を解するが如き青年子女」、いわば泥中の花、そして〈近代の申し子〉たる自分を強く意識せざるを得なかったことを明らかに示している。

高群のこうした意識に則しつつテクストを概観する時、旅中にある高群の関心の所在を以下のように整理することができる。

①底辺の民衆への違和。物質と性への嫌悪（「人々の考えは余りに物質的だ。現実的だ。高邁な悠久なところつて一寸もない」「十七　小なる女王」他）、②悩める地方青年たちへの想い（「二十七　煩悶の青少年」他）。③父母への恋慕（「三十七　父母恋し」他）、④自由への憧れ（「四十五　遍路の墓」他）、⑤清らかな少女たちへの愛惜とその連想からの自らの少女時代の回想（「六十五　野原に逃げて」他）、⑥学問の伝統の地としての熊本への郷愁と誇り（「六十二　水亭にて」）、⑦女子教育への関心（「九十四　ホテテン華経」）、⑧崇高な自然、死の恐怖（「八十三　八栗屋島」他）、⑨理想の生き方、文芸趣味（「九十六　大分へ」他）、⑩旅中の出来事、出逢った遍路たち、寺院の縁起など（「七十七　川止め」他）

⑩に描かれる旅中の珍しい旅の光景に浴しつつ、その非日常的状況の中で①から⑨までの思想的な関心事についての知見や感懐や決意が、高群の意識を揺すぶり、歩くことへの確信を通じて、後の高群の思想の中核となるべく輪郭を露にする様が伝わって来る。

これらの様々な問題系は、概括すれば金銭及び物質的なものとの徹底的な乖離を示し、「学問」「芸術」への憧れへと集約されるとみて差し支えない。『春』の岸本捨吉を死の淵から引き戻したのが〈自分にはまだ知らない事が沢山ある〉という知識欲であったように、高群の巡礼行の記録を通じてせり上がって来るのもやはり学問芸術への絶対的な価値付けと憧れ、すなわち「書読むもの」という不動の自己規定に他ならない。「これは長い間の癖でもあるが、此の頃では特に自分及び自分の周囲を詩化し小説化し劇化して空想する事に興味を持ち出した」（「九十六　大分へ」）と遍路行の終わり近く吐露しているのは、自身が憧れる古の姫たちとは異なり、高群が実際に歩き民衆を観察する事を通じて、この「自己本位」を確立しそこから生きる力を得ていることを窺わせる。

そしてこのような学問芸術、言い換えれば新しき文化への信仰がひとり高群のものであるばかりでなく、明治末以降増大の一途をたどった中等教育を受けた青年たちにもっとも広く深く共有される想いであることを『娘巡礼記』は伝えている。

5　煩悶する青年たち

「二十七　煩悶の青少年」は、マスメディアの寵児であり、神仏の申し子としての庶民の寵児でもある高群が、もう一つの意味での寵児であったことを示すエピソードである。高群は四国に渡る前、伊藤老人の家に滞在している時、新聞連載で彼女を知った幾人もの青年から、将来についての相談を受ける。それらはみな東都に上り学問したいが様々の事情で果たせない、という煩悶であった。「家は可なりに大きい商店だが自分は商人が非常に嫌だ（略）貴女の新聞記事を読んで愈決心が固くなつた。志望する処は大臣だ。笑つちやいけない、現今早稲田の校外生に籍を置いてゐる。そこで、近き将来に於ては必ず上京該大学に入り云々…」。家業を継がせたい親と、立身出世の体系に載るために上京を夢見る青年たちとの闘争は近代における普遍的な光景だった。彼らのこうした相談に対して高群は、霊験を願う庶民に対するときの自信や誇りとは打って変わった無力感のうちに愛情を込めてこう書いている。「此の不束な女の私に、什うしてそんな大問題の解決が出来よう。」「行くが是か、止まるが是か。只心に強き信念あれ。高邁なる、理想あれ。更に健全なる身体あれ。宇宙と人生とを考えよ」と。

これらの青年たちは学問のために上京したいというよりも高群がそうであったように学問をしたために東京に憧れを抱いた、と考える方が正確であろう。〈上京する青年〉の背後に、上京を願って叶わなかった膨大な数の青年たちがいたことを高群の記事は示している。そして紛れもなく高群自身もこれらの上京を夢見る青年子女のひとりだった。高群は熊本女学校を退学した直後の記憶を次のように記している。

このとき（熊本から実家の松橋へ戻る乗り合い馬車の中で　注関谷）、私は東京の女子大生二人といっしょになった。私の前にはビョルンソンの「アルネ」にあるような田園の景色が展開しており、そこに佇むと、その小説の主人公のようにそこに一生を埋めねばならないと決意した自分のすがたが、哀しく寂しくかえりみられるのだった。（略）自分をのこして駆け去った馬車の中の先輩たち、幸運の星の下に生まれ合わせた人たち、学問と真理に専念することの許されている人たちのことを、このときほど、羨ましいと思ったことはなかったのだった。

（『日記』二十三　熊本女学校2）

こうした地方の青年たちの切ないまでの上京への憧れは「明治の頃まではまだ藩政時代の伝統を

保ち、地方にはそれぞれ個性をもつた学問や文化が栄えたが、大正の頃からすべてが中央集権的になり、地方学者の進出する機会が少なくなつた」（前掲『熊本県史』近代篇三）という時勢によって一層切実なものとなった。地方の衰退について芳賀登は「日本の郷党社会は、自ら近代化することをためらい、次第に時代に乗り遅れた」（『明治国家と民衆』[21]）という見解を示している。夏目漱石『それから』（明治四十二）に、主人公代助が、卒業と同時に国へ帰った友人と自分とのその後の生き方を比べて感慨に耽る場面がある。「当人は無論山の中で暮す気はなかつたんだが、親の命令で已むを得ず、故郷に封じ込められて仕舞つたのである[22]」。代助は時々彼に、かつては二人の共通の関心事であった「西洋の文学書」を送ったが、友人が次第にそうした世界から遠ざかっていくのを知る。代助が友人の境涯を指す「山の中に住んで、樹や谷を相手にしているもの」のような表現に、この国土に根強い、都市を賛美し地方を蔑む都鄙雅俗の心性と、「時代に乗り遅れ」てゆく地方の焦慮を窺い見ることが出来よう。「日本人の既往の生活意識」には「都市崇拝、城下礼讃の気持はあまりにも強かったように思える。今日なおこの傾向は昔に比べてますます旺んなようである」「日本人は常に学問文章その他いっさいの技芸のことごとくを中央に集合しようとする傾向がある」と柳田国男は『民間伝承論』（一九三四[23]）に述べている。続けて「かかる気風をいったい誰が作ったかというと、それは都会の俗人よりも田舎の優秀な学問のある者であった」と断じている。まさに『娘巡礼記』が伝えているように。

芳賀登は、前掲書の中で山本瀧之助の『田舎青年』と題する著作に触れている。この著作についての紹介を試みる。山本瀧之助（明治六―昭和六）は、広島県沼隈郡千年村の農家の長男として生まれ、「日本青年団運動の母」（岡田洋司『山本瀧之助全集』解説[24]）と言われる人物である。山本も上京して勉学し身を立てたいと願った幾多の青年の一人であったが、経済的事情でそれが叶わず、自分とその周囲の青年たちを、都会の「陽のあたる道をあゆむ青年たちと同等の、もしくはそれ以上に価値ある存在として形成してゆこうとする強烈な志向」（同）をもつに至り、それが青年団運動の出発点となったのであった。一八九六（明治二十九）年に出版された『田舎青年』は、地方農村青年の不遇の因を明らかにし、近代国家にあってその存在を無視されるに等しかった地方青年の自己回復の方途を探り連帯を呼びかけた情熱の書である。山本は学制の確立こそがその学歴中心性によって青年たちの夢や希望を奪ったと述べる。「青年は学生の別号にあらざる」と。続けて「所謂田舎青年とは路傍に捨てられたる青年にして更に之を言へば田舎に住める、学校の肩書きなく、卒業証書なき青年なり、学生書生にあらざる青年なり、全国青年の大部分を占めながら今や殆ど度外に視られ、論外に視られ、論外に釈かれたる青年なり」「『中央集権』の四文字、今は亦人の之を口にするものなきに至れりといへども田舎人士の都会崇拝は今昔に異なることなく」「田舎者と呼ばれ、在郷兵衛を以て目せらるるを無上の恥辱と心得、何時の間にか名も地方と改めて、田舎の二字は之を口にするを避け、都会の子―言葉は田舎青年の上京熱を高むる一因たり」（同）。山本の嘆きは、田山花袋『田舎教師』（明治四二）に描かれたものであり、高群に煩悶を打ち明ける青年たちの、そして高群自身のものでもあった。一八八六（明治十九）年の帝国大学令以降の高等教育機関の整備はエリート選出過程を制度化すると共にエリートへの経路を狭隘化し、少数のエリートを養成する一方で地方の多くの農村の青年たちを絶望させることにも繋がったのだった。[25] 地方農村社会は、近代日本の〈文明化の過程〉の影を背負った存在だったのである。[26] 大正期に入り、地方が疲弊するとともに青年たちの絶望も一層熾烈にならざるを得ない、こうした社会事情を『娘巡礼記』は、高群自らの学問への情熱を語るなかで視野に収めている。
高群は、これら失意の青年たちの苦しみを誰よりも敏感に察知できる女性だったであろう。『娘巡礼記』は、高群がこれらの煩悶する地方青年たちのマドンナ、すなわちもう一つの意味における〈寵児〉だったことを証している。

あの　なつかしい少年は
毎晩本を読んでいる
夢のような素朴なその目は
不滅なものをいつも瞠めている
（「巡礼の唄」『放浪者の詩』より　一九二一年六月　『高群逸枝全集』第八巻　理論社　所収）

遍路行で出会い、このように詠われた「少年」は高群自身の、またそうした青年たちの集合像とも見える。高群の恋人橋本憲三も、橋本とのトラブルの因となった古河節夫も、いずれも山本同様、流謫の思いに悩む青年であったばかりでなく、高群の父勝太郎も、都市に出ることを夢見ながら果たせず熊本の山村で失意の一生を過ごしたひとりだった。(27) 高群に当然深く内面化されていたであろうこの出京の願望のスプリングボードになったのが四国遍路の旅であったと考えるのはさほど不自然ではあるまい。
四国遍路の二年後の一九二〇（大正九）年八月、高群は「あたらしい天地をもとめて」（『日記』三十五　出京記）単身上京の途に着く。両親に「出世しなはりえ」と見送られて。上京して初めて書いた長編詩「日月の上に」が生田長江によって大正十年四月号の『新小説』に発表され、上京時に携えていた詩稿「放浪者の詩」と相次いで出版される。「日月の上に」は『高群逸枝全集』第八巻の解題に高群による「あとがき」が引用されており「この詩は出発哲学というモチーフをもっている」とある。

「あたしは／天才なんです。／天才はどうしても夢みます」「あたしは／出発主義者です。／主義者はどうしても出発します」

このような一節を含む「日月の上に」は、内容的には『観音様の子』として大切にされた幼少時からの半生にわたる精神史である。その最終連六十六連は「東京行きの汽車だ。／娘は泣きながら汽車に乗る。」と書き出されている。すなわち出京こそが高群の半生の終着点であった。高群はそれを後に「必至な運命」と言っている。

（略）東京に出ることは、その前から若い貧しい私たち二人には必至的な運命であって、いちどは二人いっしょにでようとしたが（略）つまり私が一足先に出京したのである。

（『高群逸枝全集』第九巻「小説／随筆／日記」理論社　一九六六・十　一四六頁）

「運命」とは人智を超えた大なる〈自然〉を意味する。すなわち出京はかくもドラマティックに自然化されている。この〈出京の自然化〉に、在原行平「わくらばに問ふ人あらばすまのうらにもしほたれつつわぶとこたへよ」などの、都へ上ることを夢見ながら「いまの自分の失意と落魄を述べた」唐木順三「無用者の系譜[28]」に連なる、この国土に特有の一つの想念の型、都鄙雅俗とそれに基づく〈文明化の過程〉の歴史的反復を見ることができよう。そして大正期、そのような青年たちの歴史性が、確実に女性の上に拡大されつつあったことを高群の道程は示している。

結語に代えて

高群が遍路行の中で掴んだ核心は、常に死を同伴する「放浪者」の自覚であったであろう。先に触れた「放浪者の詩」は、遍路の旅を終え、橋本憲三と一九一九(大正八)年四月婚約、橋本の勤務先、球磨での三ヵ月程の同棲の後(『日記』三十四)、一気に書かれたもので、恋愛についての詩が多いが、様々の感懐が思いの溢れる儘にそれからそれへと拡張されて行く趣がある。「序」として「一…」「一…」という形式で〈放浪者〉の哲学と覚悟が述べられている。「一、放浪者はなんの貞操ももたない」「一、放浪者は生涯の終わりを完うすることについて用心深くない」「一、放浪者は死刑の被宣告者である」「一、放浪者は霊の深奥、肉の深奥、およそわれわれが現在において至りうべき八方世界を放浪する。しかもその生活は依然として死と瞬間との上に築かれる」など。ここに表象される「放浪者」が〈天才〉と同義であることは言うまでもない。〈放浪者にして天才〉という、自我のミクロからマクロへの振幅こそ高群が生命をかけて遍路の旅で手中にした自画像であっただろう。この自覚と自信とが「あてもなく」(前掲「わが青春の記」)東京へ発つ原動力となったのであった。

四国遍路において異彩を放ったこの〈近代の光〉はその輝きを一層赫奕たらしめるために自らの居場所を定めた、と言わねばならない。たとえ「憂鬱」で「さびしく」「まだ性格をもたない」(「日月の上に」六十七)としても。(29)

【注】

（1）藤井忠俊「教育のなかの国家と宗教」（『季刊現代史』一九七六・十二）は「二十世紀に入ってからムラは行政村に統合され、小学校は村のシンボルになった。おそらく、村でもっとも大きい建物と広場をもつのが小学校であり、村人にはそれは駐在（警察）よりももっと権威のある国家の顔とうつったであろう」と述べている。この事実は高群の自我形成の一端を説明している。

（2）堀場清子校訂『娘巡礼記』（朝日新聞社　一九七九・十一　本稿の引用もこれに拠っている）。また、『娘巡礼記』がこれまで出版されなかった事情として、橋本憲三が所持していた『九州日日新聞』の切抜きが失われてしまったことと、高群自身が「未熟を恥じて出す気がしなかった」（『お遍路』（厚生閣　昭和十三・九）ことを挙げている。

（3）橋本憲三・堀場清子『わが高群逸枝』上「巡礼娘」（朝日新聞社　一九八一（昭和五十六）・九）。また「二十九　塩九升町にて」に、「行って見ようか、ふいと然うした出来心が起つて」と、大分新聞社を訪ねる記事がある。

（4）ノルベルト・エリアス『文明化の過程』上下「序論」（吉田正勝他訳　法政大学出版局　一九七七・二）。

（5）紙幅の都合で全文を紹介することが出来ないのが残念であるが、いつも登りなれた木原山でなぜか三人は道に迷い、「そろそろ空はうす暗くなり、曇った空からいまにも雨が落ちそうな気配」になった時、急に視界が開け、青青とした湖のまわりに梅の花が一面に咲いている、見たこともない美しい場所に出る。またその後、いくら探してもその場所を再び見ることは出来なかったと言う。高群清人は、文章末尾の付言に当たる部分で、姉弟でしばしばこのことを語り合ったことを記し、これが『日記』に記載されなかった事について「彼女は自叙伝を書くとき、弟は記憶力が強いからよく覚えているにちがいないが自分が書くと作りごとめくかもしれないといい、「火の国の女の日記」にはもらしました」と説明している。高群家ではこの話が「作りごと」ではない、真実の〈不思議譚〉であったことがわかるエピソードである。

(6) ゆまに書房　二〇〇〇・十二。

(7) 朝日選書　一九八五・十一。

(8) 『高群逸枝全集』第九巻「小説／随筆／日記」理論社　一九六六・十。

(9) 高群は『日記』二九「汚辱の沼」に「主人公クリスチャンなる人物が、聖書を手にして、罪の重荷を背負って故郷の「滅亡」の市を脱出し、丘をこえてはるかな旅路にのぼ」り、あらゆる艱難辛苦を嘗めるという『天路歴程』の梗概を記した後、「この話は、私に天啓的に、どん底脱出への誘いと、大きな勇気とを与えてくれたと思う」と回想している。

(10) 冨倉光雄訳　思索社　一九七六(昭和五十一)・九。

(11) 講談社　一九八一(昭和五十六)・七。

(12) 新潮社　一九八二(昭和五十七)・三。

(13) 「自己の内部からの衝動のみを一元として出発し、行動するというのであって私はこれを出発哲学と名付けた」による。

(14) 「近代的視覚とは、対象の把握が対象そのものの存在から次第に距離をとるように」なる(大林信治

山中浩司編　名古屋大学出版会　一九九九・二）。
(15) 叢書・ウニベルシタス　馬場靖雄訳　法政大学出版局　二〇〇三・二。
(16) 日本放送協会　一九八〇（昭和五十五）・三。
(17) 『日本古典文学全集48　英草紙／西山物語／雨月物語／春雨物語』小学館　一九七三（昭和四十八）・二。
(18) 森山重雄「『青頭巾』新見」（「日本古典評釈全注釈叢書　雨月物語評釈」月報　角川書店　一九六九（昭和四十四）・十）に示唆を得た。
(19) 長崎書店　一九三八（昭和十三）・十一。
(20) 「宗教第五節　俗信」一九六三（昭和三十八）・三。
(21) 雄山閣　一九七四（昭和四十九）・十一。
(22) 『それから』一二『漱石全集』第八巻　岩波書店　一九〇九（昭和三十一）・七。
(23) 『柳田國男全集』二十八　ちくま文庫　一九九〇・十二。
(24) 日本青年館　一九八五・十二。
(25) 竹内洋『学歴貴族の栄光と挫折』（中央公論社　一九九九・四）、坂本多加雄『近代日本精神史論』（講談社　一九九六・九）を参照した。高橋昌子は、明治から大正への一般的な知識青年層における意識の変化を「資本主義が自由主義や倫理性を排除していった」結果、「私的領域で思惟するように追い込まれつつ、同時にその「私」の存在をも確認できにくい心的状況にあった」（『藤村の近代と国学』双文社出版　二〇〇七・九）と見ている。
(26) 置き去りにされる無数の〈山本瀧之助〉の煩悶の深さが統計的にも確かめられることを地方『青年史』

の類いが明かしている。例えば管見に入った萩原進『群馬県青年史』（一九五七（昭和三十二）・三）「青年と人生問題」に拠れば、下は十六歳未満、上は六十歳以上とし、その間を十年ごとに、全部で六段階に区切った場合の自殺者の数を統計してみると、二十代から三十代までの自殺者数が他の年代を圧して多く、それも明治二十七年から三十六年までの自殺者数四三八名に対してその後の十年間である明治末から大正期にかけては五七六名に増えていることが分かる。

(27)『日記』一「先祖の人びと」。

(28)『無用者の系譜』筑摩書房　一九六〇（昭和三十五）年。

(29)西川祐子は前掲『森の家の巫女　高群逸枝』のなかで、「日月の上」の末尾「娘はまだ性格をもたないかもしれない」、が、平塚らいてふの『円窓より』に収められた「青鞜」宣言の「性格と云ふものの自分に出来たのを知つた時、私は天才に見捨てられた。天翔る羽衣を奪はれた天女のやうに（以下略）」の「本歌取り」であることを指摘し、これが高群の「天才宣言」の表れであり、かつ高群の「詩人らいてふを継ぐ決心を告げている」という示唆に富む説を述べている。

○『娘巡礼記』の引用は岩波文庫『娘巡礼記』（二〇〇四・五）に拠った。

V　夏目漱石

第十章　『こころ』――ロマン的〈異形性〉のために――

1　はじめに――第三の手記

小説『こころ』の「先生と遺書」の一、二章は「私が両親を亡くしたのは、まだ私が…」と始まる三章以降とは別個に検討すべき内容を持っていることについて筆者は、ある雑誌に書いたことがあった。[1] 便宜的に「先生と私」「両親と私」をA手記とし、「先生と遺書」の一、二章を〈序〉とし、三章以降の「自叙伝」本編をB手記とすると、A手記で提示された〈先生の謎〉が〈序〉、B手記によって明かされるという時系列的な物語構成は、比喩的に言えば〈大きな物語〉（＝倫理的な物語）へと読者の読みを誘導しやすく、〈序〉及びB手記は、A手記との関係においてこそ〈大きな物語〉には回収されないさまざまな意味を生産していることが見えてくる。

これら三パーツの手記、A手記、〈序〉、B手記（本論中でもこのように呼称する）を、時系列的にではなく並列的に等価のものとして眺めてみると、これらは、それぞれに〈先生〉と呼ばれた人物がなぜ自殺したのかをめぐる〈真相〉に関する言説であると言い得る。[2] 〈序〉の役割は特に重要である。〈序〉は、内容的にB手記（「自叙伝」本編）と内容的に切り離されており、A手記とB手記を媒介する機能をもつゆえに、前述の如く特にA手記、B手記と別に第三の手記として検討する必要がある。〈序〉とB手記（「自叙伝」本編）の執筆上の立場は全く異なっている。B手記が、なぜ「私」が自殺しなければならなかったかを説明しているとすると、〈序〉はなぜ「私」が「自叙伝」を書くに至ったかのいきさつを説明しているからである。この〈序〉の内容に注目する時、『こころ』の物語的焦点は、〈先生と呼ばれた男〉の自殺の謎をめぐって芥川龍之介の「藪の中」のように、くい違う三様の証言が切り結ぶ点にあることがはっきりと見えてくるのである。必然的に、B手記は絶えずA手記のみならず〈序〉による検証をも要請していると同時に、A手記の内容もまた、〈序〉およびB手記の検証を必要としているのである。後述するが、A、B両手記は、〈序〉を介することによって語り合い響き合っている。

さらに重要な問題として、〈先生〉がA手記の「私」に直接話そうと思っていたのにそれがかなわなかったことによって「自叙伝」が執筆されたという事情、つまり〈序〉が示している、語る↓聴くから、書く↓読むへの言語論的転回は、『こころ』というテクストにどのように位置づけられるべきなのか。この問題は決して小さなものではない。すでに優れた先行研究もあるが、それらにいささか付け加えることが出来ると思う。小稿はこれらの論点のもとに、『こころ』が、A手記（「先生と私」「両親と私」）、〈序〉、B手記（「先生と遺書」三章以降の「自叙伝」本編）の三手記で構成されているテクストとして捉え直し、それらを相互に参看しつつ、急遽書かれることになったB手記（「自叙伝」）の〈「私」のこととして書かれたこと〉は、それを書いた「私」のどのような内的機制のもとに出現しているのか、またA手記の場合はどうなのか、を明らかにしようとする試みである。小稿はしたがって、A・B両手記の〈成立の条件〉を検討することが主眼となる。

2　反復する過去

B手記とA手記には、いくつかの矛盾点がある。その最も分かりやすい例は、B手記の、伯父による財産横領に関するものである。〈先生〉は、両親の死後、遺産を管理する立場にあった信頼する伯父に資産を横領され、人間への信頼を失ったことを強調して已まない。

事は私が東京へ出ている三年の間に容易く行なはれたのです。（略）私は其時の己れを顧みて、何故もつと人が悪く生まれて来なかつたかと思ふと、正直過ぎた自分が口惜しくつて堪りません。然しまた何うかして、もう一度あゝいふ生れたまゝの姿に立ち帰つて生きてみたいといふ心持も起るのです。記憶して下さい、あなたの知つてゐる私は塵に汚れた後の私です。

（「先生と遺書」九）

しかしA手記には〈先生〉が力説するこの横領事件が、極めて疑わしいことを暗示する全く別の眼差しがある。「先生と私」に繰り返される次のような会話は何を意味するであろう。

「奥さん、お宅の財産は余つ程あるんですか」
「何だつてそんな事を御聞きになるの」（略）
「でも何の位あつたら先生のやうにしてゐられるか、宅へ帰つて一つ父に相談する時の参考に

しますから聞かして下さい」　（「先生と私」三十三）

この「私」にとって〈先生〉の暮らしぶりは〈余程財産がある〉羨ましいものに見えていることを示している場面である。しかも「私」自身、この会話が示す通り決して貧しい階層には属していない。「其生活の物質的に豊な事は、内輪に入り込まない私の眼にさえ明らかであつた」（「先生と私」二十七）と、〈先生〉の「豊かな」落ち着いた暮らしぶりを、幾度も「私」の目に印象深いものとして回想させているのは、実は伯父の裏切りなどはなかった、という〈真相〉を暗示しているであろう。また〈先生〉自身、友人に整理してもらった残りの資産について「実を云ふと私はそれから出る利子の半分も使へませんでした」（「先生と遺書」九）と言っており、さらに〈先生〉が下宿の母子を魅了した理由が、当然この「余裕ある」経済状態にあると自覚できる程なのである。親の遺産を横領されたと言いながら、裕福を誇り得るとはまさに矛盾でしかない。この推論が可能であるなら、〈信頼する伯父に裏切られたから汚れた人間になってしまった。〉というB手記の「私」の説明は、この人物が依拠している、一義的な因果関係によって説明される〈大きな物語〉の一部に過ぎないことも自明である。

土居健郎は精神分析学の立場から「自叙伝」を分析し、財産横領は〈先生〉の思い込みなのではないかと述べたのであるが[3]、この推測はA手記を参照することによって確信となる。叔父が、任されていた遺産を事業のために少々流用してしまった位の事であったとしたら、裏切ったのは〈先生〉の方であることになる。重要なのは信頼する伯父に裏切られ、人間が信用できなくなり、その後親友を裏切り自分自身をも信じられなくなり自殺する、と〈まとめられた〉〈先生〉の「自叙伝」の大前提は根拠を失うことになり、その後の記事のすべてが再考されなければならなくなることだ。〈伯父に裏切られたから汚れた〉という因果関係は、幼い健三が、養父母の「不純」によって「損なわれた」と語られる『道草』の記憶のロジックに重なる。

夫婦は健三を可愛がつてゐた。けれども其愛情のうちには変な報酬が予期されていた。（略）彼等は自分達の愛情そのものの発現を目的として行動することが出来ずに、たゞ健三の歓心を得るために親切を見せなければならなかつた。さうして彼等は自然のために彼等の不純を罰せられた。しかも自ら知らなかつた。

同時に健三の気質も損なわれた。順良な彼の天性は、次第に表面から落ち込んで行つた。

（『道草』四十一、四十二）

この部分に関して大杉重男は「しかし健三の「順良な彼の天性」は、養父母による「自分達の親切を、無理にも子供の胸に外部から叩き込まうとする彼等の努力」がもたらした心的外傷の後で初めて見出されたものなのであり、最初からあったものではない[4]」と述べている。この論法は『こころ』の場合にも全く同様に当てはまる。〈先生〉のいわゆる「生まれたままの姿」とは、伯父に裏切られた、という思い込みがもたらした「心的外傷の後」に事後的に見出されたものに他ならない。後述するように、人間に対する裏切りを重ねてきたのは〈先生〉の方なのであり、彼は一度も人に裏切られたことなどはない。伯父が遺産を横領した、という突然の気付き（「先生と遺書」六）、つまり伯父との心理的決別は、当然のことながら亡き両親が「急に世の中が判然見えるように」（同）

してくれた結果などではない。その前段階がある。他ならぬ従妹との縁談である。この件は、伯父に遺産の管理を任せて東京の高等学校へ入学して初めての夏休みに郷里へ帰った時、既に「私の心に薄暗い影を投げた」一件として語られている。その夏、結婚話が「三、四回」も執拗に繰り返された理由は、「早く嫁を貰って」郷里に帰り亡父の相続をするように、という「単簡」（同）なものであった。しかし「東京に修業に出たばかりの私」には、結婚はまだまだ先の事としか思われず、伯父の希望に沿うつもりも全くなかったのであった。二度目の帰郷の時には、はっきり伯父の娘を名指して「祝言の盃丈」でもと迫られたが断ってしまう。

然し此自分を育て上たと同じ様な匂の中で、私は又突然結婚問題を伯父から鼻の先へ突き付けられました。

（「先生と遺書」六　傍点引用者以下同様）

右の引用の「匂」とは、〈先生〉が郷里を語る際に「故郷の匂」「土地の匂」のように頻繁に現れ、〈穴に入った蛇のよう〉なエディプス以前の陶酔的気分を象徴する言葉である。この人物にとって「結婚問題」は〈懐かしい匂い〉に包まれて〈穴の中に凝としている〉自分をそこから追い立てるものとして捉えられている。〈蛇のように穴の中で凝として〉いたい人間であればこそ「結婚問題」は如何にも「突然」で「心に薄暗い影」（同五）を投じるものだったのだ。

つまりこの経緯から見えるのは、〈先生〉の、自ら自覚されざる〈結婚忌避〉である。早く郷里に戻って結婚し実家を相続するようにと再三勧めた時の伯父に明瞭な遺産横領の意志があったとは考えにくい。相続人が不在の方が不正をしやすいのは明らかであろう。少なくとも伯父の計画的犯行であることを匂わせるような「事は私が東京へ出てゐる三年の間に容易く行なはれた」（同九）という断定には無理がある。伯父との決裂も、財産横領云々の前に、伯父が結婚を強いる存在だったことが〈先生の意識下〉における決定的な要因となっている。

〈先生〉は、従妹との結婚を断った理由に「兄妹の間に恋の成立した例のないこと」（同六）を挙げている。この説明は、その従妹とは「兄妹の関係」を例えに持ち出すほどに親密な関係であったことを示しているだろう。そしてこのような関係こそ結婚の最上の条件と考える見方も一方に確実にあるのだから、この理由は決して説得力のあるものではない。「香をかぎ得るのは、香を焚き出した瞬間に限る如く、酒を味はうのは酒を飲み始めた刹那にある如く、恋の衝動にも斯ういふ際どい一点が、時間の上に存在してゐるとしか思はれない」（同）という〈先生〉の言葉は、彼が結婚する条件として自分の〈恋愛感情〉に何よりも重きを置いているように聞こえる。しかし従妹との結婚を拒否した理由が、決して恋愛感情の有無や歳が若過ぎたからなどの理由ではなかったことが後に明らかになる。つまりこの郷里での結婚拒否は、東京での静との結婚問題に反復されるのである。〈先生〉は、幼馴染の従妹の場合には〈恋愛感情〉がないことを口実にし、二度目の「信仰に近い愛」（同十四）を感じた静には「誘き寄せられるのが厭でした」（同十六）という猜疑心が結婚を回避させる。いずれの場合にも他者が〈下卑た利害心に駆られて娘を押し付けようとする〉（「先生と遺書」九）というシナリオへの執着が結婚に対する〈先生〉の基本的対応《ベース》であることは明瞭である。もしKが静の事を〈先生〉に告白しなければ、〈先生〉は決して結婚に踏み切らなかったことは明らかだ。東京で起きた出来事は、過去に起きたこととの反復である。

要するに〈先生〉は、〈結婚〉というシニフィアン（表象）に対応する自我を持っていないのである。

その自我の空白を自ら隠蔽しようとするためにその時々、様々な〈結婚できない理由〉が捏造されるのである。伯父の財産横領の疑いもそれゆえの決別も、その本質的な要因はこの人物が〈結婚を忌避する〉人間であったからに他ならない。結婚という社会規範を梃子に〈温かく心地よい穴の中〉から追い立てられた憎しみこそが伯父への本質的な感情であった。そうであれば、〈伯父に裏切られた結果〉であると〈先生〉が思い込みまたそのように力説する〈猫のような〉〈巾着切りのような〉(「先生と遺書」十二)と反復強調される他者に対する猜疑心、警戒心などは〈先生〉が生まれながらに持っていた、そしてついに死ぬまで手放すことのなかった、自らの〈体温の低さ〉に起因するものと考えざるを得ない。こうした〈体温の低さ〉はまた同時に、亡くなった両親が、「居た時と同じやうに私を愛して呉れるものと、何処か心の奥で信じてゐたのです」(同七)と語られるような〈血の中に強い迷信の塊〉(同)を潜ませたこの人物の〈死者との共生、交流〉感覚と地続きの関係にある。この事実は、Kが自殺した後の〈先生〉の特異な心的位相をも暗示する。つまり〈先生〉が、新しく迎えた妻ではなく、死んだKの「白骨」と共生していたのであることを、である。(5)

A手記(「両親と私」)で、Kの墓所に青年が無遠慮に侵入した時の〈先生〉の驚きは、「異様な」ものとして印象深く捉えられている。

先生は突然立ち留まつて私の顔を見た。
「何うして…、何うして…」
先生は同じ言葉を二遍繰り返した。其言葉は森閑とした昼の中《うち》に異様な調子を持つて繰り返された。私は急に何とも応えられなくなつた。

「私の後を跟けて来たのですか。何うして…」

先生の態度は寧ろ落付いてゐた。声は寧ろ沈んでゐた。けれども其表情の中には判然云へない様な一種の曇があつた。

（「先生と私」五）


〈先生〉の原風景は、〈両親の記憶の細やかに漂う郷里の家〉であった。そこに「蛇のように凝してゐる」ことが「何よりも温かい好い心持」（「先生と遺書」七）という感覚は露骨な胎内回帰願望そのものという他なく、A手記の筆者である「私」が、郷里に帰ると、たちまち「目眩るしい東京の下宿」（「両親と私」四）が恋しくなる青年らしい活気と余りにもかけ離れた〈死の匂い〉を漂わせている。「故郷の家をよく夢に見ました」（「先生と遺書」五）という〈先生〉が、郷里を捨てて後、「冷たい石の下に横たわ」ってなお生き続けていた両親の代わりに、幼馴染のKの〈新しい白骨〉に、あたかも生きている人間のようなリアリティーとともに、例の〈穴の中の蛇のような〉エディプス以前の陶酔をひそかに感じていたことを右の場面は示していよう。Kが死んだ後、雑司ヶ谷の墓所で、Kと共に〈先生〉は、無残に追い立てられたあの〈失われた王国〉を夢見ることが出来たであろう。そうした感覚こそ〈先生〉の、誰にも知られたくない〈暗い秘密〉であったと思われる。それは反生活的主観主義の極北の姿であり、『こころ』が示したエゴイズムの核心部分と言えよう。Kの墓地で〈先生〉が示した「異様な」反応、そして〈判然云えない其表情の一種の曇り〉とは、その秘密を暴かれた（と思った）時の驚愕であったに違いない。そして〈先生〉を激しく脅かしたこの事件は、〈先生〉の「自叙伝」には全く触れられていない。

私が始めて其曇りを先生の眉間に認めたのは、雑司ヶ谷の墓地で、不意に先生を呼び掛けた時であつた。私は其の異様の瞬間に、今迄快く流れてゐた心臓の潮流を一寸鈍らせた。（略）私はそれぎり暗さうなこの雲の影を忘れてしまつた。

（「先生と私」六）

〈先生〉のこの時の「異様」さは、この「私」に「心臓の潮流」が一瞬止まるほどの衝撃を与えている。そして「小春の尽きるに間のない或る晩」青年が散歩がてら共に墓参をしたいと懇請した時に〈先生〉はまたもや同じ反応をしている。その時「私のは本当の墓参り丈なんだから」（同）と「何処までも墓参と散歩を切り離そうとする」〈先生〉を青年は「如何にも子供らしくて変」に感じている。

すると先生の眉がちよつと曇つた。眼のうちにも異様の光が出た。それは迷惑とも嫌悪とも畏怖とも片付けられない微かな不安らしいものであつた。私は忽ち雑司ヶ谷で「先生」と呼び掛けた時の記憶を強く思ひ起した。二つの表情は全く同じだつたのである。

（同）

青年の心臓の鼓動を一瞬滞らせるほどの、〈先生〉の「異様な」情緒不安定、〈迷惑とも嫌悪とも畏怖とも片付けられない微かな不安〉は、このようにKの墓参に誰かが侵入して来る場合に限って現れてくる。この時〈先生〉を襲う〈嫌悪、畏怖、不安〉は「自叙伝」に強調されている「懺悔」あるいは「人間の罪」（同五十四）などの宗教的倫理的な観念とは明らかに異質なものである。〈先生〉のこの「異様な」までの拒絶は、自分とKとの間に何者も介入させたくないという強い意志を示すものであり、死者と〈先生〉との間に、他にはうかがい知れない〈秘密〉があったことを暗示している。B手記(「自叙伝」本編)は決してここに触れようとはしない。なぜなら〈先生〉は「自叙伝」の本来の重要なモティーフである、〈私性〉に執した「喪失」に関する物語を〈罪と懺悔の物語〉として上塗りしようとしているからである。このずれが「自叙伝」にさまざまなA手記との矛盾と不整合をもたらし、あるいはA手記を参看することによって初めて明らかになる「自叙伝」の事実もある、といった複雑な結果となっている。この点については改めて後述する。

概括すれば、B手記(「自叙伝」本編)とは、伯父の件に明らかであるように、まず根底的に自己認識における誤謬に基づいていること、二番目に、自分の最も暗い(最も個人的な)部分を隠蔽する〈情報操作〉に彩られているという重層的な性格であることをひとまず確認しておく必要がある。その結果として、逆説的にこの告白は〈人間の罪とは何か〉のような普遍化を目指す〈大きな物語〉として成立したわけである。この前提に立って、では〈大きな物語〉の後景に退けられたものは何かという観点をも加えて「自叙伝」を見直さなくてはならない。

3　過去の二人

「自叙伝」の中にKは、「私」が郷里と決別した後に、〈汚れた人間〉になった後に初めて登場する。静とその母親に大いにその気があるにもかかわらず猜疑心ゆえに〈私〉がプロポーズせず立ち竦んでいる時、「奥さんと御嬢さんと私の関係が斯うなつて居る所へ、もう一人男が入り込まなければならない事になりました。(略)もし其男が私の生活の行路を横切らなかつたならば、恐らくかういう長いものを貴方に書き残す必要も起らなかつたでせう。私は手もなく、魔の通る前に立つて、其瞬間の影に一生を薄暗くされて気が付かずにゐたのと同じ事です」（「先生の遺書」十八）というレトリック感覚は、「子供の頃からの仲良し」（同十九）を語る表現としてはいささかドラマティック過ぎて違和感が残る。〈先生〉が下宿に連れてきて以来のKは、〈先生〉の行路を横切った「魔」というラインによる偏向的な語りのうちにある。手記のもう一つの見過ごしがたい特徴はこれも主としてKに関するものであるが、当然あったであろうことがあえて削除され〈語りの空白〉部分となっていることである。いったい何のためのどのような〈空白〉なのだろうか。

例えば、実家と養家双方から絶縁されたKの苦難を語る経緯にそれは明瞭に現れている。上京して三度目の夏は〈先生〉にとって故郷を失うという大きな「波乱」の二ヵ月であったが、丁度その時、Kの運命も、Kが養家に、約束だった医学部に進まなかったことを報知してしまったことから激変する。二人は奇しくも同時期にそれぞれ郷里と決別したのだ。「私は不平と憂鬱と孤独の淋しさとを一つ胸に抱いて、九月に入つて又Kに逢ひました。すると彼の運命も亦私と同様に変調を示してゐました」（同二十）。しかしこの時、〈先生〉は自らも激動の渦中にありながら「養家の感情を害すると共に、実家の怒りも」買ってしまったKのために献身的に世話をしている。複雑な事情の相談にも乗り、物質的な援助を申し出、復籍することになる前に、Kのために K の実家に手紙まで書き送っている。しかし非常に不思議なのは、〈先生〉は自分の方の事情をKには一言も話さなかったように見えることである。もしそれが事実であるならこの二人の関係はあまりに一方的である。静とその母、あるいはA手記の「私」にさえ訊かれれば話そうとするのに、「子供の時からの仲好」で、上京して高等学校に入ってからは下宿の「六畳」で「山で生捕られた動物が檻の中で抱き合」うように暮らしたというKに、おそらくK自身もよく見知っているであろう〈先生〉の伯父に遺産を横領されたという重大な事件を一語も話さなかったとは到底考えられない。しかし〈先生〉サイドのトラブルについてKが何を感じたのかは全く見えず聞こえてもこない。〈先生〉が沈黙しているからである。これが〈語りの空白〉の例である。

「私の気分は国を立つ時既に厭世的になつてゐました。他は頼りにならないものだといふ観念が、其時骨の中迄染み込んでしまつたやうに思はれたのです」（同十二）と、この件によって人格が損なわれたことをこのように〈先生〉は強調しているのだが、横領の件とほぼ同時期に起こっていた、Kの郷里のトラブルのために奔走する詳細な記述からは、厭世感も猜疑心も超越した、〈先生〉のKに対する誠実さと二人の親密さをうかがい見ることが出来る。人のために尽くしている時、尽くされている時、人は決して孤独ではない。それなのに「白叙伝」の中でも、とりわけ重大な意味をもつこの事件の経緯において、Kが〈先生〉に対してはどのような存在だったのか、どのような役割を果たしたのかを〈先生〉はなぜか語ろうとしない。「自叙伝」にはその時のKが消されている。しかしそれは語らない（不在である）ことにおいて逆に、確かに存在したことを感じさせる、そういった手法を示してもいる。[(6)]書かれてはいなくても、〈先生〉がKのために献身的に尽くしたのと同様に、おそらくKもまた幼馴染のために適切な助言もし、共に泣いてくれたに違いないのだ。そして奇しくも同じ時期に故郷喪失者となったことは二人の絆を一層強いものにしたであろうし、若々しい情熱のままに互いの運命の共振について幾度も飽くことなく語り合ったであろう。〈先生〉が仮病を使って静との結婚を未亡人に申し込んだ時に、何も知らぬKが見せた（そして〈先生〉が書かずにはいられなかった）「もう病気はいいのか、医者へでも行つたのか」（同四十二）という心遣いは、〈先生とK〉とが互いを気遣う強い絆で結ばれていたことを想像させる。〈先生〉があえて〈二人だけの時代、二人だけの関係における K〉を空白にしていることに私たちは思い至る必要があるであろう。この事実を意識化するならば、「自叙伝」のKのイメージはデフォルメされており、したがって「自叙伝」が〈先生の小説〉であることが見えてくる。(7)

執筆者である〈先生〉は、「尊い過去」の記憶を共有する唯一の親友Kを、東京の下宿で起きた結婚問題のさなかに唐突に登場させると同時に「精進」の道をひたすら進もうとする高踏的、禁欲的な修道僧のような側面のみを取捨選択して書いているように見える。幼馴染と言いながら、二人がどのような〈仲好し〉であったのか、気楽な子供時代のKはどんな少年だったのか、虫眼鏡を翳してみても見えないほど朧化してしまった絵のように〈過去の二人〉のことは殆ど語られず、それと共に〈先生だけが知り得る過去のK〉に関する具体的客観的な情報も余りに少ない。あたかも読者とKとの間に〈先生〉が立ちはだかって、もう一つのKの姿を遮断しているかのようだ。〈先生〉と二人だけの時のKの声を誰にも聴かせたくないかのように。これをB手記における〈Kの空白〉と呼ぼう。

〈Kの空白〉が「自叙伝」のテクスト戦略であることは疑い得ない。Kを、まさに「斯うなつてゐる所へ」の言葉どおり、〈先生〉と静の結婚問題が膠着状態の時に不意に「自叙伝」に登場させているのは、Kを、〈手強い敵〉として、つまり静との三者の関係においてのみ描こうとする「自叙伝」の方針を示すものである。この叙述の方針は、Kが静への恋を〈告白〉する場面にも一貫している。

(略)彼の自白は最初から最後まで同じ調子で貫いてゐました。重くて鈍い代わりに、とても容易な事では動かせないといふ感じを私に与へたのです。(同三十六)

Kが自分の〈恋〉をどのような言葉で語ったのかは〈空白〉である。その代わりに「重い口」「重くて鈍い」「容易なことでは動かせない」の如く、〈先生〉に与えた衝撃の強調によって〈強敵としてのK〉が前景化されることになる。〈先生〉が静の母親に結婚を申し込む場面には「御嬢さんを下さい、是非下さい」の如く直接話法によって切迫感《リアリティー》を強調しているのと対照的である。Kを語る際の取捨選択性は徹底している。

Kを偏向的に語ることによってこの手記は、先に触れたように〈私の喪失の物語〉から〈人間の罪の物語〉へとシフトする。二つの物語は書き手の全く別次元の意識レベルに基づいている。〈喪失の物語〉は〈Kの跡を追う私〉に、〈罪の物語〉は、〈青年の「真面目」に応えようとする私〉にそれぞれ対応している。「自叙伝」の中に〈暗い必然〉ともいうべき〈Kと二人だけの物語〉が埋め込まれている事実は「私の努力も単に貴方に対する約束を果すためばかりではありません。半ば以上は自分自身の要求に動かされた結果なのです」（「先生と遺書」五十六）と明かされているとおりである。妻を措いて突然死ぬなどの、「自叙伝」の解りにくさも、このテクストが執筆に際しての異なる二つの意識レベルを包摂し混然一体化していることにある。

静に関すること以外のKが詳細に描かれたとしたら、この「自叙伝」の性格は全く変わったであろう。幼馴染の親友に対する親切や心遣いや配慮に満ちた〈過去の二人だけの時代のK〉を読者に知らせてしまったら、この「自叙伝」に〈先生〉がいかに大きな〈喪失〉をしたのかが強調されてしまう。〈過去のK〉、〈先生と二人だけの時代のK〉を不問に付し、〈女をめぐる磁場〉の中で、「魔」「居直り強盗」「重くて鈍い」などの形容によって誇張され彩られた〈脅威としてのK〉を〈先生〉

が卑劣な手段によって制したいきさつを細叙することによって、「自叙伝」は、「人間の罪」「懺悔」などの言葉が重要な効果を上げる感動的な物語、つまり「他の参考に供する」(同五十六)にふさわしい〈大きな物語〉となったのである。

しかし枯れ葉を取り除いた時泉が現れるように、執筆者である〈先生〉によって封印された〈もう一つの物語〉を掘り起こす手がかりは十分に残されている。

4　倫理的表層とロマン的深層――もう一つの物語

前述の如く、〈先生〉が郷里を捨てて後東京で起こったことは、過去に起こったことの反復なのである。つまり〈先生〉の立場に立てば、〈先生〉は伯父に裏切られたのと同様に、今度はKに裏切られたのである。「私は金に対して人類を疑つたけれども、愛に対しては、まだ人類を疑はなかつたのです」(「先生と遺書」十二)とは国を捨てた時の〈先生〉の総括であった。問題はこの「人類」という語であるが、「金に対して」に相当するのがもとはと言えば伯父であるなら、「愛に対して」の「人類」は誰に相当するのであろうか。それはK以外ではありえない。そして〈伯父の裏切り〉も〈Kの裏切り〉もともに、論述してきた如く極めて根拠が薄弱な〈先生〉の思い込みとしか言いようがない。結婚忌避者である〈先生〉は、静に「信仰に近い愛を有つてゐた」(同十四)と言うが、それは次のような、まさに〈男同士の絆〉に付随する、あるいは〈男同士の絆〉を補完するものとしての〈女の取り込み〉に過ぎなかった。「信仰」などというブッキッシュな言葉の後ですぐに「こんな時に笑う女が嫌いでした」(同二十六)のように、女性嫌悪が露骨に現れている。

私は彼に、もし我等二人丈が男同士で永久に話を交換してゐるならば、二人はただ直線的に先へ延びて行くに過ぎないだらうと云ひました。彼は尤もだと答へました。（同二十五）

「男同士で永久に話を交換」することを〈先生〉が否定しているわけではないことに留意したい。〈先生〉が言いたかったのは、女性を愛すれば「我等二人丈」の場合よりも全方位的に人格を拡張できる、つまりその上で男同士の関係を更新していける、という意味であって、決して「我等二人」が別々の人生に別れていくことではなかった。さらに、Kと交わした次の会話からはこの人物が、そしておそらくKも、死別するまで「我等二人」、共に生きていくことを自明としていた事も明瞭に窺うことが出来る。

私は彼の生前に雑司ヶ谷近辺をよく一所に散歩した事があります。Kには其所が大変気に入つてゐたのです。それで私は笑談半分に、そんなに好なら死んだら此所へ埋めてやらうと約束した覚があるのです。（同五十）

この時の二人の若さを考えれば「死んだら此所へ埋めてやらう」という「約束」からは、二人が相前後して〈女の住む家〉に足を踏み入れる前に、「我等二人丈」の不可侵の世界があったことが明らかに見えてくる。この場面は、今は失われた繰り返された時間の存在を示し、またA手記（「先生と私」五）で、Kの墓に他者が侵入することに〈先生〉が〈異様な〉情緒不安定を示す場面と符合している。また「先生と私」の中の、寿命の話題から「おれが死んだら」（同三十五）を繰り返して妻を不快がらせた時の〈先生〉の真意が、〈自分が死んだらKの傍に埋葬してほしい〉という、言葉にし難い願いにあったことも判然とする。雑司ヶ谷は、共に故郷を捨てた〈Kと先生〉の「二人丈」の〈約束の地〉であった。そのような〈先生〉の心性からすれば、裏切ったのはKなのである。〈先生〉の方はKを裏切ってなどいなかった。彼は前述の如く〈結婚＝男女関係〉に関しては「何うしても手足が動かせな」（同三十五）い人物なのであって、彼の自意識が〈結婚〉というシニフィアンの周りをぐるぐる回っていただけなのである。その自意識の空転は、ただひたすら〈結婚〉という現実的行為を回避するべく無限に増殖される体のものであった。ただ〈先生〉はその事をKに伝える言葉を持っていなかった。なぜKを下宿に連れてきたかと言えば、膠着状態となっていた〈磁場〉にKを投入する事によって何らかの〈化学変化〉が起きることを期待したからであろう。しかしその期待が具体的な自分の〈結婚〉に結びつくものでなかったことも先に触れた如くまた確かな事実である。静との婚約が、芝居じみた極めつけの〈できレース〉（相手の思惑に素知らぬ顔をして乗って見せる）であることを〈先生〉は十分に認識しているのであって、この時、Kとの心理ゲームで切羽詰まっていた〈先生〉は勝つために母子の思惑を利用したわけである。(8)〈先生〉にはKと別々の人生などあり得ないのだから。だからその点でもKは〈先生〉に先んじていたのである。

Kが静への恋を告白した時〈先生〉が受けた〈衝撃〉は紛れもなく、伯父に裏切られたと〈気付いた〉時の衝撃の反復である。

其時の私は恐ろしさの塊り、と云ひませうか、又は苦しさの塊りと云いませうか、何しろ一つの塊りでした。石か鉄のやうに頭から足の先までが急に固くなつたのです。（略）私は脇の下から出る気味のわるい汗が襯に滲み透るのを凝と我慢して動かずにゐました。Kはその間何時もの通り重い口を切つては、ぽつり〳〵と自分の心を打ち明けて行きます。私は苦しくつて堪りませんでした。（同三十六）

親友に好きな女性が出来、それが自分の愛していた人と同じ人だった、という世間にありがちな事件が〈先生〉にとっては一瞬にして世界が凍りつくような許しがたい裏切りであった。田口律男は、勇気に欠けていた〈先生〉とは異なり、Kが〈御嬢さんへの恋〉を語ることが出来たのは「〈切ない恋〉を語る言葉のシステムをKが先に獲得したから」であって、それは「自らの心のカオスに〈集中〉し、制度的な言葉・言説の抑圧に抗いつつ、新たに心を言分けていく過剰さ」によって、「言語的にその対象に向かって急進的に接近していく方向を選び取った[9]」結果である、と示唆に富む見解を示している。

肝心な問題は、裏切りが、Kの愛した人が静であったという利害の衝突を指すのではない。そのようなことは「彼の安心がもし御嬢さんに対してであるとすれば、私は決して彼を許す事が出来なくなるのです」（同二十八）と、既に想定内の事であったからである。衝撃の核心はそれとは全く異質なものだ。〈先生〉がいかにしても出来なかったこと、田口律男の指摘の通り、Kが自分自身との闘争を経て〈恋を語る〉言葉を獲得したこと、その言語行為によって自分と現実との関係を変化させる契機を持ったことにある。さらにKが、その果断さによって「立ち竦」んでいる〈先生〉を置き去りにすること、つまり「我等二人丈」の同質性のユートピアからひとり離脱していくことを告知していると感じられたことである。それは「Kなら大丈夫」という自明性に安んじていた〈先生〉にとって世界の崩壊であり、時間が切断され、方向感覚をも失わせる恐怖体験であった。右の引用はそのような自我の崩壊感覚をなまなましく伝えている。この瞬間、親友Kは「解しがたい男」(同三十七)となり「魔物」「居直り強盗」(同四十二)に変貌してしまう。Kは「元来さういふ点(女性問題=注関谷)にかけると鈍い人」で「私には最初からKなら大丈夫といふ安心があつたので、彼をわざわざ宅へ連れて来たのです」(同二十八)という言い分の「Kなら大丈夫」という確信にはそもそもどのような根拠があるのであろう。「大丈夫」であったはずのKに先を越されたという全くの言いがかりは、自分の無防備な依存心を棚に上げ、全面的に信頼していた伯父に遺産を横領された、という論法と似過ぎている。

人間が〈生涯という期間〉の制約において生きている、という視点から俯瞰するなら、伯父が〈蛇のこもる穴〉から〈先生〉を〈外部〉へ追い立てたように、Kの告白は〈直線的に二人だけの世界を生きてきた二人〉が、遂に別々の道に別れていくべき時が到来したことを〈先生〉に教えた事件であったと云い得るのである。しかし〈先生〉はそのような〈喪失〉を決して受容出来ない人間であったというよりほかない。伯父を激しく憎んだように〈先生〉はKを憎み残忍な報復に出た。したがって〈先生〉の結婚とは、ただKに対する復讐以外の動機ではなかったことも明らかである。Kに置き去りにされまいとして彼は焦り、Kを置き去りにするべく画策し、その結果、彼は決して失ってはならない人を永久に失うことになった。また一方で、Kが未亡人から〈先生〉と静の婚約を告げられた時の衝撃も、〈先生〉がKに恋を告白された時と全く同様に、旧知が〈未知の他人〉に変貌した瞬間の恐怖であったに違いない。かくして二人は別れた。そして取り返しのつかない喪失を抱え込んだ彼の流残の生が始まる。

Kを失った後の〈先生〉の生涯を考える場合、『門』は豊かな示唆を与えてくれる。『門』も『こころ』も、愛する人を得た話なのではなく、自分の〈半身〉を失った男の流残の物語である。『門』の宗助は安井を失った後、〈異性愛と職業〉という社会的規範に自己同定することによって、急激に〈老人化〉し空洞化していくより外はなかった。「『門』は、楽園追放の物語、男同士の同質的ユートピア（想像界）からの追放の物語[10]」である。宗助も〈先生〉も、〈大切な人〉の喪失を遂に越えていくことができない。彼等は決してそれを受け入れることが不可能な過激さを秘めた人物である。ロマン的な〈異形性〉とも言えよう。そして彼等こそ〈漱石的〉と呼ぶにふさわしい人物たちであるにちがいない。

Kとのそうした切実な関係に生きていた〈先生〉にとって、「然し人間は親友を一人亡くした丈でそんなに変化できるものでせうか」（「先生と私」十九）のような、認識力の乏しい陳腐な常識に止まっている女との結婚生活は忍耐を要するものであっただろう。静のその疑問に対する青年の「私の判断は寧ろ否定の方へ傾いていた」（同）という過去形が、「自叙伝」読了とその後の長い時間を隔てた上の回想であることに留意したい。つまりこの過去形は「今は否定ではない」を含意している。

静とは、若い女の形をして〈先生とK〉の「二人だけ」の行路を横切った社会的規範であった。社会的規範とは共同体の利益が確保されるように計算された因習のことである。したがって当然のことながら、社会的規範に忠実な静の世俗性、常識的市民感覚は、それらを徹底的に無化しつつ生きる〈先生〉と呼ばれたこの過激な魂と敵対的であるほかはなかった。〈先生〉が「おれが死んだら」と繰り返した青年の最後の訪問の場面で〈先生〉と静の間に次のような会話が交わされる。

「静、おれが死んだら此家を御前に遣らう」

奥さんは笑ひ出した。

「序に地面も下さいよ」

「地面は他《ひと》のものだから仕方がない。其代りおれの持つてるものは皆お前に遣るよ」

（「先生と私」三十五）


この二人の会話は、結婚して以来、妻が自分が住んでいる土地が借地であることも知らなかったという驚くべき夫婦の疎隔を示している。つまり静は夫の資産状況について何一つ知らされていないのである。また、いささかあけすけなこの「（家だけでなく）地面も下さいよ」という懇請は、夫婦関係における静のある種の飢餓感を表明してもいるであろう。同時に、静が経済問題に疎い〈お嬢様〉的妻なのではなく〈貰いたいもの〉と〈貰いたくないもの〉を明確に区別する社会的分別の持ち主であることも判る。「御嬢さんは決して子供ではなかつた」（「先生と遺書」十三）と回顧されている様に、策略まで弄して（『批評空間』鶴田欣也[11]）結婚した夫は期待に反して世捨て人のような人間であるゆえ、夫の社会的発展に妻として随伴することも出来ず子供にも恵まれず、夫の資産からも疎外されているとなれば不定愁訴が募る一方であったであろう。静は夫の死後「地面」ではなく、「貰つても仕方がない横文字の本」（同）を含む夫の資産を相続し、夫の自殺に関しても〈何も知らされず〉「作さん」のように「子供もなくただ生きてゐるだけ」という境涯を生きるであろう（「作さん」はこのセリフのためだけに登場している）。それがあくまで〈悔恨〉という至高の感情を媒介に共同観念の普遍性を峻拒しようと志した〈異形〉の者の妻となったことの代償であり、その「純白」（＝選択的鈍感）に対する夫からの報復でもあった。

5　「自叙伝」執筆まで

小論の冒頭に示したように、筆者は以前、〈先生〉と呼ばれた人物は〈過去の物語〉を当初、父親の重篤のために郷里に帰っていた青年を呼び戻し直接面談して語るつもりであったこと、それが青年の事情によって大きく変更されその〈偶然の結果〉として〈先生〉は死を決意し手記を綴ることになったこと、(12)その生から死への〈先生〉の運命の変容の意味について考えたことがあった。この「自叙伝」が〈偶然〉の産物であること、言い換えれば〈浮遊する手記〉であるという認識のもとに、かつて考えが及ばなかったことを補足しつつ、A手記、序、B手記を概観することから何が見えてくるかを再考したい。

A手記「両親と私」の、十二章以降には、「自叙伝」成立に関する重要な情報がちりばめられている。「自叙伝」執筆開始までのいきさつは、まず天皇崩御とそれに続く乃木殉死の報によって「悲痛な風が田舎の隅《すみ》迄吹いて来て、眠たさうな樹や草を震わせてゐる最中に」（「両親と私」十二）〈先生〉から青年に宛てた「一寸会ひたいが来られるか」という電報から始まる。「両親と私」の「私」は、「其日のうちに」行かれない、という返電と、「細かい事情」を認めた手紙とを〈先生〉に送る。「すると手紙を出して二日目にまた」「来ないでもよろしいという文句だけしかない」電報がA手記の「私」に届く。その電報に関してA手記の「私」は次のように書いている。

「兎に角私の手紙はまだ向うへ着いてゐない筈だから、この電報は其前に出したものに違ないですね」

私は母に向つてこんな分りきつた事を云つた。（略）私の手紙を読まない前に、先生が此電報を打つたといふ事が、先生を理解する上に於て、何の役にも立たないのは知れているのに。

（「両親と私」三）

この所感は意味深長である。なぜなら〈先生〉は、「あなたから来た最後の手紙」を読む前ではなく読んだ後「来るに及ばないという簡単な電報」を打った、と言っているからである。「来るに及ばない」という電報を、手紙を読む前に出したのか読んだ後に出したのか、二人の言い分は食い違っている。そしてその食い違いについて考えてみることはおそらく「先生を理解する上に於て」何らかの〈役に立つ〉ことなのだ。

〈先生〉の行為の意味を整理してみよう。〈先生〉の返電は、〈序二〉の記述に反してA手記の「私」の手紙を読む前、〈来られない〉という返電だけを見て打たれている、とみて差し支えない。「失望して永らくあの電報を眺めてゐました」（序二）の「永らく」がどれ位の時間であったかは分からないが、A手記の「私」の返電の二日後には〈先生〉からの返電が「私」に届いているのだから、長くても一日程度であろう。その後自殺を決意すると同時に「自叙伝」執筆を思い立ち、ためらいなく「来るに及ばない」と電報を打っている。つまり「来るに及ばない」は、A手記の「私」の郷里の事情を思いやって、ではなく明らかに〈語る〉から〈書く〉への言語上の転換に伴う事情からであった。言い換えれば〈語る〉ために「貴方に会ひたかつた」のだが、〈書く〉ためには逆に〈来て欲しくなかった〉と判断し得る。繰り返しになるが、乃木殉死の後、〈先生〉はA手記の「私」に会おうと決意したのであって、自死を決意したわけではない。〈死の決意〉は「書く」こととセットになっている。したがってA手記の「私」が過去の秘密を話して欲しいと迫ったから〈先生〉は死んだのだ、といった先行論は修正を要するであろう。しかし、〈このまま死んだように生きて行こうか、それとも、〉という逡巡から、まことに不幸な儚い偶然をスプリングボードとして、現実的な〈死〉が〈先生〉の意識に焦点化されるのに時間はかからなかった。これに〈先生〉自身の事情である妻の不在の間に、という物理的制約が拍車をかけた。青年の手紙を読んだ後電報を打ったという、〈序〉に記された〈小さな嘘〉は〈先生〉のこの心理の切迫感を朧化することになる。電報の意味は、〈来るには及ばない〉ではなく明らかに〈来てもらっては困る〉だったのである。二度目の打電からは妻の不在という極めて限定された時間内に、執筆と自殺との双方を遂行してしまわなくては、という〈先生〉の焦りの身振りをうかがうことができる。死ぬための千載一遇のチャンスが、急遽この手記を書かせることになった。〈先生〉がA手記の「私」の手紙を読む前に電報を打った、という事実からは少なくともこれだけのことが読み取れる。

この〈先生〉の方の事情をA手記の「私」は知る由も無かった。しかしA手記の「私」の上京を未然に制止したのは自殺できなくなるからと云う理由ばかりではない。そこには「自叙伝」の内容そのものにかかわる〈先生〉の警戒心をうかがい見ることが出来る。

まず「自叙伝」は、〈応答、反論〉を不可能にし〈記憶〉することを強いている。〈先生〉が来るに及ばない、と云う電報をA手記の「私」に打った思惑の核心は、ある構想のもとに書かれ始めた

「自叙伝」への介入、中断を絶対に拒否することにあった。この「自叙伝」の本義は、自分の〈起源〉と自分の生涯の意味を、〈Kとの関係における必然〉として記憶されること、それに関する相対化を絶対に許さないことにある。しかし現在が過去によって一義的に因果論的に決定されるなどは現実的にあり得ない。現実の時間の進行と共に、過去とは全く無縁で新規な出来事が絶えず生起しているのであって、そこに到来する未来は、絶えず過去の意味を再定義する可能性に満ちている。つまり過去（自分の起源）は、全く相対的なものであり人生は絶えず更新され得るのである。もし〈先生〉が青年に直に過去を語ったなら、当然、〈先生〉の過去を明らかに知りたがっている相手の応答、反論によって〈先生〉の過去（の意味付けや解釈）は揺らぎ再定義される恐れが生じる。[13] 妻を措いて自殺するなどという事も現実化の範疇に入るはずがない。「話す」から「書く」への転換は、こうした危惧を一掃する。〈先生〉は、青年の上京を待たずにもう一つの道、死への道を選んだ。その中で、〈かつてその人と共に生き、今はその人を失ってしまった〉という自らの〈必然〉を絶対化する物語が完成する。それは「他者に供する」にふさわしい極めて倫理的な外貌に〈身をやつした〉物語でもあった。そして今こそKに殉死する絶対的な好機であった。〈先生〉は明治の終焉と乃木殉死という歴史的状況を、自分の生涯の終焉を彩る枠組みとして最大限に利用したのである。

考えてみれば〈先生〉は「自由と独立と己れ」とは無縁の人であった。彼は、〈自由と独立と己れの現代〉を恐れ忌避し、自他未分化の〈まどろみ〉に執着したからこそ、勇気をもってそれに突き進もうとしたKを倒し、自らもその悲しみから立ち直れなかったのであるから。

6　応答する手記／雑司ヶ谷の墓地

ここでB手記まで読み終えた目でA手記を見てみると、A手記にも不思議な〈空白〉のあることに気付く。手紙を受け取ったA手記の「私」は、当然自分が、会いたいという〈先生〉の希望を叶えられなかったことが〈先生〉の自殺を促したことを悟らない筈がない。あの時、〈先生〉の懇請のままに、無理にでも上京し（実際にそうしたのであるから）直に話を聴くことが出来たなら、死なせはしなかったという痛切な悔恨があったはずである。それなのにA手記はそのような重大事にまつわる心の葛藤を完全に封印し「今此悲劇に就いて何事も語らない」（「先生と私」十二）とのみあるのはなぜなのか。その〈不思議〉を解明することはA手記成立の条件ならびに〈先生〉と「私」の関係について再考するためにも最重要事項なのではなかろうか。まず第一に、「何事も語らない」理由は、A手記の「私」が、B手記「自叙伝」本編に込めた〈先生〉のメタ・メッセージをしっかり受け止めたことを示している。つまりA手記の「私」の沈黙は、〈明治の精神に殉ずる〉と締めくくられた「自叙伝」が、A手記の「私」が自分の死の直接的な契機となったという〈個人的な事情〉を完全に廃棄した上で、普遍化を目指す〈大きな物語〉として成立していることに呼応しているのである。この事実は〈私は貴方のせいで死ぬのではない、貴方に責任はない〉という「私」に対する心遣いでもあったであろうし「自叙伝」の執筆方針にも叶っていた。A手記の私は「何事も語らない」ことで〈先生〉の自分への配慮に応えている。二番目の理由は、〈先生〉を死なせてしまったのは自分だ、という悔恨を露にしてしまったら、それがA手記の最大のドキュメントになってしまい、謎めいた人物との出会いから別離までをサスペンスフルに記述する、というA手記の制約を逸脱することになってしまうからでもあったであろう。

〈先生〉は雑司ヶ谷の墓地に葬られたであろうか。A手記のもう一つの不思議は、〈先生〉の墓について何事も語っていないことである。A手記は、〈先生〉と自分との交流史における最も重要なこの二つの要素を迂回する。しかし語られないことはそれらが書き手の意識に無かったこととは違う。むしろ逆である。これらは、A手記の「私」の黙説法というべきであって、なぜ語られないのだろう、と気付くことによってたちまちありありと立ち現われるような性質のものだ。A手記はB手記に応答する（反論できなくても）。A手記がこれらについて語らないのは、紛れもなくB手記がそれに対して沈黙を守っているからである。A手記の「私」は〈先生〉に直接応答しうる唯一の機会を家の事情のために逸してしまった。しかし〈先生〉の意図を察して語らないことによって、「私」は手記執筆時の今この時、まさに〈先生〉に〈応答〉し得る方法を見出している。これがA手記の構成・編集意識に他ならない。そして前述の如く、〈先生〉の生前の願いは、亡くなった時、雑司ヶ谷のKの傍らに葬られることであった。それが〈先生〉の魂の住居であったから。そう考えられるなら、この「自叙伝」執筆の目的の実際的側面は、自分を慕う青年に自分の弔いを委ねることであったと考えられよう。慣習上の喪の主宰者は当然妻であろうが、共同体の規範に則った儀礼としての弔いではなく、自分の秘密を打ち明けた者に、言い換えれば「自叙伝」の中の「私」に、疑念を抱くことなく、それと書いた「私」を結び付けて「記憶」してくれる者に、〈先生〉が自分の弔いを委ねたかったのは自明のことに思える。「何千万とゐる日本人のうちで、ただ貴方丈に」（序）届けられたこのダイイング・メッセージに対して、「今も奥さんはそれを知らない」（「先生と私」十二）と、

〈先生〉との約束を誠実に守ってきた「私」が〈応答〉しなかった筈はない。だから〈先生〉の墓は雑司ヶ谷の墓地にある。おそらくKの墓の側に。そして今は、かつて〈先生〉がそうしたように「私」が〈先生〉の墓をおとない続けているのであろう。

「こころ」は、雑司ヶ谷の墓地に始まり雑司ヶ谷の墓地に終わる物語である。そこでは〈あの人を死なせてしまった、死なせてしまった、死なせてしまった〉という、男から男への尽きせぬ悔恨と哀悼の声が行き交い響き合っている。今もなお、そうであるほかはないかの如くに。

【注】

(1) 本章は、「『心』論―〈作品化〉への意志―」(『日本近代文学』第43集　一九八九・十『漱石・藤村〈主人公〉の影』(愛育社　一九九八・五)に「『心』論―〈先生〉と呼ばれた男―」と改題して収録)、「『こころ』の第三の手記―「貴方に会ひたかつたのです」―」(『月刊国語教育』vol21　二〇〇一・十一『〈磁場〉の漱石―時計はいつも狂っている―』(翰林書房　二〇一三・三)に「「貴方に会ひたかつたのです」―『こ、ろ』の第三の手記」と改題して収録)に引き続き、昭和四十年版『漱石全集』全十六巻の第七巻『心』をテクストとして考えたものである。なお、本章は、この二論文と一部重複することをおことわりする。

(2) 平川祐弘「ミステリーとしての『こ、ろ』」(平川祐弘・鶴田欣也編『漱石の『こ、ろ』どう読むか、どう読まれてきたか』新曜社　一九九二・十二）に「『こゝろ』は言ってみれば犯人自殺の理由の判然としない作品なのである」と明快な指摘がある。

（3）土居健郎『漱石の心的世界』至文堂　一九六九・六。

（4）『アンチ漱石　固有名批判』講談社　二〇〇四・三。

（5）Kが死んだ後の〈先生〉の生涯については、前掲拙稿「『心』論――〈先生〉と呼ばれた男――」第四章「隠蔽の構造」に詳述している。

（6）ヴォルフガング・イーザーは、このようなテクストの空白について「語られた言葉は、語られぬままになっている言葉に結び付けられて、初めて言葉としての意味をもつ」（『行為としての読書』轡田収訳　岩波書店　一九八二・五）と述べており、『こころ』読解のためには、この「語られぬままになっている言葉」を掘り起こすことが必須である。

（7）竹盛天雄「「故郷」を清算した男と「故郷」から追放された男の運命」（『国文学　特集　夏目漱石――時代のコードの中で――（21世紀を視野に入れて）』第42巻6号　一九九七・五）に「「遺書」はKを「扁平的人物」としてしか紹介していない」と指摘している。

（8）小谷野敦は「若き「先生」が疑ったとおり、母子は既にこの男を夫に迎えて家の安定を得るべく、十分な話し合いを持っていたのだ」「Kも「先生」も畢竟彼女の操り人形でしかない」（「夏目漱石におけるファミリー・ロマンス」『批評空間』4　一九九二・一）という見解を示し、鶴田欣也も「先生が静のターゲット」であり、Kの気を惹いて〈先生〉を嫉妬させ婚約が成ったこと、したがって「静がKの自殺の原因、少なくても表面に出ている原因に全く気付かないということは不可能」（「テキストの裂け目」前掲注(2)『漱石の『こゝろ』どう読むか、どう読まれてきたか』）と述べ、下宿という磁場について犀利に分析しているが両論とも〈先生の思惑〉については考察が手薄である。〈先生〉は下宿の母子の思惑を十分に認識していたからこそ機に乗じてそれを利用したのであって、決して操られたわけではない。Kに勝つ、という大目的（論中に示した如く静の争奪戦ではない）がなければ婚約はあり得なかった。そしてこの認識がKの死の後、静への憎悪となったことも想像に難くない。

（9）『漱石研究』第6号　一九九六・五。

（10）拙稿「欲望としての『門』」（「循環するエージェンシー――『門』再考」『日本文学』vol53　二〇〇四・六　改題して前掲『〈磁場〉の漱石』に収録）に、『門』が、「一般社会」からの追放の物語なのではなく「一般社会」への追放の物語、であることを論述している。

（11）注(8)に同じ。

（12）前掲田口律男「『こゝろ』の現象学」は、手記執筆開始までの入り組んだ事情（つまり〈序〉）に着目し「あれほど長大で重厚な遺書のエクリチュールも、はなはだ不安定な基盤の上に置かれていたということになる」と示唆的な見解を示す。

（13）廣瀬裕作「「声」としての遺書――話すことから書くことへの変更について」（『九大日文』04　二〇〇四・四）に「「先生」は、対面的な対話環境に伴う攪乱によって「先生」自身の言説が管理統制できない方向へそれてゆくことを、書くことを選ぶことによって回避しようとしているのだ」と納得し得る見解を述べているが一方で「書くという選択は「先生」にとって必然であり、そこに受動性や偶然性はなかったことになる」という断定は論拠が一面的であり、この手記が、明治の終焉、妻の不在、（想定していた）聴き手の不在、という要素が計らずも一致したことによって辛くも出現可能になったという全くの〈偶然〉を、つまり手記が、その自閉的因果論的構成とは裏腹に、現実の大いなる予測不可能性（浮遊性）に向かって開かれている、という小説の構造を見ていない。小森陽一は「この「私の過去を」「物語りたかつたのです」という含意を電文から読み取ることができなかったところに「私」という青年の、決定的とも言える鈍さが露見する」（『世紀末の預言者・夏目漱石』講談社一九九九・三）と断定するが、決定的な転換を、〈「私」の鈍さ〉に帰してしまえば〈先生〉サイドの複雑微妙な、現実的また心理的事情が隠蔽されてしまう。

Ⅵ　徳田秋聲

第十一章　異邦の身体
―『あらくれ』の〈語り〉―

1　はじめに　―〈相続の物語〉という前提―

『あらくれ』（一九一五（大正四）年一月十二日～同年七月二十四日『読売新聞』）は、〈相続〉に関する物語である。テクスト全体を〈相続〉のファクターが覆っていると言っても過言ではない[1]。ヒロインお島は養家の「財産を譲渡されると云ふ、遠い先のことに朧げな矜を感じてゐた」（十八）のであった。財産を譲渡されることは〈誇らしいこと〉（十八）であると同時に〈安心なこと〉なのであり、要はアイデンティティーの根拠となりうる。それなのにお島は、最初から〈相続〉に与れない不運を身にまとって登場する。

お島が徹頭徹尾、〈相続〉から排除されていることが次々に明かされていくのが、物語の前半、お島の少女時代を語る部分である。そこからの〈排除〉としてお島について回る〈相続〉とはいったい何か。〈相続に与る資格・権利〉とは何か。それらがどのように語られているのか。概括するなら、〈相続の物語的機能〉とはどのようなものかを検討することが『あらくれ』論の前提となる。

お島の、こうした不運の因の一つは、〈実母〉である。実母がなぜお島をこうまで嫌うのかの理由は、決して明かされないが、そこに重大な秘密めいたものが隠されているわけではないことも容易に推測しうる。〈継子いじめ譚〉のような、伝承世界の気配なのだ。そのためなのか、『あらくれ』研究においても、この母娘の関係が掘り下げて論じられることは管見に入った限り見当たらない。しかし私見によればこの問題を避けてお島を、また『あらくれ』を語ることは不可能である。実母像の手掛かりとなるのは〈卑しい出〉の女、だという事実だけである。

彼が（父親─注関谷）一生の瑕《きず》としてお島たちの母親である彼が二度目の妻を、賤しいところから迎へた。それは彼が、時々酒を飲みに行く、近辺の或安料理屋にゐる女の一人であつた。彼女は家《うち》にゐては能く働いたが其の身状《みじやう》を誰も好く言ふものはなかつた。（二）

この引用部分の「彼が一生の瑕として」はだれの認識であろうか。無人称の語り手のものであると考えるのが妥当であろう。この語り手は、抒情性や詩味を排した、卑俗と言っても好いくらいの庶民的世俗的価値を関心の中心としている語り手である。この小説は、その語りの水準によって、実父と、彼の「一生の瑕」である「卑しいところ」の女との間の子としてお島は生を享けた、と告げる。お島が生まれた時すでに、御伽噺の母親のように、執拗にヒロインを憎む〈卑しい出の女〉が、まず実母として存在した、という事実が物語の起点となっている。お島は、だから物心もつかぬ幼時から（おそらく）実母が死ぬまで、彼女の憎悪の対象であり続けるだろう。

理由もなく、誰かから恒常的に〈死ねばよい〉と願われる人生とは、かなり稀有なものと云えよう。〈死ねばよい〉は、泉鏡花「化銀杏」を思い出させるが、この方は、妻の夫に対する嫌悪であって判りやすい。それに比して〈実母〉という存在に溢れんばかりの〈母性幻想＝信仰〉を付与してきたこの風土の文化の中では、『あらくれ』の実母像については語る言葉が貧しすぎる。実母のお島に対する憎悪は、その理由が（おそらく本人にも）はっきりしないために、どのような局面にもそれなりの理由を捏造して、〈憎悪〉それ自体が生き物のような執拗さでお島を傷めつけようとして已まない類のものだ。そのような〈憎悪の形〉を説明する言葉はこの風土に欠落しているために『あらくれ』にもない。

つまり母親の、子に対する愛を称える言葉は、海のよう、山のよう、その他無尽蔵であるが、それらと対になるべき〈実母の子に対する憎悪・悪意・忌避〉を説明する言葉は圧倒的に不足している。継子いじめ譚の里謡にみられる程度だ。『あらくれ』の語りは、我々の社会と文化には、このような〈言葉の量的偏頗〉が付きまとっていることを明らかにする。それが現象としての〈陋習〉を再生産する。それゆえ『あらくれ』というテクストには、〈言葉の量的偏頗〉を通じて〈主題〉が明確に具現化されている場面が遍在している。つまり構造化されている。

お島が死なない限り実母の憎悪は続く。そのような実母と娘の関係を少しも特殊化せず、一つの社会的情景として扱っているところに『あらくれ』の語りがいかにラディカルに非人情であるかが表れている。

本章は、『あらくれ』の〈語られない＝黙説的〉語りに、つまり〈何が語られなかったのか〉に留意しつつ、〈相続とお島〉との関係を過渡期の時代の相として、包括的に検討しようとする試みである。

2　お島の出自　――渡し場と紙漉場《すきば》――

ある秋の末、七つの時、この「自分に深い憎しみを持つてゐる」（一）残忍な母親に家を追い出されたお島は、父に連れられてさ迷い、渡し場で行き会った父親の知り合いの口ききで「今の養家」へ貰われることになった。そこで十七になるまで養われたお島は、平生嫌っているその家の甥「作太郎」と結婚させられそうになり、婚礼の翌朝養家を飛び出す。養家を飛び出すまでのお島の身の上は、実母の〈継子いじめ譚〉も含めて、あたかも昔話・伝承のような趣のうちに語られる。

まず母親の「荒い怒りと残酷な折檻」から逃れて、父親と共に野面をあちこちさ迷う、という語りの内容がそもそも、柳田国男の知見にあるように、攫われたり不意にいなくなってしまう子供も少なくなかったであろう前近代的な、民俗学的な意味における子供の不帰属性、あてどなさ、無防備さを示している。「残忍な母」の心の深層には、おそらく〈死ねばいい〉という、ほのかでも恒常的な殺意があったであろうし、この場面の〈父の姿〉はそのような子供を守る父ではなく、むしろ寄る辺ない子供の運命にさらに追い打ちをかける存在でさえある。残忍な妻に逆らうことのできない「昔気質で律義な」この父は、子供の始末に困って沼に突き落とそうとしたかも知れぬ父なのだ。その父の心の奥には、母親の意志が見え隠れしている。すなわち『あらくれ』は、気の強い母と、その妻に逆らうことのできない気弱で優柔不断な父という、「グリム童話」から松本清張「鬼畜」まで容易に辿ることのできる、あるパターン化された夫婦による子供の受難の話の水脈にある。お島が、物語的な〈殺されそこなった捨て子＝境界領域にある者〉とする大杉重男・江藤淳などの優

れた先行研究もある。(2)

父親が殺しそこなったためにお島はこの世界に繋ぎとめられることとなる。「オイディプス」や「白雪姫」や、萩尾望都の「ポーの一族」の主人公エドガーと同じく、殺せ、と示唆された者が殺しそこなったために、主人公が数奇な運命をたどる、という伝承の初発のパターンを『あらくれ』は共有している。

「お島が今の養家へ貰はれて来たのは、渡場でその時行逢つた父親の知合の男の口入であつた」（二）とある。この「父親の知合の男」は、この時、〈渡場〉でこのようにお島の命を救い「今の養家」へ手渡し、その後は、〈財産を得るためにこの家で辛抱しろ〉と説諭する、つまりお島を、言葉巧みに俗世間に連れていく役割を果たす〈老人〉である。この〈老人との関係〉の部分も〈昔話、民譚、伝承〉の世界を思わせる。このように見ると、大杉重男の指摘のように、お島の生は、七つの時、偶然通りかかった〈老人〉によって救われたこの沼のほとりから始まったと言える。

〈殺されそこなった〉お島が生き始めた世界は、おそるべき野蛮な〈色と金の欲〉の世界だ。そして危うくこの世界にくくりこまれたお島が、この世界に瀰漫するそれら暗い欲望のスケープゴートであることを思わせる出来事が次々にお島に襲い掛かる。つまり少女のお島が生き抜く世界は地獄なのだ。お島の〈地獄〉の内実は、次の引用が端的に示している。実父母も養父母も、お島に資産を相続させることを明確に拒否している。

一万二万と弟や妹の分前はあつても、自分には一握の土さへないことを思ふと頼りなかつた。それかと言つて、養家へ帰れば、寄つて集つて屹度作と結婚しろと責められるに極つてゐた。

（十六　傍点関谷以下同様）

このような〈相続〉に対するお島の反応は余りに鈍感にすぎるのではなかろうか。悲しみや憤慨ではなく「頼りない」とは、お島が、ただ一人排除されることに対して、その事態を〈言葉化〉していないことを示すであろう。不公平・理不尽・筋が通らない、などいくらでも言い様はあるはずだ。お島はこの事態をきちんと言葉化（＝認識）できない。お島の発する言葉には、このように明らかに偏りがある。お島自身の認識というフィルターから零れ落ちてしまう事態は、当然言葉化されない。言い換えれば、お島が命名（言語化）できない事態は語り手もそれを看過するのだ。相続に関するお島の反応を見る限り、『あらくれ』の語りは、お島が意識化し得る領域を関心の中心として語っている語り手であると言い直して間違いあるまい。

この語り手は、周囲をぼんやり照らす蠟燭の灯のような、「目相が悪い」（一）お島の知覚と意識に焦点化しつつ語っていく。例えば、「親にやいやい言われて」「ぼくぼくした下駄」「あたまのもの」などの知覚を中心とした語法は、この事実を示している。この語りはまた、お島の〈意識と知覚〉が、眼前の現実を受け止めきれず、意識性と身体性との分裂をきたす様を語っていく語り手でもある。右の引用部分の、〈自分だけには一握みの土さえ与えられない〉ことに対する反応も、事象の意味の重さとお島の意識性とは奇妙にちぐはぐなのだ。『あらくれ』にはこのように、残酷な事実と、それに相関しないお島の認識との乖離がさまざまに仕組まれている。

分かり易い例を挙げてみよう。幼時のお島は明らかに現在謂う所の〈被虐待児〉であるのに、お島自身によっても、周囲からも、事態が〈言葉化され意味づけられる〉ことがない。つまり誰の意識もそれを〈いじめ〉として採り上げない。こうした視点も『あらくれ』研究に欠落している要素だ。ひとの意識が〈採り上げる〉からこそ〈出来事〉となるのであるから〈認知されない〉事態は、あたかもなかったかの如くただ通過していくほかはない。〈意味づけられる〉ことこそが〈文化〉なのだ。虐待そのものは文化ではないが、それを悪として阻もうとする社会の力は文化に属する。『あらくれ』にはその社会的な力は全く現れない。なぜこの時代に人々は（お島も含めて）〈実母の虐待〉を語る言葉を持たなかったのか、その歴史的条件とは、言うまでもなく、その言葉もそのような概念も、この社会に存在しなかったからだ。

事態が概念化を経て整序され、人々の経験として蓄積されていく、そうした〈経験〉のプロセスを『あらくれ』に見出すことはできない。だから実母の憎悪は〈常に新しく〉、疲れを知らない。〈中心＝言葉が集積される場所＝なぜお島が憎いのかと自らに問うこと〉が、いつも〈空洞〉だからである。〈事態〉は、常に既にあるものとして語られるのだ。このような『あらくれ』の中心不在の語りのラディカリズムについては随時触れていく。

お島の周囲には、なぜか相続からお島を外そうという力学が張り巡らされる。それがいったい何かの結果なのか、または何かの起源となっているのかが曖昧に見えるほど、『あらくれ』においてこの受難の事実は自明化されている。なぜそうなのか、を語る言葉はない。しかし〈なぜそうなのか〉と考えてみることは、やはりお島というヒロインを理解するために必要である。お島のみが外される理由はお島が女だからではない。〈被相続人〉たち、つまり実父母のお島に対する違和の本質は、やはり彼女の〈外部性＝他者性〉に帰する、と考える他ない。〈殺されそこなって＝ひとたびは抹殺された末に〉この世に舞い戻ってきた、という〈他者性もしくは周縁性〉が、彼女の意識性をも深く侵食している。

お島の〈周縁性〉を理解するためには、物心もつかぬ幼児であるのに、自分の存在が〈肯定〉ではなく〈全否定〉、であるという環境を想像してみなくてはならない。幼児に最も必要な、環境への帰属意識が生まれようのないそのような境遇は、たとえ成人したところで、どこか〈頼りない＝手ごたえの無い〉生存感覚をお島にもたらしたはずだ。しばしばお島によって繰り返される〈働くことが、身にも皮にもなっていない〉という感触の所以でもあるに違いない。

七歳の時、父を介して沼のほとりで本当に実母に殺されたかもしれないという強烈な原体験に象徴される〈存在の脆弱さ〉が、その後のお島に、この社会の〈外部的存在〉として生きることを余儀なくさせており、この社会の組織的な共通感覚である〈文化〉とお島との分断をもたらしている。実母の〈子殺し〉とは、実際の殺人である必要はない。例えば次の引用が示しているものこそ〈子殺し〉に他ならない。


（略）預けられてあつた里から帰つて来て、今の養家へもらはれて行くまでの短い月日のあひだに、母親から受けた折檻の苦しみが、憶起《おもひ》された。四つか五つの時分に、焼火箸を捺しつけられた痕は、今でも丸々《まる〳〵》した手の甲の肉のうへに痣のやうに残つてゐる。父親に告口《つげぐち》をしたのが憎らしいと云つて、口を抓ねられたり、妹を窘めたといつては、二三尺も積つてゐる背戸の雪のなかへ小突出されて、息の窒るほどぎう〳〵圧しつけられた。兄弟達に食物を頒けるとき、お島だけは傍に突立つたまゝ、物欲しさうに、黙つてみてゐる様子が太々しいと云つて、何もくれなかつたりした。土掻や、木鋏や、鋤鍬の仕舞はれてある物置にお島はいつまでも、めそ〳〵泣いてゐて、日の暮にそのまゝ錠をおろされて、地鞴ふんで泣立てたことも一度や二度ではなかつたやうである。

父親は、その度に母親をなだめて、お島を赦してくれた。　（十四）

この引用は、作太郎と結婚させようと企む養父母の魂胆を知って生家に逃げてきた時、お島が幼時に受けた実母の虐待を思い出す場面のものである。お島が酷い悲しみに遭い、どこかに隠れたいと思う時、その場所は常にこのような〈折檻の苦しみ＝地獄〉の記憶として現れ、お島を決して隠してはくれず、〈頼りなさ＝悲しさ〉をさらに煽る。お島とはこのように、非人情な語り手が詳らかに語った、〈地獄〉を生きてきた少女であることをまず認識する必要がある。母親が子の幸福を願っていることを疑わずに育つことができた子供とお島との生存感覚は決定的に違っているであろう。お島が一人だけ虐待されることに対する他の兄弟たちの反応は語られてはいないが、おそらく彼らに何の痛痒も与えない日常的な光景であったであろう。何よりも、先述したように〈実母がお島を虐待している〉、という認識はこの世界にはない。母親の折檻は〈お島が強情だから〉と、虐待を当然視する感覚が、家族の誰の頭にも刷り込まれてしまっている。お島を憐れむどころか、成長した妹は、「母親の感化」によって、理由もなくお島への「一種の軽侮」を抱きさえしている、と語られる。兄弟とはこうしたものだ、と言わぬばかりに。

繰り返せば、〈いじめ〉がいじめと名付けられなければ、いじめなどはないことになる。こうして『あらくれ』において家庭とは、何食わぬ顔をして〈惨劇〉を抱え込みつつ流れていくものとなる。お島はそこで〈地団太踏んで〉泣いていた子供なのだ。『あらくれ』研究史にしばしば見られる〈自立志向の、野性的な活力に満ちた女性〉というお島像は、お島がこのように何度も〈殺された子供〉であることを失念しすぎている。実母がなぜこうも自分を憎むのか、という疑問は子供には解けない謎であるからお島はその根本的な謎に挑戦することができない。成人してからもこの問題を掘り下げることはない。世界は、〈なぜそうなのか〉を素通りして、ただそうであるものとして、いわば〈主語の無い悪意に満ちた場〉として、常にすでにお島の前にある。

お島の〈外部的存在性＝不帰属性〉とはこうした、故なき実母の憎悪という尋常ならざる環境によって醸成されたものだ。しかしこの境遇が、お島の強烈な個性を形成する。

3　父　――〈起源〉としてのヒロイン

なぜ父親が、本来自分の資産であるのに、その分割に関して実母の意志に引きずられるのかと考えてみよう。そこに『あらくれ』が語った、庶民の人間観が鮮明に表れている。父親が「残虐な母」の意のままにお島を相続から排除する理由は、この物語において最も強い人間の絆が、金銭欲を媒介にしているからである。お島をめぐるあらゆる関係の基底は身もふたもない金銭欲（経済問題）である。実母の折檻からお島をかばってくれる父親も、金銭欲とそれにまつわる狡さを実母と共有している。お島に相続させる気が本当にはない、という点では鬼のような実母とこの「律儀な」父親が共犯であることを、作太郎との結婚騒動によってお島は思い知ることになる。

前述したように、なぜ幼いお島が実母に憎まれたのかという理由は明かされないが、推測はさほど難しくはない。微かなそりの合わなさ（相手は幼いのであるから）、あるいは父親が初めてできた女の子であるお島を自分よりも愛している、と感じたゆえの嫉妬、そして何よりも実母自身の不遇感、これらの要素が絡み合って、頑是ない年頃のお島への憎悪は形成されたのであろう。しかしこうしたほとんど〈無根拠な憎悪〉がひとたび生まれたなら、たちまち〈資産分与からの排除〉という、親として考えられ得る最も酷薄な形となるのは当然とも言える。そもそも、「卑しいところの出」である実母には、中山義秀「厚物咲」（一九三八）の病妻の場合のように、生家が婚姻に際して用意してくれた持参金のような自分自身の資産はなかったであろう。お島の父と結婚して初めて実母は、かなりの財産が自分のものになったことを知ったであろう。この家の資産を自分の自由にすることができると。そして俄かにできた（つもりの）〈自分の資産〉を、「誰にも渡したくない（＝自由にしたい）」という〈被相続人〉の〈相続人憎悪〉こそ、世間ではどのような欲求よりも強いものなのだ、と『あらくれ』は、お島の受難を通して強調している。

お島が、自分のものであるはずの資産の、幾分かの権利の保有者であること自体が実母の憎しみを倍増させるのだ。実母のお島に対する主観的で強烈な〈相続人憎悪〉に父も引きずられてしまう。声高なエゴイズムに引きずられて世界は動いていく。それを不正として認識する合理性・知性は、『あらくれ』の世界のどこにも見出すことができない。

「さう毎日々々働いてくれても、お前のものと云つては何もありやしないよ。」（略）

「えゝ、些とばかりの地面や木なんぞ貰つたつて、何になるもんですか。水島のものにだつて目をくれてやしませんよ。」お島は跣足《はだし》で、井戸から如露に水を汲込みながら言つた。

「好い気前だ。その根性骨だから人様に憎がられるのだよ。」

「憎むのは阿母さんばかりです。私は是まで人に憎がられた覚なんかありやしませんよ。」
「さうかい、然う思つてゐれば間違はない。他人のなかに揉まれて、些とは直つたかと思つてゐれば、段々不可《いけな》くなるばかりだ。」　（十三）

実母のお島への幼少時からの虐待は、このように子供たちに資産の分配を考えるべき時期に当たって、その権利をお島から剥奪することに焦点化されたわけである。『あらくれ』の基底に絶えず響いているお島の、〈一心に働くことが身にも皮にもなっていない〉、あるいは養父母に対して〈あどけない子供の演技〉ならいくらでもできる、といった〈生存の無根拠性〉は、実母のお島への〈無根拠な憎悪〉と相関している。

しかしこの実母の〈相続からの排除〉を今、より包括的に〈前代の贈り物からの排除〉と考える時、お島の実存の在りようがもう少し明瞭になる。

お島の〈働くことの徒労感〉、あるいは養家に見せるような〈無邪気な子供の演技〉とは、この社会が、女・子供を働き者・無邪気などとおだて、管理・矯正しようとする、その技術がお島には無効であることを示している。お島が、〈前代からの贈り物＝前代の文化・言説〉の中で排除されずに生きることが許されていたなら、〈働くことが身にも皮にもなっていない〉のような生存感覚は形成されなかったであろうし、養父母を警戒させることもない無防備な子供でいられたであろう。しかし疎外されたるお島は、社会が称揚する〈飼いならされた身体〉にならずにすんだ。

お島は、この社会に、ある一定の権力の形式に従って生み出された、女子供を社会的に管理する、その規範から免れている。お島自身にその自覚はなくても、疎外は〈解放〉の別名だ。言い換えるなら〈前代からの贈り物〉がないということは、お島には負うべき〈歴史〉がないことを意味する。いわゆる〈捨て子〉から転じて、〈起源〉となる。つまり何事もお島が発端であり出発点なのだ。その事実が、お島の重要な社会的武装となっている。お島の実母は、「鬼のような」という以外には具体相がまるで描かれない。すなわちお島には、規範とすべき〈人間のモデル〉がないのだ。お島が出発点であるとは、そういう意味である。

『あらくれ』に、正月、盆、誕生、婚礼、葬儀、などの、伝統に基づく〈家の行事・祭祀〉が全く現れないことも、お島に〈負うべき歴史〉がないこと、お島が〈物語的起源〉であることと客観的に相関している。

大杉重男は、前掲「畏怖と安易――『あらくれ』論」で、お島を〈社会の捨て子〉と解釈することによって、斬新な『あらくれ』論を展開したが、〈捨て子〉とは、ともあれ〈親子〉という時間性を前提とした比喩である。本章は、前述の観点からお島を〈周縁性〉〈異邦の身体〉などの空間性に基づく比喩で語ることになる。お島の形象の〈物語的起源〉という性格を重視する立場としては、その方法がふさわしいと考えるからである。

お島の願いは、「自分に適当した職業」（十九）に思いきり働きたいということに尽きている。しかし現実的には、お島を圧殺しようとする実母の〈無根拠な憎悪〉から、お島がどのように脱出していくかが、物語的焦点であることは疑いがない。

『あらくれ』の前半は、そのような対応関係の中に、〈親子関係の地獄〉を語り続ける。

4　旅の六部とお島

お島は少女の頃にすでに、欲が絡んだ養家の過去の秘密をうすうす察知する。「それは全然《まるで》作り物語にでもありさうな事件であつた」（二）と語り出されるこの出来事は、全く〈こんな晩型〉と分類される江戸初期以来の怪談をなぞるものだ。

或冬の夕暮に、放浪《さすらひ》の旅に疲れた一人の六部が、そこへ一夜の宿を乞ひ求めた。夜があけてから、思ひがけない或幸ひが、この一家を見舞ふであらう由を言告《いひつ》げて立去つた。其旅客の迹に、貰い多くの小判が、外に積んだ楮《かうぞ》のなかゝら、二三日たつて発見せられた。（二）

というものである。養家ではそれから「俄に身代が太り、地所などをどし〳〵買入れ」現在の資産を作ったのだった。しかしその真相は、六部がその夜急病のために落命し、夫婦は六部の懐にあった「小判の入つた重い財布」を着服したらしいのであった（〈こんな晩型〉昔話では、六部はその家の人間に殺される）。また次の一文は、〈殺されそこなった者〉という、お島のこの世界における〈出自〉を考えるにあたって、極めて示唆的な響きをもっている。お島が、その六部に関する噂をそっと養母に糺した時以来、もちろん養母は、〈ひとはお金ができると何とか彼とか言いたがるもの〉とお島の疑いを一蹴したのであるが、養父母に対する彼女の是迄の心持は、段々裏切られて来た。自分の幸福にさへ黒い汚点《しみ》が出来たやうに思はれた。そして其からと云ふもの、出来るだけ養父母の秘密と、心の傷を劬《いたは》りかばふやうにと力めたが、如何かすると親たちから疎まれ憚られてゐるやうな気がさしてならなかつた。

（三）

お島の「心の傷」の正体とは何であろうか。新たに生き始めることができた世界が、やはり汚辱にまみれたものであることを知ったお島の、若々しい正義感が根底にあることには違いないのだが、もう少し考えてみると、お島が、この世の欲望の〈犠牲〉となって収奪された六部と親和性を持つ存在だからではなかろうか。[3] お島の「心の傷」とは本当は、殺された六部の〈損壊された命〉の比喩であると受け取れるリアリティーがこのエピソードにはある。

お島の疑いが疑いを呼び、養父母は自分らの秘密を嗅ぎとっているらしいお島を疎んずるようになる。養家はそのために、つまり自分たちの、言葉化できない決定的な弱みをお島が〈覗き見た〉らしいという理由でお島の相続は不可能となったと考えられよう。「養父母は、お島にはあまり〈資産についての〉詳しいことを話さなかった」というのは、自分たちと異質で鋭敏な〈対立的立場〉と価値観を持つ者と、お島を直感しているからだ。これはおそらく実母がお島に抱いていた感情の本質でもあったであろう。お島はこの世界の〈他者〉、この世に殺されかけた者、それゆえ彼らをよそ者の眼差しで眺めている近親者なのだ。この〈よそ者の眼差し〉をもち、なおかつ〈相続の権利を持つ近親〉に対する養母の敵意は、やはり実母の〈相続人憎悪〉と類比的である。

次の引用からは、殺された六部が、何ゆえか、お島にとって非常に強いリアリティーを持っていることが読み取れる。

お島はその八畳を通る度に、そこに財布を懐ろにしたまゝ死んでゐる六部の蒼白い顔や姿が、まざ〳〵見えるやうな気がして、身うちが慄然《ぞつ》とするやうな事があつた。夜はいつでも宵の口から臥床に入ることにしてゐる父親の寝言などが、ふと寝覚の耳へ入つたりすると、それが不幸な旅客の亡霊か何ぞに魘されてゐる苦悶の声ではないかと疑はれる。（三）

お島が、〈犠牲者〉の方に強い親和性を持つ人間であることは間違いない。そしてこれが、お島の、養父母の家を象徴する、幼い頃の記憶なのである。退廃的な商家の、〈家の奥〉が〈殺されかけた子供〉、お島には見えている。お島の子供時代は、このように旧世界的想像力のうちに包み込まれている。あたかもそれが私たちの遠からぬ〈起源〉の姿でもあるかのように。

5　偽装の婚儀

十七歳の時、お島の結婚問題（＝相続問題）が持ち上がる。養父母は、お島が毛嫌いしている、養父の甥の作太郎との結婚を承諾するなら相続させても好い、といった素振りでお島を釣る。お島と作太郎との結婚は、養父母にとって、まず労働力としての利便性がある上に、捨てられていたのを拾ってやった、という恩義を盾に、〈資産の譲渡〉の件など、いくらでもとぼけられるという利点もある。前掲太田瑞穂「身上・女・商売――『あらくれ』の経済」は、「養家は作太郎の〈家〉を小作化してしまおうとしているのである。」という示唆に富む見解を示している。この説には歴史的根拠がある。紙漉業は旧幕時代からの家業で、主な生産地は、高知、愛媛、岐阜、静岡、福岡、福井などであった。『明治文化史11　社会経済編』（洋々社　一九五五）に、岐阜県の親方制度を紹介している。紙漉業はおおむね貧農であったため、原料・生活資金の前貸しを受け、生産紙をすべて親方に納入する小作制度であった。この制度は、明治後もますます強固となり、かつ広汎に行われた。また養女名義で紙漉労働を確保する〈養女奴隷〉の制度も長く残存したという。紙漉業の小作制度が一般的であったこのような歴史を通じて、養母の来歴も推測可能であり、お島を過去の自分が置かれていた〈小作的奴隷的境遇〉で利用しようとした思惑も現実性を帯びてくる。

　しかし最も大きな理由は、町の開業医として顔が売れていた青柳と養母との関係にあるようだ。作太郎との婚礼の直後、「作太郎と表向き夫婦にさへなつてくれれば、少しくらゐの気儘や道楽はしても、大目に見てゐようと云つたと云ふ養母の弱味なども父親には初耳であつた」（二十七）とある、「養母の弱み」とは、何かと考えると、お島がどのような境遇に置かれていたかがはっきりする。

　婚礼の翌朝、生家に逃げ帰ったお島を青柳が迎えに来て養家に連れ帰る時、「悪戯な」青柳の手を振り払ってお島は出てきたばかりの生家に逃げ、父に青柳が道々漏らした言葉を告げる。父は「それが真実とすれあ、己にだつて言分があるぞ」（二十六）と応じている。青柳はこう言っている。

　「ちょッ…戯談でせう。」

　道傍に立竦んだお島は、悪戯な男の手を振払つて、笑ひながら、さつさと歩き出した。

甘い言葉をかけながら、青柳はしばらく一緒に歩いた。
「御母さんに叱られますよ。」お島は軽くあしらひながら歩いた。
「現にその御母さんが如何だと思ふ。だからあの家のことは、一切己の掌のうちにあるんだ。こゝで島ちやんの籍をぬいて了はうと、無事に収めやうと、すべて己の自由になるんだよ」（二十六）

つまり「養母の弱み」とは、青柳がお島を誘惑することを容認する、という事になる。それが、養母が青柳を繋ぎとめる方便だからであろう。「表向きの夫婦」には、裏の意味〈表向きでない性的関係〉の意が含まれている。「現にその御母さんが如何だと思ふ」という青柳の言葉の意味は、そう考える他ない。「律義な父」が怒ったのも当然である。「そんな連中の中にお島をおくことの危険」（二十七）とは、養母と青柳共謀の汚らわしい思惑以外ではあるまい。

養母おとらは、青柳への〈貸し〉の件を夫になじられた時「綺麗に財産を半分わけにして、別れやう」（八）と言っている。資産に関して、これらの商家では夫が支配権を持っているわけではないことは明らかだ。お島は、養母おとらの留守を見計らって、養父が「新建の座敷で、夥しい紙幣を干」（九）しているところを目にしたりもする。このような庶民の、資産に対する執着ぶりは、先に触れた「厚物咲」に描かれた、死の床にある病妻の「持参金」を連想させる。この病妻にとって紙幣はただの紙幣ではない。それは嫁ぐ前の少女の頃の親の愛につながるものだ。それが、〈残忍な結婚制度〉を生き抜くための彼女の心の糧となった。お島はこのような庶民の「心の糧」（＝前代からの贈り物）とは無縁であることを実母からも養家からも宣告されていることになる。

お島と作太郎の婚礼の顛末はこれも昔物語さながらの不思議なものである。十八世紀中葉、清代の曹雪芹《そうせつきん》（？―一六七三？）の長編小説『紅楼夢』のクライマックスを思わせるシチュエーションとなる[4]。

『紅楼夢』の主人公、高貴な生まれの賈宝玉《かほうぎょく》は、大観園と呼ばれる広大な自邸の敷地内に、それぞれ個性に合った美しい家を貰って住み暮らしている親族の十二人の少女たち（「金陵《きんりょう》十二釵《さ》」と呼ばれる）と、学問などには目もくれず優雅に遊び暮らす毎日を送っている。とりわけ繊細な感性の持ち主である美少女「林黛玉《りんたいぎょく》」とは幼い頃から誰よりも親しく、自分の結婚相手と目している。親や祖母もそうであると宝玉は信じていた。ところが婚礼の当日、宝玉は、〈かぶり物〉を取った花嫁が林黛玉ではなく、別の従姉「薛宝釵《せつほうさ》」であったことを知って錯乱状態になり、林黛玉もまた宝玉に裏切られた恨みを抱いて急逝する。林黛玉は、死の間際に「宝玉さん、よくも私を捨てて[5]」と叫ぶ。親と、権力を持つ祖母たちが仕組んだのであった。

お島と作太郎との婚儀の趣向は、おそらくこの美しい物語の、賈宝玉、薛宝釵、林黛玉の三者の関係が背景にある。作太郎をお島が嫌っているという事を知っている養父母が、あたかも相手は作太郎ではなく〈青柳の弟〉であるかのように何食わぬ顔でお島を騙し、婚礼の席ではじめて結婚相手が作太郎であることをお島が知る、などという理不尽なことが事実としてあり得るのかどうか、現在の感覚では不思議としか思えないが、お島が徹頭徹尾養家と生家から、そして世間から見くびられ裏切られたことを示す決定的な出来事であることは間違いない。

実父も、お島の結婚の相手を知りながら「見て見ぬふり」（二十一）をしている。父も、この時、お島が作太郎と結婚すれば、養家の資産を相続できると、遠い先のことをあてにしているからだ。要は大人たちがそれぞれの思惑でお島ひとりを騙したのだった。養父母も実父も、婚礼さえ挙げてしまえば、お島が大人しく作太郎の妻に収まると思ったのであろうか。不思議な習俗である。あまりにも残酷なこの養父母と父の裏切りは、お島をこの家に世話した西田老人の「厭なものは厭でいいてこと。それは其れとして何処までも頑張つてゐなければ損だよ。なに財産と婚礼するのだと思へば肚はたたねえ」（二十二）という俗悪な思惑とセットでお島を追い詰める。

しかしこの婚礼事件の語られ方は極めて妙なのだ。先に〈虐待〉の問題で触れた『あらくれ』独特の〈偏頗な語り〉が如何なく発揮されている場面である。お島は、作太郎との結婚を強いられた時、父と養母に「他のことなら、なんでも為て御恩返しをしますけれど、此丈は私厭です」（十六）とはっきり断っている。この時、父は「黙つて煙管をくわえたまゝ俯いてしま」い、養母も「そんなに厭なものを、私だつて無理にとは言ひませんよ」と応じている。

この老人（西田）や青柳などの口利で、婿が作以外の人に決めらるるまでは、動きやすい心が、動もすると家を離れて行かうとした。（十九）

婿は、誰と、特定されているわけではないが（それも不思議の一つだが）、こうした経緯の後〈作太郎以外の男〉に決まったことは確かな事としてお島に認知されていたのだ。

「青柳」も、婚礼が間近に迫ったとき「今度という今度は島ちやんも遁出す気遣はあるまい。己の弟は男が好いからね」（二十）と、結婚の相手が作ではなく自分の弟であることを明言している。それなのに、お島は謀られてしまった。しかもお島は、なぜ自分を騙した周囲に、「紅楼夢」の林黛玉のような抗議の言葉を一言も発することなく、養家から逃げ出した自分の方が悪いことをしでかしたかのように生家の父にも養家にも「ご心配をかけて、どうも済みません」（二十四）と謝ったり殴られたりしなければならないのであろうか。また、なぜ養父母も父も青柳も、お島を騙して作と結婚させようとしたことに知らん顔をしたままなのであろうか。また、青柳の〈今度という今度は逃げ出さないだろう〉という言葉もおかしいのだ。お島は初めて婚礼をするのだから。お島と養家との仲立ちとなった例の西田老人も、作以外の男が選ばれるように「口利」をしてくれたはずなのに「今夜遁出すやうぢや、お島さんも一生まごつきだぞ。何でも可いから、己に委して我慢をしておいで。」（二十）と執拗に繰り返す。これらを見ると、お島がそれと知ったら〈逃げ出すであろう〉作太郎との婚儀が密かに進行していたことだけははっきり見える。

この婚礼の場面の語りの分析は重要だ。なぜならこの出来事によって、お島を取り巻く世界の権力のメカニズムとお島の立ち位置が解読されうる、決定的な局面となっているからである。分析的な表現は一切なく、先述したようにお島の知覚を中心に語られている。

盃がすむと、お島は逃げるやうにして、自分の部屋へ帰つて来た。それまでお島は綿帽子をぬぐことを許されなかつた。

着替えをして、再び座敷の入り口まで来たときには、人の顔がそこに一杯見えてゐたが、手をひかれて自分の席へ落着くまでは、今日の盃の相手が、作であつたことには少しも気がつかなかつた。折り目の正しい羽織袴をつけて、彼はそこに窮屈そうに座つてゐた。そして物に怯えたような目でお島をじろりと見た。

お島は頭脳が一時に赫《かつ》として来た。女達の姿の動いてゐる明るいそこいらに、旋風《つむじ》がおこつ

たやうな気がした。そしてじつと俯いてゐると、躰がぞく〴〵して来て為方がなかった。（略）

お島は年取つた人達のすることや言ふことが、可恐しいやうな気がしてゐたが、作の物を貪り食つてゐる様子が神経に触れて来ると、胸がむかむかして、体中が顫へるやうであつた。旋《やが》てふら〳〵と其処を起つたお島の顔は真蒼であった。

二三人の人が、ばら〴〵と後を追つて来たとき、お島は自分の部屋で、夢中で着物をぬいでゐた。（略）

追かけて来た人達は、色々にいつてお島をなだめたが、お島は箪笥をはめ込んである押入の前に直《ぴつた》り喰着いたなりで、身動きもしなかつた。

「これは為様がない。」幾度手を引張つても出て来ぬお島の剛情に惘《あき》れて、青柳が出ていつたあとに、西田の老人と王子の父親とが、そこへお島を引据ゑて、低声で脅したり賺したりした。

「あれほど己が言つておいたに、今ここでそんなことを言出すやうぢや、まるで打壊しぢやないか」お爺さんは可悔さうに言つた。

「ですから行きますよ。少し気分が快くなつたら急度《きつと》行きます。」お島は涙を拭きながら、漸と笑顔を見せた。

（二十一、二十二）


「それまで綿帽子をぬぐことを許されなかつた」というのは、盃ごとを済ませてしまうまでは婚礼の相手が作太郎であることをお島に知らせまいとする周囲の魂胆であることは明らかだ。お島がなぜこのような、寄ってたかっての裏切りに対して〈涙を拭き、笑って〉見せなければならないのであろうか、という疑問は、いくら強調してもしすぎることはない。このようなお島の態度も、養父母や生家への「御心配をかけてすみません」という謝罪も、婚礼の相手が作太郎であると知った瞬間の「頭脳が一時に嚇として来た」「躰がぞく〳〵して来て」「胸がむかむかして体中が顫へるやうであつた」「ふら〳〵と其処を起つたお島の顔は真蒼であつた」などの身体の拒絶反応と明らかに矛盾している。相手が作太郎であると知った時のお島の〈身体性と意識性〉とはバラバラで一致していない。お島は錯乱状態にあるといってよい。そして騙した方は居丈高であり、錯乱するまでに騙されたお島が謝っている。

この場面の空気は非常に分かりにくい。この場面に〈あのことは語られるのに、それに対応すべきこのことは決して語られることがない〉という、権力の力学[6]を読まなければならないからである。前述した、〈母の子への愛〉を語る言葉は潤沢にあるが、〈母の子への憎悪〉を語る言葉が決定的に不足している、という言語的事態と同様に、最も肝心な言葉が封印されているからである。お島には身体の拒絶反応だけはあるが、〈よくも私を騙した〉という抗議の言葉が全くない。これはどういうことなのであろう。

この経緯を総括するならば、〈大人たちがお島を寄ってたかって騙した〉、という事実が跡形もなく消えてしまったのである。大人たちがお島を騙して作太郎を押しつけようとした厳然とした事実が、誰もがそのように認識しないことによって〈出来事〉とならずに消えてしまったのだ。不思議なことに、この場の誰もが、〈皆がお島を騙したこと〉などなかったかのように振る舞っている。あったこと（=裏切り）はなかったことにされてしまった。お島の幼時の虐待の事実が、誰もがそれを目の当たりにしながらそれと認識されずに、言葉として表出されることなく通過していったことと同様である。

お島は何だか変だと思つたが、欺したり何かしたら承知しないと、独で決心してゐた。（十七）

この〈騙したら承知しない〉というお島の〈決心〉は結局外部に〈表出〉されることはなかったのだ。強者（あるいは陋習＝ハビトゥス）にとって不都合な真実は封印される。〈現実〉は、そして記憶さえも、強者（あるいは陋習）に都合よくデザインされるのだ。そしてもちろんお島も、一言も抗議しないことによって、こうした権力構造の網の目を構築することに加担しているわけである。ミシェル・フーコーの述べる通り、権力構造は決して一方的な関係ではありえないのだから。

見てきた通り、『あらくれ』において、〈語られないこと〉を見出す作業こそ、絶対に必要なのだ。何が語られないか、をたどることはこのテクストの〈批評的機能としての語り〉の戦略を明らかにすると同時に、『あらくれ』の世界観を、すなわち名付けられるべきを名付けられずに押しやられていく、時代の過渡期の〈不都合な真実〉の一端の具体相を見せてくれるからである。〈語られない言葉〉の背後に、お島が身を浸していたハビトゥスの不変の薄暗さが垣間見えるからである。お島は、自分を表出する言葉が機能不全に陥っているこの世界で、生き延びるためにはともかく逃げだすほかはなかった。お島の最大のピンチはこのように語られた。

6　鶴さん／おゆふさん

お島の〈周縁性〉は、お島を罰し矯正しようとする親世代がとる思考様式と支配の戦略にからめとられることを回避させる。養父母の〈紙漉業〉は工場生産に押され、生家の〈植木商〉と同様、廃れゆく家業であった。お島が少女時代を過ごした世界は、旧い世界だ[7]。農村と都市の間を商売で媒介する〈在郷村〉を起源とする世界なのだ。そしてお島は「在郷臭い」（二）ものが嫌いである。「在郷臭い」（田舎的な）ものこそ、お島を奇異な眼差しで見、お島の意識を呪縛し矯正しようとする基盤となるものだからである。たばかる者は居丈高で、たばかられた者が謝る世界である。物語は、養家が強いた結婚のぶち壊しから一気に転換して、缶詰商の鶴さんとの結婚となる。お島の少女時代は終わった。

非人情な語り口によって紛れてはいるが、お島は人知れずよく泣いている。その時代は漸く終わる。それはお島が昔物語や伝承のシルエットが揺曳する旧世界から身を引き離していく過程でもある。

お島が一時預けられた「植源」で、お島は異文化（＝伝統的文化）と触れ合っている。「植源」の嫁おゆふさんと、その夫である植源の息子房吉とは、仲睦まじい、が、それ故に、息子を溺愛する姑の嫉妬を煽り立てる。もめ事の内実は、美しい嫁おゆふさんが、出入りの男前の商人である鶴さんと不義を働いていると、姑が疑って離縁を迫る、という旧芝居にあるようなシナリオだ。

「不義した女を出すことが出来ないやうな腑ぬけと、一生暮らさうとは思はない。私の方から出ていくから然う思ふがいゝ。」

（略）

お島にさゝへられないほどの力を出して、隠居が剃刀を揮りまはして、二人のなかへ割つて

入つたとき、おゆふは寝衣のまゝ、跣足で縁から外へ飛び出していつた。（四十四）

帰つて来たおゆふが、一つは姑や父親への面当に、一つは房吉に拗ねるために、いきなり剃刀で髪を切つて、庭の井戸へ身を投げやうとしたのは、其晩の夜中過であつた。（略）

「悔しい〳〵。」跣足で飛出して来たお島に遮へられながら、おゆふは暴れ悶跪《もが》いて叫んだ。（四十五）

この歌舞伎の一場面のような修羅場こそ『あらくれ』における〈前代の文化＝紋切り型〉というものの語り方に他ならない。山田洋次監督の映画「男はつらいよ」の団子屋での寅次郎対伯父さん夫婦とのけんかと同様、馴染み深い社会的情景、すなわちさんざん繰り返された挙句、一つの様式と化したものだ。その〈様式〉が〈外部の眼〉であるお島によって「可憐らしくも妬ましくも思へた」と眺められている場面である。そうした〈様式＝伝統的なるもの〉は、〈型〉をもたない〈異邦の身体〉であるお島とは無縁のものだ。すなわちお島はおゆふのような「エロス的なものを根源的に奪われている」（前掲大杉重男「畏怖と安易——『あらくれ』論」）、という意味で、新しい歴史的身体なのだ。

そして鶴さんは、おゆふさんの世界の男性だった。お島は鶴さんの浮気やおゆふさんとの親密な関係を許すことができず、お島らしく〈暴れた〉結果、とうとう離縁となる。鶴さんはおそらく平凡な男なのだろうが、お島の飼いならされない若々しい心身は、鶴さんの身勝手さを受け入れることはできなかった。「今度暴れちやだめよ」という姉の言葉の通り、お島は少女時代の〈逃げ出す〉お島から、〈暴れる＝あらくれる〉お島へと推移していく。

自分の生育環境（生家と養家）から離れた後のお島の前には、はっきりと二つの道、〈異性愛と職業〉が現れてくる。

7　流産の〈語り〉

鶴さんとの離婚話が進み、生家に戻っているとき、お島は母親に「突転《つつこか》されて」脇腹を竈の角で打って流産してしまう。「どんな子が生まれるかしら」などと、夫と話し合ったこともある子供が流れてしまったとき、奇妙なことにお島が何を思ったのかは全く書かれていない。妊婦に致命的な暴力を振るった実母の反応も、語り手に隠そうとする意志があるかのように全く語られない。当事者であるこの二人の、〈亡児〉に対する気持ちが、何一つ語られないまま、この悲しい出来事は、ただ一語「不幸な胎児が流れてしまつた」とあるだけだ。肝心なことが概念化されず言葉化されない、『あらくれ』の語りの特質が明瞭に表れている。核心部分であるお島の心は〈空白〉にされているのだ。

一目もみないで、父親や鶴さんの手で、産児の寺へ送られていつたのは、其晩方であつたが、思ひがけなく體の軽くなつたお島の床についてゐたのは、幾日でもなかつた。（四十）

「ぐれだした鶴さん」とあるので、鶴さんが流産の件で痛手を被ったことは感じられる。〈父親や鶴さんの手で寺へ〉の部分に、父親の思いもそこはかとなく暗示されてはいる。しかしお島の気持ちは見えない。楽しみにしていた子供をだめにしてしまった実母への、当然ありうべき怒りも、一語もお島から発せられることはない。「私顔も見ませんでしたよ。淡泊《さっぱり》したもんです」（四十二）は、本心なのであろうか。もしそうであるなら、その心的メカニズムはどのようなものなのか、と、読者は考えることを促される。

死んでしまった胎児が、母親に〈悼亡〉されずに通過していったこの事件は、作太郎との婚儀の際に〈お島が大人たちに騙されたこと〉が、だれの意識にも上らぬままに、あたかもなかったことのように通過していった経緯と近似している。〈母になれなかった悲しみ〉といったセンチメント（＝言葉が集まる場所）は、語りの水準としてはゼロ地点にある。

センチメントをゼロ地点に封印している因は、お島ともども死んでしまったかもしれないこの事件をもたらした、実母の巨大な悪意（＝権力）を一方の極において考える必要がある。「淡泊したもんです」のようなお島の反応は、その憎悪（＝権力）と闘うすべを持たないお島の無力さ（または強がり）として考えるべきであろう。お島は実母に抗議するどころか迎合していることになるわけだ。もし実母に良心の呵責があったと仮定するなら、お島の「淡泊したもんです」のような反応はけっして実母を苦しめるものではなかったであろう。結果的に、実母とお島は、〈不幸な亡児が悲しまれなかったこと〉に対して共犯関係なのだ。子供が生まれていたら繋ぎ止められたかもしれない鶴さんとの仲も、この件によって決定的なものとなった。実母はこのような存在として、お島の人生についてまわる。

『あらくれ』のこのような語りの戦略がもたらす効果は、その批評的機能によって、被害者と見えるお島自身もこの世界のパワーバランスを担う一員であることと、鶴さんとの結婚と流産と別れを通じてお島の人生が〈家を持つ〉方には向いていかないことが読者に印象づけられることだ。太田瑞穂は前掲論文の中で、お島が「男性ジェンダー化」していく、という見解を示すが、男性が「家」を形成することを人生の大事とする感覚からお島は逸脱している。お島が目指すのは、男女を超越したところの〈職業人〉なのである。

8　濱屋　――土地に封印された男

お島は、兄壮太郎に「そそのかされて」行った山国の温泉場で、病妻と別居している「濱屋の主人」を知る。

「是まで何処へ行つても頭を抑さえられてゐたやうな冷酷な生母、因業な養父母、植源の隠居、それらの人達から離れて暮せるといふことを考へるだけでも、手足が急に自由になつたやうな安易を感じた」(四十六)。こうした解放感が「小白い、優男」との恋に結びついたことは確かなことであろう。しかしなぜこの、お島が恋した人物は実名で語られないのだろうか。「濱屋の主人」とはどういう意味なのか。お島の恋の顛末を理解するために、この人物がなぜ固有名を持たないのか、と考えてみたい。

〈お島と濱屋の主人〉との関係は、あくまでこの〈土地〉に限定されたものでしかありえない。過去からの因縁によって場所を越えて続いていく〈おかなと壮太郎〉の関係とは明らかに異なっている。固有名の〈鶴さん〉〈小野田〉ではなく、最も執着した相手であったはずの「濱屋の主人」「濱屋」という呼称には、何か大事なものを隠蔽する、というニュアンスがある。濱屋との関係を、このような限定をもつものと考えると、お島がこの近くの崖で死のうとした理由も見えてくる。山を下りて、迎えに来た父とともに生家へ帰れば、そこは実母という〈鬼〉が跋扈する〈生育環境の地獄〉だ。

兄壮太郎とお島の関係にも〈語りの偏頗〉は明瞭である。この場合は、お島の婚礼の場面に見られた〈陋習という権力〉を別の角度からとらえたものと言えよう。愛人のおかなのみならずお島の持ち物まで皆取り上げてしまった上に、借金の「質」としてお島を置き去りにした壮太郎を非難する言葉は「兄さんに悉皆かつがれてしまつたんだ！」（五十二）というお島の〈内言〉以外にはどこにもない。その言葉は発せられてはいない。それに対して、壮太郎の被害にあって困窮するお島をそしる言葉のみは〈身を売っているらしい〉、のような言い方で、実母を中心とした親族間に流通していることが迎えに来た父から知らされる。

ここでも、壮太郎が没義道な男であること自体を情報として語るのではなく、〈被害者たるお島はゆえなくそしられるが、その加害者を「没義道」とみなす言語がついに現れない〉という事実によって、語りの批評的機能が発揮されている。〈言葉の量的偏頗〉が明らかにされ、「盲従と屈従を強いられて来た」お島の生育環境の地獄の具体相の一端が垣間見える。壮太郎は、相続からお島を排除しようと姑息に画策する点からも〈実母と癒着する息子〉そのものである。

お島は、濱屋との恋の土地で生を終えたい、という誘惑に一瞬でも駆られたに違いない。

> お島はどこか自分の死を連想させるような場所を覗いてみたいやうな、悪戯な誘惑にそそられて、そこへ降りて行つたのであつたが、流れの音や四下《あたり》の静けさが、次第に悟しいやうな彼女の心をなだめて行つた。（六十）

「追い詰められた兎」のように父と濱屋に見つけられたこの場面は、幼いころ、父に連れられて、死へ接近した記憶の場面の反復である。(8)

父とともに、「一種の畏怖と安易とに打たれて」沼のほとりから引き返して、人の世に戻ってきたのと同様に、お島はこの温泉場の山の斜面から再び父とともに引き返して、新しく人生を始めることになるのである。〈自分の死に場所をのぞき込みたい〉とは、紛れもなくお島が投身の誘惑に駆られていたことを示す。温泉場の山林の崖淵でお島は死から身をひるがえし、すなわち〈恋〉する自分を「崖淵」に捨てて、新たに生き始める。ここがお島の人生の折り返し点となっていることは明らかだ。

　自分の仕事に思ふさま働いてみたい……奴隷のやうな是迄の境界に、盲動と屈従とを強ひられて来た彼女の心に、然うした欲望の目覚めて来たのは、一度山から出て来て、お島をたづねてくれた濱屋の主人と別れた頃からであつた。（六十二）

右の一文が示すように、兄に連れれて行かれた温泉場でのドラマは、お島がこの後、職業人として新しく生き始めるために絶対に必要なものであった。つまり「濱屋の主人」との恋とは、お島の生まれて初めての心身の〈自由の経験〉と言えよう。この〈自由の経験〉を結節点として、お島は自立への道を歩み始める。それがお島の人生の結節点であったからこそ、比喩的に言えば〈土地に封印された関係〉＝〈あの日、あの時の人〉という特別な関係であったからこそ、「濱屋」は、社会的承認を前提とする固有名詞で呼ばれることがなかったのだ。

9　小野田との結婚　――仕立屋

お島は、働き者であるが、前述したように古くからあるもの、伝統的なものが苦手だ。この事実は、幼少のころから一貫している。〈在郷臭いものが嫌い〉だったお島は、例えば、着物の仕立ての手伝いなどは雑で、手をたたかれるほどであるし（六十二）、養家の伝統的な紙漉業についても、決してただ衰退してゆく業種ではなかったのであるが、見くびる態度を隠さない(9)。

商家の娘のたしなみである生花や踊りなどの稽古事にも見向きもしない上に、小野田が好む、生花やレコードなどにも興味を示さない。お島の無趣味、言い換えれば、出来合いの文化への叛意《はんい》は徹底している。しかしお島の手仕事の器用さは、やはりまぎれもなく伝統的な日本の女のものだ。お島は、やがて廃れ行く運命にある日本の女の手仕事の腕前を、洋服の仕立て、という新時代の職種に生かすことができた(10)。お島の目は、常に〈新しいもの〉に向けられている。

六十四章以下、お島は、温泉場から帰ってから預けられていた伯母の家に出入りする、洋服屋の小野田と連携することになる。小野田の思惑とお島の「意地と愛着」とが手を取り合ったわけである。この時、「しなくなした前垂がけの鶴さんや、蠟細工のように唯美しいだけの濱屋の主人」（六十五）はすでにお島にとって過去のものになっている。自分に適した職を得たい、と願うお島像がくっきりと姿を現す。

彼らが過去のものになったというのは、ただそれだけの意味ではない。それよりも大きな意味は、お島が〈実母という悪鬼〉からも、大きく一歩遠ざかることができたことだ。それは先にも触れた、「濱屋」との（自由の）経験のゆえだ。〈子供〉であることから遠ざかったお島に、実母はだんだん実害を及ぼせなくなり、店を出す資金を貸さないなど、ありきたりの不人情の域を超えなくなる。それはやはり説話的な事態と言えよう。暗闇の中、安達ヶ原に住む鬼婆からの必死の逃走中、西の空がほのかに白んで、追いかけてくる鬼婆の声がだんだん遠くなっていくようなものだ。〈昔物語・伝承〉は、近代において、そこからいくら遠ざかろうとも死に絶えたりはしない。「山での経験」によって、お島は人生を一歩進めることができたのだ。濱屋と別れ、温泉場から戻ってきた時から、お島はもう実母には泣かされないお島になっている。お島は、実母の想定しえない場所（＝職業）に、自分の居場所を見出すのだ。実母から遠ざかることの本質的な意味は、この事実に他ならない。お島は、膨大に需要が拡大した洋服（軍服）の仕立てという「自分の仕事」を得て、職業人としての喜びを知る。〈在郷臭〉くない新時代の職業「見たところ派手でハイカラで儲けの荒いらしいその職業」（六十七）にお島は向いていた。

（略）寝そべつて笑談を言合つたりしてゐた小野田と云ふ若い裁縫師と一緒に、お島が始めて自分自身の心と力を打ち籠めて働けるやうな仕事に取着こうと思ひ立つたのは、そのころ初まつた外国との戦争が、忙しい其等の人々の手に、色々の仕事を供給してゐる最中《さなか》であつた。（六十三）

しかしながら小野田との結婚生活は、性的に合わない男との〈地獄〉を示している。それはまさしく〈結婚という地獄〉だ。死の淵から引き返したお島の人生は、〈生育環境の地獄〉から〈結婚の地獄〉へと移行する。実母の影は生育環境とともに遠ざかるが、人生は新たな苦役をお島にもたらした。

時々胸からせぐりあげて来る涙を、強いて圧つけやうとしたが、どん底から衝動《こみあ》げて来るやうな悲痛な念《おもひ》が、留どもなく波だつて来て為方がなかつた。どこへ廻つても、誤り虐げられて来たやうな自分が、可憐《いぢらし》くて情けなかつた。（七十）

お島は死場所でも捜しあるいてゐる宿なし女のやうに、橋の袂をぶら〳〵してゐたが、時々欄干にもたれて、争闘に憊《つか》れた體に気息《いき》をいれながら、ぼんやり彳んでゐた。寒い汐風が、蒼い皮膚を刺すやうに沁透つた。（七十四）

〈水辺をさまよう子供〉（一）のころと同様に、〈居場所がない＝無根拠〉、〈死に接近〉する心性が潜在的にお島について回っていることに変わりはない。〈異邦の身体〉であるお島が、社会の最底辺に沈んでいる人、寺院などの片隅に蠢く〈天刑病〉の人に目を向ける場面が幾度か（二、八十二）言及されることともそれは無縁ではない。お島の生は、七歳の時から基本的にアイデンティティー・クライシスの危機に恒常的に瀕しているようなものだ。つまり漂流的なのだ。そうした不安定性に背を押されるかのごとくお島は働く。

資本金なしという無理を押して、お島は当時まだ新しかった洋服仕立業に悪戦苦闘する。六十五章から百章までの商売に関する行きあたりばったりともいえる苦闘は、お島の、〈異邦人性〉を雄弁に物語る。

田町から月島へと二度も三度も引っ越さなければならないように、商売は苦しいが、この時、日露戦争直後、軍服の毛織物の輸入が戦前の数倍に増え、毛織物の産業の勃興を促し被服産業は好景気であった。（前掲『明治文化史11　社会経済編』）お島はこの流れに乗ろうとした。

明治四十年には上野の勧業博覧会が開かれ、日本で初めて、観覧車やウォーターシュートなどが披露された。小野田の父が息子夫婦に案内されたのも、この博覧会であろう。この年、明治四十年四月に「シンガーミシン」がミシンの月賦販売を始めている（『新聞集成明治編年史　明治四〇年』一九〇七）。お島はまだ高価なミシンを無理算段をして入手している。お島が時代の先端を行こうと焦っていたことは明らかだ。

お島の社会的・文化的な異質さは、先に触れた如く、一方でお島という女性を鍛え上げ、独特の、どこにも分類不可能な〈脱コード化〉ともいうべき個性を形成していったと言える。つまりお島は、まさに〈普請中〉の社会の中で、自分の生存の形（＝周縁性・外部性）を、〈脱コード化〉として実質化、すなわち個性化していくのだ。

新しいもの好きのお島は、まだ洋装が珍しかった時代にいち早く洋服を着ることにためらいがなく、しかも洋装をファッションとしてではなく仕事着として着用している。「莫迦に、若く見えるね。少なくとも布哇《ハワイ》あたりから帰つてきた手品師くらゐには踏めますぜ」（百二）という職人の木村は、カテゴライズを拒むかのようなお島の先端的感覚を敏感に言い当てている。明治末、「まだ洋装は貴婦人のステイタス・シンボルの段階」(11)にあった時のお島の洋装は、大正末期になってようやく増えてくる女学生や女教師などの制服風俗とも全く異質な、お島の自由なあるいは逸脱した心性の表象である。

明治四十年五月六日『東京日の出新聞』は、「俳優ともなり、某新聞の女記者ともなり変り者の金看板を掲げた有名な美人」「幽蘭女史」（本荘幽蘭＝注関谷）が「博覧会を当て込んで喫茶店を開店し」「芝居がかった身振と怪しい洋服姿で人目を引」き、酒に酔って起こした騒ぎを報じ「洋服姿に大きながま口」「予言者のような洋服姿を押し立てて」（前掲『新聞集成編年史　明治四〇年』）と、「洋服姿」自体を奇異な見世物のように書き立てている。また大正元年十二月二十三日『読売新聞』には、「女芸人」というタイトルの連載に、お島とほぼ同年、明治十七年生まれの女奇術師「松旭斎天勝」が取り上げられ、「目も覚める様な洋服姿で舞台に立って」喝采を博した記事が連日掲載され、「洋服姿」の女性を見慣れない民衆の好奇心をあおったことがうかがえる。職人の木村のいう「手品師」とはこの「松旭斎天勝」を指すものであろう。これらの男性記者の記事には、主婦にならずに経済的に自立しようとして悪戦苦闘する女性を「見世物」視するジェンダー・バイアスがかかっている。

お島の洋装は「横浜に店を出してゐる知合ひ」（百）で作った、としか語られないが、初期の洋装がこのような目でしか見られなかったことを知ると、お島が因習的な眼差しから全く自由であったことがわかる。

お島が、注文を取るための「女唐服」を着て自転車の稽古をし始めたのは、上野の博覧会が終わり、肺の治療のために上京した「濱屋」と涙で別れた、その二、三年後、「四番目に取り付いた」本郷の店を洋風のかなりな店として開店してからである。「立派な場所と店と資本」を持たないお島は、従順な小僧の順吉に「乗るか反るか、お上さんはここで最後の運を試すんだよ」（九十九）という決意を示している。

大嫌いな作太郎と結婚させられそうだった少女時代から、「或時は、それとなく自分に適当した職業を捜さうと思つて、人にも聞いてみたり、自分にも市中を彷徨《ぶらつ》いてみたり」（十九）と、〈職業〉を求めていたお島は、やっと〈自分の居場所〉を見出しかけている、と言えるのかもしれない。というよりも、自分の居場所を作る決意、と言ったほうがふさわしい。その覚悟が、この時期まだほとんど一般に着用されなかった〈洋装〉そして「自転車」と結びついている。

洋服がすつかり体に食《くつ》ついて、ぽちや〳〵した肉を締めつけられるやうなのが、心持よかつた。（略）ぞべら〴〵した日本服や、ぎごちない丸髷姿では、迚も入つて行けないやうな場所へ、彼女の心は、何の羞恥も億劫さも感ずることなしに、自由に飛込んでいくことができた。

（百三）

お島的な個性の完成と自由の獲得が「女唐服」の着用、その着心地の良さ、すなわち軽快な身体の感覚として表象されている。⑫　上京した「濱屋の主人」に会う時の「ゆいたての丸髷」は、この時「ぎごちない丸髷」となって、明らかにお島が確実に解放されていくのが見える。⑬〈妾なんか嫌なこった〉と愛する濱屋を振り切った気概ある彼女の人生は、〈「濱屋」の死〉で区切られている。ラストにお島が逢着する〈濱屋の死〉は、したがって物語的必然と言えよう。その報知の後、温泉場に「若い職人と順吉」を呼び、今後の計画を語るお島の言葉にはじめて「独立」

の語が現れていることを看過してはならない。「濱屋の死」が職業人としての「お島の独立」とセットになっている。

お島は、この社会のカテゴライズ（型）を越境する女としてのアイデンティティーを確立していく。それは、『青鞜』の、インテリ女性たちのように教養・芸術に軸足を置いた自覚的で声高な新しさではない。しかし、女性の寄る辺なさに根差し、その環境の中で、あくまで庶民の生活感覚で自分自身を鍛え、陋習が強要する女性の在り様を逆転させたところに現れる、お島的な女性の意識革新は、どの時代にも少なからずあったに違いない。「貧しい作男」「遊女屋から馬を引いて来る職工」（十三）などに対するお島の親切と、彼らの「心から」の感謝は、お島の存在の根が広く民衆に連なっていることを示している。秋聲が掬い上げたのはこのような希望としての女性だ。文脈を無視していえば「真の近代人とは、職業人のことである」（高橋和巳『悲の器』新潮文庫）。お島の半生はこのことを身をもって証している。

お島は、数ヵ月間自分の体内に存在した子供の死を悼むことはできなかった。しかしそれは物語の流れに、あるいは歴史の流れに合致したことであったと思う。〈破壊と普請〉が並行して驀進する近代日本の中で、忘れられ追いやられて行く存在が、お島の〈悼亡〉されることのなかった赤ん坊、ということになるだろう。

【注】

（1）大杉重男「畏怖と安易――『あらくれ』論」（『群像』一九九三・六『小説家の起源』所収　講談社二〇〇〇・四）に「「相続」という主題は『あらくれ』の重要なライトモチーフの一つである」と指摘しているが本章とは論旨が異なる。太田瑞穂「身上・女・商売――『あらくれ』の経済――」（『文学のこゝろと言葉Ⅱ』七月堂　二〇〇〇・八）は、『あらくれ』を、当時の「経済的動態」において分析した示唆的な内容である。その中で、お島に両親が相続させようとしないのは、すでに「貨幣経済が浸透し、労働力が金銭によって手軽に手に入るようになり、家庭内の潜在的余剰労働力が吐き出されることで、家庭内の結束が低下したこと」を挙げ、経営が傾きかけていた実家の経済を養家にお島を嫁がせることで経営の挽回を図ろうとした、と、経済を軸にした観点から解釈している。この説は、一定の正当性をもつけれど、その事情が、なぜお島だけを相続から排除するのか、の説明としては不十分である。

（2）大杉重男は前掲論文の中で、お島が父親に連れられてさまようこの川のほとりの場面を「お島は言わば「他界」への「境界」であるとも言える「のんどりとした暗碧な水の面」にぎりぎりまで近づきながら、それを超えることなく世界の内部に投げ返される」と、民俗学の知見に基づいて述べ、『あらくれ』の最深部へたどり着くための手がかりとして、精緻な分析を試みている。また、江藤淳は、「謡曲『隅田川』の梅若丸を想起するまでもなく、この父娘の背後には、捨てられ、かどわかされ、虐待され、死んでいった無数の「水のほとり」の幼な子たちの記憶が堆積している」（「徳田秋聲と「充実したかんじ」――「形」と「筋」と「実質」と――」『言葉と沈黙』文芸春秋社　一九九二（平成四）・

一）と、『あらくれ』の背後の「物語り的枠組み」を指摘した。本章も両論文に示唆を得ている。

（3）大杉重男も前掲論文で、犠牲者としての六部とお島の相同性に言及。「目相のよくない」お島と、夏目漱石『夢十夜』「第三夜」の〈盲目の子供〉との因果話としての類縁性を指摘している。

（4）島崎藤村は、明治二十五年に「紅楼夢の一節」と題して「風月寶鑑の辭」を和訳している。これは『女学雑誌』に掲載されたもので、『藤村全集　第一六巻』の「解題」に、「表紙に「紅楼夢の一節たる「風月寶鑑の辭」は世界に有名なる支那一大小説の一節を和訳したるもの」とある」。秋聲も当然『紅楼夢』を読んでいたであろう。井波律子は藤村・北村透谷・永井荷風が、『紅楼夢』の一節を作品に取り入れている、と述べている（『中国の五大小説（下）』岩波新書　二〇〇九・三）。

（5）『紅楼夢　下』伊藤漱平訳　平凡社　一九六〇（昭和三十五）・五。

（6）ミシェル・フーコー『真理の歴史』桜井直文訳　新評論　一九八六・六　ｐ２８。

（7）大杉重男は「小説が語るのはその江戸時代からの「歴史の時間」が解体・崩壊していく光景である」（『あらくれ』講談社文芸文庫解説　二〇〇六・七）と述べているが、そこには、お島の困難な生を通して、創出されていく時間もあることを語りは示唆していると思われる。

（8）前掲大杉論文で、この場面のお島は、「意図的に作品冒頭の「水のほとり」の情景を再現しようとしていることを示す」という知見を示す。

（9）「和紙とは原材料も製造工程も異なる洋紙製造が、明治二十年ころから王子製紙・富士製紙・四日市製紙などの工場生産によって飛躍的に推し進められたが、伝統的な和紙には、障子、行灯、提灯、傘などの需要があり、日清戦争頃から、部分的な機械化を伴って発展の傾向にあった」（『明治文化史11　社会経済編』ｐ３２６）が、養家では、製紙工場などができだしてから「養父は余り身を入れぬようになつた」わけである。つまり『あらくれ』では、〈廃れ行く家業〉という側面が強調されている。

(10) 柳宗悦は「手仕事の日本」で「元来わが国を「手の国」と呼んでもよいくらいだと思います」と述べた。(『現代日本思想大系39　民俗の思想』筑摩書房　一九六四・一　p２４３)。

(11) 高橋晴子『近代日本の身装文化　「身体と装い」の文化変容』(三元社　二〇〇五・十二) には、「洋装への白眼視」は、一九二三 (大正十二) 年に至っても「相当の紳士タイプの人ですら時には、私の方を見て冷笑的に嘲ったり、往来で行き交う時、殊更聞こえよがしに悪口を言うには全く驚かされてしまいます」(『東京日日新聞』一九二三・六・二十二) とある。

(12) しかし洋装の時の髪型がわからない。お島はリボンのついた夏の帽子をかぶっているし、「ぎごちない丸髷」とも言っているので、日本髪でないことは確かだ。丸髷や日本髪に代わって、主に女子学生などが好んだ、庇髪のような髷を結い上げた髪では帽子は被れないので、『三四郎』の美禰子のように、自然に長く肩にかかる髪型であったと思われる。

(13) 藪貞子は「洋装する女の心身の緊張と開放感を「からだ」そのものに沿ったところで見事に描きだした点だけでも、この小説の意義は大きいと、「お島の洋装」の意味を重視している (『藤女子大学国文学雑誌 (55)』一九九五・十一)。

○『あらくれ』の引用は『新選　名著復刻全集『あらくれ』』(近代文学館　一九七四(昭和四十九)・十二) に依った。

Ⅶ　近代演劇　三好十郎・つかこうへい

第十二章　『トミイのスカートからミシンがとびだした話』試論

―〈選択〉しない女たち―

1　街娼とモラリッシュな結末

『トミイのスカートからミシンがとびだした話』（以下『トミイのスカート』と略称する）は、一九五一年二月、三月の『群像』に発表され、『三好十郎作品集第四巻』（一九五二・九　河出書房）に「冒した者」（初出『群像』一九五二・八、九）、「廃墟」（初出『世界評論』一九四七・五）と併せて収録されている。同年十一月、三好主宰の戯曲座第一回公演として石崎一正演出により渋谷公会堂で上演された[1]。『三好十郎作品集第四巻』の「（一九五二年七月末）」と日付のある「あとがき」の冒頭で三好は次のように述べている。「私の場合は、たいがいの作品の真の主人公は「現代」というものであるが、この巻におさめた三つの作品では特にそうである。／現代――と言うよりも現在。現在の時期と言うものと、この日本と言う場、その二つが切線を描いた所、そのまん中に生きている私と言う人間の実感から直接的にはらまれて、これらの作品は生まれた」。『トミイのスカート』に関する部分には、「必要なのはぶつぶつと叩き切つたマグロのドテのような現実のひとかけらであつて、それの持つている意味や意義はどうでもよいと思うことがある。そう言う気持から書いた作品」の一つがこの「トミイ」であり「この中にはハッキリしたテーマは多分無い。しかし現実はある。又、この中にはどのような意味でのモラルも無い。しかし人間はいる。これを善と取ろうと悪と取ろうと読む人見る人の自由だ」と述べている。〈テーマ〉も〈モラル〉も無いが、その代わりに〈現実〉と〈人間〉とがある、という意味で三好の時代認識及び日本人論が露にされた戯曲と言えるわけである。

しかし『トミイのスカート』は、実際に読んでみると、現在の眼からは、三好の言に反して極めてテーマ的、かつモラリッシュである印象をぬぐえないのである。空襲で両親に死に別れ、街娼となって、伯父夫婦の世話になっている弟や妹の食費や学資を仕送りし、さらにはそうした金で貯金をしてミシンを買い洋裁を習い、街娼の生活から足を洗って自立しようとするけなげな娼婦トミイこと富子の苦しい生が、さまざまな類いの男たち、女衒、任侠の演歌師、富子の秘密を知って手のひらを返す下劣な伯父や、富子をネタにしようとする新聞や雑誌の記者、あるいは彼女を愛する若い医師、そして真面目な労働者などと絡むことによって進行してゆく。富子の悪戦苦闘は、こうした種々のタイプの男たちによって左右される。これらの男たちの造形が、それぞれの狡さと共に類型化されている事と並行して、街娼仲間の、律子、ベス、スガ、なども、皆いささか紋切型であり、まず〈洋裁を習うけなげな娼婦トミイ〉を筆頭に、リアリティーに欠ける、というより、人物の心理的掘り下げなどに関心が払われているわけではなく、演劇的な型による人間認識の世界であると言える。

すでに、「事件ともいうべき社会的現象(2)」を巻き起こした、田村泰次郎「肉体の門」(『群像』一九四七・三)、または『トミイのスカート』発表の前年、一九五〇年八月に文学座によって上演された長岡輝子演出の「娼婦マヤ」（原作シモン・ギャンチヨン　小松清訳　白水社　一九五〇・三）などの示す圧倒的な娼婦としての女性の個性の迫力を念頭に置くとき、『トミイのスカート』に描かれる娼婦たちには、蓮っ葉な言葉づかいを除いては、売春婦の中でも特異な、〈パンパン〉という戦後風俗としての新しい娼婦・新しい女性像が印象深く提示されているわけではない。富子は、一九二八年のプロレタリア演劇「疵だらけのお秋」の〈けなげな淫売〉の延長上にあることは明らかだ。富子の仲間の街娼たちは、誰もが型としての〈可愛い女〉の域を出ることなく、また個性の違いによる諍いなどもなく、後半部分の、スガの出産やベスが病に倒れる場合に見られるように、互いに支え合う女学生のような湿った友情で結ばれていることにも、この芝居が紋切型の人情噺的枠組みを持つことは明らかである。そもそもヒロイン富子が〈純情な娼婦〉という型である以上、どん底の辛酸をなめたトミイが勤め人の主婦に収まる、というハッピイエンドは、正しい道を歩もうとした者が苦難の後に報われた、という余りにも予定調和的でモラリッシュな結末と見えてしまう。発表直後の『群像』（一九五一・五）の「創作合評」（丹羽文雄、高見順、阿部知二）にも既にそうした批評はあった。「これなら小説でよろしい。（中略）だから芝居は芝居でなければダメだというようなところを書いてもらいたい。それにこれをそのまま小説に置きかえても、通用するとは云つても、何の感動も覚えないし、誰にも知つているようなことが誰でも知つているように置かれているにすぎない。当惑もさせなければ、脅威も覚えない。こちらはもつと途方にくれるようにしてもらいたかつたのだ。この作者はどういうことを狙つているのか」（丹羽）。と酷評されている。これに対して高見順は「彼は一種のすね者でしてね。今までの芝居というものは、なにか彼のすねた、自虐的というか、狷介というか、そうした主体を出した陰惨な芝居ばかりだつた。ところが今度は初めて、夜明けが来たような、明るい、健康ないわば当たり前のことをすつと言っている感じだ。だから彼として、この作品自身は傑作でないとしても、とにかく今までの彼は泥沼の中に入つて、のたうち廻つている感じの芝居からやつとこういう境地に抜け出して来たのだなと思つて、三好十郎のために喜んだ」と知己の理解を示している。しかし高見も、結末に関しては、やはり「庶民の善意というものに縋つたんだろうが、ちよつと甘いとも云える」と批判的である。管見に入った限りでは、本格的な作品論もまだ無いようである。しかし仔細に読んでみれば、三好が戦前、戦中を通じてこだわってきた、女性に関する問題性に満ちた芝居であることにも疑いの余地はない。〈甘い〉結末を今、かっこに括ってみると、何が見えるのか、またこの結末も果たして、高見順が解釈したように、三好が〈泥沼の中から抜け出した境地〉を表しているのだろうか。富子というヒロインが、三好が戦争を通過した後の女性像であることは疑い得ない。ではそれまで描いてきた三好の女性像と異なったどのような特質があるであろうか。これらの問題設定においてこの芝居を検討してみたい。

2　戦後風俗としてのパンパンガール

『トミイのスカート』は、前述のごとく〈パンパン〉をヒロインとした戯曲である。このテクストを理解するためには、〈パンパンガール〉という戦後風俗を視野に入れる必要がある。藤目ゆきの詳細な調査によれば、一九五六年の売春防止法前後には、五十万ともいわれる売春ブームがあった。その因は、戦時経済の重要な担い手であった女子労働者が、戦後の復興過程で真っ先に解雇の対象とされたことにある。(3)国民生活が極度に圧迫される中で、不況の農村漁村、都市の工場地帯、あるいは炭鉱地帯から、低賃金、過重労働に耐えねばならない女性が性産業に走らざるを得ない状況があった。二つ目に、戦後三日目に早くも一九四五年八月十八日、早くも占領軍のための慰安婦施設を作るための「外国軍駐屯地における慰安施設に関する内務省」からの「通牒」が出され、RAA（特殊慰安施設協会）が作られる。が、翌年三月には、性病の蔓延のためRAAは閉鎖され、失業した膨大な女性たちによる「街娼」、すなわち「パンパンガール」が出現した、と鈴木裕子は述べている。(4)しかも政治の貧困ゆえにそのような生業に就くしか選択肢のなかった大部分の街娼たちは、社会の因習性や人権思想の未発達などのために、矯正や更生や処罰が必要とされる罪悪を背負った存在とされたのである。このような、不幸な女性を罪人視する因習性は、廃娼運動を推進した、戦後の女性議員においても何ら変わりはなかった。こうした背景に『トミイ』を置いて見る時、洋裁で弟や妹の学費を稼ぎたいという富子の健気さの質が、後述する「峯の雪」（一九四四年）と地続きの体制的女性観の裏付けを持つことも判然とする。しかし〈パンパンガール〉には、遊郭という組織の囚人である娼婦や、お秋のような銘酒屋の酌婦など、従来型の娼婦とは異なる新時代の要素も確実にあった。例えば、坂口安吾のエッセイ「パンパンガール」（一九四七・十『オール讀物』）は安吾自身が、ある機会を得て数人のパンパンガールたちに〈取材〉した記録で、新しい型の娼婦としての彼女たちの生態を生き生きと伝えている。臨席しているのは姉御とその配下の数人、地元の顔役などだ。この記事に安吾が彼女たちを不幸と見る眼差しは皆無である。「たいがい女学校を卒業した家出娘で（中略）家庭の事情で飛びだしたといふよりも、自由にあこがれ、楽しい人生をもとめて飛びだしたといふ方が本当で、家出の理由を家庭の事情に罪をきせるパンパン嬢は一人もない。(略) 概ね明朗快活、自分勝手にとびだし、かうなつてゐるだけの、素直にして自然の体をそのまゝ存してゐるのである。だから心は荒れてはおらず、無邪気である」「彼女らは、束縛されることがない代りに、徹底した個人主義者で、又ケチンボでもあるらしい」「姉御と配下といつたつて、別に仁義、義理、人情、いたはりが有るわけぢやない。便宜の機関といふだけのこと、天地いたるところどこでも開業できる。さういふ自由さと強みはおのづから滲み出て、彼女らに徹底した個人主義の性格を与へてゐるのだ」「娼家の娼婦は奇形児だ。肉体的にも精神的にも畸形不具的だ。パンパンは自然人であるが、畸形ぢやない」。

「自由を求める」「自然人」「無邪気」などの語に、小説家特有のファンタスティックな誇張を感じないわけにには行かないが、戦前のモラルや家制度の揺らぎの中で、貧しさゆえにではなく、〈自由〉を求めて、厳格で楽しみも無い家庭を飛び出し街娼となるという、従来型とは全く異なる〈動機〉が〈パンパン〉と呼ばれる女性たちにあったことは確かな事であり、そうした動機から売春に走る娘たちを取材したルポルタージュなどもある。D・ベリガンというニューヨーク・ポスト特派員の「パンパンの世界」(『婦人』一九四八(昭和二十三)・十)では、同じ街娼の中でも従来型の、貧しい家のために我が身を犠牲にする売春婦とは別にこれらの娘たちを「罪もない無智な社会反逆児」と呼び、「彼女たちは、単に肉体的なものでは満されない精神的な欲望を満たそうとして、はじめ、ただ一寸とまどいして間違つた方向に足を入れたに過ぎない」「家庭にあつては殆ど自由を持たない」「日本の青年たちが自由を求めて行つた多くの戦いのうちの、最も悲惨な結末」なのだと述べている。〈自由を求める反逆児〉という〈パンパンガール〉観は、坂口安吾の記事とも共通する。

『トミイのスカート』には、こうした新しい性風俗を扱っていることに対する認識は、第一場「送別会」のベスの、次のようなセリフに示されている。「へん！　覚悟う決めて自分から飛び込んだ商売だ。今さらになつてジタバタと往生際の悪い真似はしないんだ。ガード下のベスは筋金入りだい。今どきの御嬢さんや奥様がねえ、食えないからとかなんとか、なんとかかんとか、もつともらしいこと言つて、実あヤロウにかつえたために引つぱりになつてるのたあ、わけがちがうんだ。そんななあ、きたねえよ！　ペッ！　そんななあ、バイタだあ！」ベスは、自分を「バイタ」ではなく「職人」、つまりプロだと言う。これが「ガード下のベス」の職業モラルであって、主体的な職業意識無くして売春に走る〈かつえたお嬢様奥様〉とは覚悟が違う、と云うわけである。ここには銘酒屋の酌婦お秋のような、伝統的な自己犠牲型とは明確に異なる三好の女性観が見られる。しかし、このベスの〈プロとしての売春〉は先述したように『トミイのスカート』の中では展開されることなく、旧式の犠牲型のヒロイン富子の受難の諸相が芝居の中心的興味となっている。富子が受動的な造形であることによって、富子が通過してゆく世相があたかも〈地獄めぐり〉のような趣で語られていく。

また一方で、〈パンパンガールと彼女たちにまつわりつくジャーナリズム〉、という戦後の世態風俗そのものがもつドラマ性にも作家たちは敏感に反応した。三好の小説「妙な女」（キャバレーのダンサーが、げすな小説家の正体を暴いてゆく一人称独白体）が掲載された『別冊文芸春秋』第二十七号（一九五二・四）の前号（一九五二・二）に田村泰次郎の「消えた女」という、一人の〈パンパン〉の転落を語る小説ともエッセイともつかない文章がある。「田舎の百姓のかみさん然」とした風采の女性が、ある風俗雑誌が企画した座談会に現れる。彼女は「鉄火な姉御的存在を夢想した若いジャーナリストのロマンティシズム」によって「堂々たる姉御」に潤色され、田村の「肉体の門」の「関東小政」のモデル、ということにもなってしまう。この女性は、そのために一時新宿の「いい顔」になったものの、インフレのおさまりと軌を一にした風俗雑誌の衰退とともに、仲間内の競争にも敗れ、飲食店の残飯を漁るまでに落ちぶれていく様を描いている。この、田村泰次郎の「消えた女」は、〈ジャーナリズムの好餌にされる夜の女〉という『トミイのスカート』に取り込まれた新しい〈女性の略取の型〉が、時代の表徴であったことを示してもいる。(5)三好がこうした「現在」から拾い出した「現実のひとかけら」とはどのようなものであったか。三好の〈戦後的女性像〉を検討してみたい。

3　裏切られた女

『トミイのスカート』執筆前後に三好は、〈女性の独白体〉という、共通する形式を持つ、小説「痴情」(『婦人』一九四八・十一—十二)、先に触れた小説「妙な女」、作家や知識人の戦後のモラルの崩壊と醜態を一人のストリッパーが暴く、という内容の戯曲「殺意」(『群像』一九五〇・七)や、ラジオ放送「美しい人」(一九五三・四—十)などのテクストを書き続けている。これらはある一つのテーマを執拗に追っている。それは〈裏切られた女の報復〉と、概括できそうである。何に裏切られたのか、といえば、第一に、戦前戦後を通じて臆面もなく変節を繰り返す似非インテリに、である。「痴情」、「殺意」、そして「美しい人」はほぼ同内容で、戦時下には国家主義者で、ヒロインたちの弟を強烈な影響下に置き、戦争に駆り立て、戦死させたにもかかわらず、自分は戦後もぬけぬけと生き延び私腹を肥やし、無頼漢ぶりを発揮している男たちの醜悪さをヒロインたちは暴き報復の念に燃える。

自他に対する裏切りを繰り返す卑劣な男を審判するのは、ストリッパー（「殺意」「妙な女」）や未亡人（「痴情」「美しい人」）など〈戦後的〉な女性たちである。なぜその資格が彼女たちに与えられたかと言えば、まず、これまで女性に強いられてきた自己犠牲や献身などが集約された存在がこうした戦後の不運な女性たちなのであり、彼女たちの素朴な〈信〉というものが常に〈裏切られること〉と表裏の関係にあることを三好自身が敗戦体験を通過して思い知ったためではないかと思う。三好は、天皇の玉音放送を聴いて、わけもわからずただ泣いた経験を語っている。

天皇の言葉はハッキリせず、聞き取れた所も意味が不明瞭であった。ただわかったのは日本が敗れ、降伏したという事だけであった。聞いているうちに、自分でも思いがけず、急に泣き出していた。（略）自分がどんな感情のために泣いているのかわからない。もちろん感傷的になっているためでもない。ただむやみに泣けて、しまいに声を出していた。

（「「廃墟」について」『三好十郎の仕事　第三巻』学芸書林　一九六八（昭和四十三）・九）

この時の「感情」とは、〈信〉が、言い換えれば自分の中の最も素朴な善きものが徹底的に虚妄であった事実を突き付けられた衝撃、と見て差し支えないものと思う。こうした裏切られ方が集中した存在が、稼ぎ手である夫や恋人や弟を戦争で失い路頭に迷うストリッパーやダンサーや未亡人たちだ。そのような三好の認識がこれらの戦後のテクストを彩っている。また、戦後的不幸を背負った女性がヒロインとなる別の理由としては、これら〈社会的弱者〉というものは、必然的に犀利な観察者であるからだ。「妙な女」の「私」も、「殺意」の緑川美沙も「痴情」のナツも、「美しい人」

の栗原志乃も、自らの不運を通じて、敵の正体を見抜く目を磨いてきた。これらのヒロインたちは「冒した者」(一九五二・九)の終わり近くに「私」の覚悟として語られる言葉を具現化した存在であると言えよう。「引きのばし持ちこたえ乍ら、その中で衰弱せず最後の時に、追い詰めて来たものを振り返り、面と向かってそれを審判し、ノウと言うことだ。それだけの力を保って行くことだ」(「冒した者」19)と。『トミイのスカート』の富子も当然、これらの戦う女性たちの系譜にあって、この「引きのばし持ちこたえ乍ら、その中で衰弱せず」というセリフが最も正確に該当するヒロインなのである。

4　帰ってきた女/居場所のない女

芝居は、とある「東京郊外」の明け方近く、「マーケットを作る時の余つた板や柱」を差しかけて屋根にしている「こわれかかつた倉庫」の中での、トミイこと尾形富子の送別会の場面から始まる。富子の傍らには真新しいミシンが置かれている。パンパン仲間たちに「蛍の光」で温かく送り出された富子は、弟妹が身を寄せている埼玉の伯母の家「提灯屋」平助の家の一間を借りて「洋裁研究所」の看板を揚げ、まさに第二の人生を始めようとする矢先に、「地方新聞」に、戦後の荒れた世相の中で、「勤労の汗の結晶で」洋裁店を開く「堅実」で「進歩的な積極的な」若い女性として書きたてられる。ところが顔写真が出てしまったために東京の某雑誌に前歴を嗅ぎ付けられてしまい、それが忽ち近隣の知る処となって、富子の志は挫折を余儀なくされる。世間から後ろ指をさされ絶望した弟も妹も自ら将来への道を閉ざしてしまう。売春=前科とみなす世間は富子に決して居場所を与えようとしない。富子は織物会社の下請けの縫製工場、製薬会社の女工、マネキン、通いの女中、モデル、露天商などを転々としつつ逃げ回る外はない。この職歴は、林芙美子『放浪記』（一九三〇・五）、『続放浪記』（一九三〇・十一）のヒロインの職歴と重なっているが、カフェや酒場など、セクシュアリティーを売る仕事には就いていないことに富子の決意、及び作者の趣向を見ることが出来る。芝居はこのように展開してゆく。

三好の芝居の〈性を売る女〉の系譜の中で、先述した昭和三年の「疵だらけのお秋」と、戦時下に書かれた「峯の雪」は、女性の表象を通じて三好の、戦中から戦後への変化を見るために、そして『トミイのスカート』を検討する上でも重要なテクストである。「峯の雪」『トミイのスカート』は、共に〈帰ってきた女〉を郷党がどのように処遇するか、という問題が芝居の要となる。「疵だらけのお秋」と『トミイのスカート』は二つの物語の型を共有していて、一つは親の無い、あるいは親に捨てられた子供たちの姉が売春という自己犠牲によって兄妹に尽くす、という〈型〉、そしてもう一つは、二人の男の間で去就に迷う女、という〈型〉である。大竹正人『三好十郎の手帳』（一九七四・六　金沢文庫）の、「手帳2　一九五〇年四月二十九日より」に、『トミイのスカート』の創作メモが記されているが、

○「疵だらけのお秋」の後編
○「何が彼女をそ…」
○ラクチョウのお時さんがパンパンから足を洗おうとして悪戦苦闘する話
（以下略）

このメモからは『トミイのスカート』が「疵だらけのお秋」の後編を書く意図であったことが窺われる。このような意味で、「疵だらけのお秋」「峯の雪」『トミイのスカート』は〈三幅対〉を成している。また後述の予定であるが、「峯の雪」に関する「ノート」は、ストリッパーや娼婦をヒロインとする三好の戦後の芝居の、三好の関心が那辺にあるかを示す重要なものである。

「峯の雪」は、陶工治平の次女で、村を出て三、四年も音信不通となっていたみきが四、五日前に突然村に戻ってきた、という場面から始まる。村では、美しいみきが満州で〈からゆきさん〉をしていたという噂が立っている。父治平も弟子治六も、姉弓子も噂を苦にしつつその事を直接みきに聞きただそうとはしない。まさに噂というものがそうであるように独り歩きして近隣全体に暗黙の、ある空気が出来ている。ところが最後に、みきが満州ではなく張家口で国務機関のタイピストとして働いていたことが判明し一同安堵するとともに、誤解していたことをみきに詫びる、という成り行きとなる。

「峯の雪」は、発表には至らなかったが、一九四四年三月号の『日本演劇』に発表の「おりき」に続いて書かれた、国策に沿う内容の戯曲である。みきは姉弓子が詫びる言葉に応えて「お国の事を背負つて、つらい、烈しい仕事をしている」人々を「ホンのいっ時でも慰めることが出来るものなら」「此のあたしの身体で間に合う事ならどんなことでもして上げたい」「自分なんか、どうなつてもいいの…つまり、あの人達をホントに慰めるものなら、からゆきさんになつてもいいという気がするの」と言う。ここは観客の〈うけ〉を狙った場面なのだろう。しかし、ここにこそ、この戯曲が国策演劇である要素が集約されている。まず第一に〈からゆきさん〉とは貧しさゆえに売春業者によって、北はシベリアから、朝鮮、中国、東南アジア諸国へ売り飛ばされ売春を強要され、それによって「近代日本国家のアジア諸国にたいする軍事的・政治的進出に先立つ、経済進出」（山崎朋子『アジア女性交流史―明治・大正期篇』一九九五・四）に寄与させられた女性たちの総称である。山崎朋子によれば、〈からゆきさん〉の組織者たちは、「資本としての彼女たちをなるべく長保ちさせるために、その生き甲斐として、家への送金と祖国日本への愛国心を絶えず吹き込んでいた」と述べ、彼女たちが「デカダンに陥る自由さえ与えられない」「地獄」を生きていたことを強調している。すなわち〈からゆきさん〉とは、階級と性の双方から疎外された日本女性の苦しみが集約された存在なのである。

〈からゆきさん〉でなくてよかった、というみきの家族の安堵は、〈生と性〉とを略取された不幸な少女たちを、利用しつつ侮蔑し疎外するこの社会の排他的な残忍さを露骨に示している。彼等の自覚されざる残忍さは、この時期、〈民族浄化〉の掛け声のもとに、癩患者たちを〈国家の汚れ〉として遠隔の癩療養所に強制的に隔離した癩予防法の陰惨な人間観と通底する。女性史研究家鈴木裕子は日本社会の構造は〈皇軍〉に集約されており「強いものが弱いものを虐め、弱いものが、より弱いものを虐めていく。その抵抗が上に向かっていかないようにするために徹底的に弱いものを痛めつけていく(6)」連鎖を指摘する。人間として扱われない社会的弱者は、ただひたすら〈無償性・自己犠牲〉を強要され奪い尽くされるだけだ。大陸に渡り、〈からゆきさん〉を間近に知っているはずの、みきの鈍感とも見える感傷的なセリフも、非人間的な強制売春の実態を隠蔽するための自民族的体制的発想そのものに他ならない。この〈帰ってきた女〉みきの価値は〈からゆきさん〉では無かったこと、つまり自己犠牲の精神に富んだ〈女の純潔〉に見出されている。その〈純潔〉ゆえにみきは郷里に居場所を得ることができたのである。十六年前の、社会の底辺で生きる女性への深い共感を示す「疵だらけのお秋」とは驚くほどかけ離れた女性観を示す、この「峯の雪」を通過することによって、戦後の三好の女性たち、「胎内」(『中央公論』一九四九・四〜五)の村子、「殺意」のストリッパー美沙、「妙な女」のダンサー「私」、「痴情」のナツ、パンパンガールの富子などが現れる。

5　〈見世物〉としての女

「この辺りの人は女子がどっかへ出かけると、直ぐにロクな噂は、せん」(「峯の雪」弓子)という因習的なこの国土で、これら郷里に受け入れられない〈夜の商売〉の女性たちは例外なく転々と動きまわる、言い換えれば逃げ回る者たちである。『トミイのスカート』には、その根強い因習性が戦前戦後を通じて少しも変わりのないものとして書かれている。〈居場所がない〉、という彼女たちの特徴こそが三好の関心の中心だとさえ思われる。解釈を三好の伝記的事実に還元するわけではないが、お秋の「親に捨てられたが最後、子供はどうなるか知れないんだから——私達姉弟がいい見せしめだわ」(「疵だらけのお秋」)というセリフ、また『トミイのスカート』の富子ら三人姉弟が戦災孤児であることなどから、これら〈居場所の無い〉女性たちに、三好自身の、親に捨てられた〈寄る辺なさ〉が仮託されていることは確かなことに思われる。漂浪の挙句、身投げの誘惑に駆られる『トミイ』には、特に三好の幼少時の記憶が色濃く表れていると思える。

前歴を近隣に知られた富子は、比喩的に言えば、あけすけな物見高い人々の「見世物」として引きずり出される。ミシンを踏む富子に「仏の平助」の仮面をかなぐり捨てて伯父の平助が挑みかかり、抵抗する騒ぎを近所が聞きつけて覗きに来るシーンで平助は「さあ行つた行つた。ここは見世物じや無いからなあ」と追い払うが富子は「見世物だわよ」「そんなに見たきや、見せたげようか？」と集まった見物に向けて衣服を脱ぎ捨てるところで暗転する、という演出がある。〈帰ってきた〉富子はあたかも即物的な〈性器〉そのものであるかのようにさらし者（＝見世物）にされるのだ。

世間は富子を放っておかない。ミシンを踏みたい富子からミシンを取り上げようとするかのように躍起になるさまが、第四場で富子の一人語りで展開していく（後に聞き手がいたことが判明する）。自分の受難を語る富子はそうした世相の観察者でもある。富子は、平助、弟の健、記者の金森、あるいはキリスト教の伝道者たちの矛盾や変節をしっかりと観察している。弱者の武器は〈観察〉しかないからだ。「まじめでいた弟が、私が足を洗つて堅気に働きはじめたらグレだしたんですもの。まるでアベコベですもん」。健は、「疵だらけのお秋」の、姉の商売に傷つきながら姉を苦しめる世間を憎み、お秋を愛する心優しい弟ではない。健は世間の側にいるのであり、富子は健を感じやすい年齢故と許しているが、その点でお秋よりも一層孤立を深めている。富子の洞察のとおり、世間は〈堅気になろうとすると迫害する〉のだ。なぜなら〈娼婦から足を洗おうとする〉こと自体が、人間を一つの型に嵌めて見たい、つまり弱者が弱者を迫害する身分制度を、本当は好んでいる社会の憎悪の対象となるからであり、もう一つの理由は、彼女たち底辺の女が、自らの生の〈主体〉であることを許さないからだ。〈娼婦〉は社会の矯正や処罰によって導かれる対象でなければならないのである。

世間を漂浪しつつ、それでも売春は二度とするまいと決意している富子は、娼婦でも堅気でもない不安定な宙づりの状態であるために、身を守る何物もなくもっとも世間の迫害を受けやすい。比喩的に言えば、伯父の家を出た後の富子は戦闘に倒れた重傷の兵士なのであり、彼女に性的にまつわりつく男たちは、その身体にたかる蝿や蛆虫のようなものだ。富子が吸うことのできるこの社会の空気はますます希薄になる。富子自らが語る受難の経緯は、ある閉塞的な状況のなかに投げ込まれ、徐々に圧迫の度を加えてゆく、実験装置の中の生き物を思わせる。無責任きわまるメディアや、噂好きの近隣から世間の見世物にされた富子は、実際に「見世物小屋」に出る事となる。富子が見世物で演じさせられているのは、「ミス・セックス」と呼ばれる売春婦のショウで、見世物師の口上は次のようなものである。「永い間の稼業の果て、全身これ性病の巣窟となり、ありとあらゆる治療につとめても、その効無し、遂に絶望の末に、恐るべき猛毒をエンカして自殺を計りしもこれに失敗いたしまして、生命を取りとめるや、ホンゼンとして目ざめ、世道人心のため、性病のいかに恐るべきかを身を盛って示さんがために、当展覧会に進んで御出演。ご自身の経験そのままにアリアリと実演して、世の大方諸氏に示されるのである！」「世間普通のエロ・グロ・ナンセンス、興味本位の見世物ではないぞ！」。つまりストリップショウを兼ねた、伝統的な〈懺悔〉ものの見世物の戦後版である。売春をせず、堅気にもなれないという状況では〈売春婦の演技〉をすることが、その宙づり状態をキープしていく唯一の手段となるわけである。しかし、この見世物小屋の場面は、富子の運命の、もう一つの三好の腹案を示しているのではないのだろうか。かつて「峯の雪」の敗戦後に書かれたと思われる「「峯の雪」改稿のためのノート」に三好は次のようなメモを残している。

たとえば彼女が敗戦後、この家に戻ってくるまでの間に、女として行くところまで行った生活をしていた事にして（パンパン、またはホントのカラユキさん―敗戦後からの絶望と、生存の必要とから）東京でか。―そこでの生活で関係のある闇ブローカアの悪党がいつしよについて来ている。
そこへ彼女をホントに愛している男（前出の技師）も来る。彼女を間にはさんで取りつこをする二人の男。Nihil　いつ死んでもよい。
ダラクと悪徳
（「「峯の雪」改稿のためのノート」『三好十郎の仕事第二巻』傍点引用者）

この「ノート」が示す、前半と後半二つの内容は、三好の戦後書かれた女性像を考察する上で非常に興味深い。次章でこの「ノート」から見えるものを考えたい。

6　〈選択〉しない女

「ノート」の前半部分「女として行くところまで行つた生活をしていた事にして……」という腹案の存在は、『トミイのスカート』の読み方を示唆している。つまり見世物での富子の演技は、実は「見世物」ではなく、これこそが彼女の辿ることになった「女として行くところまで行つた」現実の姿であると見ることを(観客に)可能にするのである。そうすると、真面目な勤め人の妻となる、というハッピーエンドこそ陰画であったことも見えてくる。つまり『トミイのスカート』には二つの結末が用意されていたのであって、富子は伯父の家を出た後に、やはり抜け出ようとした古巣＝

元の商売に舞い戻るほかはなく、性病に侵された後、最終的に自殺してしまう、という結末のつけ方も確実に三好にはあった。そしてこの方が、三好の「解説」の「この中にハッキリしたテーマは多分無い。しかし現実はある。また、この中にはどのようなモラルも無い。しかし人間はいる」という言葉にふさわしく思われる。「しかし現実はある」の「現実」とは、富子には結局〈居場所が無い〉という事実である。

次に「ノート」の後半部分であるが、次のように続きがある。「Aは悪党」で次女はAを憎んでBを愛しているが、Aに身を任せてBから逃げ回つている。「彼女の中の悪は遂に、Aを愛しBを嫌悪するに至つている。――それが最後の所でカラリと素直になつてAへ。（略）「お秋」のテーマの深まり。」とある。「ダラクと悪徳」とは、〈女の性的堕落〉と〈男の悪徳〉とが結びつくことをを意味するであろう。これらの「ノート」は「お秋」と「峯の雪」と『トミイのスカート』、そして戯曲「胎内」も、一つの根から枝分かれしたテクスト群であることを示している。[7] これらに、婚約者が戦死したという誤報のために別の男と結婚してしまい、二人の男の間で「どっちがどうだか自分の気持がわからなくなった」女の苦しみを描いたラジオ放送台本「女体」（NHK一九四八・七）も入れるなら、二人の男の間で去就に迷う女、というモティーフに三好が強い関心を持ち続けていることを示すと同時に三好が、とくに、娼婦・ワル・善良な男、の三角関係にこだわっていることが解る。この場合、〈性を売る〉女が、ドストエフスキーの『白痴』のナスターシャさながら、自分を本当に愛する男ではなく、〈ワル〉の方に惹かれていくことが、つまり女が〈選択できない〉ことがこの関係構造の核心であり、三好の関心もそこに集中している。

「峯の雪」には結局書かれなかった、悪党Aと「彼女をホントに愛しているB」の〈彼女の取りっこ〉は、すでに「疵だらけのお秋」の初子・杉山・町田の関係に先蹤があるが、『トミイのスカート』第五場、下心のある記者川本と、まじめに富子を愛し守ろうとした記者佐伯との格闘場面に実現している。が、この場面は富子の哄笑で終わっており、富子はどちらも選択しない。その理由は、おそらくこの三角関係は、もう一つの三角関係と比べた時、富子の人生にとっての切実さ、という点で全く見劣りがするからである。ここで重要なことに思えるのは、〈宮城県の裁判所長の息子〉で、富子を愛する記者佐伯の熱心なプロポーズを富子が全く問題にしていないことだ。第６場、佐伯のプロポーズについて、富子と娼婦仲間律子との間で次のようなやり取りがある。

富子　でも、私にはあんな人とたとえ結婚しても、うまくやつてけそうにはないの。
律子　卑下しているんじやないの、トミイが？　以前の事があるもんだから？
富子　卑下する気持なんか、あたし、無い。わかんないの、あたしにもあたしの気持が。……その人からそんなに言われると、やつぱし嬉しいんだけど、いよいよ問いつめられて来ると、何か苦しいの。どうしてもピタッと身にしみて考えられない。

「卑下する気持なんか、ない」富子だが、「いよいよ問いつめられて来ると、何か苦しいの」と、富子は言う。ここに富子という女性の最大の特徴が表れている。堅気になろうとしてなれない彼女の苦闘は、この会話を見れば〈世間〉のような外的要因とは別に彼女自身の中にその因が潜んでいることを暗示している。つまり富子は選ばない、あるいは選べない女として造形されている。

富子のもう一つの〈三角関係〉とは、演歌師狂介と製薬会社の機械工源造との関係である。この二人は単純にワルと真面目の対立をなすのではない。二人ともに富子を愛している。最終的に富子は源造を選んだかに見えるが、本当は演歌師の方を愛している。ただ狂介が一線を踏み越えてしまった殺人者で「世の中から立ち去つてしまう人」である以上、狂介という選択肢もあり得ず、結果的に強引な源造と一緒になることになった、という風に読める。[8] つまりこの結末は〈家庭〉の縁語としてのミシンによってもたらされたのであって、富子の主体的な選択とは言えない印象が残像として残るのだ。なぜ富子は〈選択〉から疎外されるのか。その理由は、二人の男の間で〈選択できない女〉という関係構造は、社会の底辺の女に〈居場所が無い〉ことの反復表現であるからだ。あるいは女性一般に言い得る現象は〈娼婦〉に集中的な表現を見出せる、ということでもあろう。

近代日本において女性の性を〈聖化〉し、家の継承を本位とする結婚制度が、〈快楽としての女・売品〉を男に与えるために、売春は結婚制度の補完物であった。社会的諸権利から疎外され、何らかの取引を含むこうした結婚制度も女性の〈居場所〉とはならないと考えるなら、〈居場所が無い女〉というテーマは、女性についての普遍的な主題系となる。しかし『トミイのスカート』に焦点を絞るなら、〈居場所〉の問題は、富子たち娼婦にとって性とは、身体とはどのような意味を持つのか、という問題と不可分である。

文化人類学者波平恵美子は、「個人そのものである身体が個人の存在の認識において軽視される傾向」[9] を、〈身体である〉〈身体を持つ〉という二様の概念で説明している。性が生活の資であるのなら、彼女たちには自らが〈身体である〉のではなく、〈身体を持つ〉ということになる。つまり身体を含めた総体としての自我から〈身体〉が切り離され、それ自体で売ったり与えたりするものとなる。身体を〈与える〉時、それは無償性の色合いを帯びる。しかしすでに彼女たちの自我の全体性がこの社会によって解体されているのだ。先の「峯の雪」の「ノート」の「ダラク」とは、したがって自我の全体性によって生きることができない、という事を意味する。そのような女たちから、男性が〈癒される〉ことなどはあり得ない。娼婦によって癒し癒される関係は、暗黙の裡に社会の権力構造を自明のものとした〈馴れ合い〉でしかない。

「峯の雪」のみきの「自分なんかどうなつてもいいの…つまりあのひと達をホントに慰めるものなら、からゆきさんになつてもいいと云う気がするの」という言葉、そして富子の「私、あの人を見てたらトテモトテモ可哀そうになつて、もうどうしていいかわかんなかつたのよ。いいえ、あの人とは限らない、つまり狂ちやんが可哀そうで気の毒と言うよりも、そうさな、どう言えばよいか…そこいらでオヨオヨして、なんか、かんか、つらい思いをしている人が、ミーンナ、可哀そうで…もちろん自分もよ…たまんなくなつた。そいでいつしよに泊めた(ママ)あげた。そいだけなの。そこんとこ、あたしにも、よくわかんない。だからあんたから、それをインバイだと言われたつて、あたししかたがないの」つまり〈可哀想だから泊めてあげた〉〈インバイと言われたってしかたがない〉という一見無私の心性こそ、逆に男の〈情〉にすがっていると言えるのであって、ともに、身体を〈売ったり、与えたり〉する者特有の〈身体を持つ〉という、総体としての自我から切り離された、あるいは切りつめられた自我の姿を呈している。これは前述した「娼婦マヤ」の主人公ベラとの決定的な違いである。ベラには富子のような〈湿った情〉の代わりに、職業人としての揺るがぬプライドがある。富子的自我が、主体的な選択をなし得ないのは当然である。

作者は、富子にミシンを安心して踏ませるために結婚という〈シェルター〉を与えた。しかしこの結婚が売春と地続きであることは、幕切れの源造との「痴話喧嘩」に、「んでも、お前がそうしたかつたら、そうしてもいいぜ。俺あ平気だ」、富子「なあによ」、源造「パンスケ稼ぎ」と答えて富子を怒らせる場面に明らかである。つまり社会は、富子が〈(客を) 選択できない〉ことを知悉している。富子がその直後、不意に「土人踊りのようなステップ」で踊り続けて幕、となるのは、富子の〈漂泊〉が決して終わりはしないことを、言い換えれば〈身体を持つ〉自我が継続することを示唆していよう。三好は、『トミイのスカートからミシンがとびだした話』に、〈女は選択しない〉と書いた。それは三好自身の、裏切られた体験としての敗戦を通じて確信となった認識であると思われる。

【注】

(1)「演劇略年表」『現代日本戯曲大系2』三一書房 一九七一・六。
(2) 秦昌弘解説『田村泰次郎 肉体の悪魔 失われた男』講談社 二〇〇六・八。
(3) 藤目ゆき「赤線従業員組合と売春防止法」『性の歴史学』不二出版 一九九九・三。
(4) 鈴木裕子「戦後史と「従軍慰安婦」問題1」(『女と〈戦後50年〉女性史を拓く3』未来社 一九九五・十二)、前掲藤目ゆき『性の政治学』「市民的女性運動と廃娼運動」も同様の見解であり、「飢餓のなかにあった女性たちが吸引され、最盛時には七万人、閉鎖時には五万五〇〇〇人の女性がRAAに働いた」と述べている。

(5)菅野優香「パンパン、レズビアン、女の共同体」小山静子他編『セクシュアリティの戦後史』(京都大学学術出版会 二〇一四・七)によれば、一九四八年にはパンパン映画ブームが起こり、「元売春婦の更生というテーマを扱った」成瀬巳喜男の『白い野獣』が制作されている。

(6)鈴木裕子前掲書。

(7)西村博子は、この「峯の雪」の「ノート」を重要視し、「疵だらけのお秋」から『トミイのスカート』へと続く三好の関心の連続性を、「悪を選ぶ次女」という、本章とは異なる視覚から考察している。(『実存への旅立ち 三好十郎のドラマトゥルギー』而立書房 一九八九・十)。本章は、後述するように三好がこれらのテクストを通じて〈ワルか、真面目か〉という女性の選択の問題から〈選択しない女〉へと認識を深めていった、と考える立場である。

(8)田中単之は、『トミイのスカート』を三好の「円熟した技量のいかんなく発揮された、最も結晶度の高い作品の一つ」と評価し行き届いた理解を示しているが、その結論部分で、「富子は狂介に気があり、源造など眼中にない。/ところが、最終第10章で、富子と源造が、結婚生活を営んでいる場面が開けるのである。仲間を思う真面目な職工源造を、さらに内側から支えていく富子が描かれて、この劇は終る」(『三好十郎論』菁柿堂 二〇〇三・十二)と述べ、〈真面目な職工源造〉と〈彼を支える富子〉の関係を強調したが、〈気がある狂介〉から〈眼中にない源造〉への、富子の心理的プロセスの説明がない所に不満が残る。

(9)波平恵美子は、メアリ・ダグラスの『象徴としての身体』に依拠しながら、「社会の構造が大きく変化する時」「個人そのものである身体が個人の認識において軽視される傾向が生じること」があると述べ、その例として「女性が自らの身体を、自分自身の存在そのものというよりも道具として、器として、捉える傾向もその表れであろう。つまり、「自分は身体である」のではなく「自分は身体を持つ」という認識が強くなっているということである。」（『からだの文化人類学』大修館書店二〇〇五・三）という示唆的な見解を示している。

○本文の引用は『三好十郎作品集　第四巻』（河出書房　一九五二（昭和二十七）・九）に拠った。

第十三章　〈カーニバル〉としての全共闘闘争

——『飛龍伝　神林美智子の生涯』と〈天皇制〉——

1　不向きな語り手

「飛龍伝」というタイトルを持ったテクストには、知られる通り何種類ものヴァージョンがある。一番古いものは、小説『初級革命講座　飛龍伝』(一九七七年十一月)、以後、戯曲「飛龍伝'90　殺戮の秋」(一九九〇年十一月、第四二回読売文学賞を受賞)、戯曲「飛龍伝　ある機動隊員の愛の記録・決定版」(一九九二年四月)、他に、小説「小学三年生用童話　飛龍伝」(一九八八年七月『菜の花郵便局』に収録)などである(上演されたものでは、一九七三年三月、早大劇研アトリエでの「初級革命講座　飛龍伝」、出演 三浦洋一、井上加奈子ほか、を最初として、タイトルを少しずつ変えながら少なくとも十二回以上上演され、二〇一〇年二月、つかが亡くなる年の最後の公演が「飛龍伝2010・ラストプリンセス」であった)。『熱海殺人事件』『蒲田行進曲』と並んで、つかが終生愛着したテーマであることが解る。

小論で取りあげる『飛龍伝　神林美智子の生涯』は、一九九七年、集英社から刊行され、二〇〇一年七月に文庫化された長編小説である。これ以後「飛龍伝」というタイトルが付いたテクストは刊行されていないので、この一九九七年の小説が「飛龍伝」の系列の集大成と見て差し支えあるまい。これらのテクスト群は、内容は異なるものの、一九六八年、六九年に全国に波及した全共闘運動を扱っている。全てのテクストに共通する主たる要素は、全共闘運動を徹底的に茶化し笑いのめすことと、もう一つ、構造的に敵対関係であるはずの機動隊員と、全共闘委員長となった女子学生との恋、という意表を突く趣向である。菅孝行は『初級革命講座　飛龍伝』について次のような見解を示している。〈全共闘運動を、国家権力の暴力装置である機動隊とのゲームに過ぎないものとして扱って見せた〈見立て〉は尋常ではない〉と。そして「激しい反発を覚えた」「他の誰にも見ることのできない、どすの利いた悪意、というのであろうか」（「「日本」演劇の〈他者〉」『つかこうへい　追悼総特集　涙と笑いの演出家　KAWADE夢ムック　文藝別冊』河出書房新社二〇一一・二）とも。一般読者に「激しい反発」を覚えさせることは、当然、つか自身の目論見であったであろう。それは、例えば、ナチスのホロコーストが笑い話として語られることに思わず眉を顰めてしまう、そういった感覚と似ているのではないか。筆者も当然、「反発を覚えた」一人である。この〈主観〉に依拠して、テクストに分け入ってみたい。

菅氏はその「悪意」を、全くの「外部」にいる者の眼差しと知った時、腑に落ちるものがあったと述べている。「全共闘と機動隊の対立が、たかだかスポーツのライバル関係に過ぎないと言えるには、日本人の〈外〉に立てることが不可欠の条件だったたからだ」。

「店子が大家さんのけんかに口出しは出来ない」（文庫版『飛龍伝』あとがき）というのは、自分が在日であるという立場からのつか自身の言葉である。この〈店子意識〉つまり傍観者意識（無責任）をまず検討しなくてはならない。これこそが「どすの利いた悪意」をもたらすものだからだ。

『飛龍伝』につかの〈店子意識〉に由来する無責任さを探すとすると、それはまず全編を通じて、あるいはつかのテクストのすべてを覆っているかに見える、社会学的な意味での〈女性嫌悪〉であろう。それがなぜ傍観者的態度と結びつくのか、というと、全共闘闘争というものが、曲がりなりにも、女性にも主体的な自己変革を促し、それを前提としたことによる。そのために一層『飛龍伝』の「女性嫌悪（蔑視）」が他のテクストよりも突出して見えるのである。つかは、人間が闘争によって鍛えられてゆく、精神のダイナミズムには全く無関心に見える。しかし全共闘を生きた学生や市民が経験したのは、まさに自分自身を批判的に捉えなおすことによって歴史に参画することであったと言い得る。

『飛龍伝』の語りは、ほとんどが樺美智子のパロディ、神林美智子の一人称独白体であるが、かなり変則的なものである（最終章16章「君は戦場、僕は恋」の数ページ、客観的な三人称の語り手〈桂木の動向を伝える〉であり、その他には9章「道」の全部が山崎、11章「潜伏」は、美智子と山崎が交互に語り手となり、14章「命」の三ページ分ほどが山崎の一人称独白体）。したがってこの物語は、量的に考えて、ほぼ美智子の関心によって紡ぎ出されているのである。つまり六八、九年の全共闘闘争が、神林美智子という女子学生が語るに値する、と判断した事象で構成されているのだ。ではこの人物はどのような関心を語りの中心に置いているのだろうか。

全共闘委員長に選ばれることになる『飛龍伝』のヒロイン美智子の関心事は、呆れるほどに旧態依然とした〈愛する人に尽くしたい〉〈同じお墓に入りたい〉〈愛する男の子供を産みたい〉といった、男性をフォローすることに自分のアイデンティティーの根拠を見出している〈可愛い女〉の範疇を出ないのである。美智子は、男性に都合の良い女＝〈可愛い女〉を臆面もなく演じている。これはつかのどのようなテクスト戦略なのか？　早計に結論は出さないでおきたいのだが、この事実からだけ推論しても、つかには、一九六八、六九年の、全国の大学生を駆り立てた学園闘争を正確に描くことには全く関心がない、とだけは言えるであろう。参考までに、六〇年安保闘争で機動隊に虐殺された樺美智子の遺稿集『人しれず微笑まん』(一九六〇・一　三一書房)、そして六八、九年の全共闘闘争に参加し、膠原病で惜しまれつつ病死した、所美都子(享年二十八歳)の遺稿集『わが愛と叛逆――遺稿　ある東大女子学生と――青春の群像』(一九六九・三　前衛社)を覗いて見れば、『飛龍伝』の美智子の意識性が、いかにこれら、当時の闘う女子学生の思想性とかけ離れているかが歴然とし、またその事実が示す作者の目論見もおのずと浮かんでくるように思える。樺も所も、現代社会の男女の非対称性について、以下に示すようにそれぞれ個性的な思考を展開している。

◎勉強のできる立場にいる私たち学生が社会に対して果たすべき役割がある。そのうち、女性と職業の問題に関して、しかも教養課程在学中になすべきことにしぼって云うならば、まず次のことを徹底的に究めることであろう。即ち、憲法のもとに、法のまえにその平等を規定されながらどうして男女不平等があるのか(多くの人は女性の経済力が小さいからだ、弱いところへ必然的にしわよせが来るのだと指摘する)では、どのような歴史的原因によって女性の経済力が小さくなり、何が「弱い」ままであることを強いるのか、それを根本的に解決するものは何なのか。(中略)女性の低い地位は歴史的背景によってもたらされた女性の経済力の小さいことが主要な原因だが、現在なお「小さい」ままでいることを根底において強いるのは、よく言われているような「封建的なもの」なのではない。特に都市においてはっきりしているように、現代の機構そのものにある。(中略)心の中に封建制が残っていようとも、企業家の頭はまさしく現代的構造――私的利潤の飽くことなき追及――をもっており（そうでなければ落後する）その現代的構造こそは女性が十分に働くことを阻んでいるのであり、このことは女子は産休を必要とする、夜業を禁ぜられている、短期間で離職すれば養成費が無駄になる。だから採用しない。（好況期には雇うが低賃金の理由になる）と表明していることをみてもはっきりする（現在残存している封建的諸要素は、この現代的構造に容認され、むしろ温存されていることに注意したい）。私利益を全力をあげて追及しなければならない企業家とそれを基本的に保護する国家とだけが職を提供しうるに過ぎない。（中略）女性の身体と胎児とに産休が必要である限り充分な有給休暇を与えることができ、人間が自分達のために働くことができる社会にならなければ真の平等はあり得ない。しかも日本の生産力・人口はそれを実現できる段階に達している。（以下略）　（前掲『人しれず微笑まん』より）

◎1、われわれは、常に自ら成って行く人間なのである。（中略）もし組織のなかでそれがきずただひたすら命令の遂行に追われるなら、その人間の固有性は失われていくだろう。そして遂には、その失われている固有性をみて、これこそわれわれの主張すべき固有性であると近視眼的に早合点してしまうことになる。このように、上下関係の確立した組織の中では、人は自ら成る人間であるという自信を失い、上部機関は、それゆえはなはだしい大衆蔑視に陥る。卑小化し、卑小化された人間像から人はいったいどんな未来を期待することになるのであろうか。（中略）人間が、わびしい影にされてしまった生産性の重視、それが組織をも色濃く塗りつぶしている。先に述べた上意下達制度も源をたどればそこに行き着く（以下略）。

◎2、世の中には、呆れるほど立派な女性がいるものです。そしてそんな人は独身者に多いというか、「結婚」はまだ女性を「解放」とは逆のベクトルでひっぱるので誘惑に負けて独身をつらぬかなかったら最後(結婚したら最後)急傾斜で、今まで培ってきた自分の核を相手のそれになだれこませてしまうことになるのでしょう。私はそう思って、必死に抵抗しています。「彼」に対して、というより結婚を通して繋がってしまう「社会」に…。

(前掲『わが愛と叛逆　所美都子遺稿　ある東大女子学生と青春の群像』より)

前半の樺美智子の文章は、一九五八年四月二日の『東大教養学部新聞　論壇』に掲載された「婦人問題の根本的解明を——平等を実現できる社会をめざして」からの引用である。所美都子◎2の文章は、一九六七年五月二十五日の日付のある、友人宛の書簡の一部である。九年の時間的距離はあっても、二人の女子学生はともに現代の結婚制度について思索を深め、それが女性の「解放」には向かわないこと、その要因が、私的利潤を飽くことなく追求しなければならない独占企業とそれを保護する国家によって形成される現代的構造にあることを指摘し、女性が「結婚」することに強い警戒を表明している。また、◎1は、一九六六年六月、トマノミミエのペンネームで『思想の科学』に応募した所美都子の論文「予感される組織に寄せて」の一部で、主に「共産党と社会党」の、「上意下達」の組織機構を「自ら成ってゆく人間としての固有性を奪うもの」として批判したものである。

これら女子学生の前衛は、共に女性を家制度に服従させようとする資本主義社会の機構に目覚め、そうした社会と協働態勢にある大学を改革しようと闘い、その結果命を奪われたのだった。しかし『飛龍伝』の神林美智子には、彼女たちの行動原理となったはずの思想が全くない。学ぼうともしていない。『飛龍伝』にくりかえし出てくる書名（あくまで書名のみ）が『共産党宣言』と『資本論』という、とってつけたようなずさんさである。新聞さえ読んでいないと思われる。新聞を読んでいれば、現在起きている具体的な事件について（医学部の不当処分、早大、明大など他大学の紛争の実態、破防法など）、また、学生と東大当局との敵対の構造など、そして市民も共闘したベトナム反戦運動などが見えないはずはないからである。したがってこのヒロインは、明治新政府が政権樹立以来推進してきた、天皇制による父権社会が女性に押し付けた役割（夫と婚家への忠誠）の優等生と言うほかない。後述するが、この主人公が、〈近代天皇制の申し子〉であることは極めて重要な事実だ。

思想性も論理性も欠如し、自分が所属する大学及び社会の矛盾と闘う意志もなく、したがって自己変革の契機ももたないこのヒロインが「全共闘闘争」を語る、ということ自体がこの小説の最大の矛盾であり、また戦略でもあろう。この事実はいくら強調しても強調しすぎることは無い。つまり主人公自体が、この「闘争」の物語（とするならば）の最大の裏切り者なのだ。美智子の関心はひたすらその時々付き合っている男との関係に集中しているのであってそれ以外には向かわない。主人公が「闘争」の物語を裏切っている、という事実は、この小説が文庫化された際の表紙、また上演された際のパンフレットの表紙、女性の裸体の後ろ姿という絵柄によっても明らかだ。作者の、状況に対するシニカルな態度（悪意）が透けて見える。

一九六八年、六九年の全共闘闘争の最もラディカルな闘争の成果は、東大全共闘議長だった山本義隆の次のような総括に代表されるものであろう。「一つはバリケード内に解放空間を形成し、一時的にではあれ、学生間の新しい共同性を創り出し、ささやかであれ自己権力への一歩を踏み出したこと、そしていま一つは、科学あるいは科学技術にたいして、そしてその進歩に対して、それが絶対的な善であるという、明治以来の日本の近代化を支え、大日本帝国の敗北によっても無償で継承されたイデオロギーに対する批判を大衆レベルで始めたことにあります。」(『私の1960年代』金曜日　二〇一五・十)。山本義隆は二つの重要な事実に言及している。一つは、これまで「大学の自治」と言われていたものは、学生、院生らを排除した、教授会のみの「自治」であったことだ。もう一つは、樺美智子が殺された反安保闘争、日韓国交回復のための日韓問題つまり日韓条約阻止闘争以来、この時期の世界的な傾向としてあったスチューデントパワーの波とも呼応しつつ、もはや個別の大学改良闘争としては闘い得ない、という認識から出発した、大学の「帝国主義的再編」に抵抗する闘いとして国際的な反戦運動と共にあったことだ。日本はこの後、東南アジアや韓国に経済的侵略を図ろうとすることを阻まなければならない。山本が述べているのはこの二つのことである。つかは、こうした前提になる大学闘争を描くことは出来ず、あるいは描く意志は毛頭なく、美智子が「全共闘委員長」に就任するのを機に一九七〇年二月の反安保闘争に焦点が絞られ、つまり全共闘が、ただ一つの目的に向かって機動隊を相手にバトルをするという荒唐無稽な戦争物語に一気に傾斜する。

六五年の早大全学ストライキ、慶応大学学費値上げ反対闘争、不正入学問題から端を発した高崎経済大学闘争、六六年の明大学費値上げ反対闘争などに先立って、六〇年の樺美智子が殺された反安保闘争以来の「「ベトナムに平和を！」市民・文化団体連合」結成（六五年）、「三里塚新国際空港反対同盟」結成（六六年）、佐藤栄作訪ベトナム阻止闘争（六七年）など、全共闘が市民との共闘であったことは否定しようのない事実である。確かに、歴史的出来事の解釈には、ある一つの解釈が他の解釈よりも真実であることを決定するための客観的基準は存在しない、という構築主義的な観点から美智子の語りを許容し得るとしても、これらの〈社会的記憶〉による一定の限界があり、果てしない相対主義に陥ることを免れているのだ。全共闘闘争は『飛龍伝』のアウトラインである、国家権力〈機動隊〉と学生とのゲーム的闘い（菅孝行）なのではなかった。『飛龍伝』には、山本義隆が述べているような意味での「大衆レベル」が、故意に視界から排除されている。

つかは、文庫版『飛龍伝』のあとがきに、〈店子ゆえに運動に参加できないもどかしさ〉を、自らが日本社会から〈分断〉された者として語っている。

学生運動に明け暮れる激動の六、七十年代には、実に様々な分断が生まれていた。学生と機動隊の分断、（中略）学生内部でも、革マルや中核など、思想を異にすることからの分断が生まれていた。

日本人でない私は運動に参加できないもどかしさを募らせ、機動隊員と全共闘委員長の禁じられた愛を、芝居という手段をもちいて描くことでしか闘士たちと思想を共有することができなかった。

ここにつかの意図を読み取るのはたやすいが、「分断」を乗り越えたいために、機動隊員と全共闘の女学生の禁じられた恋を描く、という認識自体を検討しなくてはならない。そもそも、この社会の「店子」として存在することが果たして可能であろうか。繰り返すが「店子」という認識それ自体が全く無責任なものだ。つか自身も家族も日本社会に長年住み暮らし税金も払ってきたのならば、この社会に何らかの責任も義務もあるはずだ。このあとがきは、つかの政治的無関心を示すのみだ。しかし小説には、主人公である神林美智子と同窓の、在日韓国人の鬼島がつかが述べているのとよく似た店子意識を訴える場面がある。しかしこの訴えに対する美智子の反応は「初めて聞く話だったが、私に何ができるというのだろう」という冷淡さである。つかと、在日意識を共有しているかに見える重要なこの人物については後述の予定である。

つかの〈分断意識〉に基づく、社会正義に対する無関心は、彼のマイノリティー意識にのみその要因を帰すべきではない。それはもっと根底的なつかの自我の在り方によるもの、と思われる。

山本義隆は「分断」について次のような見解を示した。

闘いは自己の分裂の克服からはじまる。（中略）ぼくたちは王子や三里塚の闘争に参加した。しかしデモから帰ると平和な研究室があり、研究できるというのはたまらない欺瞞である。研究室と街頭の亀裂は両者を往復しても埋められない。

（山本義隆『知性の叛乱』一九六九（昭和四十四）年六月　前衛社）

つまり山本は、切迫した現実問題に関わらねばならない当事者たちと共に闘うことと、山本自身の居場所である「平和な研究室」との「分断」が欺瞞的であると言っている。この分断（矛盾）を止揚するためには「徹底した批判的原理に基づいて自己の日常的存在を検証し、普遍的な認識に立ち返る努力をすること。（中略）社会に寄生し、労働者階級に敵対している自己を否定」する。これが「自己否定論」と呼ばれるのだが、一時的にでも研究を放棄、研究室を「封鎖、自己管理」してゆく中で、改めて研究をトータルに捉え返す作業が必要とされたことを山本は強調している。つかの〈店子意識〉が示しているのは「批判的原理に基づいて自己の日常的存在を検証」することに対する無関心である。同じことがこの小説に登場する学生や〈中卒〉の機動隊員山崎にも言い得る。山崎は次のように全共闘闘争を規定している。この規定は、闘争の全くの部外者、傍観者のものだ。

山崎がそばにいた学生に仕送りの額を聞くと、四万だと言った。
「おかしかねえか。朝から晩まで働いているオレらの給料が税込みで三万八千円で、夜は酒食らって昼頃まで寝てるお前らの仕送りが四万たあおかしかねえか。そんな奴らの言う革命なんて信用できるか。中学出が悪いか。機動隊は大抵みんな中学出だよ。みんな大学行って革命ってのやりたかったよ。でも仕方ねえだろ、みんな家が貧乏で行けなかったんだからよ。中にはそのまずしい給料の中から故郷の弟や妹に仕送りしてるやつもいるんだよ」　（10　転機）

機動隊員山崎は、活動は金があって大学に入れた者がすること、貧しいために大学に行けなかった者は活動ができない、つまり金がある者無い者の〈分断〉を決定的なものと見なしている。この〈分断の感覚〉は、十九才の射殺魔として六九年当時東京拘置所にいた永山則夫が全共闘闘争について「全学連坊っちゃん育ちだ／全学連消えろ！」と、『無知の涙』(1)として後に出版されるノートに書いていたことと符合する。しかし永山はその直後から拘置所で猛烈な勉強を始め、こうした〈分断の感覚〉を克服していく。永山は自らの貧しさの意味を論理的に問いつめて行き、その結果、自分が殺した人々が、階級的に、殺した永山自身と同じであることに衝撃を受ける。〈分断〉は見かけに過ぎない。〈分断されている〉という主観こそが欺瞞なのだ。『飛龍伝』の登場人物は、その主観から一歩も動こうとしない。それは〈分断〉を捏造しようとする国家そのものの目論見と合致する。つかが機動隊員と全共闘女学生の恋を描こうとした際、大きな示唆を与えたものとして「あとがき」に挙げている、奥浩平『青春の墓標』(2)に、機動隊について次のように述べている。

機動隊の対学生教育は次のように行われるという。「おまえたちは非常に頭がいい。しかし、農村、漁村の二、三男坊に生まれたおまえらは大学に行けず、口減らしに警官になった。しかし、彼らは、金があったために、親のすねを齧りながら、ああして理屈をこねて、勝手なことをしていられるのだ」。あとは「三列横隊、警棒抜け！　カカレ！」だけでいいと言う。(彼らはマチガエば、我々と一緒にスクラムを組むべき労働者になっていたかも知れぬ人々なのだ)

引用部分は、国家権力が〈学生と機動隊の分断〉を本質的なものとして捏造しかつ固定しようとしていること、それによって機動隊員の「自己検証」を押さえ込もうとする意志を明瞭に示している。つまり、つかはこの〈我々と一緒に闘ったかもしれない労働者〉という奥浩平の分析には全く触れることなく、『飛龍伝』に、権力によって思考を押さえ込まれてしまった機動隊員の「おかしかねえか」という一口《ひとくち》批評めいた言葉を『飛龍伝』全体を集約したモラルにしてしまっている。

『飛龍伝』の登場人物には、ことごとく〈批判的原理に基づく自己検証〉がないために、〈分断〉

は止揚されず山本義隆の言うように「両方を往復するだけ」であり、〈分断〉が温存されたままとなる。まさに機動隊員山崎は、桂木の代わりに講義に出て代返をしたり、学生の集会に現れたり、めまぐるしく「両方を行き来するだけ」で、その〈分断〉が論理的に突き詰められることはない。山崎と美智子の恋愛は、ただ「明るく楽しく革命なさるお嬢さんたち」という山崎（国家権力）からの徹底的な見くびりによって成立しているに過ぎない。こうした、権力側が見せる民衆への温情というスタイル（お上の慈悲、地主と小作農など）も、伝統的かつ極めて欺瞞的な、日本型搾取形態であることは、すでに様々に論じられてもいる。

『飛龍伝』は、資本主義社会の退廃がもたらす経済的帝国主義化とその歯車である大学教育に抗するものとしての全共闘闘争という、広い背景についての配慮を欠くために、この著しく〈狭められた視界〉では、前述の如く、美智子の全共闘委員長就任を契機として、「一九七〇年反安保闘争」に焦点が絞られ、物語は一気に、東映任侠映画の利権争いの抗争という趣に堕してしまう。

なぜそうなるのかと言えば、つかこうへいの、ナルシシズムが、お決まりの任侠映画の型をなぞるからであろう。ナルシストは当然、自己を否定することによる自己変革とは無縁である。ナルシストは、自分のなかに〈現実〉を引きずり込み、自分の形に変えようとするばかりである。少なくとも『飛龍伝』はつかの、〈店子意識〉がもたらす、無責任に依拠したナルシシズムに覆われたテクストである。つかの傍観的なナルシスティックな眼差しの行き着くところは、〈体制的なるもの〉つまり自分が寄生しやすいシステムに同調することになる。この〈大家さんの諍いですから店子は〉といった政治的無関心こそ支配階級にとって最も都合が良いことなのだ。

『飛龍伝』に見られるつかのナルシスティックな要素は、最も検証すべき「愛」（個人的閉塞的な親密性の世界）が無条件に信じられていることに表れている。つまり思考停止である。この事実は「一緒のお墓」や「夫婦茶碗」、「運命の出会い」といった、全く紋切り型の文化概念が疑われていないことに露骨な表れ方をしている。それらの言葉が誇示する「愛」はこの後、一九八〇年代フェミニズムによって「個人的なことは政治的なこと」として乗り越えられていくブラックホールめいた概念だった。しかし『飛龍伝』では、「愛」が臆面もなく語られ、政治的闘争とは最も無縁な人物、言い換えればこのような主観に満ちた日本型〈日常性〉を一歩も出ないヒロインが目の前に繰り広げられる騒乱を語ることによって、読者の〈歴史認識〉にバイアスをかけているのである。

2 〈語り〉の戦略

『飛龍伝』の語り手美智子が、全共闘闘争をどのようなバイアスの下に語ろうとしているか、つまり読者にどう印象付けたいか、その戦略はほぼ三通りに整理できる。すでに述べた如く、まず①番目に最大の関心事が旧態依然とした男との〈愛情問題〉でしかなく、現在起きている紛争について何の関心も意見もないために、闘争の意義が平準化、あるいは矮小化され決して掘り下げられないこと。その結果として、②番目に、暴徒としての学生と、それを見守る社会（大学当局も含めて）、という二項対立の図式が張り巡らされていること。その視角からは、機動隊を、訓練された組織的な暴力集団であるとする認識は全く現れず、「角材を振り回す学生」といった暴徒としての側面のみが強調されること。③番目には、①、②と連動することになるが、佐世保エンタープライズ寄港阻止闘争、東大闘争など重要な事件が、故意に歪曲して語られていることである。

そうした事実の歪曲の典型的な例として、「佐世保エンタープライズ寄港阻止闘争」と「東大闘争」、そして自らの闘争対象であった「機動隊」を語る美智子の語り方を検討したい。まず「佐世保エンタープライズ寄港阻止闘争」（一九六八・一）を見てみる。この闘争の経緯を簡単に述べると、一九六七年九月、外務省にオズボーン駐日米公使から、〈原子力空母エンタープライズ等の原子力艦艇を、乗務員の休養および艦艇の兵站補給のために日本に寄港させたい〉との申し入れがあった。十二月二日、閣議でこの申し入れを了承することとし、反対運動なども考慮のうえ、当初予定の横須賀を避け佐世保を決定したのであった。寄港阻止闘争は、『新左翼二十年史　叛乱の軌跡』（高沢皓司・高木正幸・蔵田計成　新泉社　一九八一・八）の、「佐世保闘争は、全学連の孤立した闘いだった六七年の羽田闘争に比べ、労組や市民との連帯、共闘の上に闘われた点で特筆される」という記述と、本書に掲載された、一般市民と学生とが共闘している写真が示すように、寄港の十七日をヤマに、二十三日の出港まで連日闘争が続いた。日本のベトナム戦争基地化の新たな進展を阻止しようとする民衆の要求が日とともに高まった結果だった。

阻止闘争参加者延べ六四〇〇〇人、うち学生四〇〇〇人、と記録されている。角材とヘルメットで武装する学生に向けて、機動隊は催涙ガス入りの放水（井上清『東大闘争　その事実と論理』一九六九・五によれば、米軍がベトナムで使用している特殊の毒ガス入りの水――これが皮膚に触れると、最初は何でもないようでも、時間が経つにつれて火傷と同じ症状になりケロイドを起こし、ひどいときには死ぬ――）、ガス弾（これらの機動隊の攻撃法については『飛龍伝』では全く触れていない）、警棒という暴力手段が、逃げる学生ばかりでなく、新聞記者、一般市民にも及び、機動隊の過激な暴力に周囲の市民から非難が巻き起こったと記録されている。佐世保闘争では、機動隊は、米軍がベトナムで使用した毒入り催涙ガスを、同胞である学生デモを弾圧するために使用したのである。

翻って『飛龍伝』では佐世保エンタープライズ闘争はどう書かれているか。『飛龍伝』の美智子が語っているのはこの逆の事態である。学生たちが「暴走した」ため、停泊中の艦艇上の米兵に学生たちが投げた火炎瓶が当たり米兵が負傷し、政府が謝罪した、というでたらめさである。


アメリカ側は、「乗組員の慰安のための寄港だ。核はつんでいない」と主張したが、学生はおさまらず、闘争で火炎びんが使われた。鬼火のように路上にぽつぽつと火がつき、車が焼かれ、街が一瞬にして戦場の様相を呈した。そのためアメリカ兵が軽いやけどを負い、日本政府側は平謝りに謝る事態となり、木下さんの力も及ばずマスコミでも大騒ぎになった。（8　逡巡）

語り手の態度は露骨なものである。まず、この時期まだ火炎瓶は現れていない。「六七、八年頃はせいぜいゲバ棒投石くらいで機動隊を量で押し返す戦術だった」と回顧しているのは、六〇年安保を闘った元全学連、本橋信宏である。(3) もともと学生のゲバルトは、六六年秋から始まった明大の「学費紛争」の際に、総長が退去命令を出したにもかかわらず機動隊が室内に乱入し、学生二八〇名を無差別逮捕する、という事態がきっかけとなり、武装の必要性が自覚されたものだ。その時、学生は全く武装しておらず、有り合わせの消火器で応戦するのが精一杯だったという（前掲　本橋信宏『「全学連」研究』）。

機動隊の攻撃の残忍さはさまざまに語り伝えられている。例えば、一九六八年十月二十一日は「国際反戦デー」であったが、この日、先に触れた永山則夫は、ピストルを携行し「射殺魔」として警察の大捜査の中をさまよっていたのだが、永山則夫裁判を支援した武田和夫は、接見した永山の証言として「目の前で、人が機動隊にメッチャメチャに袋叩きにあっているんだ。ひどいもんだった。俺はピストルを持っていたから余程撃ってやろうかと思ったけど、思い止まった」という言葉を伝えている。(4)

『飛龍伝』の語り手美智子が暗に示唆しているのは、〈語りの戦略〉の二番目に挙げた、暴走する学生とそれを見守る一般社会、という対比・分断の図式であって、六八、六九年の全共闘闘争に対して『飛龍伝』にはそれ以上の理解は見当たらない。語り手美智子は、自分を愛する「憎めない機動隊員」との恋という、結びつきようのない結びつきを強引に捏造しながら、社会〈大人〉対、〈親の金で生きている気楽な半人前の暴走学生〉という硬直した見方を繰り返すのみだ。全共闘闘争が、先に触れたべ平連の高揚と共にあったこと、闘争は高校にも波及したこと、そこには社会も学生の区別もないことがこの小説では全く無視されている。「大家さんの争い」という言葉に明瞭に表れているように、あくまで「日本人同士」、内輪の争いという、極めて主観的な分断的視覚から全く抜け出せないのだ。

そのまなざしは、〈自らが侮蔑するものに寄生する〉(5)ナルシストの眼差しに他ならない。『飛龍伝』の語り手は、機動隊の山崎のみならず、東大生である美智子も桂木もあくまで国家権力側に立って語り、振る舞っているという矛盾、つまり作者がこの闘争史に正面から向き合おうとはしていないという事実を確認する必要がある。

十月十五日、横浜国大において、学生が徒党を組み、ジグザグデモを行い、ついに機動隊が構内に入った。学生は角材を振り回し、大乱闘となった。それまで機動隊は盾を学生からの攻撃を防ぐ受け身一方に使っていたが、それを掲げ、学生を殴るようになった。ジュラルミンででき た軽い楯とはいえ、その威力は、学生を押さえ込むのに十分な脅威だった。（4 洗礼）

「最初は機動隊が遠巻きに護衛していて決して手出しをしなかった」という機動隊太鼓持ちの表現は幾度も反復されている。その機動隊の正当防衛に対して「学生が徒党を組み」「角材を振り回し」と、学生の行動は故意に凶暴性とやくざ性が強調される。こうした語りの偏向が『飛龍伝』の基盤となっている。機動隊が「学生からの攻撃を防ぐ受け身一方」であったことなど全くあり得ない嘘である(6)。

六〇年安保闘争当時、ヘルメットとプラカードのみで闘っていた学生たちに、武装の必要を強く意識させた事件は、一九六七年十月八日の、佐藤栄作訪ベトナム阻止闘争（第一次羽田闘争）において京大生山﨑博昭（当時十八歳）が殺されたことであった。その死は六〇年安保闘争時の樺美智子の死と並ぶ衝撃を市民、学生に与えたことで知られる。こん棒、催涙弾、毒入り催涙ガスなどの組織的な武力を容赦なく市民、学生に加える機動隊に対してどのように武装の問題を考えればよいのかは、学生運動の大きな課題となっていった。前掲井上清『東大闘争　その事実と論理』によれば、（日大闘争の場合であるが）一九六八年六月当時、「彼らはまだ角材を持つことは知らなかった」という証言がある。それに加えて『飛龍伝』は機動隊を、単に物理的な武力の問題として矮小化してしまっている。機動隊の攻撃は物理的な殺傷に留まるものではない。秋山勝行は機動隊について次のような見解を述べている。

われわれが一つの要求をかかげ、自分の意志を政府に対して要求するとき、われわれは必ず機動隊の青いヘルメットの壁に突き当たる。警視庁機動隊のあの青黒い列は、日本の国家権力のトレードマークである。（中略）全学連だけでなく、国鉄労働者が合理化反対のストライキに起ちあがった時でも、三池の労働者が首切り反対を叫んだ時でも、三里塚の農民が土地取上げに反対した時でも、ひとしく機動隊はやってくる。女子であろうと、年寄りであろうと、彼等は決して手をゆるめない。政府に反対するもの、一部の支配階級の専横に反抗するものには、いつでも、機動隊のヘルメットとこん棒とタテが襲いかかる。／彼等は「法に基づいて」「国家のために」行動していることになっている。

だが現実は、彼等の暴力が「法」であり、国家の決定である。（略）権力とはまさに力であり、国家と法の名で保障された組織的暴力である。／機動隊の此の行動の背後には、さらに複雑な警察機構がひかえ、検挙・勾留・起訴という「処罰」がある。逮捕した上で「調べ」と称して何十日も勾留するのである。その上何年も「裁判」が行われるのだが、だからといって正しい結論が出るのではない。国家は自らに反抗した度合いに応じて階級的制裁を加えるのである。我々は何時でもこの脅迫の下で、息をつめて生活しているのだ。

（『全学連は何を考えるか』一九六八（昭和四十三）・三　自由国民社ｐ１０４）

機動隊とその背後の警察機構は、警棒で殴り催涙ガスや放水を浴びせるばかりではなく、女子学生でも容赦なく手錠をかけ逮捕し幾日でも勾留し起訴する権利を持つのである。『自由をわれらに全学連学生の手記』[7]のページを繰れば、数ページごとに口々に現れてくるその驚くべき暴虐による学生側の被害の証言の数々[8]に語り手は全く触れようとしていない。

機動隊がたんに武力として矮小化されるばかりでなく、そもそも六八、九年の「全共闘闘争」を語る語り手の態度が非常に不誠実で悪意があると思えるのは、闘争の象徴ともいうべき事件について全く無関心を装っていることであからさまにわかる。つまりヒロイン美智子は東大の医学部に入学したのに、医学部闘争そして安田講堂攻防戦を含む東大闘争が全く描かれないのはなぜであろうか。安田講堂攻防戦は、TVでも中継されて全国民の注目を集めた、全共闘闘争を象徴する事件と位置付けられている。

『飛龍伝』の語り手は、東大闘争に関しての記述は全編を通じてただ三ヵ所程度、それも数行であり、つまりほとんど語ろうとはしていないのである。もちろん入学したばかりの学生の眼から見たもの、という条件を差し引いても美智子の、自らが所属している場所に対する非当事者的態度は際立っている。美智子が入学したことになっている六八年の六月に、大学が機動隊を医学部ストに導入したことに対して他学部の学生も怒り、全学ストへと闘争が広がっていくのだが、『飛龍伝』ではこの経緯は、一部の学生（桂木を含む）が、一般学生の授業を妨害して無理矢理全学ストに持ち込もうとしている、と語られてしまう。美智子の反応は、教授に食って掛かっている、憧れの桂木から「一瞬たりとも目を離したくない、そんな思いで見つめていた」というものである。

東大医学部問題について「学生が大学当局と闘うということがピンとこない気がしていた」（2目覚め）という美智子が、自分の学部の「学生が大学当局と闘うということ」の違和感を何時解消したのかも語られていない。安田講堂の攻防の終結に対する美智子の反応は、学生たちの態度を

〈なってない〉と非難した後「これで安田講堂を占拠し続けられたら、その方が不思議というものだ」（13　私のザンパノ）と、全く他人事である。この緊迫した事態に際して「私には関係のないことだという気がした」というリアクションは、すでに美智子が桂木同様、この闘争の裏切り者であることをはっきりと示している。同窓の在日韓国人の鬼島の嘆きに対する態度と同様〈私には関係のないこと〉というのが自分がまさに身を置いている場についての美智子の基本的な感覚なのだ。この時、同棲した山崎に「大学辞めてもいい？　お料理学校とか通おうとか思ってるんだけど」（同　私のザンパノ）と、甘えており、この闘争とは無縁な路傍の人であることが繰り返し強調されている。

安田講堂事件は、話し合いを求めても応じない大学に対する一万人以上の東大生の抗議であり、六九年度の入試も見送りとなったことは周知の事実である。大学は応じるどころか、一月十八日早朝、安田講堂に各セクトから選ばれ立てこもっていた四〇〇人足らずの学生に対して八五〇〇人の機動隊を導入して、空からのヘリコプターの催涙ガス攻撃、佐世保闘争で使われた特殊毒液入りの放水攻撃、装甲車突進などでバリケードを次々に解除したのだった。この時、学生側の武器は石と即製の火炎瓶以外にはなかった（前掲『東大闘争　その事実と論理』より）。つまり素手に等しかったのだ。ガス・水道・電気を切られた中での機動隊との攻防は三十五時間続き、三九七名が逮捕された(9)。しかし「われわれの闘いは決して終わったのではない」（「最後の時計台放送」前掲山本義隆『知性の叛乱』より）の言葉通り、闘争はその後、京大教養部、大阪大教養学部をはじめとして全国に拡大したのである。現実に起こった事態と、それを語ろうとする『飛龍伝』の語り手美智子の温度差はかくも甚だしい。それはあまりに極端であるために、あえて六八、六九年の全共闘闘争の精髄（形而上的な要素）には触れまい、とする作者つかのニヒリズムをありありと浮上させる。筆者が一読して感じた不快感もここに根ざすのであろう。この語り手は、〈恵まれた学生が社会に迷惑をかけた〉という、俗情に訴える体の事件として一九六八、六九年の社会の激動を語るためにこそ選ばれた。〈一般学生〉という欺瞞に生きるのか、が自らの問題として問われていたのだ。さらに、政府が地元民無視の強引なやり方で土地を取り上げ軍事的新空港を作ろうとすることに抗議する「三里塚闘争」にも、この時期木下と同棲中の美智子の関心は「子供が欲しい」という望みに尽きるのであって、民衆が理不尽に生活基盤を奪われる事態に対して、あえて闘争しない一般人よりもさらに無関心と言わざるを得ない。

一九六八年、ベトナムにおける民族解放闘争の進展の中で自らがどのような立場を選ぶのか、

『飛龍伝』の語り手美智子は、自らの〈可愛い女＝都合の良い女〉としての身体性を全面化する語りに依拠したため、全共闘闘争を、民主的で〈終わりのない、次の闘いの出発点〉（前掲『知性の叛乱』）として捉える視座を失い、その世俗的感性によって、やくざまがいの学生たちと、それが国家権力であることを故意に無視した機動隊という武装軍団（あたかもそうしたものが存在するかのように）との抗争の物語に閉ざしてしまう。

3　殺される女神／天皇制の隠語

如上の考察の通り、『飛龍伝』は、一九六八、六九年の政治的騒乱を正確に見ようとする意図も伝えようとする意図もないことが判然とした以上、全共闘闘争のさまざまな真実らしさをちりばめることで何が語られたのかと考えてみなければならない。繰り返しになるが、なぜ美智子は演歌の中

の女のように男に尽くす女の典型として書かれたのであろうか。

先述の如く、美智子が、桂木に委員長に指名される「7　就任」から小説は一気に東映任侠映画的なテイストで染められてゆく。『飛龍伝』が、「忠誠を誓う」「率いる」「幹部会」といった言葉の頻出が示すように、堅固な型を持った、民主的という概念とは最もかけ離れた「上下関係」の世界であることは一読してまず奇異に思える事実である。「上下関係」＝身分の固定化は、当然、ありもしない〈分断〉を造り、冒頭で触れた所美都子の文章が示すように、そうした関係の中では〈大衆蔑視がはびこり、人は自ら成る人間である自信を失い、固有性は失われてしまう〉のだ。

そう考えると、この小説に語られた六八、六九年の全共闘闘争が完全なフェイクであることもよく見える。それらの大仰な〈歴史的身振り〉を取り除いてしまえば、全共闘闘争という舞台は、一つの〈祝祭空間〉となり、あとには『蒲田行進曲』などでなじみの「男女関係」が現れるばかりだ。つまり、木下、山崎、美智子の三者の関係は、銀四郎、ヤス、小夏の反復である。男同士の取り決めで、女がやり取りされるホモソーシャルな世界だ。美智子も小夏も、何らの抵抗もなく、男たちの決定に大人しく従っている。美智子は輪姦されることさえ辞さない。所美都子が示した「自ら成る人間である自信を捨てた」人間というより、美智子は娼婦的体質なのである。

美智子が男たちにどのように譬えられているかを見てみると、「菩薩」「夜叉」「ジャンヌ・ダルク」「女王」「学生たちの間で歌い踊るアメノウズメ」「サロメ」「ジェルソミーナ」（フェデリコ・フェリーニ監督の映画『道』のヒロイン）「聖母マリア」などである。これらのイメージが示すのは、要するに男制社会の幻想の器としての「女」である。どのようにも姿を変えることが可能なのだ。だからこの人物に〈思想〉などがあってはならないのだ。

お前の迷《なぞ》、
ありとあらゆる魅惑の泉、母……
永遠の幻影よ。
世にも微妙な

君が鏡の戯は、
吾らが望みに叶へて
物の姿を変ふるよ。

（シモン・ギャンチヨン「娼婦マヤ」小松清訳　白水社　一九五〇・三）

『飛龍伝』は、このような〈男の幻想の鏡〉としての〈娼婦＝女神〉が、ならず者たちの祝祭空間〈＝カーニバル〉で殺される物語である。世界の更新を期す「祝祭空間における王殺し」の一ヴァリエーション、である。つまり『飛龍伝』は、すでに検討したように一九六八、六九年の全共闘闘争を、正面ではなく〈斜めから見た〉物語なのであって、以下に述べるように、全く別の視角が仕組まれている小説である。それは、小説のタイトルが暗示している。一体「飛龍」とは何か？　そして美智子はどのように殺戮される道を歩んだか、と考えてみよう。

美智子が自分の運命の予兆を鋭敏に感じ取る人物であることは、執拗なまでの伏線によって示されている。美智子は、「飛龍という石」についてつぶやく不思議な男に幾度も出会うが、最初は皇居前である。

「日本はもうすぐ変わるよ」

目深にかぶったヘルメットで顔が見えないが、強い意志を感じさせる声だった。

「飛龍が」

「飛龍？」

「飛龍が飛ぶんだよ。伝説の石だ。あかね空を、流れ星のような光の尾を引きながら機動隊の楯も突き破り、新しい日本をつくる石だよ」

と、空を指さした。

私も空を一瞬見上げて振り向くと、その男の姿はもうなかった。　（2　目覚め）

広い芝生で、「隠れるところなどないはずなのに」、周囲の人に尋ねてもそんな人はいなかった、のである。この「飛龍が飛ぶんだよ」という謎めいた言葉は、この小説の低音部として、結末までひそかに鳴り響いている。それは美智子にだけ聞こえる声でもある。次にこの男が現れるのは、美智子が家庭教師をしている高校生の優子の頼みで、共に大阪に旅した時、生駒神社の縁日である。美智子は〈双子の老人〉から「おみくじ」を買う。大阪駅で、釜ヶ崎の労働者たちが機動隊と石を投げ合っている。その時、「石売りのお祖母さんたち」に交じって石を売っているのが、皇居前で美智子に「飛龍」という石について語った男だった。しかし男は、「声をかけようとすると駆け出し」「人ごみの中に消えていった」のである。おみくじを開けてみると「あなたは最も愛する夫に殺されるが、その夫はあなたの子に殺される。それが女の最高の幸せなのです」（3　初恋）とある。これ以後、美智子は呪文のようなこの言葉と「飛龍という石」を美智子に教えた男の面影に文字通り呪縛されていく。つまり美智子だけが経験するいささかファンタジックな〈美智子の宿命の物語〉が全共闘闘争と並行して語られていくのである。

次にこの男が現れるのは、美智子が気まぐれで入ってみた教会の壁画の中である。「何かを投げようとしている」十三番目の使徒の姿が「見れば見るほど、あの時の男に似ている」のだった。この後、美智子はその壁画の人物にひきよせられるように洗礼を受ける。そして優子に手渡された「聖者列伝」の中から「ステファノ」という洗礼名をあてずっぽうに選ぶ。その人物は、「信ずるところを捨てずに、石を投げつけられて、殺された人なの」というのが優子の説明であった。その説明を聞いた時、「なぜか一瞬目眩がした」（4　洗礼）と美智子は語る。

優子に教えられて「九段の靖国神社の縁日に」興業を打つ「一ノ瀬花乃丞一座」の芝居を美智子は知ることになる（7　就任）。この一座の軽トラックの運転手が、あの教会の「壁画の男」にそっくりなのである。この一座の出し物「羽田十勇士」という時代がかった芝居の内容が「全共闘委員長として愛する男に殺される女」美智子の終焉のさまを、つまり美智子の運命を描くものとなっている。この「羽田十勇士」を美智子が観るのは、美智子が委員長に就任する前日と、終盤のクライマックス（16　君は戦場、僕は恋）である一九七〇年二月十一日。反安保闘争に参加し、国会前のバリケードの中で、夫山崎に撲殺される当日の吹雪の朝、つまり〈運命の日〉に再び靖国神社で観ている（しかしこの時芝居を観たというのは、美智子の見た夢らしく描かれる）。この経緯を見ると、高校生優子とは、美智子にこの「羽田十勇士」を、見せ、「飛龍」という石にまつわる謎の男に再会させ、美智子を〈死〉へ手引きする人物であることが解る。

美智子が、この謎めいた男に出会うのは、「皇居前」、「生駒神社」「教会」「靖国神社」である。「教会」を除けば、他の場所は、天皇家に関わるものである。「生駒神社」は、〈素戔嗚〉が〈御祭神〉であるという。いずれにしてもこれらの場所は、〈超越的なるもの〉を暗示している。「飛龍という石」は、現代日本社会の超越的な領域と関係があるようだ。全共闘闘争を語る物語の不協和音ともいうべき、これらの超リアリズム的要素は、学生たちの闘争とどのような関係にあるのだろうか。
美智子だけが、全共闘闘争と〈飛龍という石にまつわる不思議な物語〉の双方を行き来できる人物であることは確かだ。この二つのコードの関係を明らかにすればこのテクストの深層の構造が見えてくるはずである。「飛龍」が天皇家に関わっていることが解れば、過激派「八王子解放戦線」の「リーダーの増田」の出自も、この系列の話の要素として理解できる。
増田は、「九州の五つ川というデンドロの村の出身だという。デンドロというのは香典泥棒のことで、村を挙げて葬式を見つけては香典を盗むのを仕事にしている一族だそうだ」と、美智子は述べている。増田も三歳の時から、葬式を探してはこっそり棺桶に忍び込み、死体と共にじっとしていて、夜中に抜けだして香典を盗むのを生業としていたという。しかし、因と果は逆であろう。思わず美智子を泣かせた増田の手紙に次のように書かれている。「普通の仕事をしたくても地元で雇ってもらえず、大阪だの東京だのに出ても、リストが出回っていて、五つ川というだけではねられます。（中略）五つ川はどこまでもどこまでも私を捕えて離してはくれないのです。神林さん、こんな私にとってみれば、革命なんてもんは、この生まれから「抜け出す」ということなのだろうと思えるのです。いつかこの山の向こう、デンドロの一族の歴史を変え、流れを押し止め、私たちのような被差別階級の人々が胸を張り生きていける世の中を作り上げていくことなのだろうと思うのです」。（6　同棲）
彼ら、被差別の人々が、天皇家と縁が深いことは歴史学によって研究されている。つまり〈超越的な領域〉の人々である。これに、先述した「俺なんか日本にいれば他人の国だ。そんなデモなんて行けないし、辛いとこだよ。税金なんて取られるだけ取られて、参政権がないいんだもんな」と、つかこうへいさながら〈店子意識〉を訴える在日韓国人の鬼島を加えることもできよう。被差別者、そして朝鮮、及び台湾を含む中国（これに加えるに沖縄）とは、紛れもなく近代日本の〈異邦人〉であった。『飛龍伝』は、全共闘闘争を、日本社会の〈内部のゲーム〉として語る、その場合の〈外部〉が在日韓国人と被差別部落だった。つかは全共闘闘争をこのような〈外部〉の立場から相対化し、茶化しているのだと言えよう。

つかの小説や芝居の方法論の特徴は、差別されたものが、怒ったり闘ったりするのではなく、さらに徹底的にその差別の構造に自ら自虐的に嵌っていく、というものであるが、鬼島の父親が、戦時中自ら特攻隊に志願したのと同様、息子鬼島も、そして増田も過激派に所属し、事件を起こす。しかも鬼島の父は、世間に申し訳がないと、切腹する。しかし一九六五年の「日韓条約批准粉砕全国統一行動」は、六九年の「出入国管理法案」に連結し、六九年三月に結成された「華僑青年闘争委員会」と、スターリン批判以後の新左翼とが共闘してゆくことになる。その過程で行われた「華青闘」の、日本の新左翼に対する「内なる差別」の告発をきっかけとして、七〇年以降、部落問題、フェミニズム運動など、マイノリティーの解放運動が大きくうねり出したのである[10]。こうした重要な歴史の動きには『飛龍伝』は無関心を決め込んでいる。というよりも『飛龍伝』の関心は、始めからそのようなところにはない。『飛龍伝』は全共闘闘争を〈お祭り騒ぎ〉としか見ていないのだから。

もう一つ、マイノリティーの他に、全共闘闘争を外部化する要素が、先に触れた皇居、靖国神社、生駒神社、が示唆する天皇制である。つまり『飛龍伝』は、被差別部落、在日韓国人、そして天皇制、及びキリスト教を、全共闘闘争の外延に置いた物語である。

この構図を認識した上で、皇居前でビラを配っていた学生らしい男が美智子に囁いた「日本はもうすぐ変わるよ」「飛龍が飛ぶんだよ。伝説の石だ。（略）新しい日本をつくる石だよ」（2　目覚め）という謎めいた言葉を解釈してみると、鬼島、増田のような、この社会の〈他者〉を排斥しない「新しい日本」に生まれ変わることを願った言葉として受け取ることができる。その男は、闘争のビラを配っていたのに、ついにこの人物がその後の闘争では姿を現さないのは、美智子が知ることになる全共闘の学生たちとは異質な人間であることを示す。高校生の優子と共に、美智子を死へいざなう〈死神〉のような物語的機能と言える。

小説のラスト、一九七〇年、二月十一日の反安保闘争の日、美智子は山崎との間にできた赤ん坊を優子に託し、東映任侠映画さながら雪の降りしきる中を国会前へ赴き、桂木や木下他、これまで関係を持ったすべての「私の愛する男たち」の前で「限りなく続くシュプレヒコールの波」を「レクイエム」として聴きながら、夫山崎に殴り殺される結末となる。美智子は、この時期出現した〈祝祭空間〉の中で、狂奔するこの国家の男たちに捧げられたスケープゴートとして死ぬ。一九六〇年反安保闘争で樺美智子が機動隊の棍棒によって殺されたことの向こうを張って、神林美智子は自ら機動隊の殴打に身を捧げる、という作者一流のしゃれであろう。

小説は、しかし美智子が男たちの中で殺される、という際立った結末のために「飛龍」が飛ぶ場面はいささか唐突の感を免れない。

「『飛龍だ!!』／学生たちは手を叩き歓声を上げた。」（16　君は戦場、僕は恋）とあるが、なぜ学生たちが歓声を上げたのか、「飛龍」とは周知のものだったのかなど、の事情がよく分からない。いったい、「闇をあかね色に染めながら尾を引いて飛んでいく飛龍の雄姿」とはなんであろうか？　肝心な問題は、テクストははっきり明言はしないものの「飛龍」が、暴徒としての全共闘の学生たちからではなく、〈超越的なる領域＝やんごとない場所〉から飛んできたものであることだ。それは少し前の時代に散々喧伝された、〈天皇制のジャーゴン〉神風、以外のものではない。〈飛龍が飛ぶんだよ、新しい日本をつくる石だよ〉と、〈神風が吹いて日本は勝つんだよ〉、双方の言葉の類縁性は否定しようがない。この風土に固有の、天皇制にまつわる隠語なのだ。

つかは全共闘闘争を〈全共闘祭り〉として扱った。すると、繰り返される〈飛龍が飛ぶよ〉は、お祭りの〈お囃子〉となる。〈神風が吹くよ〉が天皇制の〈お囃子〉であることと同様に。これらの〈お囃子〉は、そのようなものをいささかも信じていない領域から発せられる〈裏声〉なのだ。神風は決して吹かない。だから、決戦の日、美智子とともに靖国神社で「羽田十勇士」を観た四人の客の中の「背の高い初老の男」が、「閣下、日本はどうなるんでありましょうか」の問いに「変わりゃしないよ。何も」と答えるのだ。

つかは『飛龍伝』という系列のテクストに、全共闘闘争を〈コップの中の嵐〉として嘲笑的にしか語ろうとしなかったけれど、それはつか独特の店子意識と、「変わりゃしないよ。何も」という、〈ネガティヴな予定調和＝ニヒリズム〉に身を置く、つか自身の体質の旧さに起因している。それはまた、『飛龍伝』が、かくも深く裏声としての〈天皇制〉に刺し貫かれたテクストであること、同時に、かくも全共闘運動を侮蔑した神林美智子が〈天皇の国の娼婦〉であることの証左でもある。

【注】

第十三章　〈カーニバル〉としての全共闘闘争
—『飛龍伝　神林美智子の生涯』と〈天皇制〉—

(1)増補新版河出文庫　一九九〇・七。
(2)奥は中核派、恋人の中原素子は革マル派であった。そのためなのか、奥は結婚を申し込み断られている。
(3)『「全学連」研究　革命闘争史と今後の挑戦』青年書館　一九八五・五。
(4)『死者はまた闘う　永山則夫裁判の真相と死刑制度』明石書店　二〇〇七・十一。
(5)クリストファー・ラッシュ『ナルシシズムの時代』石川弘義訳　ナツメ社　一九八一・二。
(6)樺美智子が警棒で殴り殺された六〇年の安保闘争の時など、全学連の防御策はヘルメットしかなかった。樺美智子らとともに全学連メンバーとしてデモに参加し、樺の死を間近にレポートした内藤国夫は、自著『新聞記者として』(筑摩書房　一九七四・六)の中で、六月十五日午後六時半に発令された警官側の組織的な「投石の集中攻撃パターンによって」樺が殺され、無防備な全学連が崩れ去る場面を記録している。午後九時半、緊急に開かれた「樺虐殺に対する抗議集会」でも、さらに官憲側は無防備な学生に再度のテロを加えた。こうした市街戦を経験することによって、学生たちは武装の必要を学んでいったのである。
(7)『自由をわれらに　全学連学生の手記』ノーベル書房　一九六八・六。
(8)例えば『青春の墓標』の著者奥浩平は、一九六五年二月、横浜市立大三年の時、「椎名外相訪韓阻止羽田闘争」に参加、機動隊の装甲車を乗り越えようとした時、こん棒で鼻硬骨を打ち砕かれ、九日間入院、退院後十日目の三月六日、二十一歳で服毒自殺する。遺体には、兄の証言として、安保以来五年にわたる学生デモにおける、機動隊の乱打や軍靴まがいの靴で蹴りつけられた傷跡が四肢にあったという。つかは、『青春の墓標』を熟読したはずなのに、こうした機動隊の暴力の問題は全く無視している。

(9) 前掲井上清『東大闘争　その事実と論理』によれば、この時、一刻を争う重傷者が出たためやむを得ず降伏した学生たちに対して「機動隊員は、殴り蹴飛ばし踏みつけ、とあらゆるリンチを加えた。このことといい、重傷者引き取り拒否といい、かつて日本帝国主義の軍隊が、南京やシンガポールやフィリピンで行った、降伏者に対する残虐行為を思い起こさせるものがあった」と記している。ガス弾の直撃を受けた者のうち一人は失明、あと二人は頭蓋骨骨折、全員火傷の重傷を負った。その他、重傷者七十六名、安田講堂で逮捕された者のうち約七十パーセント（二六九名）が何らかの傷を受けていた、と記録されている。このような東大闘争の経緯に対して「(安田講堂が) 落ちちゃった」という総括の仕方しか美智子はしておらず、つかの全共闘闘争に対するシニシズムがもっともあからさまに現れている場面である。また最首悟編『山本義隆潜行記』(講談社　一九六九・十二) に、金沢良雄法学部教授があろうことかこのような機動隊に見舞金を送ったことが記録されている。

(10)「華僑青年闘争委員会」と日本の新左翼の共闘、分裂の経緯については、絓秀実『一九六八年』(ちくま新書　二〇〇六・十) を参照した。

○ テクストの引用は集英社文庫版『飛龍伝　神林美智子の生涯』に拠った。

Ⅷ　林芙美子と戦争

第十四章　井上ひさし『太鼓たたいて笛ふいて』
――ハメルンの〈子どもたち〉――

1　はじめに――〈戦争という大芝居〉

井上ひさしは、林芙美子を主人公とするこの戯曲[1]について、作劇の意図をかなり具体的に語っている。エッセイ集『ふふふ』（講談社　二〇〇五・十二）の「林芙美子のこと」に、戦時下、昭和十二年、毎日新聞特派員として南京攻略戦を取材、「女流一番乗り」をして世間の注目を浴び、翌年十一月、内閣情報部が組織した「ペン部隊」の一員として従軍、各メディアによって喧伝された戦時下の林の作家としての活動について「「いま」という歴史の高みから彼女を責めているわけではない」と断りながら以下のように評している。最前線の兵士たちと行動を共にする、感激に満ちた文章（『戦線』『北岸部隊』）を書いた戦中から、一転して、昭和二十六年六月、四十八歳で急死するまで、戦後の混乱のなかで翻弄される庶民の苦難をすさまじい勢いで書き続けた後半生を視野に収めつつ、戦時下に林がこの戦争について何事かを洞察していたのだと、謎めかした論調でつぎのように述べる。

昭和十七年、まだ日本が勝ち戦に沸いていたころ、陸軍報道班員として八か月間、南方(仏印、シンガポール、ジャワ、ボルネオ)に派遣されているが、彼女はどうもそのころから、いうところの「シナ事変」や「大東亜戦争」が〈戦争という大芝居〉ではないかと見抜いていたフシがあるのだ。

「芙美子はいったい南方や東京や信州で何を見たのだろうか」、この謎を解くために芝居を書く、と井上はいう。そして「一つだけ種明かしをしておくと」と続けて、芙美子が戦後発表した「作家の手帳」(一九四六(昭和二十一)年)を引用しながら、林がジャワに派遣された時、飛行機の中から見たオランダの植民地政策の見事さと、日本のそれとを比較したことが、芙美子にこの戦争の〈芝居性〉を気付かせたのだ、と示唆している。

ところが、かつての満州開拓は、〈耕地もなければ、道すらもない、しかも家もない荒涼とした寒い土地土地へ無造作に人間を送り、その開拓民たちが、まづ、住む家をつくり、それから耕作して何年目かにトラックの道をつけるのです。何の思ひやりもなく裸身のまま人間を送り込んで、長い間かかつて、やつとどうにかなつた時にこの敗戦なのです。政府が、満州の開拓民の人々にどれだけの責任を負ふのでせうか。…〉

〈すべてを我慢して身一つで〉満州の荒野へ農民を放り出す、日本政府のこのような無責任極まる非人道的政策が、昭和十七年から十八年にかけてジャワ、ボルネオで見聞したオランダの植民地経営と比較された時、林芙美子に、この戦争の〈芝居性〉＝虚妄性を気付かせた、と井上は見るのである。『太鼓たたいて』の基軸となるのは、芙美子が、戦時中にこの認識に到り着き、特派員、従軍作家として派手に振る舞った戦時下の自分に対する激しい悔恨こそが、戦後「緩慢な自殺」（前掲『ふふふ』）としか思えない猛烈な執筆活動の動機であった、という林芙美子像である。ここに、資料を読み抜く井上の、植民地経営から見た新しい戦争観、および、新しい林芙美子像を見ることが出来よう。作者は、この芙美子像の彫琢のために様々な、特色ある仕掛け、趣向を施している。それらを分析解明することを、まず本章の目的とする。

　タイトル『太鼓たたいて笛ふいて』の出典は、『輝ク』一九四一（昭和十六）年九月、長谷川時雨追悼号に寄せた芙美子の詩「翠燈歌」と思われる。「あんなに伸びをして／いまは何処へ飛んでゆかれたのでせう／勇ましくたいこを鳴らし笛を吹き／長谷川さんは何処へゆかれたのでせうか。／私は生きて巷のなかでかぼちゃを食べています」という内容で、これは生前の長谷川時雨の戦争参加の姿勢に対しての皮肉、と受け取れる。[2]長谷川に、かつて『放浪記』をルンペン文学と言われた反発があったとも言われる。しかし、この詩から井上が芝居のタイトルを着想したのならば、明らかに芙美子に対する皮肉が込められている、と考えざるを得ない。自分自身も同様であったのに……と。しかし「翠燈歌」に、長谷川時雨の「輝ク部隊」を揶揄する意図があったとするならば、芙美子は自分自身ではその自覚は希薄であったということになる。であるならば、林芙美子のエクリチュールを通じて改めて「太鼓」や「笛」の内実を検討してみることも当然必要であろう。

　また、この芝居は、実在した林芙美子や島崎こま子や芙美子の母キクなどにまつわる広く知られた事実が素材とされながら、作者によるさまざまなフィクションによって増幅されデフォルメされた像となっている。そして作者井上によるそれらの人物像は、観客がそれぞれの意識の中に、芙美子やこま子や、あるいは島崎藤村の文章を通じて形成されたこま子のイメージを当て込んで作られているのであるから、つまり、芝居の背後に、観客自身の林芙美子像、こま子像が揺曳する効果が見込まれているのであるから、芝居に取り込まれた伝記的事実の内実を、すなわち芝居の中の事件の外延を検討することは『太鼓たたいて』に構造的奥行きを与えることに繋がるであろう。

2　独身者の群れ／さまざまな仕掛け

『太鼓たたいて』に作者井上が試みた趣向・仕掛けはどのようなものであろうか。まず、その一つは、芙美子と母親キクの関係を唯一の例外として、家族関係も対関係も現れないことであろう。登場人物は、みな独身者ばかりであって、あたかも〈単独への志向〉ともいうべき強固な方法論を見ることが出来る。芙美子の母キクは、父親の違う四人の子供を産み、行商人であった最後の夫（芙美子の養父、大正十二年死去）は、二十歳も年下であって、およそ近代市民社会の通念を突き抜けた性概念の持ち主であった。華奢な美しい人であったと言われる、こうしたキクのきわめて個性的な一面にはほとんど触れられることなく、キャスティングの配慮も全く見られないようで、どこかとぼけた愛すべき老女といった、わりあい平凡な型に収まっている。芙美子自身も恋多き女性であったことは周知の事実であるが『太鼓たたいて』には当時継続中であった恋人どころか、夫である手塚緑敏さえ登場しない。それ故戦時下でありながら、緑敏の出征（昭和十二年十一月）という、林家の最重要事さえこの芝居においては関心の外である。

さらに、この芝居で芙美子と浅からぬ関係を結ぶことになる重要人物こま子には、長谷川博との間にもうけた紅子（昭和十三年当時五歳）という女の子がいたのであるが、その関係も全く現れない。

林芙美子を扱ったもう一つの芝居、菊田一夫の『放浪記』（昭和三十六年初演）を傍らに置いてみるならば、井上が菊田とはどのような意味で異質な芙美子を創ろうとしたかがある程度推測できる。森光子主演の、すでに人口に膾炙した菊田の『放浪記』は、初恋と失恋、〈男〉の苦労、女給生活の様々なエピソードなどを通じて、作家として世に出るまでの艱難と、それらのことごとくを作家としての資質で貪欲に吸収してゆく芙美子の破天荒なバイタリティーを主軸に、林芙美子が初めて開拓した、激動する昭和初年代の、労働者階層の若い女性たちの生活と感覚とを併せて表象するものであった。『放浪記』は、戦後、流行作家となった自分に侵入して来る言い難い空しさを抱えた芙美子像を描出して終わる。林芙美子は詩人から出発しているので、出世作『放浪記』も原題は「歌日記」であった。したがって菊田の芝居は、働く若い女の貧しさや失恋の痛みを抒情的感傷的に歌う『放浪記』の作風に忠実なものであったと言いうる。それに対し、井上が試みた新しい芙美子像は、菊田『放浪記』の特色である、男女のもつれやそれにまつわる悲しみなど、〈対幻想〉の一切を排除することであったと言えよう。その代わりに、菊田が扱わなかった戦時下の芙美子に焦点を定めたのである。すなわち菊田『放浪記』にないもの、が『太鼓たたいて』の主なる関心となっている観さえある。

二番目の趣向としては、戦争を素材としながら、〈戦時色〉というものがことごとく消されていることが挙げられる。ここに言う戦時色とは、たとえば、幾人もの青年が出征するのに、兵士を送る壮行会によってあれほど国家が戦時下に演出しようとした民衆と郷土との絆の諸相、または戦時下の総動員体制によって切り詰められていく庶民の生活感覚、そして庶民の戦争観など、端的に言えば、戦争が民衆にもたらす影響が描かれないのである。その意図は徹底している。

『太鼓たたいて』の〈戦争〉には、人間が思考停止を強いられ機械化されてしまう普遍的な悲惨さや、人間の生死が偶然の手に委ねられてしまう理不尽さと、それがあっという間に民衆の生活のくまぐまに浸透してゆくことに対する切実感もない。その理由は、登場人物が〈戦争〉をどのように感受しているかが見えないからでもある。〈戦争で儲かる〉、戦争を愛する人たちによって、それぞれが直面させられることになった難局を、登場人物たちがどのように捉えているのかが誰からも語られないのである（戦争について何事かを語るのは三木と芙美子だけである）。この事実は、この芝居の二つ目の大きな特徴と言えよう。その結果、〈戦争〉は、三木の言う〈儲かるもの〉という解釈を前提とする自明の背景となり、結末に至るまで、その中で係累を持たない単独の個人ばかりが、小説家も憲兵も内閣情報部員も共産党シンパの活動家も、同一場面に登場しながら、それぞれの立場が規定する現実的な権力関係、対立関係は拭い去られ、芙美子が「あたし自分の嘘をみんなにばらしてくる」（第二幕）と、メディアに乗せられて派手に振る舞った自分の姿を反省する場面をクライマックスとして、あたかも高校生が校則の問題で議論し合い戯れ合っているかのような感触の世界となった。この〈アンチ・リアル〉な感触を構成するメカニズムはどのようなものなのか。〈笑い〉を信条とする井上が、この芝居で観客を笑わせようとした仕掛けにも目を留めなければならない。

作者が仕組んだ三番目の趣向は、島崎藤村の姪、「新生事件」のヒロイン節子のモデルとなったこま子を登場させ、芙美子と絡ませることによって重要な役割を与えたことである。『国文学　解釈と鑑賞』「別冊　井上ひさしの宇宙」（平成十一年十二月）の、今村忠純との対談で、井上は「島崎藤村はいつも気にかかっている作家です」と述べ、続けて〈その後〉のこま子の消息についてのかなり詳しい知識を披歴している（勘違いもある）。また『座談会昭和文学史二』[3]には、こま子を芝居に書きたかったと、述べており、その意図は『太鼓たたいて』で実現されたことになる。

一九三七（昭和十二）年三月、こま子が行き倒れとして板橋の市立養育院に収容され、「新生事件」のヒロインの末路、などと大々的に報道された時、芙美子が『婦人公論』（昭和十二年四月号）の記者としてこま子を見舞い、記事を書いた事実を大きく改変して取り入れるとともに、こま子が退院後、林家に引き取られ、芙美子の母キクに文字を教え、さらに昭和十九、二十年にかけて芙美子が疎開した長野、穂波村でも芙美子と再会させるなどのフィクションによって、ただ一度の取材でしかなかったこま子との関係を増幅させ、こま子を終始芙美子の傍らにある人物にして、芙美子の生き方との対照を作っている。このことは改めて後述する予定である。

日中戦争が始まる直前の時期から、敗戦を経て芙美子の死の間際までを視野に収めた十六年という時間を孕むこの芝居に、これら三つの仕掛けがどのような効果をもたらしたのかを問題系として、時代状況に適宜触れつつ、作者による場面構成の際の傾向を明らかにすることを通じて『太鼓たたいて笛ふいて』の舞台に分け入って行きたい。

3　感染する芙美子

芝居は「ドン！」という音によって始まる。「ドン！」（太鼓の音）「ピ！」（笛の音）が混じる。そして「いつのまにか近くで／笛を吹く人がいるよ」と続く。この「いつのまにか」という言葉は重要である。撃沈された戦艦大和から辛くも生還した吉田満が、あたかも過去を忘れ去ったかのように経済成長を寿ぐ戦後日本に対して次のように警告していたことが連想に浮かぶ。「召集令状をつきつけられる局面までくれば、すでに尋常の対抗手段はない。そこへくるまでに、おそくとも戦争への準備過程においてこれを阻止するのでなければ、組織的な抵抗は不可能となる。目に見えない戦争への傾斜の大勢をどうして防ぐかにすべてがかかっている」（「一兵士の責任」『「戦艦大和」と戦後　吉田満文集』所収　ちくま学芸文庫）。井上が、こうした事態に意識的であったことがわかる。

日米開戦の時の天皇の詔書は「事既ニ此ニ至ル帝国ハ今ヤ自存自衛ノタメ…」（昭和十六年十二月九日『読売新聞』夕刊）というものであった。すなわち〈もはやこうなってしまった〉から開戦するほかない、というのである。情報が何も明示されないまま、もう取り返しのつかない結果だけが国民に与えられたのである。『太鼓たたいて』の舞台は、登場人物たちが知らぬ間に、何事かが進行していることを暗示して始まっている（ピアノ演奏がその不吉感を演出している）。と同時に〈笛を吹き、太鼓をたたく〉者たちが、感染し合って〈いつのまにか〉みるみる増えていったという事態も含意していることになる。この中に林芙美子も入ってくるわけである。第一幕一ドン！　の冒頭、登場人物　芙美子、母キク、こま子、四郎（満州で憲兵、後、特高の刑事となる）、時男（旅先の山形で農民となり、出征する）、三木（プロデューサー、後、内閣情報局）の六人が、「笛」に対するそれぞれの態度に応じて紹介される。つまり『太鼓たたいて』は、この六人が戦時下をどのように生きたか、を示そうとしている芝居であると言える。その中で、芙美子とこま子に対する表現は次に引用するように対照的である。

（芙美子）笛の音など気にもとめない
ピッ　林芙美子
（略）
（こま子）笛におびえてびくびくくらす
ピッ　活動家

「笛の音など気にもとめない」人びとは、自らも〈笛を吹き太鼓をたたく〉仲間入りをしていくことに気付かない。「笛におびえる」者たちは、いくらかでもその愚から免がれうる。井上がそう考えていなかったとしたら、第二幕、戦後のこま子の「先生もそのお一人（笛を吹き太鼓をたたいた）でしたね」という、あたかもこま子だけが超歴史的立場に立つ資格を持つ者であるかのような、他者（芙美子）への批判の仕方はあり得ない。近づいてくる「笛の音」に対して「気にもとめない」ことと「おびえる」ことの差異を、作者はこのように示そうとしているとも言えよう。

冒頭で触れたエッセイ集『ふふふ』の「林芙美子のこと」は、芙美子が南京攻略戦に特派員として派遣され、その翌年「ペン部隊」の一員として漢口攻略戦に従軍し、この従軍記が『戦線』『北岸部隊』の二冊となって出版されるという、戦時下に芙美子が担った役割から説き起こされている。この二つの書は、漢口攻略戦の経験を『戦線』は書簡体で、『北岸部隊』は日記体で、と二通りに書き分けられたものである。井上は『北岸部隊』の次のくだりを強調する。「そしてついに彼女はこう書く。〈この戦場の美しさ、美しく、残酷で、崇高で、高邁である〉」と。

清沢洌『暗黒日記3』（ちくま学芸文庫　二〇〇二・八）の昭和二十年元旦の記事は、日本国民に対して「彼等が、ほんとに戦争に懲りるかどうかは疑問だ」という懐疑を示しつつ次のように評している。「彼等は第一、戦争は不可避なものだと考えている。第二に彼等は戦争の英雄的であることに酔う。第三に彼等に国際知識がない。知識の欠乏は驚くべきものがある」。おそらくこれが、信頼すべき情報が欠如したまま戦争に駆り立てられていった、当時の平均的な日本人の姿であっただろう。井上が『ふふふ』で取り上げた一文からは、芙美子はまさにそうした日本人そのものとして〈戦争の英雄的であること〉に民衆を酔わせるべく「知識の欠乏」のままに「命がけで戦う戦場のスターたち」（第一幕五　花鯛）をペンによって作り出す仕事を担った女性作家として描かれたことがわかる。『太鼓たたいて』の芙美子像は、メディアに喧伝されたその芙美子像に焦点化されている。そうした華やかな役割を果たした後、芙美子は昭和十七、十八年の南方植民地視察を機に、「戦争という大芝居」に、すなわち仕組まれた欺瞞性に気付き、戦後猛烈な勢いで、その「大芝居」のために傷ついた庶民の姿を書き始める。先に触れたようにそれはほとんど緩慢な自殺としか思えない、と井上は言うのである。そして芝居も、次の引用のように、

こま子　シンガポール。ジャワ。ボルネオ。そのどこかで、いいえ、ひょっとしたらそのすべての土地で、先生になにかが起こった。
三木　……なにかが起こった？
こま子　先生のお心をまるごと揺すぶるような、大変な出来事。

と、こま子の洞察として、芙美子の心中に起きた重大な事件が語られている。

しかしこのような概括の仕方に、演劇に仕立てるための単純化がほどこされていることは否めない。芙美子は、戦時下も一貫して、戦争に痛めつけられ意気上がらぬ市井の男女の姿を書いていたし、昭和十二年三月のエッセイ「歴史の一齣」には「議会傍聴記を書く」と題して「「美しい言葉」やみせかけにほろりとなつて死んだりすまい」という自覚もあった。戦時下に発表されたものでも、芝居の中（第一幕）に、重版禁止になったものとして挙げられている芙美子の著作「泣虫小僧」（事実は昭和十六年、「女優記」「放浪記」とともに発禁になった）そのほか、『戦線』『北岸部隊』と同時期に書かれた「月夜」、「波涛」、「十年間」（昭和十五年）「雨」（昭和二十一、二十二年）などを見渡しても、芙美子の文学上の関心は、終始市井の男女の生きにくさ、悲しみを書くことに注がれていた。

だから「笛の音など気にもとめない」人物とは言えないのである。ゆえにプロデューサー三木の言葉、〈戦争は儲かる、という物語に乗らなくては〉などとそそのかされ「わかった」と応ずるような人物として登場しているのは、第二幕の芙美子の悔恨とつじつまを合わせるための単純化と見られる。だとすれば問題は、なぜそのような芙美子が、「自費でも行きたい」と「ペン部隊」に志願したのか。（芙美子は、内閣情報部が組織した最初のペン部隊員には選ばれておらず候補として名が挙がっていたのであったが、自ら志願した。『北岸部隊』横山恵一解説　中公文庫　二〇〇二・七）。芙美子自身が『放浪記』以来、構築してきた小説世界と、『戦線』や『北岸部隊』などの、戦争をヒロイックに語る文章とはどのように結びつくのか、であろう。ここにも、林芙美子の変貌を見ることはできるのである。しかしこの芝居では、そうした問題の立て方はせず、（芙美子が自ら「ペン部隊」に志願した事実にも触れていない）芙美子が三木の唆しをやすやすと受け入れ、その結果、積極的に自らが演ずべき〈芝居の役割〉にのめりこんで行ったと見せている。であれば、検討すべきは、第一幕では芙美子に対する大きな影響力をもち、次第にそれを失くしてゆく、この三木という人物であろう。

4　趣向としてのユートピア、あるいは〈世界の幼児化〉

プロデューサー三木の「戦争は儲かる」という言葉は〈大東亜の建設〉〈アジアの解放〉〈悠久の大義〉〈八紘一宇〉〈たたかいは創造の父、文化の母〉などの天皇制イデオロギーをただ一語で言い換えたものだが、「儲かる」を井上は別の例で次のように用いている。先の『ふふふ』の中の「講演者募集」という文章で、「「文化は儲かるものである」と決めてかかっている代表は、もちろんアメリカ人である」と前置きして、イベントを打つための公演資金を投資してくれる後援者を募る、というアメリカのシステムを紹介している。「演劇を支援しながら賭けを楽しむ。これはたしかに面白い制度である」と。この「賭け」に注目すれば、自らの「賭け」に国民の資産を、人的、金銭的、心情的、あらゆる資産を根こそぎ投資させようとし（そして大負けし）たことが、この国家が歴史的に強行してきた戦争の内実だった、という解釈になる。それは原発という賭けに大負けした現在の国家の姿とも重なるものだ。井上の〈戦争は儲かる、儲からない〉という言葉は、次の、仏文学者渡辺一夫の敗戦時の日本国民への抗議の文章の中にあるものと同義と考えられるし、おそらくこれが典拠なのではないだろうか。

戦争を愛する政治的見解を持った人々に対して、我々は相互間に存在する思想的政治的立場の差異を問題にせず一応結束して当たらねばならぬと思います。（略）もちろん、我々が結束したところで、十全な防止を行い得るかどうか判りません。単に戦争を愛する思想家や政治家が権力を握っているばかりか、「戦争はもうからぬものだ」ということを教えられたはずになっている日本国民のうちにも、再び「戦争でもうけよう」としている人々もいるし無責任なスリルを相変わらず戦争に求める人々もおり、しかもその数は決して少くないのですから、なかなかうまくはゆきますまい。

（「文法学者も戦争を呪詛し得ることについて」『渡辺一夫評論選　狂気について　他二十二篇』所収　岩波文庫　一九九三・十）

井上は『太鼓たたいて』の中で、戦争を、まずこの言葉で印象付けようとする。ここには、イデオロギーの言葉を用いない、という方法意識を見て取れる。このテキスト戦略が『太鼓たたいて』のみにとどまるものでないことは、他の小説、戯曲の多くが示している事実である。井上は、座談会形式『戦争文学を読む』（朝日文庫　二〇〇八・八）の「井伏鱒二『黒い雨』を読む」の、成田龍一、川村湊との鼎談の中で「父と暮せば」を書いた時の方法について次のように語った。

広島弁はわからなくても、芯の部分を理解したらあとは難しいことはありません。登場人物の中に入っていってくださいという設定にしたのです。（略）とにかくイデオロギーは全部捨て、生活感覚、皮膚感覚に属する言葉だけにしたかった。（略）単純化し、僕なりに考えた広島の被爆死者二十五万人最大公約数の気持ち、それは「俺、このままじゃ死ねない」というこの世

への思い残しだと思います。その思い残しを父親役に言わせたのです。（略）

これに対して成田龍一は「単純化しながらも、あるいは単純化することによって、そこで提出される問題が誰にも共通するということでしょうか」と問い、井上は「そうですね」と応えている。この鼎談は、イデオロギーの言葉ではなく、「生活感覚、皮膚感覚に属する言葉」だけによる「単純化」によって、「最大公約数の気持ち」を表し、「そこに提出される問題が誰にも共通する」ものにすることが、先に述べたように井上戯曲が目指す普遍的なドラマツルギーであることを示している、という意味で重要である。概念化された言葉ではなく「生活感覚、皮膚感覚に属する言葉」を使用するものは〈子ども〉である。井上の芝居に特徴的な、子どもじみた感触は、後述するようにこの言葉の選択によるところが大きい。

また、さまざまな人間の在り方を示すものとしての個性ではなく、「最大公約数」「芯の部分」「誰にも共通する」のような言葉で示される人間の捉え方は、概括すれば、人間をキャラクターとして、換言すれば〈型・集合性〉として扱うことだ。これも井上の作劇を貫く本質的な要素と言いうる。『太鼓たたいて』の場合、そのようなキャラクター性は、三木の造形にとりわけ顕著なのである。三木は、第一幕、昭和十年の秋、芙美子に流行歌の歌詞を依頼するポリドールレコード文芸部のプロデューサーとして登場し、同じく第一幕の昭和十二年秋、芙美子が南京に特派員として出発するときには、内閣情報局音楽担当官であり、第二幕、戦後昭和二十一年十二月には、GHQの「音楽民主化主任」に転身している。時局に便乗して次々に変身するこの人物は、芙美子のジャーナリスティックな一面の分身とも見える。そう考えることが可能であれば三木による〈戦さは儲かるという物語〉への使嗾《しそう》は、芙美子の心のなかの葛藤を可視化したものと考えられよう。[4] 三木と芙美子との関係が、時には芙美子の代作もしてしまうような根強く絡まり合うものである理由もここから見えてくる。すなわち三木は、一人の像なのではなく、自我の分裂、矛盾などに憂悶することなく巧みにその場に身を処していく〈文化人〉そして〈変わり身の早い大衆〉をも包摂する集合的なイメージであろう。

井上の初期のエッセイ集『パロディ志願』（一九七九・三）所収の「われわれの専売特許はいつまでも「茫然自失」か」の中で、井上はこうした民衆像について、明治維新、および一五年戦争の敗戦時の際の「体制側のやり口のこの脈絡のなさ、支離滅裂ぶりを支えているのは「悠々不変の天皇制」である」と、断じつつ、「世の中と歩調を合わせる、という生き方は奴隷の生き方」であると明言している。もう一例挙げるなら、「要するに如何なる時代にもこの連中（新聞記者、文化映画の演出家など―注関谷）には内容がなく空虚な自我があるだけだ。流行次第で右から左へどうにでもなり、通俗小説の表現などからお手本を学んで時代の表現だと思い込んでいる。（略）最も内省の希薄な意志と衆愚の盲動だけによって一国の運命が動いている」（坂口安吾『白痴』[5]）という一文に見られる「内省の希薄な意志と、衆愚の盲動」、つまりいつの時代にも、民衆の大部分を形作る心性の具現化なのである。そしてこのような〈体制の奴隷〉たる三木こそ、他ならぬわれわれ自身の姿である、と井上は言いたいのであろう。終始思想的一貫性を保持する「活動家」こま子を一方の極とすると、三木はその対極の人物となっていて、この二人に挟まれるようにして、芙美子のドラマが紡がれていくのである。そして芙美子はこま子ではなく、明らかにこの三木に近い人物、言い換えれば三木の中にあるものと共鳴しやすい人物なのである。

『太鼓たたいて』は、無辜の人々が日々大量に死んでゆく、統制と密告の戦時下に、先述したように国民の思想統制を行った内閣情報局に所属する者（三木）、憲兵・警視庁特高課刑事（四郎）、「アカ」の活動家（こま子）、小説家など、さまざまな、共存すべからざる立場の者たちが共存しながら、これといった対立も起こらない一種牧歌的なユートピアが出現している、という矛盾したシュールな芝居なのであるが、それを可能にしている理由は第一に、前述の「生活感覚、皮膚感覚に属する言葉」による効果、第二に、登場人物たちのすべてが単独者であることが挙げられよう。概念化された言葉を決してしゃべらない単独者たちの世界は、必然的に子どもじみてくる。登場人物たちが小学校の児童のように、突然首を左右に振って調子を取りつつ歌い出したり躍り出したりという井上劇特有のパフォーマンスも、この法則性によって可能となる。しかしこの子ども的なユートピアの趣向においてこそ、権力・非権力という世俗的な二項対置が脱構築され、特高刑事も、内閣情報局も、社会主義の活動家も、危ない思想を持ち始めた小説家も、対等に自己を主張し、それぞれの意見を言い合えることが可能になるわけである。なぜなら権力・非権力の二項対置は、問答無用、すなわち人間の言葉が無効になる領域だからである。

三木　ヨーロッパの強国から踏みつけられて苦しむアジアの人びと、彼らを日本人が解放し、彼らの独り立ちを助けるのが、大東亜戦争の聖なる目的です。

芙美子　美しい物語ね。でも日本はヨーロッパの強国に代わって占領しただけで、どの国にもまだ独立を許していない。

三木　それはいろいろ事情というものがありますよ。

芙美子　アジアにおける日本語教育の現状の視察……これも仕事の一つだったわ。占領地に日本語を押しつける。これは、独立させてやろうなんてちっとも考えていない何よりの証拠よ。オランダ人でさえ、オランダ語を押しつけたりしていなかった。

四郎　（叫ぶ）わかった。先生は、日本人が嫌いなんだ。日本人のやることなすこと、なにもかも気に入らないんだ。そういう日本人ているんだよな。……非国民。

三木　なるほどね。そう考えれば、話の辻褄は合いますね。

こま子　そうじゃなくて、逆に、先生は日本がお好きなんですよ。このままでは、大好きな日本が滅んでしまうと、そうおっしゃっているんじゃないかしら。

四郎　とてもそうは見えないがね。

こま子　わたしにも、疑問があります。さきほどの、本土決戦で最後の一人まで戦うというお考え、とてもおかしいですよ。

四郎　どこがおかしい！

こま子　日本人が一人もいなくなったら、日本という国もなくなってしまいますよ。

四郎　……あんたも日本が嫌いな口なんだな。

（第二幕七　吹雪）

これは、昭和二十年三月、芙美子が疎開した長野県穂波村の、近隣の国防婦人会の集まりで、芙美子が「もうどんなことをしても、こんどの戦さに勝つ見込みはありません。こうなったらキレイに敗けるしかないでしょう」と発言したことをめぐって、[6]特高刑事の四郎、内閣情報局の三木、こま子らと、芙美子が〈議論〉する場面であるが、こうしたコミュニケーションが成立すること自体、この疎開先の穂波村さえユートピアであることを示している。このユートピア性は、さらに次のような仕掛けによっても支えられている。

『太鼓たたいて』の扉見返しに「とき」、「ところ」、「ひと」の指定がある。「ひと」は、登場人物の紹介であるが、「林芙美子（三二）……三木孝（三四）ピアニスト（年齢不詳）」と続き、その最後に「年齢は、いずれも、劇が始まったときのものである。また俳優は自分の扮する人物の年齢に忠実である必要はほとんどない」（傍点―関谷）とある。これは何を意味するのであろう。「人物の年齢」を〈その人が生きた時間〉と解釈できるなら、われわれの現実では絶対的な意味をもつそれぞれの〈生きた時間〉を、どうでもよい、無効化してもよい、というのである。

つまり芝居は、昭和十年から昭和二十六年まで、十六年間の歳月が流れており、その十六年間は、四郎を例にとれば、青年が一行商人から兵士となり、満州国憲兵を経て、さらに特高刑事、という、時代の激変とアイデンティティーの激変を伴うものでありながら、その変化が、つまり人間の上に流れた時間が無化されているのである。四郎のキャラクターは、行商人として登場した時から、戦後の新宿署の刑事まで基本的に少しも変わっていない。当然他の人物も同様で、この事実は井上が、〈時間〉が人間にもたらす力をあえて無視しようとしたことを意味する。つまりこの世界では、事件は起きても、その経験が時間の経過によって腐食されることも、逆に時間の経過によって個人の中の経験が次第に新たな生成発展を遂げることもないのである。事件は起きても人間は少しも変化しないのだ。あたかも漫画の世界で、人が大けがをしても、少しも血が流れていないように見えるような場合と同様に。

しかしこの仕掛けは、多くのことを隠蔽し、そしてそのことを観客に意識させない効果を発揮するであろう。四郎は、憲兵として満州に赴きながら、そこで何をしたのかが全く語られず、特高刑事としてどのような働きをしたのかも観客には知らされない。少なくともこの芝居ではそれは関心に入らない。もう一人の青年時男も、大岡昇平『レイテ戦記』で知られる最前線に送られ、米軍の捕虜となり一時は戦死を報じられながらもようやく帰国できた、という、大岡その人と見まごう残酷な運命の転変を経ながら、彼がどのような戦いをしたのか、どのように飢えたか、どのように生き延びたのか、人肉を食べたのか食べなかったのかなど、想像しうる人間の生のもっとも痛切な部分（時間）は全くこの芝居の関心の外なのである。出征した三人目の青年、林家に出入りの魚屋「魚清の兄さん」の戦死に至っては、こま子の「あの魚清のお兄さんはアッツ島で玉砕なさったと聞きました」、三木「愉快な若者をなくしました」という会話があるだけである。近所の魚屋の青年の「玉砕」の事実はかくもあっさり通り過ぎる。また、内閣情報局という、戦時の思想統制の中心にいた人物（三木）が現実に何をしたかも一切語られない。

そうした〈リアル〉を封印するためにこそ、イデオロギーではない言語や、時間の無化、という仕掛けが必要であった。すなわち「憲兵」「特高」「内閣情報局」「レイテ戦」「捕虜」「玉砕」などの語は、シニフィエ（概念）なきシニフィアン（表象）としてのみ舞台上を闊歩していることになるのである。なぜならこれらは、人間の時間的存在としての側面、つまり経験による〈変化〉という要素を取り込まずには扱うことの不可能な〈言葉たち〉であるからだ。シニフィエは封印される。つまり隠蔽されたのは、時間的存在としての個々の人間の経験である。しかしこれは『太鼓たたいて』の批判ではない。井上の芝居にどこか〈非在感〉と子ども的印象を与えている作劇の固有のメカニズム、すなわち〈世界の幼児化〉について井上が十分に自覚的であったことを確認したいのである。

これを登場人物の造形と関連付けてみると、先に引用した井上の言葉からも判るように、何らかの個性を創り出そうしているのではなく、舞台で動いているのは〈集合性・型〉としての人間なのであるから、性格は単純化され、芙美子もこま子も三木も四郎もキクも等しく、一種無個性的な人の良さと子ども性で隅どられるため、現実がデフォルメされる、もしくは見えなくなってしまう、ということにもなる。そのデフォルメとのバランスを保つために、つまり歴史的な非常時としての現実を担保するために、三木という、ユートピアの裏側の、人間の矛盾と分裂と功利性とを一身に集約したキャラクターが必要であった、と推測できる。

レイテ戦を生き延びた兵士や、満州の憲兵や、内閣情報局の職員が、戦時下で行った具体的なことは何一つ語られることなく、ただ芙美子が戦場で、植民地で、何を見、書いたのか、だけに劇の関心は集約されており、この、終始予定調和的ユートピアめいた仕掛けの中で、芙美子の悔恨のドラマが進行する。

5　芙美子のエクリチュール

この芝居の中では、芙美子が依頼された仕事は、昭和十二年十二月の南京行きと、翌年十月の漢口への〈ペン部隊〉の仕事であるが、こま子との接点も、実際には雑誌『婦人公論』からの取材の依頼であった。しかし前述のように、芝居では、芙美子がこま子を知る機会が『婦人公論』からの取材の仕事であった事情は大きく改変され、一年前に孤児の施設「ひとりじゃない園」のための寄付を頼みに来たこま子と知り合い、彼女が貧苦と過労から行き倒れになり板橋の養育院に収容されたことを芙美子が新聞記事で知り、世話をするつもりで引き取りに行ったことになっている。

青木正美『知られざる晩年の島崎藤村』(7)によれば、当時のこま子は、社会主義者長谷川博との間に生まれた、当時五歳の紅子と共に、豊島区巣鴨の「城北消費組合」の二階に寄寓し、出版書籍の原稿の浄書でわずかな収入を得て暮らしていたのだが、とうとう疲労と栄養不良のため病の床に就き、紅子を知人に預け、周囲の世話によって養育院に入ることになったのである。退院後は紅子ともども妻籠に帰り「本陣の御嬢さん」と呼ばれ、畑仕事をしながら子供たちに書道も教えた、という。作者井上は、こま子が行商をしたり、託児所で働いたりと、幼子を抱えて職を転々としていた困難な時期の中から、こま子と実子紅子の関係を捨て、こま子と託児所の関係を採りだし、「亀戸の無産者貧民連帯託児園」、つまり「ひとりじゃない園」の保母とした。(8)

昭和十二年三月六日『東京日日新聞』には、「運命の荊の道を二十年／あはれ「養育院に収容　島崎藤村氏の姪こま子さん／貧苦と過労から重病の床に』「誰を怨みませう／病床に泣き伏す彼女」などの大見出しで記事が載り、翌七日には「「新生」の床に思はぬ見舞ひ客　荊の道に慰めの女性群」という見出しで、林芙美子のこま子訪問が報じられ、この訪問記が、同十二年四月号『婦人公論』に掲載されている。前掲『知られざる晩年の島崎藤村』から、芙美子の訪問記を引用する。

私は、十五年もたつて、始めて、「新生」の答へを訊いたやうな気がしました。あの小説が生れてもう二十年にもなるのかしら…。その当時、筆者の真率な勇気がたゝえられてゐたこの作品も結果においてはこんなにみじめな悲劇を生んでゐるではないかと、(略)（一人の女性をこゝまで追ひ詰める種子を撒いておいて）深く掘り下げた「償ひ」をされなかつたむくいに、結果はこんなにも侘しい女の生活をつくつたのではないかと、私はベッドに病み伏してゐる彼女を、涙なくしてながめることはできませんでした。（後略）

藤村の「真率な勇気がたたえられてゐたこの作品」の結果が、このような女の悲劇を生みだした、という論調は『太鼓たたいて』に次のように取り入れられている。

こま子　……卑怯者？
芙美子　藤村が書いたたくさんの作品、それは尊敬に値いします。しかし、それを書いた藤村という男は卑怯者だわ。小説という、どのようにも書ける仕掛けを利用して、自分の罪をぼんやりぼかしながら神妙に世間に向けて懺悔する。そして、まんまと救われる。

しかしこうした道徳的な藤村批判はあまりにも常套的なものであるし、先の新聞記事も、ジャーナリスティックな感覚の鋭敏な芙美子が、作家として当然ともいえる、発表媒体を意識してのものである、と思わざるを得ない。『婦人公論』という媒体の性格と、自分の役割とを明晰に自覚し、小説『新生』と現実とを地続きにして、世俗の期待の地平に応ずるかのように藤村の人格批判をするこの探訪記事は、『戦線』や『北岸部隊』もまた、〈戦争協力云々〉ではなく、ジャーナリスティックな感覚に長けた芙美子がその時々〈自分の役割を果たす〉ことに忠実だった結果、と推測し得る根拠となり得るのである。[9]『太鼓たたいて』の芙美子像は、観客に分かりやすくするためには当然のことながら単線的で、こうした作家としての重層的性格に対する配慮は見られない。

前述のように、井上はこの芝居の中で、こま子という人物に芙美子を批判する重要な役割を与えた。こま子は、芙美子が嫌う〈アカの活動家〉である。そして貧窮を極め行き倒れ、芙美子の世話になる。そのようなこま子に対して芙美子は、女性ながら前線に派遣され、メディアに喧伝される流行作家である。つまり、この時代のもっとも周縁的な存在と中心的な存在との対照として、井上が二人の女性を造形したことは明らかであろう。貧しいながら思想的一貫性を持って生きる者と、社会におだてられ野心のために大きな過ちを犯した者との対照として。しかし、権力と非権力、加害者と被害者、など戦争を表象する場合の常套的な対立図式を、前述のように、言語、人間像、時間性などを操作・選択することによって脱構築しながら、こま子と芙美子との関係においてのみ、責任を問うものと問われるものとの対立図式を造っているのは、方法として整合性に欠けるし、こま子を理想化しすぎることによってこの場面だけが妙な道徳臭を帯びてしまったことは否めない。

「先生もその物語をつくっていたお一人でしたね」「いかがですか」と。

さらに、こま子の批判が、実在の島崎（長谷川）こま子自身がまさに当事者として闘ってきた内閣情報局や憲兵には向けられず、芙美子のみに向けられていることも論理的ではない。こま子に、芙美子の責任を問える資格は説得力を持って描かれてはいない。とすれば、こま子の存在は、一つ目に、戦時・非戦時を問わず、孤児たちのために尽くす、しかも小説「新生」のヒロインのモデルという、ドラマティックな女性をあえて登場させることで、芙美子の〈負〉の部分を際立たせる、二つ目に井上の政治的主張を表すため、と考えられよう。

一方芙美子は、先に引用した穂波村での〈議論〉の場面で三木に、「こんどの戦さは総力戦、それが分かっていなかったあなた、そしてわたし、無知でしたね。無知な人間の妄想ほどおそろしいものはないわ」と反省の弁を述べる。総力戦とは、軍事力だけではなく、生産力、経済力、教育制度を通じての精神力など、国家の総力を動員した戦争なのであれば、この国家のメカニズムから免れる者はごくわずかの例外を除いて存在するはずはなかった。芙美子と同様に「ペン部隊」として従軍した佐多稲子は「国中が、そうなった時代ですからね。（略）私なども戦地慰問に行ったほうですから……その時分に戦争反対の態度をとれる人は、ほんとに少なかった。そういう人は黙ってるだろうし、黙っていない人はつかまって獄中にいましたしね」（前掲岩橋邦枝『評伝長谷川時雨』）と、長谷川時雨の戦時下の行動を弁護しており、佐多自身が「ペン部隊」を務めた理由として「戦地に行っている兵隊さんに会うことで、国内の妻や母たちに報告が出来るのではないかと。また、逆に、妙な、言ってみれば作家根性の「見たい」という気持もあったと思います」（佐多稲子『年譜の行間[10]』）と述べている。

芙美子の従軍も、当然この佐多のような使命感、そして作家としての好奇心だったであろう。芙美子の振る舞いや従軍記『戦線』『北岸部隊』は、第一幕で三木が簡潔に解説しているように、国民の「最前線との一体感」と、「戦う戦場のスターたち」を創り出した。が、それと共に銃後の傷心の留守家族や恋人たちを励まし癒す役割を果したこともまた確かなことなのである。

第一幕は、「戦場の崇高なまでの美しさを、手にとるようにお教えくださいました」と紹介される芙美子の「ラジオ講演」が放送される場面で終わっている。青木正美編『戦時下の庶民日記[11]』の、昭和十二年十一月二十日、南京戦に出征した夫を待つ、新婚間もない若妻は、それを聞いた時の思いを次のように書きとめている。

○南京陥落を幾度夢に見たでせう。落ちた、落ちた。（略）戸別にひるがへる日章旗を見ても、あなたの事ばかり思はれる。

○茂夫さん（編者注・夫の弟）がいらつしやつた。お声の様子等がとてもあなたに似ていらつしやるので、お帰りになつたあと涙が出て仕方なかつた。

夜は林芙美子さんの漢口突入のラジオ放送をきき、また泣いてしまつた。

これを読めば、やはり芙美子は、戦時下においてどのような役割を振り当てられようと、市井の男女のつつましい哀歓にぴたりと寄り添う作家であった基本線を外れてはいなかったことが理解されよう。それと共に、『太鼓たたいて』には、芙美子の作家としての戦略の核ともいうべきジェンダー視点に対する配慮が欠けていることも明らかとなる。戦場や兵士たちの〈崇高さ〉を書いた視線は、まさに林芙美子という女性のものなのだ。男性が戦場や兵士を同様に讃えることとは意味が違う。また、そうした芙美子独特のジェンダー視点を丸ごと国家に利用されたとしても、それは芙美子の責任ではない。二つの従軍記からは、何よりも芙美子が白分の読者に向けたメッセージを読み取らなくてはならないであろう。

芙美子の従軍記を詳細に検討した荒井とみよは、「「男」（戦場—注関谷）という大状況は「女」が対するとき、もっとも雄々しく美しい姿を見せる」（『中国戦線はどう描かれたか』[12]）と述べ、事後的な高みからの倫理的批判に対してジェンダー視点を強調することによって芙美子の従軍記を読み直そうとしている。また芙美子は戦場の崇高さのみを書いたわけでももちろん、ない。「漢口突入のラジオ放送」に涙した若妻は、夫の崇高さにではなく、芙美子が目の当たりにし銃後へ通信した、こまごまとした戦場の描写を介して感受し得る具体的な兵士たちの息遣いそのものに、つまり生木を裂かれるように別れさせられた生身の夫を感じることが出来る表現のすべてに涙したのである。荒井は述べている。「ここに残されたさまざまな情報を否定してしまったら、「武漢作戦」という戦闘の実態ははたしてどこに存在するか、戦史にも作戦や戦死者数、師団長の名前は記されようが、最前線で戦った兵隊の姿はそれら統計数字の中に消える」と。

作者井上は「「いま」という歴史の高みから彼女を責めているわけではない」（『ふふふ』）と言いつつ、やはり超歴史的な立場からの旧来の芙美子批判を前提としてこの芝居を書いたことは否定できない。しかし井上は、芙美子が〈文章報国〉の役割を遂行するなかで芙美子の内面に生じた変化を鋭敏に嗅ぎ取ることが出来た。戦時下の国民が否応なく陥っていた自民族中心主義的思考が、満州（昭和十五年）、ジャワ、ボルネオ（昭和十七、十八年）の植民地視察によって芙美子の中で揺らぎ、国家の「大芝居」[13]を見抜く劇的な転換が訪れたのだった。井上の資料咀嚼力と歴史を見る目は、芙美子のこの転換を見逃さなかった。新しい林芙美子像と言いうる所以である。

6 〈地獄〉と〈非在のユートピア〉

井上が示唆した芙美子の転換を、芙美子の「凍れる大地」（『新女苑』一九四〇・四）を手掛かりとして検討してみると、一九四〇（昭和十五）年一月から二月にかけての北満州視察の際に、すでに芙美子はこの戦争の〈芝居性〉（実質の伴わなさ）に気付いていたことが理解できる。この時の記録である「凍れる大地」は、時局に適さない、として筆禍事件となったことで知られる。佐藤卓己『言論統制』[14]によると、『新女苑』編集主任内山基は、事前検閲で陸軍省情報部長鈴木庫三《くらぞう》少佐（内閣情報部委員を兼任）に呼び出され、「凍れる大地」を「掲載不許可」のゴム印で突き返された。その後内山は、「三時間近くの交渉の後、ある程度の削除と訂正で」掲載を許可された、という。

その際「満州は悪魔の如く寒い」などの部分が、「満州に進出しようという農村の人びとの気持ちを阻むことになる」という理由で削除された。しかし修正後の「凍れる大地」にすら、芙美子は次のような感想を書きとめている。「茨城村の開拓村」を視察していてあまりの寒さに、ある開拓民の住居に駆け込んだ時、宮城県の犀川から来たというおばあさんが「内地も寒いには寒いが、満州は途方もなく寒いだね」と言ったことを記した後、次のように書く。

これから来られる開拓民の人達は、長火鉢でも箪笥でも持っているものはなんでも持ってきた方がよいのではないかと思った。杓子に到るまで、ほんとうは持って来てほしいと思う。満州には身一つで行きさえすればいいという安直さは、おおきなまちがいではないだろうか。

建設途上なのだから、すべてを我慢して、身一つでかまわぬという簡単さは、大変な間違いだと私は考える。アンペラ敷きの何もない部屋に住んで、二年も三年も耐えてゆく孤独さは、人間をどんな風にしてしまうか考えて貰いたいものだ。

これから渡って行く大陸の花嫁の方々にも、私は、身につけられるもの、持って行かれる程度のものは、少々荷物になってもみんな持って行ってもらいたいと思う。（略）荒涼とした生活の泉となる日がきっと来るのだから……。

（「凍れる大地」十『戦線』所収　中公文庫　二〇〇六・七）

政府の植民地経営の無神経さを批判したこのような文章が掲載を許可されたのは不思議であるし、〈きれいに敗けよう〉といった不穏な発言をして密告されるなど、芙美子が「ペン部隊」後の戦時下において、どれほどフェミニズム視点からの勇気ある発言をしていたかを証している。

「作家の手帳」にも、この日本政府の政策の無責任さと虚妄性が、オランダのボルネオの植民地政策の〈文明性〉と比較されながら反復強調されていることは既に冒頭で述べた。『太鼓たたいて』の基本的モチーフは、戦後間もなく書かれた、この「作家の手帳」なのでは、とも思えるほど、特に第二幕の芙美子の言葉は、次の引用のようにこのエッセイから多くを取り入れている。

吾家の一坪の菜園ですら、手で掘るのはむづかしい事だのに、（中略）神様は愛のない人間の仕事をお嫌いになりませう。役人の机上の計量だけでなされた仕事や法律に、泣く人の生れないはずはありません。私はさまざまな土地を旅したけれど、結局は地球を信じ、空気を信じ、月を信じ、太陽を信じ、黴を発酵させる地上のいとなみを信じます。人間の浅い知識だけで生きようとする、信仰心のない仕事を、神はあはれんでいらつしやると思ひます。(15)

（傍点―関谷）

井上の『太鼓たたいて』は、こうした芙美子の認識の転機を発見することで「悔恨の林芙美子」という新しいイメージを創ることに成功している。「この戦争でたくさんの人が亡くなつてゆきましたけれども、私はそのやうなひとたちに曖昧ではすごされないやうな激しい思ひを持つています。せめて、そのやうな人達に対してこそ仕事をするといふことに、私は現在の虚無的な観念から抜けきりたいとねがふのです」（「林芙美子選集　あとがき」昭和二十一年五月）と痛切な覚悟を語った芙美子こそが、井上の認識した芙美子像であったであろう。それゆえに、第二幕の主要なテーマとなる「亡びるにはこの日本、あまりに素晴らしすぎる」という、登場人物全員が唱和する楽天的なフレーズには違和感を覚えざるを得ない。しかし井上は、こうした子ども的集団性をあえて強調し、趣向としてのユートピアを非在のユートピアへと無邪気に接合してしまう。それは芝居にどのような効果をもたらしたであろうか。作者の意図を超えて、この接合によって拓かれる新たな意味生産の地平を検討したい。

「春　氷がとけて　野原も花でいっぱい／夏　青空にわきあがる入道雲／雨あがりの　あの虹の美しさ」「そしてまた／黄金色の実りの秋／夜ふけの冴えた美しさ」「そしてどこかでそつと生きてる／平凡だけどこころやさしい人びと／まずしくとも　こころゆたかなひと」「わたしは日本を愛してる(以下略)」。このような風土賛歌は、戦時下に『少国民雑誌　少女倶楽部』(昭和十九年十一月号)に載っている次の詩とどこが違うであろう。

この芋には春の雨がしみている／小鳥の歌がしみている／初夏の朝風の香り／夕立のさわやかさ／うすれ行く虹／風鈴のひびき／すぎし日のその口その日のうれしさが／みんなしみているしみている／(略)母のことばに笑顔でうなづくわれ／てのひらの芋も思ひなしか明かるきほほえみ

（「わが家の芋」サトウ・ハチロー）

「まずしくとも　こころゆたかなひと」とは、このサトウ・ハチローの詩の中の〈笑顔の母や子ども〉と同じく、どこからか響いてきた太鼓と笛に、〈ハメルンの子どもたち〉のように踊らされ、思いも寄らぬ処へ連れ去られた同じ人々ではなかったのだろうか。これら〈非在のユートピア〉は、共に〈身体化されたナショナリズム〉という一点において、この芝居が封印した〈リアル〉、すなわち憲兵や特高や内閣情報局やレイテ生き残りの兵士が内地及び外地で行なってきた〈実在の地獄〉と通底するのである。『太鼓たたいて』を奥行き深いものにしているのは、この封印された〈地獄〉に他ならない。井上の意図がどうであれ、〈亡びるには素晴らしすぎる日本〉という唱和場面がもたらす効果は、観客にこの〈地獄〉を遠望させることだ。

「どこでまちがって、どこでそのまちがいから出直したか、いまのうちに書いておかなくては」と、心臓の痛みをこらえ「左右に揺れながら」奥座敷へ入って行く場面で芙美子は芝居から消える。その時、一瞬、客席を振り返った、芙美子役大竹しのぶの顔に浮かんだ〈死相〉は、この封印された〈地獄〉から聞こえてくる声を聴こうとするものとして、そしてこの〈地獄〉を荘厳なものにするために、見事な演出・演技であったと言わねばならない。

【注】

（1）初出誌『新潮』二〇〇二年九月号。初演　二〇〇二年七月二十五日～八月七日　こまつ座第六十六回公演　紀伊國屋サザンシアター／演出＝栗山民也／キャスト　林芙美子＝大竹しのぶ、林キク＝梅沢昌代、島崎こま子＝神野三鈴、加賀四郎＝松本きょうじ、土沢時男＝阿南健治、三木孝＝木場勝己、ピアニスト＝朴勝哲。

（2）長谷川時雨は、『女人芸術』に続く新しい女性の会『輝ク会』を主宰、機関誌『輝ク』を、昭和八年四月創刊した。これを基盤に、昭和十四年七月「輝ク部隊」を結成、傷病兵及びその家族のための慰問、慰問袋の献納、たすき掛けでの銃後奉仕活動などを積極的に行った（岩橋邦枝『評伝長谷川時雨』筑摩書房　一九九三・九）。

（3）集英社　二〇〇三・十。

（4）小森陽一は、「父と暮せば」についての大江健三郎の次の発言を紹介し「私ら観客には、いま舞台で進行しているのは娘が自分の罪悪感に根ざす悪夢を見ているんだ、現実のものではないその言葉のやりとりを一人で空想しているんだ、と納得することもできます。（中略）しかし、実際の舞台に出現する、死んだ父親の「魂」と、日々現実の生を重ねている娘との対話には、双方ともにリアリティーがあります」大江は「まさにそうです。過去を考えるとき、現実にはならなかったものも共存させて考える、その方向でリアリティーを全開にしてみせるというのが劇作家のやれることだし（略）」と応じている。『太鼓たたいて』の芙美子と三木の造形にも、同様に、多元的な自己を他人格として、可視のものとして表す、という井上の演劇の手法を見ることができる。（大江健三郎・成田龍一・小

森陽一「座談会井上ひさしの文学② 〝夢三部作〟から読みとく戦後の日本」『すばる』二〇一一・二）

（5）『定本　坂口安吾全集　第二巻』冬樹社　一九六八（昭和四十三）・四。

（6）『夢一夜』（世界文学社　一九四七（昭和二十二）・九）に、疎開先で「遊びに来たひとに、いまは、日本も、敗けぶりのうまさを考へなければならない時ですねと話した事から、二八キロも先の町の警察から、菊子のところへ若い坊主刈りの刑事が何度かたづねてきた。近所の百姓や店屋の連中は、急に菊子を違つた眼で見るやうになつた」と、密告された経験を書いている。

（7）国書刊行会　一九九八・九。

（8）井上は、『国文学　解釈と鑑賞』「別冊　井上ひさしの宇宙」の今村忠純との対談で、「島崎藤村はいつも気にかかっている作家です」と前置きして、「新生事件」の後のこま子についてかなり詳しい知識を披歴している。この発言に見られる興味深い事実は、井上がこま子を、「浅草の吾妻橋あたりの労働者街の託児所で働きはじめる」と言っている部分で（前掲『座談会昭和文学史二』にも同様の発言があるが、この情報の根拠は示されていない）、前掲『知られざる晩年の島崎藤村』の詳細な調査内容とは異なっていることと、芙美子の周辺に「労働者街の託児所」で働いていたもう一人の人物がいることである。その人物は、芙美子が一九三一（昭和六）年から翌一九三二年まで、パリ、ロンドンに在住していた時に知人に紹介され恋人となったマルクス主義者の建築家白井晟一で、芙美子の渡欧前後の伝記としてもっとも詳細な今川英子編『林芙美子　巴里の恋』（中央公論社　二〇〇一・八）解説に、白井が芙美子の帰国後、パリからモスクワに渡ってソ連に帰化しようとしたが叶わず、一九三三年に帰国、しばらくは京都にいたが「間もなく東京に戻り山谷の労働者街で孤児を世話したりしながら二か月ほど暮らしたらしい」という記述がある。井上は、この白井晟一に関する今川英子の記事を、こま子のものと混同したのではないだろうか。こま子、白井の共通点が、共産党シンパであることと、「託児所で働いていた」ことが『太鼓たたいて』のこま子の「ひとりじゃない園」の保母、というシチュエーション選択に結びついたのであろう。

(9) 昭和二十二年発表のエッセイ「「仏蘭西だより」から」には、芙美子が『婦人公論』に書いた、世俗的藤村観とは比べるべくもない洞察と理解と尊敬とをこの作家に抱いていたことが知られる。パリに滞在していた藤村が、勃発した第一次大戦を見に行こうとせず、パリに留まる意思を伝える部分を、「新生事件」に触れつつ引用しながら芙美子が次のような藤村理解を示していることも『太鼓たたいて』の〈含意作用〉と言えるであろう。

(略) 周囲の事情の許す限りは斯の芸術の都に踏み留まらうと存じます。と書いてあるところに、藤村の日本を遠く離れて巴里へ来た心の憂悶があるやうに考へられる。戦争を見にはゆかないで、ひたすら、孤独で、芸術の都巴里に留まつていたい藤村の心のなかには、新生の仕事に対する深い痛みもないとはいへないであらう。

仏蘭西を書いた日本人の旅行記は随分多く出版されているけれども、藤村の仏蘭西紀行ほどのめんみつな、温かい旅行記を私は他に知らない。第一次欧州大戦を背景に、巴里や、仏蘭西の田舎の戦後の生活を克明に記してあますところなく (略) 仏蘭西の心を書けた人は藤村より以外にはないのであらう。(新潮社版『林芙美子全集15』昭和二十七・五)。

(10) 中央公論社　一九八三 (昭和五十八)・十。

(11) 青木正美『戦時下の庶民日記』日本図書センター　一九八七・四。なおこの日記は、翌昭和十四年六月二十三日の日付で、「貴方、貴方、きっと御無事でかへつて下さいね」という文章で終わっている。

（12）岩波書店　二〇〇七・五。

（13）「大芝居」という語は、小説『浮雲』（一九四九（昭和二十四）・十一〜一九五一（昭和二十六）・四。一九五一（昭和二十六）・四、六興出版社より刊行）に、ヒロインゆき子が、引き揚げてきたと同時に直面した戦後の東京の苦しい生活のなかで、富岡と愛し合った仏印を思い出す場面に次のように現れている。

ああ、もう、あの景色のすべては、暗い過去へ消えて行つてしまつたのだ…。（略）貧弱な生活しか知らない日本人の自分にとつては、あの背景の豪華さは何とも素晴らしいものであつたのだ。ゆき子は、さうした背景の前で演じられた、富岡と、自分との恋のトラブルをなつかしくしびれるやうな思ひで夢見ている。悠々とした景色のなかに、戦争という大芝居も含まれていた。（略）のびのびとして、歴史の流れにゆつくり腰を据えている民族の力強さが、ゆき子には根深いものだと思へた（三十六　傍点―関谷）。

（14）中央公論社　二〇〇四・八。

（15）「お日さまを信じ、お月さまを、地球の、カビを発酵させる大地の営みを信じて、一人で立っているしかないのよ。」（第二幕八　安全ピン）。

○『太鼓たたいて笛ふいて』の引用は『井上ひさし全芝居　その六』（二〇一〇・一）に拠った。

第十五章　『浮雲』の身体文化
――ジェンダーという〈磁場〉――

1　はじめに――「著者の言葉」

『浮雲』[1]は、主に戦後ニヒリズムに焦点化した敗戦文学として、結ばれることもなく、また離れることもない男女、幸田ゆき子と富岡兼吾の関係性を中心に読まれ、研究もされてきた。他方、国家・殖民地とのかかわりから、ヒロインゆき子を国家の戦時性暴力の論点から捉えようとする試みも相次ぎ[2]、『浮雲』研究に新たな展望が拓かれている。

二人が語らい、歩く、〈恋愛〉の風土は、〈夢のような楽園ダラット〉、〈寒く貧しく混乱した東京〉、〈激しい雨に振り込められる屋久島〉であって、それぞれ二人の意識と身体を大きく包み込む自然として確実な芸術的効果を挙げている。それは二葉亭訳のツルゲーネフ「あいびき」の、可憐な少女アクーリナと、気障な男ヴィクトルの上に広がる、美しくまた変わりやすい九月の空のように決定的に重要な役割を果たしている。これらの風土と、二人の〈愛の関係〉を切り離すことは出来ない。雨の象徴性については論文がある。[3]二人はそれらの美しい背景の中で動き、生かされている。戦後間もない焼け跡の東京すら、当時至る所に見られたはずの傷痍軍人の痛ましい姿や戦災孤児などは全く描かれず、〈恋愛の舞台〉としての美化を免れていないのは明らかだ。背景となる風土を、作者林がかくも謳いあげた事実をゆるがせにすることは出来ない。そこに敗戦の政治的社会的状況、あるいは主人公たちの絶望、ニヒリズムを剔抉するのみでは、この小説の魅力の半分を見ないことになる。

初版『浮雲』（六興出版社　一九五一年三月三日）のよく知られた「著者の言葉」を引いてみたい。

> 誰の眼にも見逃されてゐる、空間を流れてゐる、人間の運命を書きたかつたのだ。筋のない世界。説明の出来ない、小説の外側の小説。誰の影響もうけてゐない、私の考へた一つのモラル。さうしたものを意図してゐた。だから、この二人の主人公の生まれた時の履歴は、必要ではないのである。（略）私にとつての重要さは、主人公の二人が逢つてからの問題である。神は近くにありながら、その神を手さぐりでいる、私自身の生きのもどかしさを、この作品に書きたかつたのだ。社会の道徳観が、人の世を滅すための審判にのみ役立ち、この二十世紀はますます老い疲れて来ている感じである。
>
> 　一切の幻滅の底に行きついてしまつて、そこから再び萌え出るもの、それが、この作品の題目であり、「浮雲」といふ題が生まれた。（傍線関谷　以下同様）

林はかなり具体的に『浮雲』の方法について語っている。「神は近くにありながら、その神を手さぐりでいる、私自身の生きのもどかしさを、この作品に書きたかった」という意味は解りにくいが、「社会の道徳観が、人の世を滅すための審判にのみ役立ち、この二十世紀はますます老い疲れて来てゐる」は、おそらくすぐ前の時代、戦中を視野に入れればその意味は極めて妥当なものである。いかにも林らしい。その他「小説の外側の小説。誰の影響もうけてゐない、私の考へた一つのモラル」等々、これらの言葉は、林芙美子がいかにこの小説に自信を持っていたかを示しているであろう。その所以は、『浮雲』が、一組の男女を描きつつ、それがより普遍的な人間の生き方、時代の在り様の表象となり得ている、という自信であるように思える。小稿は、この自信にみちた「著者の言葉」を念頭に置きつつ、『浮雲』の、表象としての〈敗戦後の人間像〉を検討する。それとともに、林芙美子が戦時中の行いについて、現在からのまなざしによってどのように有責性を問われようとも、一九四〇年四月、誰にもまして勇気をもって発言した日本の植民地運営論が示すこの国家への根底的な批判についても言及したい。それは『浮雲』においてさらに透徹した批判精神となっているからである。

2　ジェンダー・パフォーマティヴ

十五年戦争敗戦後の昭和二十一年冬、混乱期の東京が、『浮雲』の最初の舞台となる。ヒロイン幸田ゆき子が、任地仏領インドシナのダラットから引き揚げ先の敦賀の収容所で、一緒に引き揚げてきた女性達とも別れ、みぞれ降る夜、税関の近くの小さな家で「久しぶりに故国の畳に寝転ぶ事ができた」（二）という身体的な安堵の感覚から小説『浮雲』は始まっている。『浮雲』は、このように、女性の身体が重要なファクターとなっている。

ゆき子は昭和十八（一九四三）年の秋、軍属として林業調査の目的で派遣された農林省の技師一行とともに、パスツール研究所(4)の「規那《きな》園栽培試験所」のタイピストとして、農林省の同業の数人の女性とともに赴任し、以来、敗戦まで二年間働いていたことが、その後の記述によってとびとびに見えてくる。ゆき子の左腕には、ダラットで、ある男性から受けた「大きな刀傷」があり、その傷跡にぞっとしながらも、ゆき子は、「その刀傷に湯をかけながら」「懐かしい思い出の数々を瞑想」する。当然あったはずの引き揚げ時の困難などにはテクストは全く触れることなく、語るべきはまず〈恋ゆえの狂態〉なのだ。次の一文はそのようなゆき子という女性の内面の光景を明瞭に示している。

> 今日からは、どうにもならない、息のつまるやうな日が続くのだと、観念しないではなかつた。退屈だつた。潮時を外づした後は、退屈なものなのだと、ゆき子は汚れた手拭ひで、ゆつくり体を洗つた。（一）

ゆき子はただ退屈している。〈今日から始まる息のつまるやうな生活に〉。その逆の生活がダラットにあった事を、ゆき子は「左腕の刀傷」で確かめている。これらは小説冒頭、一、二頁の記述に過ぎないが、「懐かしい思い出の数々」が敗戦直後の日本において、すでに「潮時を外づした」ものになってしまっていることを、ゆき子は〈観念するほかはない〉。ゆき子は、この故国の入り口、新しい時代の入り口に座し、おそらく誰もがするであろう生活の資について模索するのではなく、ロマンの失われた〈退屈な日々〉が続くことを懸念している。「若い女にとつて、平凡といふ事位苦しいものはない」と考える人物なのだ。〈平凡・退屈＝つまり日常性〉を忌避する、このゆき子の心性を、何と呼ぶべきであろうか。ひとまず〈物語生産性〉と呼んでおきたい。ゆき子の〈物語生産力〉は、ダラットでの初日、一目で惹きつけられた富岡の毒舌に傷ついた翌朝、一人で外出する富岡を追って行き、今日は何をすればよいのか、と訊ねる時のゆき子の〈パフォーマンス〉に具体的に見ることが出来る。

もつと、互ひに近しくなりたい孤独な甘さだけで、ゆき子は歩いていた。ファンタスチックな感情が、ゆき子をわざと孤独な風に化粧させてしまふ……。何時、富岡に振り返られても、旅空の女の淋しさを、上手に見せる哀愁の面紗《ベール》を、ゆき子はじいつとかぶつてゐた。（十二）

『浮雲』において、ゆき子という人物の（あるいはこの時代の女性、と一般化すべきなのかもしれないが）女性への敵対意識の過激さは瞠目に値する。登場する女のことごとくがゆき子に敵視されている。ゆき子と同業のタイピストたちはハノイからサイゴンに行き、そしてそれぞれの任地へと配属されたのであるが、サイゴン行きの汽車のなかで早くもゆき子は同僚の篠井春子が〈絹靴下をはきラバソールをつっかけ、甘い香水をつけていること〉、その華やかなジェンダー性に〈みじめな負け〉を感じている。ゆき子は、若い女性に決して気を許さない。同性に対するこの敵対意識が〈物語生産力〉と相関している。作者はこの時代をそう語っている。おそらくこうした女性同士の敵対（ミソジニー）は、男性に資する人的資産のみを女性から得ようとする、社会の要請に由来する歴史的なものだ。その強制が、戦時中に〈産めよ増やせよ〉と、極端に露骨な様相を帯びた結果と言えよう。

ゆき子に関する語りは、ジュディス・バトラー『ジェンダー・トラブル』[5]に論述されている〈ジェンダーのパフォーマティヴィティ〉を露に示すものだ。ゆき子はこの、社会の混乱時に、定住することも職業に就くことも欲しない。静岡に家族がいるらしいが、引き揚げ後、屋久島に富岡と同道するまで、どれほど困窮しても、決して郷里に帰ろうとはしない。なぜ〈郷里〉は語られないのか。なぜ必要とされないのか。この浮遊性こそ幸田ゆき子の造形の最大の特徴と言えよう。

　昆虫や虫たちが自らの身体や習性に合わせて殻を作るように、ゆき子は状況・環境に応じて自在にそのような〈殻＝面紗〉としてのジェンダーをまとうことができる。つまり〈自分を化粧する〉。この、身体と不可分な〈殻〉がジュディス・バトラーが論理化したジェンダーであると考えて差し支えあるまい[6]。つまりゆき子とは、自らのジェンダー・パフォーマティヴこそがアイデンティティーの根拠であり〈居場所〉であるような人物なのだ。先の引用のようにゆき子が、決して相手に媚びようとする演技ではないが、環境に応じて極く自然に〈その場にふさわしい自己演出〉をする例は篇中に幾度も見出すことが出来る。例えば、新宿の夜道で出逢ったジョオと付き合い始めるとたちまち〈すっかり人が変わったやうに華やかに化粧し、髪はこってりと油に光って、アップに結びあげ、眉は細く剃り、眼には墨を入れ、人造ダイヤの耳飾り〉（二十）、のように、米兵好みに風体を変えており、訪ねて来た富岡を驚かせる。ちなみにダラットで富岡が相手のときは、「白絹のワンピース」「白いスカート」「ギンガムの紅い格子のワンピース」「ブルーのリボン」（十二）など、少女っぽい装いで統一している。この装いそのものが、〈富岡との物語〉を招き寄せるためのものだ。ゆき子は、富岡に向き合う時、〈寂し気な少女〉のジェンダーなのだ。今、この視点からゆき子の行動を概観してみる。

　伊香保から帰って後、富岡の子を堕胎したゆき子は伊庭に囲われることになるが、その時期のパフォーマンスは、やはり金回りのよい卑しい中年男の愛人らしいものだ。ゆき子は、〈毛の長い白い犬を抱き黄色いジャケツを着てふっくらと若々しく羽振りもよく〉妻の葬儀費用を借りに来た富岡の前に現れ、富岡のみじめさを内心嗤っている。

そうしたジェンダー・パフォーマティヴは、殊更な演技や媚態とは異質な、ゆき子にとって〈その場に最もふさわしい化粧・自然な振る舞い〉なのだ。その環境（相手）に合わせてゆき子は〈殻〉を自在に成型・更新しつつ生きる。なぜそれが自然かという理由は、ゆき子が、〈愛人・恋人〉としてのパフォーマンス（＝身体の様式化）を得意としているからだ。その「ファンタスティックな感情」に基づく〈身体技法〉が、ゆき子自身の身体や習性に最も適した〈殻〉だからである。〈殻〉の外部に、クローゼットから替えの衣服を取り出すような操作主体として存在することは出来ないが〈殻＝ジェンダー〉は何度でもその色を変える。更新される。ジェンダーは、「である」ものではなく「なること」、つまりプロセスなのだからである。(7) それは紛れもなく一つの〈身体文化〉に他ならない。

富岡との〈恋愛〉も、ゆき子のジェンダー・パフォーマティヴを視座とすることで新たな展望を拓く。つまり『浮雲』は、ゆき子が富岡を最終目的の男として執着しているように見えるが、実は、ゆき子にはそのような最終目的などはない。富岡が「女は何処にでもいるからね」（六十二）と言うのと似ている。いつだってプロセスなのだ。この事実は屋久島行きでも明瞭である。屋久島へ船でたどり着いた時、ゆき子は雨に降りこめられた最果ての孤島のわびしさに辟易している。子細に読めば、元来ボヘミアンのゆき子には、この地で富岡と生きていこうという喜びや覚悟のようなものは全く見られない。

「行きも帰りもならない」「元気になつたところで、こゝではどうにもならないのではないかと思へた。だが、このまゝ東京へ戻つたところで、希望的なものがあるわけでもないのだ」（六十一）「昨日も明日も必要ではないのだ。只、現在だけが彼女であつた」（五十六）「あの男は、このまゝ図太く生き残つてゆくに違ひない。だが、ゆき子は、もう何年も生きてゆける自分ではないのだと、心ひそかに思ふのであつた」（六十三）こうしたニヒリズムがゆき子の実存である。

ゆき子は、がんこに、窓から外界を見やうとはしなかつた。種子島も見ないづくだつたし、いま、眼の前に屹立してゐる屋久島さへも見やうとはしない。ゆき子にとつては、どんな陸上でもよかつたのかも知れない。着いた様子だから、身支度をするといふ、ものぐさな態度である。富岡は、ゆき子のそのものぐさな様子を、体の悪さから来てゐるものと思つてゐた。（六十）

しかし前後のゆき子の心性をたどってみれば、この「ものぐさな様子」が体調の悪さに起因するものではないことが解る。〈昨日も明日もなく、只、現在だけの存在〉である自分が身を置く空間のみすぼらしさにゆき子は耐えられないのだ。屋久島で病に伏したゆき子は次のように考える。「かうした景色だけでは、自分のやうな人間は育たない気がした」と。

一度、ぜいたくな事を知つたゆき子には、天井の汚点や、新聞紙を張つた板壁には耐へられないのだ。東京へ戻れば、あらゆる文明が動いてゐる。（略）ジョウといふ男の思ひ出が、いまごろになつて、なつかしくゆき子の瞼に浮んで来た。（六十三）

ゆき子は、鹿児島で発熱した時診察を受けた「加野に似た面ざし」の若い医師比嘉に「最初の恋のやうな仄々した気持ちを」抱き、船の中で「屋久島の山の中で迎へる比嘉との、危険な出逢ひの空想を、何時までも、牛の胃袋のむしかへしのやうに、愉しみに描いてゐたのだ」(五十九)。ゆき子のこの〈牛の胃袋のむしかへしのやうな愉しみ〉に留意したい。「天井の汚点」や「新聞紙を張つた板壁」に取り囲まれた辺境では「自分のやうな人間は育たない」と感じるゆき子は、ここで紛れもなく、〈夢のような〉ダラットの加野、富岡、ゆき子の、三角関係の再現を夢見ている。「旅空の女の淋しさを上手に見せる哀愁の面紗《ベール》」をゆき子はいつだって被ることができるし、機会さえあれば、そうしたいのだ。繰り返せば、それがゆき子の唯一の〈居場所〉だからである。

鹿児島で発病した時、「どうだ！　気分は……」と案ずる富岡に

> ゆき子は、笑ひかけやうとして、笑へないのか、眼を大きく開けたまゝ、富岡の顔を下から見上げてゐる。(略)その大きく見開いた眼は、何とも云へない淋しさのこもつた、見馴れぬ表情だつた。富岡は、急にいとしさがまし、膝をついて、ゆき子の顔の上に、自分の顔を持つて行つた。(略)ゆき子は眼を開いたまゝうなづいてゐる。富岡はゆき子の手を取つて、自分の頬にあてた。ダラットの仏蘭西人の外科医院で、加野にゆき子が、切りつけられた傷の手術に立ちあつた時の、丁度あの時の眼の色だと、富岡は、仏印での思ひ出が、うづくやうに胸に来た。(五十八)

病の床で、「眼を大きく開けたまゝ、富岡の顔を下から見上げてゐる」ゆき子は、富岡にダラットで刃傷沙汰を起こした時手当てを受けていたゆき子の「眼の色」を思い出させる。おそらく仏印の病院でも、この鹿児島の病床でも、富岡を見つめるゆき子の「大きく見開いた眼」は、得意の「旅空の女の哀愁の面紗《ベール》」（十二）で覆われていたに違いない。そして富岡は、そのゆき子の「眼の色」に何時でも「いとしさ」を募らせている。

自在にジェンダーを彩ることが出来る時、不思議にゆき子は意気消沈していない。ダラットは、ゆき子がこうしたパフォーマティヴなアイデンティティーの構築を続けることが可能だった、という意味で〈夢のような場所〉であったということになる。自分を身体的に様式化（ジェンダー化）する機会もなく、〈野良犬のような涙の出るほどの自分のみじめさ〉（五十）を思い出す時、ゆき子は途方に暮れてしまうのだ。

ゆき子の振る舞いは、ジェンダーが常に「なるもの」（つまりプロセス）であって「である」ものではない事を証する。トロント大学の英文学研究者（本書執筆当時）、サラ・サリーは、バトラーの言説を引用して述べている。

ジェンダーを選ぶとは、すでに受け取ったジェンダー規範を新たに組織し直すように解釈することである。ジェンダーはそれほどラディカルな創造行為ではなく、自分自身の言葉で自分の文化史を作り直すという、ひそやかな企てなのである。またこれは、私たちが努力しなければならないものとして指示される責務ではなく、これまでいつもおこなってきたことである。

（サラ・サリー『ジュディス・バトラー』竹村和子訳　青土社　二〇〇五・十二）

ゆき子はまさに、この引用のような意味で〈自身の言葉で自分の文化史を絶えず作り直そうとする〉人物、言い換えれば〈物語生産力〉旺盛な人物に他ならない。それはまた、〈少しも努力を要しない〉ことなのだ。こうして演じられる「ファンタスティックな感情」に基づくジェンダーが、紛れもなく「物語」の種子になるものだ。

「自分自身の言葉で自分の文化史」を更新するためのジェンダー・パフォーマティヴを、女性の〈居場所＝ふるさと〉として解析したところが『浮雲』の人間造形の特筆すべき斬新さであろう。この方法論は、従来の男女の〈恋愛表象〉の常識を覆す。田村俊子の「女作者」同様、ナルシスティックなジェンダー構築以外にゆき子に〈本当の居場所〉はない。それを十全に享受しえた男が富岡なのであって、富岡がゆき子の〈居場所〉なのではない。

前述したように、状況に合わせてそのつど身にまとう主人公のパフォーマティヴ（身体化粧）は、ゆき子自身が見抜いた、この国家の〈戦争という大芝居＝嘘・はったり〉と構造的に対峙している。後述するが、ゆき子や富岡たちを育んだ背景である、この〈日本国家の芝居性〉と比較して考える時、『浮雲』は読者に新たな輪郭を浮上させるだろう。その事実を追認するために、二人の恋の舞台であった、植民地ダラットについて検討したい。

3　美しいダラット

敗戦後の富岡が意気消沈しているのは、無条件降伏という傷痕ゆえだ。ゆき子が荒物屋から借りた小屋で、二人が東京裁判の模様をラジオで聴く場面がある。

「（略）日本のラジオは胸に痛いンだ。聞いてはゐられないぢやァないか。やめてくれよ」

ラジオは戦犯の裁判についての模様だつた。ゆき子はそのラジオを意地悪く炬燵の上に置いた。富岡は急にかつとして、そのラジオのスイッチをとめて、床板の上に乱暴に放つた。

「何をするのよッ」

「聞きたくないンだ」

「よく聞いておくもンだわ。誰の事でもありやしないでしよ？　私たちの事を、問題にされてゐるンでせう？　だから、あなたって、駄目ッ。あまいのねえ…」（二十）

（略）戦争中の狂乱怒涛が、すつかりをさまりかへつて、波一つない卑屈なまでの平坦さが、ゆき子には喜劇のやうに思へた。（同）

敗戦に対する、男と女の受け止め方の違いであろう。繰り返される〈デス・バイ・ハンギング〉の宣告を聞きたくない、とラジオを放り投げる富岡に対して、ゆき子は「聞いておくもんだわ。私たちの事なのだから」と富岡への当てつけのように冷静に振る舞う。〈狂乱〉の後の〈波一つない、卑屈な平坦さ〉を、富岡もゆき子も、それぞれのスタイルで生きていかなくてはならない。小説『浮雲』は、そうした〈卑屈な平坦さ〉、〈喜劇のようなその後〉を、この恋人たちがどのように生きていくかを語り続ける。だから、ダラットと日本とは、植民地と本国という、生活水準や文化の地政学的な違いよりも、勝つことを疑わなかった戦時中の極彩色の仏印と、すべての色彩を失った敗戦後の屈した日本、という国民意識の時間的な対照性がより強く意識されている。男はその落差を見るに堪えないが、戦争の負の側面ばかりを押し付けられてきた女性は、平然とそれを見つめることができる。〈無責任に何もかも忘れて新しく始めたい〉男と、〈冗談じゃない、貴方がしたことでしょう〉と、追いかける女と。富岡とゆき子の、この戦争に対する意識の落差はこの後、ダラットでの恋愛から逃げようとする富岡と、あくまで逃すまいとするゆき子との意識の齟齬として小説中に構造的に反復されることになる。ではダラットとは、歴史的にどのような土地であったのか見ておこう。

任地のダラットへの途上、最初に宿泊したビンのグランドホテルは、そのいかにもフランス風の趣味や調度が「まるでおとぎ話の世界」だった。この〈おとぎ話の世界〉でゆき子は〈おとぎ話のような夢のような恋〉に出会ったのだ。「楽園」、「夢の国」、「極楽」、ダラットは記憶の中でそのように語られる。けれど肝心なのは、〈夢のような〉ダラットの生活が「身分不相応」な快適さ贅沢さであることが幾度もゆき子と富岡に意識されているという事実である。

任地に着いた時、ゆき子には、〈ランビアン高原を背景にした美しく雄大なダラットの街〉が「空に写る蜃気楼のように見え」「夢見心地」になり「湖を前にしたダラットの段丘の街は、ゆき子の不安や空想を根こそぎくつがへしてくれた」。（六）しかしゆき子の眼が捉えたのは、そのような街の美しさばかりではない。到着した建物の「庭の真中に日の丸の旗が高く揚げて」あり、「地方山林事務所」と書いた「新しい看板が石門に打ち付けられてあつて、その下に、安南語と仏蘭西語で小さく墨の文字で書いた板も打ち付けられてあつた」という、ベトナムの複雑な被植民地としての在りようをもゆき子は見ているはずなのだ。しかし、ゆき子はそんな状況にある安南人の生活事情を顧みることなどはなく、事務所で日本人に奉仕するフランス女性や安南人に対しても、富岡との関係においてしか見ようとはしていない。

当時の仏印に対する日本司政について、倉沢愛子編『東南アジア史のなかの日本占領』（早稲田大学出版部　一九九七・五）、吉沢南『私たちの中のアジアの戦争　仏領インドシナの「日本人」』（『あさひ選書314』　一九八六・九）、同『戦争拡大の構図――日本軍の「仏印進駐」――』（青木書店　一九八六・四）、田中宏編『日本を見つめるアジア人の眼』（田畑書店　一九七二・一）などを参照しつつ概観しておきたい。

吉沢南『私たちの中のアジアの戦争　仏領インドシナの「日本人」』によれば、昭和十五（一九四〇）年当時、中国戦線で泥沼にはまり込んでいた日本軍は、仏印に日本軍を進駐させれば、仏印領内から雲南省、さらには重慶へ攻撃を仕掛けることもできるし、仏印を足場に石油や材木や米などの豊富な資源を持つ東南アジアにさらに進出できると考えていた。その準備段階として、数十名からなる「西原機関」と呼ばれる軍事専門家グループが、仏印当局と交渉し、「西原・マルタン協定」の調印に同意させ、日本軍の「佛印北部進駐」が可能になったといういきさつがある。日本軍はハノイを中心に進駐したベトナム北部を占領地域として確保し、それを足掛かりとしてインドシナ全域に支配を拡大しようとした。

幸田ゆき子が仏印に渡る二年前、一九四一（昭和十六）年七月、日本の強硬な「南部仏印進駐」要求に屈したフランスは「進駐協定」に調印し、これに基づいて日本軍はサイゴンやカンボジアのプノンペンなどに進駐し、実質的にインドシナ全域を日本の支配下に入れたのであった。しかし、この強硬方針のもとで実施された「南部仏印進駐」は、米・英・オランダを刺激し、日米開戦（この五ヵ月後）は秒読みの段階に入っていた、と吉沢南は述べている（前掲『私たちの中のアジアの戦争』）。

4　入植者たち

一九四二（昭和十七）年から一九四四（昭和十九）年までの三年間（富岡やゆき子がダラットに在住していたころ）に、この地域の住民たちは、日本軍のために非常に深刻な飢饉に見舞われていた。ゆき子がダラットに赴任したのは、前述した日本軍の「南部仏印進駐」の二年後、昭和十八年の十月半ばである。「一九四〇―一九四一年の日仏の条約によると、日本はインドシナ全域における日本軍が必要とする米穀を供給するよう、フランスに約束させた。一九四五年八月、同盟国が日本軍に武装解除を行ったとき、インドシナにおける日本軍の総数は、百万人に及ぶことが分かった。日本軍の要求を満たすため、フランスは農民たちに、収穫期ごとに籾を納めることを強制した。そのため米価は急騰し、餓死者の数は一日一日と増えていった。家ごと、部落ごとあるいはほとんど村ごと飢えに倒れた[8]」（前掲　田中宏編『日本を見つめるアジア人の眼』）

しかし日本軍の主戦場が太平洋諸島およびベトナムより南方の東南アジア地域に移動したため、仏印自体はやや平穏な状態にあった。内地の人々や、兵士たちと比べれば、この地で暮らしていた日本人は、劇的な事件に遭遇することもなく食料も比較的豊富であり、実際の戦闘もなかったためである。この、日本にとっては平穏な時期、ベトナム住民にとっては深刻な飢餓の時期が『浮雲』の富岡とゆき子の〈夢のような〉恋愛の時期であったというアイロニカルな事情は失念してはならない。太平洋から東南アジア全域にわたる戦争が繰り広げられている、それを辛くも免れたエア・ポケットのような時空が、富岡とゆき子が愛し合った中部高原地帯、ラムドン省「ダラット」という美しい土地だった。長年のフランス支配で、仏印はフランス化されていた。『浮雲』にはそれが強調され、西欧的に美化されている。サイゴンはその中心地であり小巴里と呼ばれた[9]。

ダラットでの恋愛模様を語る際の語り口は、あたかもシャンソンの歌詞の一節のようだ。作者は、富岡とゆき子の恋愛をフランスという文化風土で装飾することがぜひとも必要だったのだ。

富岡とゆき子は、追いかける女と、別れようとする男、という関係図式で読まれてきたが、植民地を補助線として見ると、二人が実によく似ている一面を持つことが分かる。所長の牧田や加野など、日本人の誰もが「内地は段々住み辛くなつてるさうですが、ここにゐれば極楽みたいでせう?」(七)という認識にある。しかしこれに対しては、ゆき子も富岡も、異なる植民地観をもっている。

極楽にしても、ゆき子はかつてこんな生活にめぐまれたことがないだけに、極楽以上のものを感じてかへつて不安であつた。富豪の邸宅の留守中に上がり込んでゐるやうな不安で空虚なものが心にかげつて来る。(七)

富岡も「山林局の仏人局長に対する日本の乱暴なやり方に」(同)ついて、つまり日本軍の植民地経営に対する反感を示している。また富岡には、植林について山林の技官らしい考えもあり、これはゆき子の植民地認識とよく似ている。だから二人は、よく似た感受性と思考のスタイルをもっている者同士と言えるのだ。ダラット近辺の「メルクシ松」の森林を見て富岡は、次のような感慨

に浸る。(10)

植物は、その土地についたものでなければ、うまく育たないものなのだと、現に、このダラットの、山林事務所の庭先に、植栽されてゐる、日本の杉の育ちの悪さを、富岡は、民族の違いも、また、植物と同じやうなものだと当てはめて考へてみる。植物は、その民族の土地土地にしつかり根ついたものではないかと、妙な事を考へ始めだした。――ダラット近辺の、メルクシ松の分布図面では、メルクシ松が三五〇〇〇ヘクタールと云つたところで、どさくさで這入りこんだ、こんな鈍才の日本の一山林官が、いつたい、どんなふうに、よその土地の数字をのみこめると云ふのだ…。（略）大森林のメルクシ松を、世界の何処へ売り出さうと云ふのだ…。長年かかつて生育させた、人の財貨を、突然ひつかきまはしに来た、自分達は、よそ者に過ぎないからうではないか…。いつたい、これだけの雄大な山林を、日本人がどう処理してしまふのだらう…。（略）（十）

『浮雲』一編の一方の趣旨はここに明瞭であるように思える。「人が」長い年月かけてその地に育成した「雄大な山林」資源を日本人は、なんの礼も執らず「突然ひつかきまはしに」来た。「いつたいどう処理してしまう」のか。あるいはどんな風に処理できるというのか。この富岡の想いは明らかに、日本の東南アジア侵略の全体像への非難を示している。歳月をかけた知識も緻密な見通しも手腕もなく、ただ他人が丹精した土地にいきなり踏み込んで、いささかの礼儀もなく獲物（資源）をさらおうとしている蛮人の振る舞いであると。「オントレーの茶園」に富岡、加野、ゆき子の三

人で見学に行ったとき、ゆき子も、それと同じ想念を抱く。安南人の職員がフランス人の〈茶の生育法〉を説明する場面で、

眼の前の茶園の歴史が、そんなに長い月日をかけて植ゑられてゐるものとは、考へてみなかつただけに、短日月で、この広い茶園までも自由にしようとしてゐる日本人の腰掛け的なものの考え方が、ひどく恥づかしくもあつた。

営々と続けられてゐる、他人の汗の溢れた土地の上を、狭い意地の悪さで歩いてゐる、野良猫のやうな浅ましさが反省された。（略）

「大軍の日本兵が押し寄せて来たところで、この広大な茶園やキナ事業は、一朝一夕には日本でやつてゆけるものぢやない。盗んで、汚なく、そこいらへ吐き捨てるのが関の山だね…」

富岡がつゝぱなすやうに云つた。（二十一）

この場面を見れば、入植者日本の無責任さ、没義道さを痛切に感じ取る極めて真っ当な平衡感覚が、富岡とゆき子に共通していることが解る。そうした二人の意識に対して、二人に弄ばれたかたちの加野の、日本は絶対に勝つ、と信じて疑わない素朴な心性が多くの日本人のものであったのであろう。

しかし富岡やゆき子のような知性は、逆にこのような時代、人間を萎縮させずにはおかない。富岡は自分を「ダラットの土地に移植されて枯れかけてゐる日本の杉」（十）のように感じていたのであるし、この感覚は、先の「富豪の邸宅の留守中に上がり込んでゐる」ような、というゆき子の

〈不安で空虚〉な感覚に通じている。

林芙美子は、同時代の女性作家の中で、日本の植民地政策に対してとりわけ鋭い批判の眼を向けたことで際立っている。『浮雲』に示された日本の植民地政策批判は、林芙美子が「凍れる大地」に、検閲に削除を命じられながらも貫いた〈満洲移民批判〉と重なるものだ[11]。

林が満州・ボルネオ・ジャワ視察で得た植民地観は『浮雲』の中で、伊香保で心中しそこない、空しく東京に戻り、仏印での富岡との恋愛を懐かしく思い出す場面に、再度露にその姿を見せている。ゆき子の植民地認識は、結局のところ、日本の戦争の全体が、冷静で緻密な現状分析に基づく真摯な行為なのではなく、〈はったり＝身振り〉に過ぎないことを見抜く。

（略）あの背景の（ダラットの風景）豪華さは、何とも素晴らしいものであつたのだ。ゆき子は、さうした背景の前で演じられた、富岡と、自分との恋のトラブルをなつかしくしびれるやうな思ひで夢見ている。悠々とした景色のなかに、戦争と云ふ大芝居も含まれてゐた。（略）贅沢さは美しいものだと云ふことも知つた。ランビァン高原の仏蘭西人の住宅からもれる、人の聲や音楽、色彩や匂いが高価な香水のやうにくうつと、ゆき子の心を掠めた。（略）のびのびとして、歴史の流れにゆつくり腰をすえてゐる民族の力強さが、ゆき子には根深いものだと思へた。

（三十六　傍点引用者以下同様）

日本が国を挙げて戦った戦争とは、〈八紘一宇・東亜の新秩序建設・聖戦〉など、空疎な〈呪術的な言葉〉によって偽装された「大芝居」（本気のふりをすること）以外のものではない。ゆき子の聡明さは、このように大状況を喝破し得るという意味で富岡の見識をも超えている。それどころかこうした浮足立つことのない心性において二人はよく似ているし、「生きている事も、ゆき子にとつてはどうでもいいのであつた」というニヒリズムにおいても全く二人は一卵性双生児なのだ。

オランダやフランスの植民地政策の入念さ・息の長さと、ただ、資源強奪にしか関心のない日本軍の植民地司政との対照をしっかりと把握し、そこから日本の態度を「大芝居」と見抜いた作者林の慧眼は、国家への失望に関する二人の類縁性を、おそらく分身関係として『浮雲』に入念に書き込んでいる。

5　ボヘミアン／母性の破壊

ゆき子は引き揚げ後、富岡が全く頼りにならないことを知って、初めて「まづ、この群衆の生活の中に、自分も這入つて」(十五)働かなくては、と思う。しかし何の当てもなく、新宿の焼け跡に腰掛けてミカンをほおばりながら、底抜けの解放感を感じているゆき子という女性の物質的な潔さ、執着のなさは一貫していて、この敗戦の混乱を生きるのに最もふさわしい生得のボヘミアン性を示している。一九二八年から三十二年までの三年八ヵ月、マレー半島・ジャワ・スマトラを放浪した金子光晴が「馬来人やスラーニー(混血児)達のように、根のない性格には、うつろいやすいはかなさがある」(『マレー蘭印紀行』山雅房　一九四〇・十)と評した性格は、またゆき子のものでもある。「旧弊で煩瑣なものは、みんなぶちこはされて、一種の革命のあとのやうな、爽涼な気がゆき子の孤独を慰めてくれた。何処よりも居心地の良さを感じて、酸つぱい蜜柑の袋をそこいらへ吐き散らした。／かうした形の革命は、容赦なく人の心を改革するものなのか、流れのやうに歩いてゐる群衆の顔が、ゆき子にはみんな肉親のやうに懐かしかつた」（十五）「かうした形の革命」とは紛れもなく〈敗戦〉を指す。敗戦によって「旧弊で煩瑣なものは」ぶち壊された。「大げさな芝居から解放された「群衆」にゆき子は〈同胞〉を感じている。伊庭的な卑しさや、「林檎の唄」「雨のブルース」（三十六）（おそらく淡谷のり子の「雨のブルース」―関谷注）などに見られる湿った日本的抒情のみすぼらしさをゆき子は拒否している。それらはこの風土に特有の奇形性をどうしようもなくたたえており、ゆき子のボヘミアン的な自由な精神とは程遠いのだ。ゆき子が心底軽蔑しているそれらの泥濘のような貧しさが仏印にはなかった。仏印でゆき子は解放された。この敗戦は、確かにゆき子に本当の自分らしさ、大胆で足取り軽やかな本当の自分を知らしめた。

ゆき子は、窃盗にも売春にも臆するところはない。しかしそうした心性は次第に追い詰められていくほかはない。「やり場のない、明日をも判らぬ、一時しのぎの傾向が、自分の本当の生活なのだと、ゆき子は大胆になつて」（十九）という無頼性は、今は打ちひしがれてはいるもののまさしく富岡のものでもある。共同観念を逸脱するこのような心性において二人は全く同類・共犯である。富岡も「戦争をしてゐる時よりは、この革命的な、スリルのある時代の方が誰にも好ましかつた。人間はすぐ退屈する動物だ。どんな変形でもいゝ」「変化のある世代がぐるぐる廻つてゆく方が刺戟があつた。」（十八）とゆき子同様に考える男なのだ。

しかし結果的には、社会に居場所を無くしていくゆき子は犯罪に手を染める。堕胎し、ラスコーリニコフ的理屈で教団の金を盗む。そして富岡は、ゆき子の窃盗にも堕胎にも半ば当事者でありながら、やはり仏印での刃傷沙汰やおせいの死の場合と同様に「するりと身をかわ」してゆく。

語り手は、産院のゆき子を語る際、ゆき子の〈母性〉に触れようとはしていない。こうした市民的規範を排除していることが『浮雲』一編の語りの水準なのだ。「著者の言葉」に〈家系や故郷なぞはわざとここでは捨ててしまった〉とあるのは、それらこそ、わびしく「旧弊で煩瑣な」(十五)市民感覚の温床となるものだからだ。

若桑みどりは『戦争がつくる女性像』(筑摩書房 一九九五・九)で、当時もっとも広く女性たちに読まれた雑誌『主婦の友』に掲載された図像を調査し、戦時下に国家によって造られた女性像について解説している。当然のことながら〈母性〉は、戦中も戦後も神聖視された。その理路を若桑は「殺し殺される者としての兵士のイメージは、死と破壊とのイメージは、不可欠の補完物として産む者——母のイメージを要求する。(略)母性のイメージは、死と破壊とのイメージを補完し、社会的な精神状態を安定させた」と述べる。[12] 売春婦が母性を〈剥奪〉される存在とすると、他の女性は、足りない武器の代わりに息子を国家に提供すべく母性を〈捏造〉されたのだ。根を同じくするちょうど逆向きの国家の性暴力に他ならない。

『浮雲』に語られたのは、このような意味において捏造され称賛されてきた〈主婦の友〉的な硬直した人間観および文化規範から解き放たれた男女の、〈意識と意識の交錯〉の詳細である。語られる言葉のすべてが、一対の男女の意識が、どのようにつかず、また離れず、ステップを踏んでいくかに費やされている。たとえるなら、フランスの女性彫刻家カミーユ・クローデルの、あのみずみずしい「ワルツ」のように。ロマンティック・ラブ・イデオロギーで装われることなく、「悪魔が眠つてゐる」(五十七)と感じるような〈呪縛〉の様相を帯びさえするが、それでも〈腐れ縁〉といった世俗的な言葉は『浮雲』の孕み持つ苛烈なロマンの形式にふさわしくない。富岡もゆき子も、経済的に困窮はしても、無頼ではあっても、伊庭のような世俗的な〈卑しさ〉とは無縁である。それゆえに二人は時に、少年少女のように見える。富岡の〈たとえ海を泳いで渡ろうと、ダラットのあの大森林へ戻りたい〉という強い願いは、富岡という人物の核となるものだ。その清新な息遣いを傍におくならば、「女の君を騙す位何でもない」（三十三）という嘯きも、不良少年の言うことにしか聞こえない。時代に損なわれてはいても、二人は〈自分の物語に生きる〉人々なのだ。それは誰にも理解されなくても高度な文化と言えるのだ。

富岡との子供を堕胎する感触は「掻把が済んだあと、ゆき子は、体が奈落へ落ち込んだやうな気がした。ぐちやぐちやに崩れた血肉の塊が眼を掠めた時の、息苦しさを忘れなかつた」（四十）という身体的な脱力感として語られるのみだ。「ダラット」での夢のような恋は、〈日本という下界〉で「ぐちやぐちやに崩れた血肉の塊」となって闇へ葬られた。それがヒステリカルで残忍な母性神話に対するゆき子の応答であったと言えよう。

6　焼け跡のルール＝物語論

「うず潮」（『毎日新聞』朝刊　一九四七・八～十二）のヒロイン、夫を戦争で亡くし生活苦を抱えた千代子が次のように述懐する場面がある。「敗戦の後、あらゆる不如意さがあるのは当然至極だが」「戦争を続けていたころの、人間の心を腐らせるやうな、人々の心をじゆずつなぎにしているやうな、みじめさはもうない」（新潮社版『林芙美子全集12』p19）と。そのような「じゆずつなぎ」は、人間から〈物語〉を奪っていく。かたくなな思い込みは、どのような残忍さも見ぬふりで平然とやり過ごす。「若い女が、毎日、一億玉砕の精神で、どうして暮してゆけて?」(九)と、ゆき子は、仏印行きを志願したのだった。今、蟻のはい出る隙も無いような規則ずくめ禁止ずくめの世は去り、「自由」がやってきたのだ。しかしその「自由」とは、「「自由」という言葉が氾濫しているけれど(略)望郷的な死への誘いが影のやうに明滅する」(「うず潮」)。「自由」とはそうしたものだ。『浮雲』では〈成り行き・偶然〉によって物語が紡がれていく。つまり徹底的に受動的な人間像なのだ。それは明日のヴィジョンを持つことが不可能な、それゆえに人間をどこまでも損なってやまない敗戦直後の社会的な必然でもある。

天から落ちてきた〈偶然=おせい、ジョオなど〉を二人ともにそれぞれキャッチして現実を泳いでゆく方途(=成り行き)を手繰り寄せている。天から与えられる〈偶然〉は、いずれも敗戦後間もない、乱雑で無秩序な〈焼け跡のルール〉のようだ。しかし『浮雲』が示す〈焼け跡の物語論〉とも言うべきものをここに見ることが出来る。「浮雲」には物語についての物語という側面がある。「うず潮」の千代子が考えるように、「人間の心を腐らせる、人をじゆずつなぎにするみじめさ」、の代わりに、人それぞれが、〈固有の物語〉をもつことが可能になったのだ。富岡は現に「物語の種子はいくらでもある」と考えている。

伊香保から帰って、富岡の裏切りと、自分が妊娠したことを知って堕胎するまでの間、ゆき子はいよいよ生活に切羽詰まってゆく。「寒い風に吹かれて、街の女になつてゐる自分の姿を空想」(三十三)したりもする。しかし、たとえ〈死への誘いが明滅〉してはいても、『浮雲』には、富岡とゆき子、それぞれ〈固有の物語性〉が豊かに息づいている。ゆき子は、単独者であることと、その放浪性によって、〈焼け跡のクイーン〉と呼ぶにふさわしい独特のモラルを生き、米兵のジョオや伊庭を渡り歩きながら富岡を手中にするべく悪戦苦闘を重ねる。今は病に伏す加野がもし健康体であったなら、やはりゆき子の〈飢え〉を満たす男の一人であったであろう。一方、女という女を惹きつけずにはいない無頼な富岡は、「悪霊」のスタヴローギンや、モーパッサン「ベラミ」の主人公、女性を渡り歩くジョルジュのイメージをも宿す、焼け跡の〈丹次郎〉、つまり〈物語〉そのものだ。

ゆき子は、たとえ他の男と付き合おうとも、決して富岡との絆に対する望みを失うことはあるまい。必ず、自分の気が済むまで「お元気ですか。やつぱり会ひたいのです」（四十一）と富岡に語りかけるであろう。そして富岡もまた、ゆき子と別れよう別れようと思いつつ決して本当に別れようとはしていない。金に困れば当然のようにゆき子を当てにするし、おせいと同棲している下宿をゆき子が訪ね当ててきた時も、諦めて立ち去ろうとするゆき子の後を追ってしきりに弁解している。屋久島にも、ゆき子に黙って行ってしまうことができない。ゆき子が決定的に諦めてしまわないように、富岡は絶えず配慮している。

富岡にとっては「あの南国へ渡つて、森林の仕事に就きたい」という自由への渇望がどのような望みよりも強く、現実に屋久島行きでそれは叶うのだが、ゆき子を決して手放そうとしないこの配慮は、狡さからではなく、やはり富岡がゆき子との関係に自分の〈物語〉を感じているからだ。たとえそれがあまりにエゴイスティックな形だとしても。

ひたすら「自分の生命の再生」（四十二）を願う富岡のエゴイズムは、おせいが殺された時、「今日になつて、初めて、生活転換の機会が到来したのだ。（略）まづ、此の部屋から去る事。それと同時に、妻も両親も捨てる事。もしよかつたら、自分の名前さへも替へてみたかつた。勤め口もやめて、新しい仕事をみつけたかつた」（四十二）と、臆面もない。先述したように、ゆき子の物置小屋で、二人で東京裁判のラジオを聴きながら、〈聴きたくない〉とラジオを放りだす富岡にゆき子は〈私たちのことではないか〉と、富岡をたしなめたことがあった。自分が引き起こしたことを、責任も取らずそのままに、ただ自分だけ新しく始めることのみを願う男と、そんな男の態度を〈冗談じゃない〉と許そうとしない女と。繰り返すなら二人の関係は、戦後日本の大状況における男と女の思惑の構造的差異でもあろう。

しかし新しく始めたいという富岡の意識と行為とは心ならずも矛盾している。おせいの死後、富岡は、植物や果実の記事など、仏印に研究的にのめりこむことで戦後の生活をしのごうとしてきたはずだ。農林技官復帰は、自分の得意分野である山林に関する評論執筆の延長上に現れた幸運だった。富岡は、戦後も、このようにある意味で仏印の記憶を引き寄せつつ生きたのであり、そのことは、ゆき子が常に仏印の思い出とともにあったことと並走しているわけだ。

伊香保行きは、二人の関係が反復され更新されるために必要な、物語構成上の折り返し点となった。富岡が農林技官として新しい生活を始める入り口に立った時、ゆき子は、邦子、おせいに次いで富岡の三番目の生贄になるべき運命＝〈物語〉を走り始める。富岡は、身に着けた教育と経験によって社会に帰属する方途を得たが、ゆき子は〈未来〉を無くしていく。

どのように正当化しようと、犯罪に手を染めたゆき子が、この後富岡と平穏に暮らせるはずもない。二人の関係の更新とはこの意味である。

7　なまめかしい死体／身体のファンタジー

　富岡は、自分を「スタヴローギン」（四十二）に擬するだけあって、「悪霊」の主人公を思わせる残忍性を十分に持ち合わせている。「ゆき子とともに枯れ木の中で果ててしまいたい」（二十三）思いをもって伊香保にゆき子を誘う時、富岡は自分がゆき子を殺す血まみれの場面を幾度も頭の中でシミュレーションしている。また、知り合って二日目のおせいに「眼の前の二人（向井とゆき子）を殺した罪によつて、おせいと二人で獄につながれる空想もしている」（三十）。おせいと出会ったことによって「仏印にゐた時のやうな、旅空での青春の濫費が兆し始め」たせいである。富岡のサディスティックなロマンティストぶりは、伊香保で十全に発揮されている。

　富岡は死を考える時「強烈な享楽によるか、絶望して死ぬかの二つの方法だが、絶望すると云ふ事はどうも世の中へのみせかけのやうなもので、たとひ、何かのはずみに死を選んだところで、念頭に、絶望など少しも感じないで死ぬに違いないのだ。」（二十六）と考えるニヒリストである。「快楽の絶頂での死」から、おそらく読者は昭和十一年の阿部定事件を思い起こすであろう。こうした空想は、富岡が元来、性的タブーの少ないこの風土の、敗戦後的退廃と惑溺の文化コードを身に帯びた男であることを暗示している。富岡はサディスティックなロマンを求めているが、その傾向は、行き着くところ〈死体愛好症〉である。だから富岡は〈女の死に顔〉が好きだ。

　富岡の子を堕胎したゆき子が、おせいと暮らしていた富岡の下宿を探し当ててきた日の夜、富岡はゆき子と並んで寝ながら、夫に殺されたおせいの夢を見る。

暗い水中をくゞり抜けてゐるやうな、不気味な夢のなかで、富岡はおせいに逢つた。眼を半眼に開いて、舌を長くたらした不気味な顔だつたが、なんともなまめかしいのである。水のなかで、すぐ抱きとつてやると、長い脚を自分の胴に巻きつけて、手を首にまはして来た。おせいの冷い舌が頬に触れた。思はずわあつと声をたてた。

（四十四　傍点引用者）

「眼を半眼に開いて、舌をながくたらした不気味な」おせいの死に顔を「なんともなまめかしい」ものと富岡は感じている。さらに、屋久島でゆき子が亡くなった後、ゆき子の死体が置かれた部屋で一人、酒を飲みながら、ゆき子の顔をふき口紅を塗ってやる時、ゆき子の閉じた眼を開けてみる。「タオルで眉のあたりを拭つてゐる時、富岡は、何気なく、ゆき子の瞼を吊るやうにして、開いてみた。ゆき子の唇がふつと動いた気がした。「もうそつとさせておいて…」と言つてゐるやうだ」「ゆき子の眼は、生きもののやうに光つてゐる。」「哀願している眼だ」（六十六）。富岡の「荒々しいあの時の力」（五十一）に加えて、そうした偏執的要素も含めてゆき子は富岡の「体臭」に執着したのだ。だから間違いなくゆき子はマゾヒストであろう。二人はそうした〈離れがたい〉カップルなのだ。

邦子とおせいはおそらく火葬であろうが、ゆき子は土葬であった。死体は消失せず屋久島に永遠に留まる。ネクロフィリアの傾向をもつ富岡が、土中のゆき子の〈なまめかしい〉姿態を想像しないはずはない。「雨の浸みこむ土の下のゆき子のおもかげが、胸に焼き付いてゐる」（六十七）のだ。ゆき子も富岡も十分にそれぞれのロマンを生きている。

町らしい町もない、部落の家々は、ほんの少し雨戸を開けてゐるきりで、まるで、仏印の安南人の部落そつくりだつた。ゆき子は頭を左右にまはして、不思議さうに四囲を眺めた。

（五十八）

日本の南端の島、最も仏印に近い屋久島で、ゆき子の死の間際、二人とも仏印の記憶の中にいる。二人とも仏印で生きている。二人はかくも似ている。仏印を思い出させる島で、ゆき子は「望郷としての死」（「うず潮」）を遂げる。

雨の屋久島でゆき子を失った富岡は、あたかも人生の総括のように次のように考える。「神は無数に種子を蒔いた。収穫はただ、「おのづから」なる力にすがつて育つてゐるだけだ。」（六十七）「無数の種子」とは何か。「収穫」とはなにか。「種子」とは〈物語の種子〉だ。この場面の文脈で言えば、ゆき子の葬儀の一ヵ月後に、鹿児島で偶然立ち寄った小料理屋に居た「赤いイブニングの女」（六十七）であろう。あるいは東京で原稿を書いていた頃、富岡に付きまとっていた「飲み屋の娘」（五十二）かも知れない。

この少女は、一度気まぐれで富岡がキスしてから富岡になつき、いつのまにか〈パーマネントをかけ化粧をし〉富岡に向けてジェンダーを誇示する。「家へ戻つたらどうだい？」といっても「いやな事。私はこゝにゐたいのよ」と付きまとう。富岡はこう考える。

娘の若さが、あの娘にとつて、何の役にも立つてゐない気がして来る。孤独で、無智で、神経質で、ヒステリックで、何を考えて、街を放浪したいのか、富岡には、さつぱり判らない小さな悪魔だつた。いづれはあの小娘も、監獄へ這入るか自殺するか…。嘔吐が出るやうに、むかついてきて、富岡は、敷きはなされた蒲団を蹴つた。（五十二）

この少女は紛れもなく富岡にとって〈第二のゆき子〉だ。『浮雲』の構造として考えれば、それらは〈物語〉を意味する。無数の〈偶然〉から「おのずからなる力」によって、いくつもの〈物語〉が生まれ育っていく。富岡は次のようにも考える。「人生はそれぞれに、他人の容喙を許さない、様々なアラベスクを持つてゐるものだ」と。アラベスクは〈物語〉と言い換えられよう。女の替えはいくらでもいる、つまり〈物語はいくらでも生まれる〉。伊香保から帰った後、ゆき子に「女の君を騙す位は何でもありやあしない」とうそぶいたように、富岡は（女の）物語を最大限に利用して生きて来たつもりでいる。富岡にとって「話は複雑なほど面白いのだ」（四十七）。自らのジェンダー・パフォーマティヴをアイデンティティーの根拠として〈物語の種子〉を蒔き続けたゆき子と、それをキャッチする富岡と。しかしゆき子の死で、その自惚れは崩壊する。富岡は〈ゆき子を土葬したあの島へ帰る気力もなく、それかといつて、今更、東京に戻つて何があるだろう〉（六十七）と、途方に暮れ「何時、何処かで、消えるともなく消えてゆく、浮雲」（六十七）の自分に突き当たる。しかしこのような自覚はまた、〈元気になったところでここではどうにもならず、だがこのまま東京へ戻ったところで、希望的なものがあるわけでもない〉（六十一）自分をとうに知り尽くしていた、富岡の分身、ゆき子のものでもあった。

ゆき子は、ひたすら〈源郷としてのジェンダー・パフォーマティヴ〉を戦略として、自分自身の物語を紡ぎ続けた。小説『浮雲』は、そうした個人の物語生産の切実さを、自由で果敢な一女性に託して描き切った。それがおそらく「説明の出来ない、小説の外側の小説。誰の影響も受けてゐない、私の考へた一つのモラル」と呼べるものであろう。幸田ゆき子という、この社会で最も周縁的な存在の〈身体のファンタジー〉は、まぎれもなく一つの文化的な達成でもある。それは大仰な身振りで民衆を瞞着し、民衆から〈物語〉を簒奪する国家の空疎な「大芝居」と鋭く敵対している。

【注】

（1）前編　一九四九（昭和二十四）年十一月より昭和二十五年八月まで『風雪』に連載。後編　一九五〇（昭和二十五）年九月より昭和二十六年四月まで『文学界』に連載。

（2）金井景子「戦争・性役割・性意識――光源としての「従軍慰安婦」」（『日本近代文学』一九九四・十）「彼女が彼らの（日本の軍属）の士気を鼓舞するために送り込まれた要員であることは想像に難くない」、間中宏美「林芙美子『浮雲』――ゆき子の〈転落〉をめぐって」（『國分目白』二〇〇六・二）に、富岡が「ゆき子を「当てがわれた牝」と捉えている点」に着目し「「娼婦性」が動員されているのである」と断じている。間中論文は、戦中・戦後を通じて女性の自立がいかに困難であったかを子細に検討している。内藤千珠子「敗戦小説としての林芙美子『浮雲』」（『「アイドルの国」の性暴力』二〇二一・八）〈労働力の補給という形をとった、戦時下での女性身体の軍事的利用を体現したもの〉など、〈従軍慰安婦〉に隣接する、女性に対する戦時性暴力の観点から「ゆき子」を捉える論は活発であるが、小稿はゆき子を性暴力の被害者という論点ではなく〈身体文化〉という新たな視座を提示したい。

（3）今村潤子「雨の表現にみる感情移入について――「浮雲」を中心に――」（『国語国文研究と教育』第一号　熊本大学教育学部　国文学会　一九七三・二）に、「浮雲」に雨の場面の頻度が高いことに注目し「種々の感情移入を経た雨の表現による微妙な心理の動静」や「場面の雰囲気」を分析している。

（4）フランスの科学者ルイ・パスツールが、一八八九年に、パリに次いで、仏印サイゴンに創設した。当時、フランスの軍隊が公阯志那《コーチシナ》に上陸して、多数、熱帯病にかかったので、伝染病を徹底的に研究してそれに対処するのが目的であった。仏印には他に、ハノイ、ダラット、ニャアトランの計四ヵ所の「アンスチチユウ・パスタアル＝パストゥール研究所」があり、一九〇四年以来、サイゴンとニャアトランの「パスタアル研究所」はパリの「パスタアル研究所」の直轄という制度となっている。（「仏印に於ける医学研究所（四箇所の「アンスチチユウ・パスタアル」）」『木下杢太郎全集　第十七巻』岩波書店　一九八二・十二）

（5）「ジェンダーの表出の背後にジェンダー・アイデンティティは存在しない。アイデンティティは、その結果だと考えられる「表出」によって、まさにパフォーマティヴに構築されるものである」。この論理によって、バトラーは、アイデンティティは、確定した現象なのではなく絶えざるプロセスであると指摘している。竹村和子訳『ジェンダー・トラブル　フェミニズムとアイデンティティの攪乱』（青土社　一九九九・四）。

（6）両角千江子『女というイデオロギー』「幻想としてのジェンダー」として説明している。

（7）長谷川啓「書くことの〈狂〉」（『フェミニズム批評への招待』学芸書林　一九九五・五）に、この場面の「化粧」の意味について「自分の情緒を日常とは違う虚構の世界へと誘ってくれる自己演出の装置、アラジンのランプの煙と似たような効果をもつ」という見解を述べているが、小稿は、これをジュディス・バトラーの説のとおり、「アラジンのランプ」のように主体が自在に操る事のできる演出装置ではない、簡単に着脱できない〈着ぐるみ〉のようなものと捉えている。

（8）ベトナム史では、一九四〇年九月の日本軍の北部仏印進駐から一九四五年三月までを「日仏共同支配」と呼ぶ（倉沢愛子　p505）。この後、一九四五年三月、連合軍のインドシナ上陸が迫っていると判断した日本軍は、フランスが連合国と呼応する可能性を未然に防ぐために「仏印処理」と言われるクーデタ（城明け渡し＝富岡の伊香保での回想）を行い、フランス植民地政権を打倒し、「仏印処理」後は日本単独支配体制が形成された。日本人が、旧フランス総督府の要職を「管掌」し、事実上の日本単独支配（四五年八月まで）となったが、他の東南アジア占領地のような軍政は施行されず、日本は、ベトナム、カンボジア、ラオスの国王に、それぞれの独立を宣言させた。しかしベトナムやカンボジアの住民にとっては、彼らの意志を全く無視した支配者の交代劇にすぎなかった。

（9）富岡の職業と、富岡が仏印の森林に関する記事を書いて原稿料を得る、という設定の為に、林が参考にした資料が、すでに先行研究（羽矢みずき、尾形明子など）が指摘している明永久次郎『佛印林業紀行』（成美堂書店　一九四三（昭和十八）・十）であるが、それには、ダラットとは「佛印に住む欧州人の建設したもっとも贅沢な避暑町で、之がランビアン高原を一方ならず有名にするに役立つた。一年中暑熱に苦しむ在留外人にとっては、唯一の保健と慰安を兼ねた保養地で彼等憧憬の的である。」「此処はサイゴンから二百五十キロの所にあり、沿道の景観も極めて変化に富むことは記述の通りである」（p145）と、満ち足りた南方生活の情景が描写されている。

英領アフリカのウガンダや北ナイジェリア、リーワード諸島などの知事を歴任、英国の植民地行政に従事したヘスケス・ベルは、著書『蘭・佛印植民司政』（羽俣郁訳　伊藤書店　一九四二（昭和十七）・十二）に、「印度志那に於ては、仏蘭西文化の特徴が極めて強い、公趾志那に於いて特にさうである。西洋生活のいろ〳〵な快適施設が、わが極東のどの領土に於ても見ることが出来ないほど整つて居る」「公趾志那の首府であり、また全領土の商業の中心であるサイゴンは、美しい近代的都市である」「街に溢れる安南人や志那人の変つた姿がなければ、南欧の美しい都市に居るやうな気がする。公共の建築物は構造も立派でいかにも仏蘭西風のものであり、街路や大通りは廣くてアスフワルトの舗装がされてゐる」（p224、225）と記している。望月雅彦『林芙美子とボルネオ島〜南方従軍と『浮雲』をめぐって〜』（ヤシの実ブックス　二〇〇八・七）は、「林芙美子のフランス・パリへの強い思いが、フランス植民地である仏印を強引に『浮雲』の背景にした理由であろう」という見解を示しているが、そればかりではなく、林が、その美しい土地を〈土足で〉占有しようとする日本人入植者の記述に重点を置いていることは『浮雲』理解の為に重要である。

（10）この場面の「メルクシ松」の情報は、前掲注（9）の明永久次郎『佛印林業紀行』「補遺　松と松林」の次の記事に基づいている。著者は「この松は二五年乃至三〇年生で、松脂を採取するに適する太さ二五糎位になり一本当り一年間の採取量七吨（キログラム）に達する」p273と、松の生育にかかる時間の長さを強調している。

（11）佐藤卓己『言論統制　情報官・鈴木庫三と教育の国防国家』（中央公論社　二〇〇四・八）、戦後に林が書いた「作家の手帳」にもオランダのボルネオ植民政策について「ジャワと比べて、森林作業は発達している土地でしたが、農業が遅れているとかで、大量の移民を入れるにも、先づ耕地の要所ゝに運河を作り、それから移民を入れるべき建物をつくつて、人を呼ぶのだと云ふ、オランダの策を偉いものだと思ひました。かつての、日本の満州開拓の事業を考へてみますと、何だかぞつとするほどの寒気を感じないではゐられません。耕地もなければ、道すらもない、しかも家もない荒涼とした寒い土地土地へ無造作に人間を送り、その開拓民たちが、まづすむ家をつくり（略）長い間かかつて、やつとどうにかなつた時に、この敗戦なのです。」と述べている。

ちなみに、ヘスケス・ベルは、英国の植民地当局の参考に資するために、東インド諸島およびインドシナにおけるオランダやフランスの殖民地経営の実情を踏査し、その運営方針の適否を検討するべく前掲『蘭・佛印植民司政』を著した。本書によって、自ら英・仏・蘭三大植民国家の外地経営の実情を対照的に知ることができ、それぞれの根本方針の特色をも察知し得る。まず序の「訳者の言葉」による本書の関心事項の主なものだけでも、次のように綿密なものである。

一、植民地に於ける思想問題特に共産主義の脅威の問題。
一、東洋民族の心性に関する白人の理解限度の問題。
一、被植民民族の教育の向上知識の開発の程度に関する問題。
一、被植民民族へ支配国の国語を普及進出せしむることの影響の問題。
一、殖民地派遣官吏の素質およびその訓練に関する問題。
一、蘭印及び仏印に於ける「間接統治」政策の実績に関する問題。
一、殖民地司政の基調をなす仏の温情主義、蘭の漸進主義、英の超然主義の対比。

その他「人種問題、植民地経済、植民地投資問題、行政機構の問題、文化施設の問題、植民官吏の待遇問題」など、多岐にわたっている。

(12)　一九四二（昭和十七）年二月、シンガポール陥落後の第一次戦勝祝賀式に「最初に天皇が単独で白馬に乗って二重橋にまず現れる。その十五分後、天皇がいったん去った後、今度は皇后が皇太子と三人の内親王を連れて出て」きた時、「みんな感極ま」った、と語られている。（保阪正康『昭和史　七つの謎』講談社　二〇〇〇・一）〈国家〉が、母性の象徴としてアピールされるイメージ戦略である。

○

『浮雲』の引用は新潮社版『林芙美子全集　第十六巻』（昭和二十六年十月発行）に依った。

補遺

補遺　韓国ドラマ『冬のソナタ』の神話構造
―〈偽装〉するドラマ―

1　何ものかが出現する

彼は、彼女の前に三度現れる。最初は内向的な高校生の姿で。二度目は彼女の婚約披露の当日、初雪の降る街路に建築家として。そして最後に彼女の設計になる「不可能な家」と名付けられた場所に、光を失った盲人の姿で。

このようにこのドラマを、何ものかが出現する、という視覚から捉え直そうとするとき、もう一つの『冬のソナタ』（キム・ウニ、ユン・ウンギョン共同シナリオ）の顔が見えてくるに違いない。そう考える理由は、このドラマが果たして一組の男女のラブロマンスなのだろうかという疑問が繰り返しこのドラマを観るたびに募るからである。恋し合う男女が様々な困難や障害を乗り越えて結ばれるという、ラブロマンスの常套的な枠組みとしてみるには、二人の恋が成就するための障害となる要因、つまり高校時代のジュンサンの突然の事故死や、ジュンサンとヒロインのユジンが、実は腹違いの兄妹だったと判明する、などの大事件に対して、現実問題として見た場合に、主人公たちの反応もしくは対応に不可解な部分が多すぎるのである。それら、二人の仲を隔てる鉄壁と見えたものが、どちらも事実ではなかったことが後に明かされるのだが、それらは、何事かが生起し寛解していく、ドラマを継続するための、リアリティーをもった展開部分に見えながら、そのリアリティーをはみ出す要素を『冬のソナタ』は抱え込みすぎている、と思わざるを得ない。つまりこのドラマは、特定の細部が、全体の大きなラブロマンスの枠組みとは異質な不協和音をあちこちで響かせているのである。

具体的に言えば、なぜ少女ユジンは、あれほど思慕したジュンサンの死を、彼の遺骸を見たわけでもないのにいささかも疑おうとしないのだろうか。なぜこうも諦めが早いのであろう。この子どもじみたうかつさは、彼女がジュンサンと隔てられたのではなく、彼女自身がジュンサンを自ら知らずに自分の人生の圏外へ追いやってしまったと、読み替えることを可能にする。つまりユジンはジュンサンを置き去りにしているのである。ユジンがジュンサンを失ったのではなく、ユジン自身が、明確な意志によってジュンサンから離れて行ったのであることは、物語のラストで、ユジンがフランス留学に旅立つときにいっそう露となる。この二度目の別れは、高校生の時の、最初の別離を反復したものである。なぜならここでユジンははっきりとジュンサンを見捨てているからである。このシーンでは、すでに二人は兄妹ではなかったことも判明し、その上、執拗に二人の仲を裂こうとしてユジンの心を悩ませ続けた幼なじみサンヒョクが、二人を祝福しようとするまでに自己を改めた姿を見せているにもかかわらず、すなわちふたりが結ばれるための障害はすべて消滅したというのにユジンは、彼女を、疾走して来るトラックからかばったために脳に重い障害を負ったジュンサンを見捨ててただ一人旅立ったのである。ここに至ってこのドラマは、覆い隠すべくもなく、もう一つの顔をのぞかせてしまっている。確実なのは、ユジンは二度、ジュンサンを自分の生の圏

外へと追いやっていることである。(1)

ジュンサンの死の十年後、インテリアデザイナーの道を進んでいるユジンは、ジュンサンに生き写しの建築家ミニョンと仕事を通じて知り合い、愛し合うことになるのだが、婚約者サンヒョクのユジンへの執着のために三人ともに苦しむことになる。三すくみの状態は、ミニョンが実は記憶を失ったジュンサンその人であることが明らかになり、サンヒョクがとうとう身を引く決意をして一旦は解消されるのだが、次の展開として、彼らの親世代の愛憎の過去が掘り起こされ、今は亡きユジンの父に失恋した過去を引きずる、ジュンサンの母カン・ミヒが、ジュンサンの父はユジンの父でもある、と、明かしたことで二人は別離を余儀なくされる。この衝撃的な報知の前に、二人はなす術を失うのだが、ここでも不思議なのは、病院のシーンが大変多いドラマであるにもかかわらず、二人が血液検査さえ思いつかず、兄妹であれば当然、同学年であるはずもなく、さらに、カン・ミヒという人物が心優しい母であるどころか、自分の都合のためには一人息子の意志を平然と踏みにじることも厭わぬエゴイストであることを十分に知りながらも、ジュンサンもユジンもカン・ミヒのこの嘘に、無防備な子供の様に手もなく呪縛されてしまったことである。しかもジュンサンの実の父であったカン・ジヌ（サンヒョクの父）は、二人が生木を引き裂かれる様にして別れる決意を固めたこの直後、血液検査によってジュンサンが自分の息子であることを確認し、カン・ミヒの嘘はわけもなく露見するのだが、ミヒの言葉を少しも疑おうとしない、わざとらしくさえ見えるこのうかつさの故に、二人の嘆きようがいささか滑稽にさえ見えてしまうのだ。

しかしこれをドラマ作りの拙さの責めに帰すことはできない。つまりこうした〈迂回〉、そうであるかのように視聴者にも主人公たちにも思わせつつ、後にそうではなかったことが明らかになる、という繰り返される迂回は『冬のソナタ』の著しい特徴なのであって、その反復を通じて、実は二人には、別れなくてはならない現実的な事情などどこにもありはしない、という事実を暗示しているという解釈に導くのである。ということは、二人が兄妹であってもなくても「ユジンが一人旅立つ」という結末には何らの影響も及ぼさないことになるのである。それなのに、かつてユジンがジュンサンの死を、自分の目で確かめようとしなかったのと全く同様に、ミヒの言葉を、自分たちで確かめてみる努力を怠ったまま、ままならぬ自分たちの運命を嘆き、互いに遠く別れて行こうとする、という悲恋のパフォーマンスがたっぷりと演じられるのが『冬のソナタ』の不思議さ、言い換えれば戦略である。兄妹ではなかったという、二人の運命にとって決定的な展開をもたらすべき真相は、あたかも黙殺されたかのごとくに物語は素知らぬ顔で進行してゆき、悲恋ドラマの模倣として別離が訪れるのである。

ラストシーンの「不可能な家」での再々会は、その名の通り、二人の居場所がどこにもないことを示唆している。言い換えれば「不可能」のイメージ化、審美化であって、物語の時間はユジンがフランスへ発つ場面、すなわちユジンが過去に決別したところで終わっている。本章は、このような展望のもとに、『冬のソナタ』の隠された、神話的、妖精物語としての構造を明らかにしようとする試みである。それは「ファンタジー」としての「冬ソナ」のもう一つの側面を露にするはずである。

2　冬の精霊

ドラマの構造を読み解くためには、前述のように、この物語に前景化している、三角関係や、四角関係などの恋愛ドラマの要素や、さらにはその起源としての、ユジンの父をめぐる親世代の確執など、過剰に演じられる世俗的パフォーマンスの中にあってそれらの現実性とは明らかな不協和音をたてている特定の細部を意識化し、検討しなければならない。

「冬のソナタ」について語られるとき、恋人であるユジンとジュンサンに、十年後の再会の時には二人は二十代後半になっているにもかかわらずラブシーンがないことが、ヒロイン、ユジンがよく寝ることとともに揶揄されたことがあった。[2] ふたりきりになり、当然、あるべきラブシーンが予想される場面で、ヒロインがなぜか寝てしまう、という演出が反復されるのである。しかしこのことこそが『冬のソナタ』の〈もう一つの顔〉をはっきりそれと知らせているのである。

ジュンサンの死の十年後に、ミニョンとして現れた、ジュンサンに生き写しの建築家が、実は記憶を失ったジュンサンその人であることが判明し、失意のまま米国へ去ろうとするジュンサンをユジンが空港へ追いかけ、互いを確認し合うという、ドラマの一つのクライマックスとなる局面（第14話）を検討する。二人が空港のホテルの部屋で、涙の顔を見合わす場面は意外に短く、次に映るのは、ユジンがベッドで昨日の服装のまま眠っている傍らでジュンサンがサンヒョクに電話をかける場面である。ユジンの服装が全く昨日のままであることは、二人の間に性的な何事もなかったことを示すものであり、このドラマが主人公二人から性的な要素を完全に排除しようとしている意図を示唆している。このように、二人きりの場面にユジンが度々眠ってしまうのは、ユジンが鈍感な女性であることを語りはしない。そうではなく、ジュンサンがユジンと対関係となるべき男性ではない（傍線引用者以下同様）と、明かしているのである。『冬のソナタ』は、次々に生起する出来事のリアリティーで偽装することによってジュンサンという人物の神話性（中性性、非実在性）を隠そうとしている。すなわち二人の〈関係性〉の実相を隠そうとするのである。だからジュンサンは、ユジンの幼なじみの婚約者サンヒョクのライバルなのではない。サンヒョクと構造的に敵対しているのはユジンその人である。

ユジンは、逃れようとする少女、そしてサンヒョクは少女を、この父権社会にとってもっとも有用な人的資産として取り込もうと包囲網を敷き執拗に追う、共同体の欲望を象徴するものである。この人物がユジンの魂の自由を尊重するどころか、拘束しようとのみ行動していることは明らかな事実である。自分がユジンにふさわしい伴侶であるかどうかを一度たりとも疑おうとしないサンヒョクの強引さ図々しさは、自らの固有性には根をもたず、この社会の盤石の支えを背景にしているという、無意識の自信に由来するものである。サンヒョクは、ただ一人の個人としてユジンに対峙しているのではなく、近隣や世俗を後ろ盾にした社会的力関係の優位性によってユジンに向き合っている卑劣さを、愛情というブラックホールのような言葉で常に隠蔽し続け、したがって自分がユジンに与えている抑圧にも見て見ぬ振りをし続けることができる、そうした重層する自らの残忍さに全く無感覚な人物なのである。ユジンは、ドラマが始まる高校生のときにはすでに、このようなサンヒョクが押し付けて来る抑圧とただ一人で闘っていたのである。

ユジンが孤軍奮闘するこの闘いに、ユジンの援軍としてユジンを解放するために束の間出現した

「冬の精霊」がジュンサンなのである。だからこそドラマの享受者は、ジュンサンが冬が来ると現れ、冬の終わりが近づくとき、消えてゆくパターンを繰り返し見せられることになるのだ。このドラマのキイ・イメージとなり、タイトルに、毎回繰り返しその神話性をささやき続けているかのような初雪デートのシーンや、ミニョンが登場する場面、また記憶が戻るなどの、ドラマ展開のクライマックスは、常に降りしきる雪の中であることに注目したい[3]。

だから二人は決して男女の関係にはなり得ないのだ。

3　相似表象

彼が現れるのは、少女ユジンのアイデンティティーの危機の時である。ジュンサンが最初に登場する高校生の時には、サンヒョクが、幼なじみから彼女の恋人へと進み出ようとしていた。ユジンの母は、夫と死別した後ささやかな露店の商売でユジンと幼い妹を養ってきた。そうした生活の労苦を知っているユジンとは異なり、大学教授の一人息子で、「何もかももって」おり、「好い奴」と、ユジンも認めるサンヒョクの求愛を拒否する理由は見つからない。しかし、倒木の上を平均台の様に渡るのが好きなユジンが、差し伸べるサンヒョクの手を決して取ろうとしないことで示される様に、ユジンは彼女を捕獲しようとするサンヒョクをきっぱりと意識下で拒否している。けれどユジンはサンヒョクを拒否することは出来ても、サンヒョクと結ばれることを暗黙のうちに期待して止まない友人や母を落胆させることが出来ない。ユジンの幼さは、「好い奴」であるサンヒョクを悲しませることが、そのまま自分の身近な人々をも悲しませることだと感じさせてしまうのである。

その理由は、「好い奴」の意味が、この社会の秩序と価値観に忠実な人物であることを指し、それがユジンの自由を奪おうとするものであることをユジンはまだ意識化することが出来ないからだ。サンヒョクも社会もユジンのこの幼さ、無防備さ、優しさにつけ込もうとするのである。

ジュンサンは、このような状況に現れ、ユジン自身が意識下で待ち望んでいたもの、学校を抜け出すこと、男子と手をつなぐことなど、ときめきと逸脱と解放の「初めて」の経験を彼女に贈る。このように見ると、少年の姿で出現したジュンサンとは、ユジン自身の自由と解放への願望が分離した分身に思える。父が不在であることも一致しており、ユジンは、ジュンサンとセットで一つの全体像を示している。ジュンサンがユジンのもう一つの自我、イドであると考えられるインデクスはいくつもちりばめられている。ジュンサンは自分の孤独をユジンに次の様に語った。

「ある男が影の国に行ったんだけど、まわりは影ばかりだから誰も話しかけてくれなかったそうだ。」

「それで?」

「それで、その男はさびしかったそうだ。終わり」　（第1話）

「影の国」の住人であることが、ジュンサンの現世での孤立性、異形性を示すとするならば、それはそのまま意識下にユジンが秘めているものを表象している。ジュンサンのこの言葉は、共同体の中で、自分自身との不一致を抱え込んだ少女ユジンの意識下の光景を示すものに他ならない。ユジンとジュンサンが分身関係である故にこそ、この二人は兄妹のようでもあり、恋人のようでもあるが、実はどちらでもないわけである。それなのに二人が「似ている」事実は、後に二人が記念の写真を撮ろうとした時の写真館の主が「おふた方、よく似ていらっしゃいますね」（第17話）と証言している。ユジンに似ているジュンサンは、紛れもなくユジンの「半身」なのだ。したがって『冬のソナタ』は、ユジンが、生涯の、ある束の間に現れた、自分の「半身」を手放すまでの物語、なのである。

ユジンがジュンサンと初めて出会うのは、眠りから覚めた、二人きりの通学バスの中である。目覚めて初めに見たものに恋する、というシェイクスピア『夏の夜の夢』の、王妃タイタニアに仕掛けられた魔法を遥かな光背とするこの場面に『冬のソナタ』のファンタジーとしての顔がのぞく。ユジンと少年との出会いは、明らかに〈妖精物語〉としての異空間、非日常の光彩のうちにある。しかしバスが学校に着けば、ジュンサンは、転校生としてクラスに紹介され、学校という現実社会に吸収されるとともに二人はたちまち嫉妬や競争がもたらす共同体の世俗的感情の渦の中に否応もなく巻き込まれることになる。このようにこのドラマは、二人きりの場面にしばしば見られる、隠れていた何かが気まぐれに姿をのぞかせるかのようなファンタジックな語り口と、それとは全く異質な現実的な語り口とが交互に、互いに不協和音をたてながら展開していくのである。この、一風変わった転校生との出会い、というささやかな異変は、次に述べるように、どれほど過剰に「初恋」や「悲恋」などの主題歌の情趣が強調されようと〈初恋の人との出会いと別れ〉といった、現実的な対関係をめぐる出来事とはあくまで異質なのである。ユジン以外のものから見れば、ジュンサンはユジンと対関係にある男性に見える。しかしユジンとジュンサンは前述のごとく男と女の関係にはなり得ない、異次元の関係構造としての内的制約をもつ。この決定的なちぐはぐさがドラマの至る所できしみをたてているのが『冬のソナタ』の基本的性格である。

ジュンサンと出会った後、ユジンは彼と彼の孤独を自分の中に取り込みつつ模倣しつつ、比喩的に言えば引用しつつ生きることになる。すなわちジュンサンの中に、自分の中の他者を（分身を）見出していくのである。高橋英夫は『役割としての神』(4)のなかで、引用が分身関係を作り出すことを次の様に述べている。

引用は、まだ明確につかみ取ることのできない、原初（現状）に、明確な形象を与えて原初を再現する働きをもち、それによってはじめて原初（現状）は輪郭をはっきりと示す、と。そしてイエスは「「引用」によってのみ己の最も深い何ものかを辛うじて語り得た」とも。処刑の場で旧約の「詩篇」第二十二篇「わが神わが神なんぞ我をすてたまふや」を引用したイエスについて述べたこの言は、高橋の文脈を無視するリスクを冒すなら、図らずも私が述べたいと思う『冬のソナタ』の神話的構造を明らかにするためにも有効である。ユジンは、ジュンサンとともに学校をさぼるなどの経験を通じて「秘密」というものを持ち、「秘密」をもったことをサンヒョクから責められながら、その秘密の核にある他者、ジュンサンを見つめることによって「まだ明確につかみ取ることのできな」（『役割としての神』）かった、自らのアイデンティティーを深化させることができた、と言えよう。いつもそばを離れない幼なじみのサンヒョクを本当は忌避しているのだと。ドラマは、ユジンがジュンサンの孤独を内面化し、引用することを通じて、共同体のなかで浮遊する魂が自らを深化させ、現実的にもこの社会を見限って行くプロセスを〈冬の神話〉として語ったものである。

4　共同体の欲望

倒木の上に跳び乗って平均台の様に歩いてみせる習癖は、ユジンの独立心と冒険心とを示す表徴として幾度も表れる。ユジンのこのような心性が、彼女の成長に伴い、人生を律するものとして深化されるならば、父権性社会に適合した未来を予定調和的に設計するサンヒョクと敵対せざるを得ない。サンヒョクが、ユジンの自由を決して望まず、〈捕獲〉しようとする社会そのものであることは、ユジンの行方が知れなくなる二度の場面（第2話、高校時代、放送部の合宿でユジンが道に迷って帰れなくなってしまった時、第3話、サンヒョクとの婚約披露宴の日に、町でジュンサンにそっくりな青年を見かけて必死で探し回り、宴に間に合わなくなってしまった時）のサンヒョクの反応に明らかである。〈恋人がいなくなる〉という思いもかけない局面に、サンヒョクはためらわず「捜索願を」（警察）と連呼する。つまりそこにこの人物の意識下の、ユジンに対する警察的心性を見ることは少しも不自然ではない。ユジンにジェンダー化を促し、性的に接近しようとし、（婚約者であることを性的権利に転じてレイプさえしようとした）すなわち〈捕獲〉しようとする。サンヒョクの、誰の認識をもすり抜けてしまう、愛情に見せかけた酷薄さは、ジュンサンがユジンに靴を履かせる二度の場面（第1話、学校の塀の上のユジンに、第13話、サンヒョクとの結婚のためのドレスを試着し靴が脱げてしまったユジンに）と照応している。倒木の上を歩くユジンの手を取って支えようとするのと同様に、ユジンの望みのままに歩かせたいと願っていることを示すこの行為は、ユジンとジュンサンの協同性を、すなわち分身関係を際立たせ、同時にジュンサンの、存在としてのファンタジー性をも照らし出す。またふたりのこうした場面は、映像としてもファンタスティックに、ソフトフォーカスされて、このドラマのキイ・イメージともなっているもので、リアルな世界としてパフォーマンスされつつ、その奥で、二人の関係の聖性と、ドラマの神話的性格とを密やかに開示している。

5　ユジンのアイデンティティー

「少女こそはまさしく「欠けたるもの」の象徴である[5]」と本田和子は述べている。本田氏の論の文脈をいささか逸脱するがユジンはまさに、少女そのものの属性としての〈欠落〉を抱え込んでいた。フロイトは、知られる通り、次世代を育成するための肉体構造に秘められた〈内的空間〉を、女性アイデンティティー形成のための核心と捉え、E・H・エリクソンも、フロイトのこの説を踏まえ、その「「内的空間」は、潜在的可能性が実現される中心点であり、しかも絶望の中心点でもある」と述べ、次の様に続ける。「空虚性というのは、破滅の女性的形態であり、しかもすべての女性が知っている標準的な体験なのだ。女性にとっては、取りのこされるということは、空虚なままにほっておかれるということは、身体中の血や、心の温かさや、生気そのものまでもがカラにさせられてしまうということなのだ。したがって、そういうとき女性は、なぜあれほどまで深く傷付けられるのかということは、多くの男性にとっては全くの驚異なのだ[6]」と。このドラマは、すでに検討した通り、少女のアイデンティティー形成の物語という側面を持つのだが、このエリクソンの洞察が、ユジンと、そして主人公二人を最後まで翻弄するジュンサンの母、カン・ミヒの造形の動機の解釈に役立つ。構造として捉えるなら、ユジンの場合は女性が孕みもつ〈内的空間〉が「潜在的可能性の実現」の推進力として機能しており、そしてカン・ミヒの場合は、それが「絶望の中心点」であったことが、ドラマ展開の内的決定因を成すと言えよう。

父が不在で、母が商売をして働き手となっている環境で、ユジンは少女ながら幼い妹の面倒を見、家庭を支える役割を果たしている。こうした環境では自己愛を十分に発揮することは抑制されざるを得ない。ユジンが、サンヒョクに象徴される、社会が最も欲望する女性像として狙われるのは、先述のように、ユジンが境遇に従順に適応し、自己愛を存分に発揮しない、という善良さを見込まれてのことでもある。同級生の、チェリンのような自我主義者でもなく、もう一人のチンスクのような職業上の専門性を持とうとせず、すんなり専業主婦を引き受けていくタイプでもなく、専門的キャリアを持ちながら、つまり経済的、精神的な自立性を保持しつつ、かつ社会のジェンダー秩序にも従順である、というのが、現代の韓国の資本主義社会が高く評価する女性像であることが、ユジンを理想化するこのドラマによって明らかになる。しかし父の不在、という生育環境は、社会的規範を持たない、という意味で「自由」への回路が開かれていることでもあり、同じく父の不在ゆえに、自由であると同時に、同一化すべき対象を見出せずに苦しむジュンサンと共振するのである。

よく似た顔の二人は、合わせ鏡のように互いを映し合う。ジュンサンが出現する前のユジンは、周囲に大人のロール・モデルを見出せないままに、サンヒョクが、彼女を女性として意識し始め、彼女を取り込もうとする包囲網が着々と準備されつつあった。そしてサンヒョクの背後には社会全体が控えている。けれどこのような、女性に対する社会の要請について先のE・H・エリクソンは、女性の人生の中に「心理的社会的猶予期間」があることに言及し、それを「成人としての機能が遅延された社会的に認められた時期のこと」と定義し、この期間にある少女は「両性具有的」に見えることがしばしばある、と興味深い見解を示してもいる。いち早いジェンダー化を誇るチェリンとも、またチンスクのような子供っぽさとも一線を画すユジンのどこか中性的なたたずまいは（チェ・ジウの好演にもよる）、エリクソンが述べたような意味における「両性具有性」の表象、と言えよう。ユジンがジュンサンと出会ったのは、このような女性としての「猶予期間」が終わりかけた時、と考えてよいであろう。ユジンを連れ出すべく、すなわちユジンの意識下に潜む「自由」への願いを果たさせるべく〈靴を履かせ〉るためにジュンサンは出現したのだった。

河合隼雄は、少年少女の成長物語（『トムは真夜中の庭で』など）に触れながら、社会的な役割としてのアイデンティティーではなく、「人間が私ということを定義しようとする時超越的なものと関連づけられる」と述べている。[7]「超越的なもの」とは『トムは真夜中の庭で』のハティなど、主人公の孤独に手をさしのべ導く、分身や妖精などを指している。このような意味で、『冬のソナタ』は少女ユジンが、ジュンサンという分身に導かれつつ、社会的な役割ではない、〈私ということを定義しようとする〉アイデンティティー形成の物語である。馴染んだ親密な世界を一方では愛しながら、一方では孤独に魂の彷徨を強いられる。社会からジェンダー化を強いられるが意識下でそれを忌避している。少女という存在の普遍的原理としてのこのような葛藤状態は、高校生のときも十年後もユジンのなかで変わっていない。その時、ジュンサンが現れ、ユジンがどのような意味で境界線上にあるかを明らかに照らし出す。『トムは真夜中の庭で』の、真夜中〈十三時〉が打った庭がトムとハティの二人だけに用意された時空だとすれば、『冬のソナタ』の、高校生のときも、その十年後も、二人が遊ぶ雪の戸外が、〈聖なるこどもたち〉の王国であることを理解するのは容易い。

出会って間もない高校生のユジンとジュンサンの会話には、なぜか不思議なトーンがつきまとう。二人は、いつか別れが来ることを知っているかのようなのである。しかもその運命はユジンの方により強く感受されている。次に引用するようにユジンはしばしば「覚えておく」という言葉を口にする。


「何してるんだ」

「影踏み。影の国でさびしい思いをしないためにはどうしたらいいか知ってる？」

「知らない」

「誰かがジュンサンの影を覚えていてあげればいいの。こんな風に」

（略）

「覚えておこうと思って。ジュンサンの好きなもの全部覚えておきたいから」（第2話）

二人は「覚えておく」を繰り返す。自分たちの「今」が遠からず終わってしまうことを、最初の出会いの時からすでに二人は知っているかのようだ。そしてこの、〈二人の関係には未来がない〉という事実こそがこのドラマに侵入する神話的性格を暗示し、他の登場人物たちが関わって来る世俗的レベルにおけるドラマ的要素を偽装と感じさせてしまう要因なのである。しかしどのような意味で未来がないのであろうか。先に検討してきたように二人はたとえどれほど歳月が過ぎようと、少年と少女、として語られているのである。十代から二十代へと、子供から大人へと、大きく人生が変化してゆくこの時期に、その変化を自明のものとして生きる婚約者や友人のなかに、主人公二人を、人間世界にまぎれ込んだバンパイアのように、変わらない少年と少女として描くことに『冬のソナタ』は全てのエネルギーを傾注している、と見える。
十年後の再会後、二人は二十代後半になっているわけだが、高校生のときと同様に戸外の場面が強調され、他の人物たちとの関係とは区別されている。「雪の中で遊ぶ」というのがこのドラマのキイ・イメージであることはすでに触れた。ジュンサンが初雪の日に現れたユジンの「分身」であるとすると、タイトルに流れる映像の意味が判然とする。この、初雪の日に二人が他に誰もいない雪の戸外ではしゃぎ戯れるシーンこそこのドラマの核心を成す祝祭空間、神話空間であって、この時空を中核としてそれを包囲するように、ドラマの流れは拡散的に、時系列的かつ世俗的世界へと連結されてゆき、この異空間を、現実社会に生起する種々の世俗的物語で、すなわち「偽装」で覆ってゆくのである。したがってドラマを展開させる契機となるのは、まさに〈偽装性〉に他ならない。『冬のソナタ』は、型通りと見える男女の三角関係、四角関係、親世代の因縁、婚約者サンヒョクの母とユジンの嫁姑問題などの世俗的葛藤をパフォーマンスしつつ、その奥にある神話世界それ自体の自律性を、崩壊と再生との季節的循環の相において描き尽くしたと言えよう。ユジンは記憶を取り戻したジュンサンに言う。

「十年前、あなたが死んだと思った時も、あなたがいなくなって、すぐに春が来たから。そんな風に、今年も冬が過ぎたら何もかも消えてしまうんじゃないかと思って……」（第17話）

と。そしてジュンサンも

「僕だけ冬の中で生きているような気がします」（第11話）

と。二人きりの場面に、ドラマの本当の顔がのぞく。冬が終わるまでの束の間が二人の世界であること、そしてジュンサンだけは冬の中に留まるものであることが。

6　ミニョン、ユジンの選択

ジュンサンとの別離の十年後、ジュンサンに生き写しの建築家ミニョンからユジンは愛され、自らも惹かれ、もともと愛しているわけでもない婚約者サンヒョクとの関係はたちまちユジンにとって重荷となる。しかしユジンはミニョンに惹かれながら、サンヒョクを少しも愛していないことを自覚しながら最終的にミニョンを拒絶する。「あなたはジュンサンに少しも似ていない」（第13話）と。こうして二人が今まさに別れようとした時ミニョンはジュンサンの記憶をとり戻し、ジュンサンとなる。この展開は、呪力によって姿を変えられていた主人公が、彼を助けようとする少女の孤独な奮闘によって、元の姿に戻ることができたアンデルセンの『雪の女王』や『白鳥』、その他昔話の変身譚の話型の踏襲と見られよう。

ユジンの最大の試練は、ジュンサンにそっくりなミニョンの誘惑に勝ち、同時にサンヒョクをも拒絶し続ける、ということであった。この場合、ミニョンを拒絶することはサンヒョクとの関係を進めることではなく、現状維持のままジュンサンを思い続けることになるが、ミニョンを選ぶということは、分身であるジュンサンを忘れることに他ならない。ユジンはそのことをよく知っている。

婚約者サンヒョクとの関係の進展が際限もなく引き延ばされていた期間は、ミニョンがユジンを欲望していた時間とぴったり重なっている。

ユジンはその双方を拒絶することによって試練に勝ち、ふたたびあの半身を手に入れたのだった。ユジンとミニョンとサンヒョクとミニョンを愛するチェリンとの四角関係が、ミニョンがジュンサンの記憶をとり戻すことによって解体するまでの一連の騒動は、昔話やファンタジーの「変身譚」を覆い隠すための〈表の顔〉であり『冬のソナタ』がそのような世界と地続きにあることを明かしている。

7　装われた深刻さ

考察してきた『冬のソナタ』の物語の二つの相は、この物語に二つの時間性が混在していることを意味する。一つはリニアな不可逆の時間性で、この時間性の中で、少女はその社会のジェンダー秩序に従って人生を進めてゆく。ユジンを取り巻く母、友人チェリン、チンスクなどはこの時間性に帰属している。しかしユジンは、半身はこの時間性に絡めとられながら、半身はもう一方の、異邦の時間性に帰属している。そしてジュンサンは言うまでもなくこちらの住人でしかない。ジュンサンが、冬が終わるとともに「崩壊」するのは、彼がこの神話的世界の住人であることの証である。

小浜逸郎は、前述の『トムは真夜中の庭で』の時間性について「人は一律に流れる時間のもう一つ奥に、それぞれ固有の時間をもつということ、そして固有の時間は、ほかのだれかと幸福な共有を実現できることもあるが、永遠に共有できるわけではない」(『人生を深く味わう読書』[8])と述べている。ユジンがジュンサンを見ることができた時間（冬）は、トムがハティを見ることができた真夜中の十三時に照応するが、それはいずれにしても〈消滅〉を条件づけられているのである。

万物が競って成長する春をジュンサンが、ユジンと共に迎えることができない、というのが「冬の精霊」の物語であるこのドラマの内的法則なのである。だからすでに触れたようにすべての世俗的ドラマ展開は、この〈法則を隠蔽するために〉動員されるのである。ユジンは、建築家ミニョンとジュンサンが同一人物であったことを知り、アメリカへ去ろうとしていた失意のジュンサンを空港へ追いかけるのだが、ジュンサンはユジンをかばおうとしてまたもや事故に遭ってしまう。そして雪が降り始め、病院のベッドで、ジュンサンはかつての記憶と共に目覚め、傍らに見守るユジンを見出す。しかしこの後の、ジュンサンの記憶を完全に取り戻そうと助け合う二人の束の間の至福の中で、ジュンサンは名付けようのない「不安」に捉えられてゆく。このジュンサンが感じている不安について、ドラマを享受するものは、なんらかの恋の障害が現れることの予兆と受け止め、それはやがて二人が兄妹だという、カン・ミヒのエゴイスティックな嘘に結びつくのだが、繰り返せば、この後その嘘が露見し、ユジンとジュンサンには血縁関係はなかった事実が判明する。このいらざる迂回は、やはり、二人は結ばれない、という関係構造を隠蔽し、「実らぬ恋」をパフォーマンスする為としか考えられない。ジュンサンがこのとき感じた「不安」の正体は、冬の終わりが近づいたこと、すなわち冬以外の季節には存在することができないものの不安、に他ならない。したがってジュンサンの来歴がきわめて曖昧なのもジュンサンその人の正体不明性、言い換えれば〈存在の幻想性〉に依るのである。木の実を吹き飛ばす風と共にやってきたあの不思議な転校生のように。

ジュンサンの出現の理由として、「父親探し」という一つのコードが用意されているのだが、実はこのテーマも、はなはだいい加減な追求のされ方しかしていないのである。ここに見るべきは装われた深刻さである。ジュンサンがトラックにはねられ、ユジンの前から姿を消した後、この父探しのコードは、砂漠に水がしみ込むように掻き消えて、再びこの問題が浮上するのが、ドラマの終盤、二人の結婚が日程に上ったときなのである。

ミニョンとして出会ったジュンサンに過去の記憶が戻ったにもかかわらず、そしてユジンを目の当たりにしつつ、ジュンサンは、少年の日の自分の心をあれほど占めていた父親問題をすっかり忘れたかの如くなのである。十年前のあの時、二人を長い年月隔てることになった直接の原因について二人は全く素知らぬ顔、なのだ。したがってジュンサンの父親問題とは、ジュンサンという存在そのものの〈非現実性〉を隠蔽する為の装われた深刻さ、装われたドラマ性、ということになるのである。

ジュンサンの父親が誰であろうと、ドラマの内奥の旋律、すなわち〈冬が去ってゆく〉という神話構造には何の影響もないのである。その証には、サンヒョクと腹違いの兄弟であることが判明したからといって、父親ジヌもサンヒョクも重篤の病を抱えたジュンサンに対して何一つするわけでもない。[9]ジュンサンはやはりただ一人で、冬が去ろうとするこの場所から立ち去っていく他はない。あの十年前と同じように。

ジュンサンがアメリカへ発つときの「サンヒョクのもとへ行くように」というユジンへの言葉は、ただ季節が終わろうとすることに伴うジュンサンの〈壊れ〉の自覚と見る他はない。なぜならジュンサンはサンヒョクに「(ユジンを)譲ってくれるのか」と問われて「愛は譲るものではない」、そして「君なら。ユジンの側に、僕よりずっと長くいてあげられるから」(第20話)と答えている。ジュンサンの言葉は、ただ自分の生命がもうじき終わることを暗示するのみである。だからこそジュンサンはこのときサンヒョクに「ここは冬の空がとてもきれいだった。(略)でももうこの空も見られなくなるんだな」と、つぶやいている。それについて「どういうことだ」とサンヒョクに問われて、「(手術のため)これから空港に行くんだ」と、自分とは異なる時間性に帰属する人物たちには合理的な説明をするほかにすべはないけれども、この場面はジュンサンの絶望が首尾一貫して「冬が去る」ことに起因するものであること、そして他の人物たちにはその事実は決して見えない、というドラマの隠された構造を示す重要なものである。

交通事故による脳の障害というアメリカ行の理由付けは、十年前の冬に、ジュンサンが消える時の交通事故の反復であって、『冬のソナタ』が絶えず〈偽装している〉ことを明かすのみである。したがって「サンヒョクのもとに」などという言葉にユジンが少しも動かされるどころか、すでに役割を終えたそのようなジュンサンを見捨てて留学してしまうのは当然である。このドラマは、ユジンが一人で歩けるようになるまでの、つまり自分の半身をぬぎ捨てるまでの物語なのであるから。

ジュンサンの父親探しのコードは、反復するジュンサンの〈交通事故〉とともに、「冬が去る」というジュンサンの存在論的危機に際してのみ、それを覆い隠すために、すなわちジュンサンの正体を朧化するために必要とされた〈偽装〉である。こうして『冬のソナタ』には常に、二つの世界に対応する二つの解釈が用意されているわけである。

8　不可能な家

ユジンと、そして季節がめぐると共に消えて行かねばならないジュンサンにとって「家」とはどのように感受されていたであろうか。ジュンサンとの別離から十年後、ユジンの仕事の発注者となったミニョン（実は過去の記憶を失ったジュンサン）に、結婚したらどんな家に住みたいか、と聞かれたユジンは、具体的なことについては何一つ語ることなく、「好きな人の心が自分の家だと思う」と、答える。この答えは、ユジンの心に潜む二つの事実を明らかにする。一つは、ユジンはサンヒョクと結婚の約束をしていながら、それが現実化するとは考えていないこと、少なくともサンヒョクとの結婚による未来をまったくイメージできないこと。もう一つは、これが重要なのだが、ユジンは、この社会における〈自分の居場所〉についてやはり具体的なイメージをもっていないこと、言い換えれば自分とジュンサンとの関係には居場所がない、と知っていることである。だからこそユジンの設計した家は「不可能な家」と呼ばれるのであり、ドラマの最後にユジンが、「不可能な家」の模型を、別れていくジュンサンにプレゼントするのは、この時のミニョンとユジンが交わした、家をめぐる問答の反復と見られるものである。ジュンサンとユジンが住む家は、「不可能」と名付けられた空間なのであって、すなわち現実の中にはない。

「不可能な空間」でユジンが盲目のジュンサンに出会うラストシーンは何を意味するであろうか。すでに準備の期間である冬は去り、季節は万物が生命力を競い合う春を迎えており、その中にユジンはいる。ジュンサンが盲目なのは、彼が冬以外の季節に出会うことがないことの隠喩的表象である。いいかえればすでにジュンサンは死んでいる。それはユジンがジュンサンという分身を必要としないところに至り着いたという意味に他ならない。このシーンは、ユジンが、過去の自分の半身を抱きしめているのである。そしてこのドラマに、ユジンが探し当てた「不可能な空間」がどこへ開かれて行くのかは示されてはいないけれど、〈分身の死〉は少女時代の終わりを意味するのでは決してない。しかし〈一人立ちした少女〉と〈不可能な空間〉とが結びつけられたところでドラマは終わっている。〈冬の神話〉はその先へはもう行くことができない。

ジェンダーの秩序化を強いるこの共同体の時間の中を進んでゆこうとせず、「冬」を抜け出て自己確立した「少女ユジン」を、海の眺望が広がる豊かなイメージの中に解き放ち、分身ジュンサンの死を暗示しつつドラマは閉じられたのである。『冬のソナタ』は〈少女〉についてこの認識に至ったというべきであろう。

しかし冬は必ず回帰して来る。少女が少女である限りは。少女は祝福されている。冬が来たら、初雪が降ったら、誰かが私を呼ぶかも知れないのだ。『冬のソナタ』は、〈未だない分身〉を探しているすべての〈少女たち〉への贈り物である。

【注】

（1）水田宗子氏は「すべてを知った上でのユジンの選択と決意が、巧みな現代のおとぎ話である『冬のソナタ』を、現実主義的な醒めたリアリズムの視点を持つ観客も共感できる「現代ドラマ」にしているのではないでしょうか」(『韓流　サブカルチュアと女性』至文堂　二〇〇六(平成十八)・九)と述べているが、小稿は、少女のアイデンティティー深化のために必要とされた、少女の、自らの分身との出会いと別れの物語としての構造的必然と見る。

(2)尾形明子氏はユジンが「チュンサンあるいはミニョンの横で、記憶するだけでも六回ぐっすりと眠る」「実によく眠る」ことに注目し、「凡庸でどこか鈍い、イノセントな女性の象徴のようにも思えて来る」と述べている(前掲『韓流　サブカルチュアと女性』)が、小稿はユジンの少女性に焦点化する立場であり、したがって氏のいう、ユジンが「凡庸」であるとの根拠は見出せない。

(3)北田幸恵氏に「冬、雪、白が、二人の愛の生成、記憶、記憶回復の上で重要な役割を果たしていること」、それらが「ストーリー、プロット、テーマ、人物像、会話など、「冬のソナタ」の内的構成力になり、あらゆるレベルで「冬のソナタ」の物語を生産している」と、基本構造に関わる指摘があり、「韓国人が特に冬の季節を好む」(「物語生産力としての〈雪〉」前掲『韓流　サブカルチュアと女性』)ことにも言及しているが、小論では〈準備の期間〉と捉えている。

(4)新潮社　一九七五・五。

(5)本田氏は、世界が時に少女に〈救世主〉の役割を委ねることの理由を「人々が、そして、時代が、その希求するものの体現者として、しばしばこうした(「貧しさ」「幼さ」「無学」)非力なものを選ぶのは、この潔いまでの「欠如」のゆえであろう。そして、「少女」こそは、まさしくこの「欠けたるもの」の象徴であった」(「少女救世主たち」『少女浮遊』青土社　一九八六・三)と述べており、小稿の少女観にも影響している。

(6)『アイデンティティ　青年と危機』岩瀬庸理訳　金沢文庫　一九七三・四。

（7）河合隼雄は一九七〇年代にアメリカにおいてファンタジーの評価が急激に高まったことに触れつつ、「自分の内界との関連におけるアイデンティティの深化には、ファンタジーを必要とする」と、示唆している。（『〈うさぎ穴〉からの発信』マガジンハウス　一九九〇・十一）。

（8）『人生を深く味わう読書』春秋社　二〇〇一・十一。

（9）本章と論旨は全く異なるのであるが、岡野幸江は「そこにあつい兄弟愛の確認はない」ことに注目している（前掲『韓流　サブカルチュアと女性』）。

あとがき

近代文学研究を通じて、次第に私の関心は〈少女の表象〉に自覚的になって行った。本書収録の論文を書き継いできて、いささかの気付きがあった。それは、女子に関してもまた、この社会に不都合な真実は、存在しているのに名付けられない、つまり言葉化されない、という事実だった。それら〈クローゼットの中に押し込められた言説〉については、徳田秋聲『あらくれ』で少しは説明できたと思う。ヒロインお島が感受している無念さ、辛さは、言葉化されないために、つまり概念化されないために誰にも見えない。したがってお島自身にさえ意識化できない場合も多い。その事態を指す〈虐待〉などという言葉がこの社会に流通していないからだ。秋聲は、〈それを示す言葉がない〉ことを〈少女の困難〉として表象することが出来た稀有な小説家である。

ことは、『あらくれ』に留まるものではない。例えば、「たけくらべ」の、少女美登利の絶唱「大人に成るは嫌やなこと」についても、その言葉が意味するのは広大な領域であるにもかかわらず、ほんの一部しか認知されてはいない。少女にとって〈憂く、恥ずかしく、つらい〉決定的な出来事であるはずの〈初潮〉に関してさえ、この社会が擁する言葉は、実に少ない。だから少女たちは、まったく孤独のうちに、誰にも護られることなく、ひたすら長い時間を憂鬱に耐えるほかはない。〈少女〉は、憂鬱の宝庫である。

少女たちは、無防備なまま、セクシュアル・ハラスメントをその中核に埋め込んだ〈とも白髪文化＝家父長制〉の中に放り込まれ、この文化の鋳型にはめられ、形成されていく。本書収録の論文に登場する少女たちは、みな等しくそのような社会の強制のなかを無我夢中で生きている。逸脱は不幸しか招かない。闘いは、消耗である。

しかし闘い方がないわけではない。三好十郎の芝居、『トミイのスカートからミシンがとびだした話』の主人公トミイは、そのような社会に対峙するために周到に「擬態」を画策した。「擬態」という方法は、社会が女子に見たがるイメージを、誇張して演じてみせる。それは、自分を社会に売り渡さないための高度な方法であるに違いない。きわめて危ない綱渡りではあるけれども。さまざまな〈女子の型〉を自分自身がモデルとなって撮影したアメリカの女性写真家、シンディ・シャーマンの作品を思い出す。

〈女子〉から〈女子の擬態〉へ。田村俊子以来、林芙美子に至るまで、女性性を〈パフォーマンス〉に見ることは、日本の女性作家の得意とするところである。〈パフォーマンス〉は、そのゲーム性・反復性において、〈遊び〉と結びついている。〈遊び〉と、〈クローゼットに閉ざされた言葉〉と。そのあわいで、女子は〈八本足の蝶〉(二階堂奥歯)のように飛び回っている。

やり残したことは多いが、一区切りとしたい。

学位論文を査読していただいた都立大学大杉重男先生に篤く御礼申し上げます。
本書出版のためにご尽力いただいた原武哲先生に心より感謝申し上げます。
大好きな『Morgan』(二〇一一年)を表紙絵に使うことを快諾してくださった古吉弘氏に厚く御

礼申し上げます。装幀に関して石井みちるさんにお礼を申し上げます。
鳥影社、百瀬精一氏、そして編集の宮下茉李南さん、本当に本当にお世話になりました。衷心より感謝申し上げます。

十二月十日　　関谷由美子

【初出一覧】

序に代えて　書き下ろし

第一章　『高橋阿伝夜叉譚』の機構　――隠喩としての〈博徒〉――
（『近代文学研究』第二十九号　二〇一二年三月）

第二章　硯友社一面　明治二十年代の想像力　――『心の闇』の〈出世主義〉――
（大東文化大学人文科学研究所『人文科学』第二十三号　二〇一八年三月）

第三章　日清戦後文学としての『多情多恨』　――〈擬制〉と〈集合〉――
（日本文学協会近代部会編『読まれなかった〈明治〉――新しい文学史へ』双文社出版　二〇一四年十一月）

第四章　〈異類婚姻譚〉の復活　――北田薄氷の〈室内〉――
（新・フェミニズム批評の会編『明治女性文学論』翰林書房　二〇〇七年十一月）

第五章　『家』――〈永続〉の信仰　――〈御先祖〉という思想――
（『島崎藤村研究』第四十八号　二〇二一年九月）

第六章　〈糸魚川心中事件〉と『あきらめ』　――二つの〈自由〉をめぐって――
（『近代文学研究』第二十八号　二〇一一年四月）

第七章　〈戦闘美少女〉の戦略　――『木乃伊の口紅』の〈少女性〉
（『国文学　解釈と鑑賞　今という時代の田村俊子』別冊　二〇〇五年七月）

第八章　〈少女情死事件〉の時代　――〈性欲論議〉と少女――
（『島崎藤村研究』第四十五号　二〇一八年八月）

第九章　高群逸枝『娘巡礼記』　――〈文明化の過程〉の視座として――
（新・フェミニズム批評の会編『大正女性文学論』翰林書房　二〇一〇年十二月）

第十章　『こころ』　――ロマン的〈異形性〉のために――
（上智大学研究機構編『世界から読む漱石『こころ』』勉誠出版　二〇一六年二月）

第十一章　異邦の身体　―『あらくれ』の〈語り〉―
（大東文化大学『人文科学』第二六号　二〇二一年三月）

第十二章　『トミイのスカートからミシンがとびだした話』試論
―〈選択〉しない女たち―
（三好十郎研究会編『三好十郎研究』二〇一五年七月）

第十三章　〈カーニバル〉としての全共闘闘争
―『飛龍伝　神林美智子の生涯』と〈天皇制〉―
（日本近代演劇史研究会編『つかこうへいの世界―消された〈知〉』社会評論社　二〇一九年二月）

第十四章　井上ひさし『太鼓たたいて笛ふいて』
―ハメルンの子どもたち―
（日本近代演劇史研究会編『井上ひさしの演劇』翰林書房　二〇一二年十二月）

第十五章　『浮雲』の身体文化
―ジェンダーという〈磁場〉―
書き下ろし

補遺　韓国ドラマ『冬のソナタ』の神話構造　―〈偽装〉するドラマ―
（千年紀文学の会編『グローバル化に抗する世界文学』晧星社　二〇一三年四月）

著者名・作品名索引

著者名・作品名索引

著者名・作品名索引

用語索引

—た—

〈著者紹介〉

関谷由美子（せきや　ゆみこ）　東京生まれ

博士（文学）

1980年　東京都立大学大学院人文科学研究科博士課程修了

2014年　学位取得（首都大学東京）

職　歴　文教大学、大東文化大学、上智大学、共立女子大学、国士舘大学、成城大学短期大学部などで講師を務める。

現　在　日本近代文学会、日本文学協会、社会文学会、島崎藤村学会会員

○著書

『漱石・藤村〈主人公の影〉』（愛育社 1998・5）

『〈磁場〉の漱石――時計はいつも狂っている――』（翰林書房 2013・3）

○共著他

『大石修平 感情の歴史』（共編 有精堂 1996・10）、『明治女性文学論』（共編 翰林書房 2007・11）、『大正女性文学論』（共編 翰林書房 2010・12）、『韓流サブカルチュアと女性』（共著 至文堂 2006・7）、『井上ひさしの演劇』（共著 翰林書房 2012・12）、『つかこうへいの世界 消された〈知〉』（2019・2）、『宝塚の21世紀――演出家とスターが描く舞台』（共著 社会評論社 2020・4）など。

〈カバー画〉

古吉弘（ふるよし　ひろし）『Morgan』2011年

少女たちの〈居場所〉
――資本の他者として――

2023年12月25日初版第1刷発行

著　者　関谷由美子

発行者　百瀬精一

発行所　鳥影社 (choeisha.com)

〒160-0023 東京都新宿区西新宿3-5-12トーカン新宿7F

電話 03-5948-6470, FAX 0120-586-771

〒392-0012 長野県諏訪市四賀229-1（本社・編集室）

電話 0266-53-2903, FAX 0266-58-6771

印刷・製本　モリモト印刷

ISBN978-4-86782-043-8　C0095